하울의 움직이는 성 2
양탄자 상인 압둘라

하울의 움직이는 성

❷ 양탄자 상인 압둘라

다이애나 윈 존스 지음 | 김진준 옮김

문학수첩

◦═╾╌◦ 차 례 ◦╌╼═◦

1. 압둘라와 마법의 양탄자 ⟶×   7

2. 밤의꽃 아가씨 ⟶×   25

3. 몇 가지 중요한 사실 ⟶×   37

4. 결혼과 점괘 ⟶×   52

5. 밤의꽃 아버지 ⟶×   71

6. 여우를 피하려다 호랑이굴로 ⟶×   87

7. 정령의 등장 ⟶×   101

8. 상상이 현실로 ⟶×   113

9. 늙은 병사 ⟶×   125

10. 폭력과 피 ⟶×   137

11. 맹수의 습격 ⟶×   152

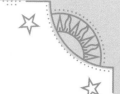

12. 압둘라와 병사의 위기 ─── ×   *166*

13. 운명에 대한 도전 ─── ×   *181*

14. 돌아온 마법의 양탄자 ─── ×   *194*

15. 킹스베리 도착 ─── ×   *210*

16. 까만밤과 꼬맹이에게 생긴 일 ─── ×   *228*

17. 공중의 성 ─── ×   *247*

18. 공주들이 너무 많아 ─── ×   *265*

19. 병사와 요리사와 양탄자 상인의 요구 ─── ×   *281*

20. 마신의 생명 ─── ×   *303*

21. 지상으로 내려온 성 ─── ×   *323*

압둘라와 마법의 양탄자

잉거리 나라로부터 멀리 떨어진 남쪽에 술탄(이슬람 국가의 왕—옮긴이)이 다스리는 라슈푸트라는 나라가 있었다. 그곳의 잔지브라는 도시에는 압둘라라는 이름의 젊은 양탄자 상인이 살고 있었다. 장사꾼치고는 별로 부자도 아니었다. 그의 아버지는 벌써 오래전부터 아들을 미더워하지 않았다. 그래서 아버지가 돌아가실 때 압둘라에게 남겨 준 돈으로는 겨우 시장의 북서쪽 귀퉁이에 붙은 초라한 가게 하나를 구입하고 그곳에 물건을 채워 넣는 정도가 고작이었다. 아버지의 나머지 돈과 시장 한복판에 자리 잡은 널찍한 양탄자 도매점은 모두 아버지의 첫째 부인의 친척들에게 넘어갔다.

압둘라는 아버지가 자신을 신뢰하지 않은 이유를 알지 못했다. 다만 압둘라가 태어났을 때 나왔던 어떤 점괘와 관련이 있을 거라고만 생각할 따름이었다. 그러나 압둘라는 더 이상 알아내려고 애쓰지도 않았다. 그 대신에 아주 어렸을 때부터 이 문제에 대해 공상만 해왔다. 그 상상 속에서 자신은 사실 어느 위대한 임금님이 오래전에 잃어버린 아들이었다.

그렇다면 당연히 그의 아버지도 진짜 아버지가 아니었다. 물론 그것은 공중에 떠 있는 성처럼 터무니없는 망상이라는 것을 그도 잘 알고 있었다. 누구든지 압둘라를 보면 아버지를 쏙 빼닮았다고 말했다.

거울을 들여다보면 좀 마르고 얼굴이 매처럼 생겼지만 확실히 잘생긴 젊은이로, 젊은 시절의 아버지를 그린 초상화와 아주 비슷하다는 것을 알 수 있었다. 다만 초상화 속 아버지는 콧수염이 무성했는데 압둘라는 아직도 윗입술 위에 돋아난 여섯 가닥이 전부라서 하루빨리 늘어나기만 바라고 있었다.

사람들은 또한 아쉽지만 압둘라가 어머니의 성격을 그대로 뺐다는 점에 대해서도 의견이 일치했다. 아버지의 둘째 부인이었던 그녀는 공상에 빠지길 좋아하고 겁이 많아서 모든 사람에게 큰 실망을 안겨 주었다고 한다. 그러나 압둘라는 자신의 그런 성격에 대해 그다지 고민하지 않고 자신의 삶에 대체로 만족하는 편이었다. 어차피 양탄자 상인의 삶이란 용맹성을 발휘할 기회도 별로 없었기 때문이었다.

그가 구입한 가게는 비록 작았지만 위치는 꽤 좋았다. 도시의 서쪽 구역, 즉 아름다운 정원에 둘러싸인 큰 부잣집들이 모인 곳에서도 그리 멀지 않았다. 더욱 훌륭한 것은 사막 쪽에서 북상하는 양탄자 직공들이 지나가는 시장 초입에 자리 잡았다는 사실이었다. 물론 부자들도 양탄자 직공들도 대개는 시장 한복판에 있는 더 큰 가게들을 찾게 마련이었다. 그러나 언제든지 부리나케 달려 나와 대단히 공손한 말씨로 물건을 좋은 값에 팔거나 사 주겠다고 말하는 이 젊은 양탄자 상인의 가게 앞에서 기꺼이 걸음을 멈추는 사람들도 놀랄 만큼 많았다.

그런 방법으로 압둘라는 종종 남들이 미처 물건을 구경하기도 전에 최상급의 양탄자를 사들이고 그것을 팔아 이윤을 남길 수 있었다. 물건을 팔거나 사지 않을 때는 가게 안에 앉아 다시 공상에 잠겼다. 그에게는 아주 즐거운 시간이었다. 사실 그의 삶에 골칫거리가 있다면 바로 아버지 첫째 부인의 친척들뿐이었다. 그들은 한 달에 한 번씩 찾아와 압둘라의 결점들을 지적하곤 했다.

어느 숙명적인 날이었다. 그날 압둘라의 아버지의 첫째 부인의 조카 하킴(압둘라는 그를 몹시 싫어했다)은 이렇게 소리쳤다.

"그런데 넌 이익금을 모아 두지 않잖아!"

압둘라는 이윤이 남을 때마다 그 돈으로 더 좋은 양탄자를 사들이기 때문이라고 설명했다. 따라서 모든 돈이 물건으로 묶여 있긴 했지만 상품의 질은 점점 더 좋아지고 있었다. 그래도 먹고 살 돈은 충분했다. 그리고 아버지의 친척들에게도 늘 말했듯이 그는 아직 결혼하지 않았으므로 더 많은 돈이 필요하지도 않았다.

그러자 압둘라의 아버지의 첫째 부인의 여동생 파티마(압둘라는 그녀를 하킴보다도 더 싫어했다)가 이렇게 말했다.

"글쎄 너도 결혼해야 한다니까! 전에도 말했지만, 다시 말하겠는데, 너 같은 젊은이라면 지금쯤 아내가 적어도 둘은 있어야 한다고!"

말만으로 그치지 않고 파티마는 이번에야말로 압둘라에게 색싯감들을 찾아 주겠다고 선포했다. 그 말을 들은 압둘라는 두려움에 몸을 떨었다.

아버지의 첫째 부인의 큰아버지의 아들인 아시프(압둘라는 그를 앞의 두 사람을 합친 것보다도 더 싫어했다)도 잔소리를 늘어놓았다.

"그리고 물건이 점점 더 좋아질수록 도둑맞을 가능성도 많아지고, 혹시 가게에 불이라도 난다면 손해도 그만큼 커진단 말이야. 그 생각은 안 해 봤냐?"

압둘라는 자기가 언제나 가게 안에서 잠을 자고 등불도 아주 조심해서 다룬다고 대답했다. 그러자 아버지의 첫째 부인의 친척들은 고개를 절레절레 흔들고 혀를 끌끌 차면서 가 버렸다. 대체로 그때부터 한 달가량은 압둘라를 그냥 내버려두기 마련이었다. 그는 안도의 한숨을 내쉬고 곧바로 다시 공상에 빠져들기 시작했다.

이 무렵 그의 공상은 대단히 구체화되어 있었다. 압둘라는 아주 머나먼 동쪽에 있어서 잔지브에는 알려지지도 않은 강력한 어떤 나라의 국왕이 낳은 아들이었다. 그러나 두 살 때 카불 아크바라는 악독한 도적 두목에게 납치당했다.

카불 아크바의 코는 독수리의 부리처럼 구부러졌고 한쪽 콧구멍에는 황금 고리가 달려 있었다. 그는 손잡이가 은으로 장식된 군총을 들고 압둘라를 위협했는데, 터번에 붙어 있는 빨간 보석으로부터 초인적인 힘을 얻는 듯했다. 압둘라는 너무 무서워 사막으로 도망쳤고, 그곳에서 지금의 아버지에게 발견된 것이었다. 그렇지만 이 공상은 압둘라의 아버지가 평생 한 번도 사막에 들어간 적이 없었다는 사실을 무시하고 있었다.

사실 생전의 아버지는 잔지브 땅을 벗어나는 사람은 모두 미친 사람이라고 자주 말했다. 그러나 압둘라는 그 마음씨 착한 양탄자 상인이 자기를 발견할 때까지 아픈 발을 이끌고 갈증에 시달리며 사막을 헤매던 그 악몽 같은 경험을 한 순간 한 순간 또렷하게 기억하고 있었다. 그리고 자기가 납치될 때까지 살았던 궁전에 대해서도 마찬가지로 매우 세세하게 떠올릴 수 있었다.

바닥엔 녹색 얼룩무늬의 돌이 깔려 있고 기둥들이 길게 늘어서 있던 알현실, 여자들이 거처하는 내실들, 부엌들, 그 모든 것이 기막히게 화려했다. 궁전 위에는 제각기 금박을 입혀 놓은 일곱 개의 둥근 지붕이 있었다.

그러나 요즘 들어 그의 공상은 주로 압둘라가 태어나면서부터 결혼하기로 정해졌던 어느 공주에게 집중되었다. 그녀는 압둘라만큼이나 고귀한 신분이었는데, 압둘라가 없는 사이에 흠잡을 데 없이 어여쁜 얼굴과 커다랗고 까맣고 몽롱한 눈을 가진 굉장한 미인으로 성장해 있었다.

공주가 사는 궁전도 압둘라의 궁전만큼이나 화려했다. 궁전으로 들어가려면 양옆에 천사 같은 조각상들이 늘어선 넓은 가로수 길을 지나 다시 대리석 안뜰을 일곱 군데나 거쳐야 했다. 각각의 안뜰 한복판에는 분수대가 하나씩 있었는데, 첫 번째는 귀감람석으로 만들어진 것이었고 지나갈수록 점점 더 귀한 재료로 바뀌어 마지막 분수대는 백금으로 만들어진 데다가 에메랄드가 박혀 있었다. 그런데 그날따라 압둘라는 그렇게 화려한 궁전으로도 만족할 수가 없었다. 아버지의 첫째 부인의 친척들이 다녀간 뒤에는 종종 그렇게 불만스러운 기분이 드는 것이었다.

훌륭한 궁전에는 마땅히 아름다운 정원이 있어야 한다는 생각이 떠올랐다. 압둘라는 정원을 좋아했다. 사실 정원에 대해서는 아는 것도 별로 없었다. 그가 본 정원이라고는 잔지브의 몇몇 공원에 있는 것들이 전부였는데, 그나마 잔디밭은 마구 짓밟혀 초라했고 꽃들도 거의 없었다. 그렇지만 압둘라는 가끔 애꾸눈 자말에게 돈을 주어 가게를 지켜달라고 부탁해 놓고 그런 정원에서 점심시간을 보내곤 했다.

자말은 압둘라의 가게 옆에서 튀김집을 하고 있었는데, 동전 한 닢 정도만 주면 자기 개를 압둘라의 가게 앞에 묶어 놓았다. 아무튼 그렇게 아주 적은 경험만 가지고 제대로 된 정원을 상상하기란 불가능하다는 사실쯤은 압둘라도 잘 알고 있었다. 그러나 파티마가 찾아 주겠다는 두 명의 색싯감에 대해 생각하는 것보다는 차라리 나았으므로 그는 이내 공주의 정원에서 너울거리는 넓은 잎사귀들과 향기 그윽한 산책길을 상상하는 일에 몰두했다.

아니, 몰두하려고 했다. 그런데 압둘라가 본격적으로 공상을 시작하기도 전에 훼방꾼이 나타났다. 키가 크고 지저분한 사내 하나가 아주 더러워 보이는 양탄자를 들고 서 있는 것이었다.

낯선 사내가 끄덕 인사를 하며 물었다.

"위대한 가문의 아드님이여, 그대가 내 양탄자를 사시겠는가?"

잔지브에서 양탄자를 팔겠다고 나선 사람이라고 하기에는 놀라울 만큼 퉁명스러운 말투였다. 잔지브에서는 물건을 파는 사람이든 사는 사람이든 대단히 정중하고 화려한 말솜씨를 구사하기 때문이었다. 압둘라는 안 그래도 짜증이 나려는 참이었다. 현실 속의 방해 때문에 상상 속의 정원이 산산이 흩어지고 있었다. 그래서 무뚝뚝하게 대꾸했다.

"아으, 사막의 제왕이시여, 그렇습니다. 이 미천한 장사꾼에게 물건을 바꾸고자 하십니까?"

그러자 사내가 말했다.

"아으, 멍석들의 주인이여, 바꾸자는 게 아니라 팔겠다는 걸세."

'멍석이라니!'

대단히 모욕적인 말이었다. 압둘라의 가게 앞에 진열된 양탄자 중에는 잉거리 나라의 오친스탄에서 만든 장식술이 달린 진귀한 꽃무늬 양탄자도 한 장 있었고, 가게 안에는 그 정도의 양탄자가 적어도 두 장은 더 있었는데, 각각 인히코와 파르크탄에서 만들어진 이 양탄자들은 제아무리 술탄이라고 해도 궁전의 비교적 작은 방에 깔아 놓기에는 조금도 모자람이 없다고 여길 만한 물건이었다. 그러나 물론 압둘라는 그렇게 말하지 않았다. 잔지브에서 자화자찬은 절대 금물이었다. 그래서 살짝 고개를 숙이며 냉랭하게 절하는 것으로 대신했다.

"아으, 방랑자들 가운데 진주 같은 어르신, 제 가게가 비록 이리 누추하고 빈약하지만 아마 손님께서 원하시는 금액쯤은 드릴 수 있지 않을까 싶습니다."

그렇게 말하면서 압둘라는 낯선 사내의 지저분한 사막 외투와 그의 코에 박혀 있는 녹슨 장신구와 너덜너덜한 터번 따위를 냉소적인 눈으로 훑어보았다.

그때 사내가 말했다.

"마루 덮개를 파는 거상이여, 이 가게는 그저 빈약한 정도가 아니구먼."

그러더니 그 더러운 양탄자의 한쪽 끝을 흔들어 자말을 가리켰다. 자말은 지금 막 오징어를 튀기는 중이었다. 푸르스름하고 비릿한 연기가 구름처럼 피어올랐다.

"옆집의 저 향기로운 내음이 그대의 상품에 스며들지는 않는고? 낙지 튀김 냄새는 쉽게 지워지지도 않을 터인데?"

압둘라는 속이 부글부글 끓었다. 그런 속마음을 감추기 위해 짐짓 비굴하게 손바닥을 마주 비벼야 했다. 사내는 결코 입 밖에 내서는 안 될 말을 함부로 내뱉고 있었다. 더구나 사내가 팔려고 하는 그 물건은 차라리 오징어 냄새라도 약간 배어들어야 지금보다 나아질 것 같았다. 압둘라는 사내가 들고 있는 우중충하고 낡아빠진 양탄자를 노려보며 이렇게 말했다.

"아으, 지혜로운 군자시여, 불초 소생은 늘 아낌없이 향을 피워 가게 안에 향내가 코를 찌르게 해놓습지요. 하오나 어르신의 그 놀라우신 후각을 잠시나마 달래시고 이 보잘것없는 장사꾼에게 물건을 보여 주실 수는 없겠습니까?"

그러자 사내는 이렇게 대꾸했다.

"아으, 고등어 떼에 둘러싸인 백합 같은 이여, 내 물론 그리 하겠네. 그럴 요량이 아니었다면 내 어찌 이 자리에 서 있겠는가?"

결국 압둘라는 마지못해 커튼을 젖히고 사내를 가게 안으로 안내하는 수밖에 없었다. 그리고 가게 중앙의 기둥에 매달아 놓은 등잔불의 심지를 돋웠다. 그러면서 쿵쿵 냄새를 맡아 본 그는 굳이 이런 작자에게 아까운 향을 낭비할 필요는 없다고 생각했다. 가게 안에는 어제의 향내가 아직도 진하게 남아 있었다. 압둘라는 도무지 미덥잖다는 표정으로 이렇게 물었다.

"소인의 쓸모없는 눈에 얼마나 격조 높은 상품을 보여 주려 하십니까?"

"바로 이걸세, 싸구려만 잔뜩 사들이는 젊은 친구!"

그러면서 사내는 양탄자를 한쪽 팔로 툭 쳐서 바닥에 좌르르 펼쳐 놓는 절묘한 솜씨를 보여 주었다.

하지만 그것은 압둘라도 얼마든지 할 수 있는 일이었다. 양탄자 상인이라면 그 정도는 기본이니까. 그래서 압둘라는 별로 감탄하지 않았다. 그는 두 손을 옷소매 속에 집어넣어 자못 얌전하고 겸손한 태도로 사내의 물건을 살펴보았다.

양탄자는 그리 크지 않았다. 그런데 막상 펼쳐 놓으니 압둘라가 예상했던 것보다도 더 지저분했다. 무늬가 좀 독특하긴 했다. 아니, 무늬가 다 없어지기 전에는 아마 독특했을 것이다. 그러나 지금은 그나마 남아 있는 무늬도 몹시 더러웠고 가장자리는 올이 풀려 너덜 너덜했다.

압둘라는 이렇게 말했다.

"대단히 아름다운 양탄자이긴 하지만 이 가난뱅이 장사꾼으로서 는 동전 세 닢밖에 드릴 수 없어 참으로 안타깝습니다. 지갑이 얄팍 한지라 더 이상은 어렵겠습니다요. 아으, 수많은 낙타들을 거느리시 는 어르신, 요즘 경기가 안 좋아서 그러는데, 이 정도라도 괜찮겠습 니까?"

그러자 낯선 사내가 대답했다.

"난 *500닢*을 받아야겠네."

"뭐라고요?"

"*금화*로 말이야."

"사막의 모든 도적 떼의 제왕께서 지금 농담하시는 것이겠지요? 아 니면 혹시 제 작은 가게 안에 오징어 튀김 냄새 말고는 별 볼 일이 없 는 걸 보시고 더 돈 많은 장사꾼을 찾아가실 참인가요?"

"그건 아닐세. 아으, 훈제 청어 떼의 옆집에 사는 젊은 친구여, 어 쨌든 자네가 관심 없다면 이만 나가 봐야지. 물론 이건 마법의 양탄 자라네."

그건 압둘라도 이미 들어 본 이야기였다. 그는 두 손을 집어넣은 옷소매 너머로 머리를 조아렸다.

"양탄자에 이런저런 효능이 있다는 말은 일찍부터 많이 들었습지요. 모래땅의 시인께서는 이 양탄자에 어떤 효능이 있다는 말씀이십니까? 주인이 천막에 들어설 때마다 반갑게 맞아 주나요? 집 안에 평화를 가져다주나요? 아니면 혹시……."

그러면서 압둘라는 양탄자의 너덜너덜한 가장자리를 발끝으로 넌지시 건드렸다.

"영원히 닳지 않나요?"

그러자 사내가 대답했다.

"날아다니지. 아으, 밴댕이처럼 속이 좁아터진 젊은 친구여, 이 양탄자는 주인이 시키는 대로 어디든지 날아갈 수 있다네."

압둘라는 사내의 거무죽죽한 얼굴을 쳐다보았다. 사막에서의 생활로 그의 두 뺨엔 깊은 주름살이 새겨졌는데, 지금은 비웃는 표정 때문에 주름살이 더욱 깊어져 있었다. 압둘라는 아버지의 첫째 부인의 큰아버지의 아들보다도 이 사람을 더 싫어하게 되었다는 사실을 깨달았다.

"믿음이 부족한 소인에게 확신을 심어 주십쇼. 아으, 거짓말의 제왕이시여, 만약 이 양탄자의 효능을 제게 보여 주신다면 그때는 거래를 해 볼 수도 있을 겁니다요."

"기꺼이 보여 주지."

사내는 양탄자 위로 걸음을 옮겼다.

바로 그 순간, 옆에 있는 튀김집에서 또다시 일상적인 소동이 벌어졌다. 아마 거리의 부랑아들이 오징어를 훔치려고 했을 것이다. 어쨌든 자말의 개가 짖어대기 시작했고, 자말을 비롯하여 여러 사람이 한꺼번에 고함을 지르기 시작했다. 그러나 냄비들이 와장창 나뒹구는 소리와 뜨거운 기름이 지글지글 타는 소리 때문에 개 짖는 소리와 고함 소리는 잘 들리지도 않을 정도였다.

잔지브에서는 남을 속이는 일이 다반사였다. 그래서 압둘라는 낯선 사내와 양탄자에서 단 한 순간도 눈을 떼지 않았다. 어쩌면 이 사내가 자말을 매수하여 소동을 일으키게 했는지도 모를 일이었다. 사내는 자말이 마음에 걸리는 듯이 아까부터 자꾸 그에 대해 이야기하고 있었다.

압둘라는 조금도 흔들리지 않고 키가 큰 사내의 몸을, 특히 양탄자를 밟고 있는 더러운 두 발을 뚫어져라 노려보았다. 그러면서도 한편으로는 사내의 얼굴을 곁눈질하여 그의 입술이 움직이는 것을 확인할 수 있었다. 그리고 두 귀도 쫑긋 세우고 있었으므로 옆집의 소란에도 불구하고 '60센티미터 위로'라는 말까지 들을 수 있었다. 그러자 양탄자가 바닥으로부터 서서히 떠올랐고, 압둘라는 더 자세히 들여다보았다. 양탄자는 압둘라의 무릎 높이쯤에 두둥실 떠 있었다.

사내의 낡은 터번이 가게 천장에 닿을락 말락 했다. 압둘라는 혹시 양탄자 밑에 막대기 같은 것은 없는지 찾아보았다. 천장에 철사를 교묘하게 연결해 놓지 않았는지도 잘 살폈다. 등잔을 집어 들고 이리저리 기울여 가며 양탄자의 위아래를 비춰 보기도 했다.

압둘라가 그렇게 꼼꼼히 살펴보는 동안에 사내는 팔짱을 끼고 비웃음 가득한 표정으로 서 있었다.

"잘 봤나? 자네처럼 의심 많은 친구도 이젠 믿을 수 있겠지? 내가 지금 공중에 있는 게 맞나, 틀리나?"

사내는 큰 소리로 외쳐야 했다. 옆집에서 들려오는 소음이 여전히 시끄러웠기 때문이다. 압둘라는 아무리 봐도 그 양탄자를 받쳐 주는 것이 없는데도 허공에 떠 있는 것 같다는 사실을 인정할 수밖에 없었다. 그는 이렇게 소리쳤다.

"거의 믿게 됐습지요! 하지만 이번엔 제가 양탄자를 타 볼 테니까 그만 내려와 주십쇼!"

그러자 사내가 눈살을 찌푸렸다.

"그건 또 왜? 아으, 의심 많은 문지기 같은 젊은 친구여, 자신의 눈으로 똑똑히 봤으면서 또 뭐가 필요하다는 겐가?"

압둘라는 이렇게 외쳤다.

"한 사람의 말만 듣는 양탄자일 수도 있으니까요! 개들도 흔히 그렇듯이 말씀입니다!"

그건 밖에서 자말의 개가 여전히 목청껏 짖어대고 있어서 자연스럽게 떠오른 생각이었다. 자말의 개는 주인 이외의 사람들이 자기를 만지면 덥석 물어 버렸다.

사내는 푸욱 한숨을 쉬었다.

"내려가라."

그러자 양탄자는 살며시 바닥으로 내려앉았다. 사내는 양탄자 밖으로 걸음을 옮기고 압둘라에게 고갯짓을 했다.

"아으, 생쥐처럼 약삭빠른 젊은 친구여, 어디 마음대로 시험해 보게나!"

압둘라는 적잖은 흥분을 느끼며 양탄자 위로 올라섰다.

"60센티미터 위로 올라가라!"

그는 그렇게 말했다. 아니, 버럭 고함을 질렀다. 지금 자말의 가게에는 도시 경비대가 도착한 모양이었다. 그들은 무기를 철컹거리면서 도대체 무슨 일이냐고 호통을 치고 있었다.

양탄자는 어김없이 압둘라의 명령에 따랐다. 양탄자가 60센티미터 위로 스르르 떠오르자 압둘라는 속이 울렁거려 허둥지둥 주저앉았다. 양탄자에 앉아 있는 기분은 나무랄 데 없이 편안했다. 마치 팽팽한 그물 침대 같은 느낌이었다. 압둘라는 사내에게 이렇게 말했다.

"둔하디둔한 소인의 머리도 이제야 좀 믿을 만한 모양입니다요. 아으, 한없이 인심 좋은 어르신, 가격이 얼마라고 하셨습죠? 은화 200닢이었나요?"

"금화 500닢. 양탄자한테 내려가라고 말하게. 이젠 돈 문제를 의논해 보자고."

압둘라는 양탄자에게 명령했다.

"바닥으로 내려앉아라."

양탄자는 시키는 대로 따랐고, 그와 함께 압둘라의 마음속에 남아 있던 마지막 의심도 깨끗이 사라졌다. 옆집의 소동 때문에 들리지는 않았지만, 압둘라가 처음 양탄자 위로 올라갈 때도 사내가 뭐라고 말을 한 것 같다는 의심이 있었던 것이다. 이윽고 압둘라는 벌떡 일어났고, 그때부터 흥정이 시작되었다.

"제 지갑엔 금화 150닢이 전부입니다요. 그나마도 제가 지갑을 탁탁 털고 구석구석 샅샅이 더듬어 봐야 겨우 마련할 수 있는 금액입죠."

그러자 사내는 이렇게 대꾸했다.

"그렇다면 다른 지갑도 꺼내 오고 침대 밑도 샅샅이 더듬어 봐야겠지. 내 인심도 495닢이 한계니까, 내 사정이 아무리 급해도 그 이하론 절대로 안 팔겠네."

압둘라는 이렇게 응수했다.

"제 왼쪽 신발창에서 금화 45닢 정도는 더 마련할 수 있습죠. 원래는 제 비상금인데, 아쉽지만 그게 전부올습니다요."

"그럼 오른쪽 신발도 살펴보시게나. 450닢."

그런 식으로 대화가 이어졌다. 그로부터 꼬박 한 시간이 지난 후 사내는 금화 210닢을 쥐고 가게를 나섰고, 그리하여 압둘라는 비록 좀 낡긴 했지만 당당한 진품으로 보이는 마법의 양탄자의 주인이 되어 기쁨을 억누를 수 없었다.

그러나 그는 아직도 의혹을 떨쳐 버리지 못했다. 진짜로 날아다니는 양탄자를 금화 400닢 이하로 내놓는 사람도 있다니! 사막의 방랑자에겐 욕심이 별로 없다지만 이건 도저히 믿어지지 않는 일이었다. 날아다니는 양탄자는 쓸모가 아주 많은 물건이었다. 먹이를 줄 필요도 없으니 낙타보다 윗길로 쳐야 할 텐데, 좋은 낙타를 구하려면 적어도 금화 450닢 정도는 줘야 했다.

뭔가 속임수가 있는 것이 분명했다. 한 가지 수법에 대해서는 압둘라도 들어 본 적이 있었다. 주로 말이나 개에게 사용하는 수법이었다. 이를테면 어떤 사람이 순진한 농부나 사냥꾼을 찾아온다. 그리고 정말 훌륭한 개나 말을 보여 주고, 이 짐승을 팔지 않으면 자기가 굶어 죽는 수밖에 없다면서 놀랄 만한 헐값을 제시한다. 농부는 (혹은 사냥꾼은) 몹시 기뻐하면서 그 말을 마구간에(혹은 그 개를 개장 속에) 넣어 잠을 재운다. 그러나 아침이 되면 그 짐승은 이미 사라지고 없다. 밤사이에 고삐를(혹은 목줄을) 풀고 주인에게로 돌아오도록 훈련을 받았기 때문이다.

압둘라의 생각으로는 웬만큼 말을 잘 듣는 양탄자라면 그런 훈련을 시키는 것도 충분히 가능할 것 같았다. 그래서 그는 가게를 떠나기 전에 지붕을 받쳐 놓은 기둥 하나에 마법의 양탄자를 아주 단단하게 둘둘 감고, 노끈 한 타래를 다 써 가며 양탄자를 꽁꽁 동여매고, 다음에는 그 노끈을 벽 아래쪽에 박힌 쇠말뚝에 질끈 묶어 놓았다.

"거기서 도망치긴 좀 힘들 거다."

압둘라는 양탄자에게 그렇게 말해 주고, 튀김집에서 무슨 일이 있었는지 알아보기 위해 밖으로 나갔다. 그러나 그 가게 앞은 조용했고 벌써 깔끔하게 정리되어 있었다. 자말은 슬픈 표정으로 계산대에 앉아 개를 끌어안고 있었다.

"무슨 일이에요?"

압둘라가 묻자 자말은 이렇게 대답했다.

"좀도둑 녀석들이 내 오징어를 다 쏟아 버렸어. 하루 동안 팔 분량이 전부 흙바닥에 쏟아진 거야. 다 망쳤어, 다 망쳤다고!"

압둘라는 이번 거래 때문에 너무 기쁜 나머지, 오징어를 다시 사오라고 자말에게 은화 두 닢을 주었다. 자말은 너무 고마워 눈물을 흘리며 압둘라를 부둥켜안았다. 자말의 개도 압둘라를 물기는커녕 그의 손을 날름날름 핥았다. 압둘라는 미소를 지었다. 인생은 즐거운 것이었다. 그는 개가 자기 가게를 지켜 주는 동안 맛 좋은 저녁을 먹으려고 휘파람을 불며 길을 나섰다.

잔지브의 둥근 지붕과 뾰족탑 너머로 저녁놀이 하늘을 붉게 물들일 때 압둘라는 여전히 휘파람을 불면서 가게로 돌아왔다. 그 양탄자를 다른 사람도 아니고 술탄에게 팔아 아주 높은 값을 받아 낼 궁리를 하면서 한창 마음이 들떠 있는 참이었다. 양탄자는 조금도 달라진 것 없이 그대로 있었다. 압둘라는 세수를 하면서 다시 생각했다.

'차라리 수상을 찾아가서 술탄께 선물로 드리라고 말해 보는 편이 낫지 않을까? 그러면 더 많은 돈을 받을 수 있을 텐데.'

압둘라는 양탄자의 가치를 새삼 실감할 수 있었다. 그러자 말에게 고삐를 푸는 훈련을 시킨다는 이야기가 다시 마음에 걸리기 시작했다. 압둘라는 잠옷으로 갈아입으면서 그 양탄자가 이리저리 꿈틀거리며 빠져나가는 모습을 떠올려 보았다. 양탄자는 낡아서 아주 부드러웠다. 게다가 철저한 훈련을 받은 게 분명하다. 노끈 정도는 가볍게 빠져나올 수 있을 것이다. 설령 그렇지 않더라도 걱정 때문에 밤새도록 한숨도 못 잘 것이 뻔했다.

결국 압둘라는 조심스럽게 노끈을 끊어 버리고 제일 귀중한 상품들만 모아 놓은 양탄자 더미 위에 그 양탄자를 펼쳐 놓았다. 평소에도 침대 대용으로 사용하던 양탄자들이었다. 이윽고 그는 모자를 뒤집어쓰고(사막 쪽에서 싸늘한 바람이 불어와 가게 안에 외풍이 심했으므로 모자는 꼭 필요했다) 담요를 덮은 후, 등잔불을 끄고 잠이 들었다.

2

밤의꽃 아가씨

그러나 압둘라가 잠을 깬 곳은 어느 비탈진 둔덕이었다. 그는 여전히 양탄자 위에 누워 있었지만 그곳은 그가 지금까지 상상했던 그 어떤 정원보다도 아름다운 정원이었다.

압둘라는 아직도 꿈을 꾸는 중이라고 믿었다. 이 정원은 아까 낯선 사내가 무례하게 방해할 때까지 압둘라가 상상하던 바로 그 정원이었기 때문이다. 보름달에 가까운 달이 하늘 높이 떠올라 물감처럼 새하얀 빛을 뿌렸고, 그 빛은 주변의 풀밭에 피어 있는 수백 송이의 작고 향기로운 꽃들을 환히 비추고 있었다. 그리고 나무 위에는 동그랗고 노란 등불들이 걸려 있어서 달빛이 만들어 낸 캄캄한 그림자들을 쫓아 주고 있었다. 압둘라는 발상이 아주 좋았다고 생각했다. 그렇게 하얗고 노란 두 종류의 빛에 의지하여 그는 자기가 누워 있는 잔디밭 너머로 줄지어 늘어선 우아한 아치 기둥들과 그 위로 기어오르는 덩굴식물들을 볼 수 있었다. 그리고 보이지는 않았지만 그 너머 어딘가에서 졸졸거리며 조용히 흘러가는 물소리도 들려왔다.

너무도 아름답고 근사한 광경이었다. 압둘라는 감춰진 물을 찾으려고 벌떡 일어나 아치 기둥들을 따라 걸어갔다. 달빛 아래 희미하게 빛나는 하얀 별 모양의 꽃들이 그의 얼굴을 쓰다듬었고, 종처럼 생긴 꽃들이 한없이 은은하고 황홀한 향기를 뿜어냈다. 꿈속에서 흔히 그러듯이 압둘라는 윤기가 흐르는 큼직한 나리꽃을 어루만지기도 했고, 길을 벗어나서 엷은 빛깔의 장미가 만발한 작은 골짜기로 들어가 보며 즐거워하기도 했다. 이토록 아름다운 꿈은 평생 처음이었다.

이윽고 이슬방울들이 똑똑 떨어지는 커다란 고사리를 닮은 덤불 너머에서 마침내 물을 찾아냈는데, 그것은 또 하나의 잔디밭에 서 있는 수수한 대리석 분수대였다. 덤불에 줄줄이 걸려 있는 등불들이 분수대를 비추었고, 졸졸 흐르는 물은 마치 금빛과 은빛의 초승달들이 흘러가는 듯 경이로운 광경이었다. 압둘라는 넋을 잃고 그쪽으로 걸어갔다.

그의 기쁨은 거의 완벽한 것이었다. 이제 부족한 것이라고는 딱 하나뿐이었는데, 멋진 꿈이라면 으레 그렇듯이 여기서도 그것이 빠질 리가 없었다. 기가 막히게 아름다운 아가씨가 잔디밭을 가로질러 압둘라 쪽으로 걸어오고 있었던 것이다. 그녀는 촉촉이 젖은 풀을 맨발로 사뿐사뿐 밟으며 다가왔다. 그녀의 얇고 하늘하늘한 옷은 압둘라가 상상했던 공주처럼 사뭇 날씬하면서도 여위지 않은 몸매를 그대로 보여 주고 있었다. 그러나 가까이 다가왔을 때 보니 얼굴은 상상 속의 공주처럼 완벽한 달걀 모양이 아니었고, 눈도 커다랗고 까맣기는 했지만 결코 몽롱하지 않았다. 그녀의 눈은 오히려 뚜렷한 호기심을 보이면서 압둘라의 얼굴을 유심히 뜯어보는 중이었다. 압둘라는 얼른 상상 속의 모습을 바로잡았다. 이 아가씨는 정말 아름다웠기 때문이다. 그리고 그녀가 입을 열자 목소리도 더 바랄 수 없을 만큼 아름다웠다. 분수대의 물소리처럼 맑고 명랑한 목소리, 역시 뚜렷한 성격을 짐작케 하는 목소리였다.

"새로 들어온 일꾼인가요?"

'꿈속에서는 누구나 이상한 질문을 하는 법이지' 하고 압둘라는 생각했다.

"아으, 내 상상의 걸작이여, 그건 아닙니다. 사실 난 어느 먼 나라의 임금님이 오래전에 잃어버린 아들이지요."

"아하. 그렇다면 생김새가 남다를 수도 있겠네요. 그럼 당신은 나와는 다른 부류의 여자라는 뜻인가요?"

압둘라는 조금 당황해서 이 꿈속의 아가씨를 멍하니 바라보았다.

"난 여자가 아니라고요!"

"정말이에요? 하지만 여자 옷을 입고 계시잖아요."

압둘라는 자신의 몸을 내려다보았다. 꿈속에서 흔히 그렇듯이 그는 긴 잠옷 차림이었다. 그래서 얼른 이렇게 말했다.

"이건 외국 옷일 뿐이에요. 내 진짜 조국은 여기서 아주 멀지요. 난 틀림없는 남자예요."

그러자 그녀가 단호하게 말했다.

"아니에요. 남자일 리가 없어요. 생김새가 전혀 다른걸요. 남자들은 당신보다 몸집이 두 배나 크고, 아랫배도 불룩 나와서 올챙이배라고 하거든요. 그리고 얼굴엔 허연 수염이 텁수룩하지만 머리는 아무것도 없이 밋밋하다고요. 그런데 당신은 나처럼 머리카락은 많고 얼굴엔 털이 거의 없잖아요."

압둘라는 인중에 돋아난 여섯 가닥의 수염을 못마땅한 듯이 잡아당겼다. 그때 그녀가 물었다.

"혹시 모자를 벗으면 대머리인가요?"

"천만에요."

압둘라는 자신의 숱 많고 곱슬곱슬한 머리를 자랑스럽게 여기고 있었다. 그는 선뜻 모자를 벗었다.

"보세요."

"아!"

그녀의 사랑스러운 얼굴은 자못 어리둥절한 표정이었다.

"거의 내 머리만큼이나 탐스럽군요. 이해할 수가 없네요."

"그건 나도 마찬가지예요. 혹시 남자들을 보지 못한 게 아닌가요?"

"그야 당연하죠. 난 남자라고는 우리 아버지밖에 못 봤어요. 하지만 아버지는 많이 뵈었으니까 확실히 안다고요."

"그럼 바깥출입도 전혀 안 해요?"

압둘라는 난감한 표정으로 그렇게 물어보았다. 그러자 그녀는 웃어 버렸다.

"지금도 바깥에 나왔잖아요. 여긴 내 밤나들이 정원이에요. 햇볕에 얼굴이 망가질까 봐 아버지께서 만들어 주셨죠."

압둘라는 이렇게 설명했다.

"그게 아니라, 시내로 나가 사람들을 구경한 적이 없느냐는 거예요."

"음, 그래요, 아직은요."

그 사실이 조금은 마음에 걸리는 듯, 그녀는 휙 돌아서서 분수 대 가장자리에 걸터앉았다. 그리고 압둘라를 올려다보며 말했다.

"아버지는 나중에 내가 결혼하면 가끔 바깥에 나가 시내 구경을 할 수 있을지도 모른다고 하셨어요. 물론 남편이 허락해 준다면 말예요. 하지만 이 도시는 아니겠죠. 아버지는 나를 오친스탄의 왕자님과 결혼시키려고 하시거든요. 그때까지는 이 담장 안에서만 지낼 수밖에 없어요."

잔지브의 큰 부자들이 딸들을(심지어는 아내까지도) 죄수들처럼 대저택 안에 가둬 놓는다는 말을 압둘라도 들은 적이 있었다. 정말 그렇다면 제발 누가 아버지의 첫째 부인의 여동생 파티마도 그렇게 가둬 놓았으면 좋겠다고 생각한 적도 많았다. 그러나 지금 이 꿈속에서는 그런 풍습이 아주 불합리하다고, 더구나 이 아리따운 아가씨에게는 몹시 불공평한 일이라고 생각될 뿐이었다. 일반적인 젊은 남자들이 어떻게 생겼는지조차 모르고 있다니!

"죄송한 말씀이지만 혹시 오친스탄의 왕자님은 늙고 못생긴 분인 가요?"

그러나 그 점에 대해서는 아가씨도 잘 모르는 것이 분명했다.

"글쎄요, 아버지는 그분도 아버지처럼 한창나이라고 하시던데요. 하지만 진짜 문제는 남자들의 본성이 야만적이기 때문인 것 같아요. 아버지는 혹시 그 왕자님이 나를 보기 전에 다른 남자가 나를 먼저 보게 된다면 당장 사랑에 빠져 나를 납치해 버릴 거래요. 그렇게 되면 아버지의 계획도 자연히 물거품이 되는 거죠. 아버지는 남자들이 모두 못된 짐승이래요. 당신도 짐승인가요?"

"전혀 아닌데요."

"나도 그렇게 생각했어요."

그녀는 깊은 관심이 깃든 눈으로 압둘라를 쳐다보았다.

"내가 봐도 짐승처럼 생기진 않았거든요. 그것만 보더라도 당신은 진짜 남자일 리가 없어요."

그녀는 일단 어떤 것을 믿기 시작하면 좀처럼 생각을 바꾸지 않는 성격인 것 같았다. 아가씨는 잠시 생각해 보다가 이렇게 말했다.

"혹시 말예요, 당신 가족들이 무슨 이유에선지 당신한테 엉뚱한 생각을 심어 준 건 아닐까요?"

압둘라는 그거야말로 내가 할 소리라고 말해 주고 싶었다. 그러나 너무 무례한 것 같아서 그저 고개만 가로저었다. 그리고 '그렇게까지 걱정해 주다니 마음씨도 참 착하구나, 걱정스러운 표정 때문에 오히려 더 예뻐 보이는구나' 하고 생각했다. 더구나 분수대에서 반사되는 금빛과 은빛으로 맑게 반짝이는 그 따뜻한 눈빛은 더 말할 나위도 없었다.

"어쩌면 당신이 먼 나라에서 왔기 때문인지도 몰라요."

그러면서 그녀는 분수대 가장자리의 자기 옆자리를 툭툭 두드렸다.

"여기 앉아 모든 걸 말해 주세요."

"당신 이름부터 말해 줘요."

그러자 그녀는 시무룩하게 대답했다.

"좀 우스운 이름이에요. '밤의꽃'이라고 해요."

그러나 압둘라는 꿈속의 아가씨에게 딱 어울리는 이름이라고 생각했다. 그리고 새삼 감탄하는 눈으로 그녀를 내려다보았다.

"난 압둘라예요."

그러자 밤의꽃은 못마땅하다는 듯이 이렇게 외쳤다.

"이름까지 남자처럼 지어 줬군요! 자, 얼른 앉아서 얘기해 봐요."

그녀 곁의 대리석에 걸터앉으면서 압둘라는 이거야말로 정말 생생한 꿈이라고 생각했다. 돌은 차가웠다. 분수대의 물보라에 잠옷이 젖어들었고, 밤의꽃에게서 풍겨 오는 달콤한 장미 향수 냄새가 정원의 꽃향기와 어우러지는 것까지 대단히 실감 났다. 그러나 이건 어차피 꿈이었다. 그러므로 압둘라의 공상도 여기서는 현실이라고 말할 수 있었다. 그래서 그는 자기가 왕자였던 시절에 살던 궁전에 대하여 모든 것을 이야기했고, 카불 아크바에게 납치되었다가 사막으로 탈출하고 마침내 양탄자 상인에게 발견되기까지의 사연들을 남김없이 털어놓았다.

밤의꽃은 이야기를 들으면서 압둘라를 깊이 동정해 주었다.

"아, 가엾어라! 얼마나 힘들었을까! 혹시 당신의 새아버지도 도적들과 한패가 되어 당신을 속였던 건 아닐까요?"

압둘라는 사실 꿈을 꾸고 있을 뿐이었지만, 왠지 거짓말로 그녀의 동정을 사고 있다는 느낌이 점점 강해졌다. 그래서 어쩌면 아버지가 카불 아크바에게서 돈을 받았는지도 모른다고 말하면서 슬쩍 말머리를 돌렸다.

"이젠 당신 아버님의 계획에 대해 다시 얘기해 보죠. 내 생각엔 당신이 그 왕자님과 결혼한다는 건 아무래도 좀 곤란한 일인 것 같아요. 다른 남자들을 본 적이 없으니 비교해 볼 수도 없잖아요. 그분을 사랑하는지 안 하는지 어떻게 알 수 있겠어요?"

"그 말에도 일리가 있어요. 나도 가끔 그런 걱정을 했어요."

"그럼 이렇게 해 봅시다. 내가 남자들의 초상화를 있는 대로 모아서 내일 밤 다시 오면 어떨까요? 그러면 그 왕자님과 비교해 볼 기준이 생길 텐데요."

비록 꿈이긴 했지만 압둘라는 자기가 내일 밤 이곳에 다시 오게 되리라는 것을 조금도 의심하지 않았다. 그리고 초상화는 좋은 핑곗거리가 될 수 있었다.

밤의꽃은 얼른 판단이 안 서는 듯, 깍지 낀 손으로 두 무릎을 감싸 쥐고 앞뒤로 몸을 흔들며 압둘라의 제안에 대해 곰곰이 생각했다. 압둘라는 그녀의 마음속에 수염이 허옇고 머리가 훌렁 벗겨진 뚱뚱한 남자들이 줄줄이 지나가고 있는 것이 보이는 것 같았다. 그는 이렇게 덧붙였다.

"남자들은 체격도 생김새도 각양각색이라고요."

그러자 비로소 그녀도 승낙했다.

"그렇다면 초상화가 큰 도움이 되겠네요. 적어도 당신을 다시 만날 핑곗거리는 되겠죠. 당신처럼 상냥한 사람은 처음 봤거든요."

그 말을 듣고 압둘라는 내일 밤에도 꼭 와야겠다고 더욱 굳게 다짐했다. 남자에 대해 이토록 무지한 그녀를 그냥 내버려둘 수는 없었다. 그는 수줍어하면서 이렇게 대답했다.

"나도 그래요."

그러자 아쉽게도 밤의꽃은 자리를 뜨려고 일어섰다.

"이젠 안으로 들어가야 해요. 원래 첫 만남은 반 시간을 넘기면 안 되는 건데, 당신은 벌써 두 배나 오래 있었잖아요. 하지만 이젠 서로 알게 됐으니까 다음번엔 적어도 두 시간은 함께 있어도 돼요."

"고마워요. 그러죠."

압둘라가 그렇게 말하자 그녀는 방긋 미소를 짓더니, 이내 분수대를 지나서 꽃이 만발한 고사리처럼 생긴 두 그루의 떨기나무 너머로 꿈결처럼 사라져 버렸다.

그때부터는 정원과 달빛과 꽃향기도 그저 시시하게 느껴질 뿐이었다. 압둘라도 아까 걸어 왔던 그 길로 되돌아가는 것 말고는 달리할 일이 없었다. 그런데 달빛이 비치는 둔덕으로 돌아와 보니 그곳에 양탄자가 있었다. 그때까지 그는 이 양탄자를 까맣게 잊고 있었던 것이다. 그러나 기왕 그것도 꿈속에 나타났으니 그 위에 드러누워 잠을 자기로 했다.

몇 시간 뒤에 깨어났을 때는 가게 안의 틈새로 눈부신 햇빛이 쏟아져 들어오고 있었다. 공기 중에는 그저께 피웠던 향 내음이 아직도 맴돌고 있었는데, 오늘은 그 냄새가 어쩐지 초라하고 답답하게만 느껴졌다. 아니, 가게 전체가 칙칙하고 퀴퀴하고 초라해 보였다. 그리고 간밤에 모자가 벗겨진 탓인지 감기 기운까지 있었다. 그래도 모자를 찾아보는 과정에서 양탄자가 밤사이에 도망쳐 버리지 않았다는 사실을 알게 되었으니 그나마 다행이긴 했다. 그러나 좋은 일은 그것뿐인 것 같았다. 갑자기 자신의 삶이 몹시 따분하고 우울하게만 느껴졌기 때문이다.

그때 바깥에서 자말이 아침 식사를 차려 놓았다고 소리쳐 불렀다. 그 은화 두 닢이 아직도 고마운 모양이었다. 압둘라는 반가운 마음으로 선뜻 커튼을 열어젖혔다. 멀리서 닭울음소리가 들려 왔다. 하늘은 파랗게 빛났고, 강렬한 햇살이 가게 안의 푸르스름한 먼지와 묵은 향내를 가르며 파고들었다. 그렇게 밝아졌는데도 모자는 좀처럼 눈에 띄지 않았다. 그래서 더 울적해졌다.

이윽고 두 사람이 아침을 먹기 위해 야외에서 햇빛 아래 책상다리를 하고 앉았을 때, 압둘라는 자말에게 이렇게 물어보았다.

"당신도 가끔 이유 없이 슬퍼질 때가 있나요?"

자말은 사뭇 다정하게 설탕 빵 한 조각을 개에게 먹여 주었다.

"하마터면 오늘도 슬퍼할 뻔했지. 자네가 없었다면 말이야. 내 생각엔 누군가 그 못된 녀석들에게 돈을 주고 도둑질을 시킨 것 같아.

2. 양탄자 상인 압둘라

녀석들은 아주 철저했거든. 더군다나 경비대는 오히려 나한테 벌금을 부과하더라고. 내가 얘기했던가? 아무래도 나를 미워하는 놈들이 있는 것 같아, 친구."

그 말은 양탄자를 팔았던 그 낯선 사내에 대한 압둘라의 의심을 뒷받침하는 것이었지만 별로 큰 도움이 되지는 않았다. 압둘라는 이렇게 말했다.

"그 개가 사람들을 함부로 물지 못하게 하는 게 좋겠어요."

그러자 자말이 대꾸했다.

"내가 시킨 건 아니라고! 난 자유 의지를 믿는 사람이야. 내 개가 나만 빼고 세상 사람들을 모조리 싫어한다고 해도 그건 자기 자유잖아."

식사를 마친 후 압둘라는 다시 모자를 찾기 시작했다. 그러나 아무리 찾아도 없었다. 그는 그 모자를 마지막으로 썼던 것이 언제였는지를 찬찬히 생각해 보았다. 그것은 간밤에 그가 양탄자를 수상에게 가져가야겠다고 생각하면서 잠자리에 들었을 때였다. 그다음에는 꿈을 꾸었다. 그때까지도 분명히 모자를 쓰고 있었다. 압둘라는 밤의꽃에게(이름이 참 예쁘기도 하지!) 대머리가 아니라는 것을 보여주려고 모자를 벗었던 일을 떠올렸다. 그리고 그의 기억이 옳다면 그때부터 분수대 가장자리에 걸터앉을 때까지는 줄곧 모자를 손에 쥐고 있었다. 그리고 그다음에는 카불 아크바에게 납치당했던 일을 설명하면서 두 손을 자유롭게 내저었던 기억이 뚜렷하게 남아 있는데, 그때는 이미 어느 손에도 모자는 없었다. 물론 꿈속에서는 그렇게 물건들이 온데간데없이 사라지는 것도 예사로운 일이었다. 그러나 아무리 생각해 보아도 그때 분수대에 걸터앉으면서 떨어뜨린 것이 분명했다. 혹시 분수대 옆의 잔디밭에 떨어뜨렸던 것이 아닐까?

만약 그렇다면…….

압둘라는 가게 한복판에 우뚝 선 채로 멍하니 햇살 속을 들여다보았다. 이상한 일이었다. 아까까지만 해도 그 햇살 속에는 묵은 향 내음과 지저분한 먼지들이 잔뜩 떠돌고 있었는데 지금은 전혀 달랐다. 햇살은 그저 아름답고 순수한 황금빛일 따름이었다.

"그건 꿈이 아니었어!"

그러자 울적하던 기분도 어느새 말끔히 사라졌다. 숨쉬는 일마저 한결 편안해졌다.

"현실이었어!"

압둘라는 마법의 양탄자 앞으로 걸어가 그것을 내려다보았다. 그 양탄자도 꿈속에 등장했었다.

"그렇다면 내가 잠든 사이에 네가 나를 어느 부잣집 정원으로 데려다준 모양이구나. 아마 내가 잠결에 명령을 했겠지. 충분히 있을 수 있는 일이야. 그때 정원에 대해 생각하고 있었으니까. 넌 내가 생각했던 것보다 훨씬 더 귀중한 물건이구나!"

몇 가지 중요한 사실

압둘라는 지붕을 받치고 있는 기둥에 양탄자를 다시 단단히 묶어 놓고 장터거리로 나섰다. 그리고 이 시장에서 가장 솜씨 좋은 화가의 가게를 찾아갔다.

여느 때처럼 압둘라는 그 화가에게 연필의 제왕이나 분필의 마법사라는 식의 찬사를 늘어놓았고, 화가도 최상의 손님이라느니 공작님 같은 안목을 가지셨다느니 하면서 한바탕 압둘라를 추켜세웠다. 그렇게 서로 정중한 인사를 주고받은 후 압둘라가 말했다.

"지금껏 보아 오신 각양각색의 남자들을 모조리 그려 주세요. 임금님도 좋고 거지도 좋고, 장사꾼이든 직공이든, 뚱뚱하든 말랐든, 젊었든 늙었든, 잘생겼든 못생겼든 그저 평범하든, 아무튼 뭐든지 좋습니다. 아으, 그림붓의 거장이시여, 만일 그중에서 지금껏 못 보신 부류가 있거들랑 그냥 상상해서 그리셔도 됩니다. 그리고, 아으, 화가 중의 귀족이시여, 설마 그럴 리는 없겠지만 혹시라도 상상력이 달린다면 저 바깥으로 눈을 돌려 직접 보면서 그리시면 그만입니다!"

압둘라는 팔을 쭉 뻗어 바삐 장터를 오가는 수많은 사람들을 가리켰다. 이렇게 지극히 일상적인 풍경을 밤의꽃은 한 번도 본 적이 없다고 생각하니 가슴이 아파 눈물이 날 지경이었다.

화가는 부스스한 턱수염을 쓰다듬으며 자못 미심쩍은 표정을 지었다.

"사람들을 감상하는 고상한 취미를 가지셨구먼. 물론 그런 일이야 내겐 아주 간단합죠. 그런데 지혜의 보석께서는 그 많은 남자들의 초상화를 무엇에 쓰시려는지, 혹시 이 미천한 그림쟁이에게 일러 주실 수는 없겠는지요?"

압둘라는 약간 당황했다.

"화판의 임금님께서 그것을 알고자 하시는 까닭은 무엇입니까?"

"총명한 분이니 물론 미루어 짐작하시겠지만, 이 어리석은 놈이 과연 어떤 재료를 써야 할지 미리 알아 두어야 하기 때문입지요."

그러나 사실 이 화가는 압둘라의 주문이 워낙 특이해서 호기심이 발동했을 뿐이었다.

"목판이나 화포에 유화 물감으로 그릴지, 아니면 종이나 양피지에 먹물로 그릴지, 그것도 아니면 회칠한 담벼락에 수채 물감으로

2. 양탄자 상인 압둘라

그릴지를 정해야 하는데, 그걸 판단하려면 거기 계신 진주 같은 손님께서 그 초상화들을 어디에 쓰시려는지 알아야 하니까 드리는 말씀입죠."

압둘라는 얼른 이렇게 대답했다.

"아, 그거라면 종이를 쓰시지요."

그는 밤의꽃과의 만남을 남들에게 알리고 싶지 않았다. 그녀의 아버지는 틀림없이 큰 부자일 텐데, 난데없이 젊은 양탄자 장사꾼이 나타나 자기 딸에게 오친스탄 왕자가 아닌 다른 남자들의 모습을 보여 주려고 한다면 당장 반대할 것이 뻔하기 때문이었다.

"초상화는 남들처럼 걸어 다니지 못하는 어느 환자에게 보여 주려고 합니다."

"마음씨도 참 고우십니다."

그렇게 말하면서 화가는 아주 헐값으로 그림을 그려 주겠다고 약속했다. 그리고 압둘라가 고맙다고 말하려 하자 이렇게 대꾸했다.

"아뇨, 아닙니다. 아으, 이 시대의 행운아여, 내게 감사할 필요는 없습지요. 내게도 세 가지 이유가 있으니까요. 첫째로, 그동안 재미삼아 그려뒀던 초상화가 꽤 많은데, 그런 것까지 돈 받고 판다는 건 온당치 않은 일이지요. 누가 시키지 않아도 어차피 그렸을 테니까요. 둘째로, 손님께서 부탁하신 일은 내가 평소에 하던 일보다 열 배는 더 흥미로운 일입지요. 보통은 젊은 아가씨나 그 신랑감 아니면 말이나 낙타 따위를 그리는 게 고작인데, 그때마다 실물과는 상관없이 무조건 멋있게 그려 줘야 하거든요. 그게 아니면 골칫거리 아이들을 쉴 새 없이 그려대야 하는데, 부모들이야 제 자식이 천사처럼 보이길 바라지만 그것도 사실과는 영판 거리가 먼 거죠. 그리고 셋째로는, 아으, 손님 가운데 가장 고귀한 손님이여, 아무래도 손님은 머리가 살짝 돈 것 같은데, 그런 사람을 등쳐먹으면 재수가 없거든요."

젊은 양탄자 상인 압둘라가 갑자기 미쳤는지 초상화를 닥치는 대로 사 모은다는 소문이 삽시간에 장터 전체로 퍼져 나갔다.

압둘라에게는 여간 성가신 일이 아니었다. 그날 압둘라는 시도 때도 없이 찾아와 주절주절 사연을 늘어놓는 수많은 사람들에게 하루 종일 시달려야 했기 때문이다. 어떤 사람은 자기 할머니의 초상화를 가져와서 가난 때문에 어쩔 수 없이 내놓게 되었다고 설명했고, 어떤 사람은 어느 마차 뒤에서 떨어져 나온 술탄의 경주용 낙타 그림을 가져왔고, 또 어떤 사람은 누이의 초상화가 들어 있는 목걸이 장식을 가져오기도 했다. 그들을 떼어내는 데는 적잖은 시간이 필요했다. 그러나 이따금씩 남자 그림을 보게 되면 더러 사 주기도 했는데, 그 때문에 계속 사람들이 몰려오는 것은 당연한 일이었다.

마침내 압둘라는 모여드는 사람들에게 이렇게 말했다.

"오늘 하루뿐이에요. 제 약속은 오늘 해 질 녘까지만 유효하다고요. 남자 그림을 갖고 계신 분들은 오늘 해 지기 한 시간 전까지 가져오시면 제가 사 드릴게요. 단, 그 시간에만 사겠어요."

그렇게 말한 덕분에 몇 시간쯤 여유가 생겨 양탄자를 시험해 볼 수 있었다. 이때 그는 과연 그 정원에 갔던 일이 정말 꿈이 아니었을까 하는 의혹을 품고 있었다. 양탄자가 좀처럼 움직이지 않았기 때

2. 양탄자 상인 압둘라

문이다. 당연한 일이지만 압둘라는 아침 식사 후 시험 삼아 양탄자에게 위로 떠오르라고 명령했었다. 여전히 말을 듣는지 확인하기 위해서였다. 그러나 양탄자는 바닥에서 움직일 생각을 하지 않았다. 화가의 가게에 다녀와서도 다시 시험해 보았지만 역시 꼼짝도 하지 않는 것이었다.

"내가 너를 푸대접한 탓인지도 모르겠구나. 내가 그렇게 의심했는데도 넌 줄곧 내 말을 잘 들었어. 그런데도 난 너를 기둥에 꽁꽁 묶어 버렸지. 너를 혼자 자유롭게 놔두면 기분이 좀 나아지겠니, 친구? 그럴까?"

그는 양탄자를 바닥에 둔 채로 비켜 주었지만 양탄자는 여전히 날아오르지 않았다. 평범한 깔개와 다를 바 없어 보였다.

사람들이 찾아와 초상화를 사라고 귀찮게 구는 동안에도 압둘라는 틈틈이 다시 생각해 보았다. 양탄자를 팔았던 그 낯선 사내를 의심한 일도 돌이켜 생각했고, 하필이면 사내가 양탄자에게 떠오르라고 명령하는 바로 그 순간 자말의 가게에서 벌어졌던 대소동에 대해서도 생각했다. 그리고 두 번 모두 사내의 입술이 움직이는 것은 보았지만 그의 말을 정확히 모두 듣지는 못했던 사실도 다시 상기했다.

"바로 그거야!"

압둘라는 주먹으로 손바닥을 내리치며 소리쳤다.

"양탄자를 움직이려면 어떤 암호가 필요한 거였어. 그런데 무슨 이유에선지, 보나마나 아주 못된 속셈이 있었겠지만, 아무튼 그자는 그 암호를 내게 가르쳐 주지 않은 거야. 순 악당 같으니라고! 그런데 내가 잠결에 그 말을 했던 게 틀림없어."

그는 가게 안쪽으로 달려가서 어린 시절에 쓰던 낡은 사전을 찾아 냈다. 그리고 양탄자를 밟고 서서 외쳤다.

"'가가호호!' 날아라, 제발!"

그때부터 기역 자로 시작되는 낱말들을 모조리 불러 보았지만 아무런 반응이 없었다. 압둘라는 굽히지 않고 니은 자로 넘어갔고, 그래도 소용이 없으면 다시 다음 글자로 넘어가면서 결국 사전을 샅샅이 훑었다. 초상화를 팔러 온 사람들이 자꾸 방해하는 통에 시간이 오래 걸렸다. 그래도 초저녁 무렵에는 '힘차다'까지 다 끝낼 수 있었다. 그러나 양탄자는 끝내 움직이지 않았다.

압둘라는 잔뜩 흥분해서 이렇게 외쳤다.

"그렇다면 그건 아마 지어 낸 말이나 외국어였을 거야!"

그렇지 않다면 밤의꽃은 결국 꿈속에서 만났던 거라고 믿을 수밖에 없었다. 설령 그녀가 진짜였다고 하더라도 시간이 갈수록 다시 양탄자를 타고 그녀에게 날아갈 가능성은 점점 더 희박해지는 것 같았다. 압둘라는 양탄자에 올라서서 온갖 괴상한 소리를 다 내보았고, 생각나는 외국어들을 모조리 말해 보았다. 그래도 양탄자는 움직이는 기색이 전혀 없었다.

이윽고 해가 지기 한 시간쯤 전에 압둘라는 다시 방해를 받게 되었다. 수많은 사람들이 크고 작은 보따리를 들고 꾸역꾸역 모여 들었다. 화가도 작품을 가져왔는데, 그 역시 군중 사이를 비집고 들어와야 했다. 그때부터 한 시간 동안은 정신이 쑥 빠질 지경이었다. 압둘라는 그림들을 일일이 살펴보면서 고모, 이모, 어머니 등의 초상화를 퇴짜 놓기도 했고, 조카를 그린 형편없는 졸작에 대해 사람들이 요구하는 터무니없는 가격을 깎아내리기도 했다. 이 한 시간 사이에 그는 화가가 내놓은 백 점의 훌륭한 초상화 말고도 도합 여든아홉 점에 달하는 그림을 더 사들였다. 그중에는 그림 이외에 목걸이 장식도 있었고, 심지어는 벽에 그려진 얼굴 낙서까지 한 조각 끼어 있었다. 그 덕분에 압둘라는 마법의 양탄자를(진짜 마법의 양탄자인지는 모를 일이지만) 사고 남은 돈마저 거의 다 날리고 말았다. 이윽고 자신의 네 번째 아내의 어머니도 누구 못지않게 남자처럼 생겼다고 우겨대는 어떤 남자에게 전혀 그렇지 않다는 것을 겨우 납득시키고 가게 안에서 몰아냈을 때는 이미 날이 어두워진 뒤였다. 그때쯤에는 너무 피곤하고 짜증이 나서 밥 먹을 생각도 나지 않았다. 그래서 곧장 자려고 했는데, 아까 밖에서 기다리는 사람들에게 간식거리를 팔아서 재미를 톡톡히 보았던 자말이 연한 꼬치 불고기를 가지고 나타났다.

"자네 정신이 어떻게 된 거 아니야? 난 자네가 정상인 줄 알았는데 말이야. 아무튼 미쳐 버렸든 아니든 밥은 먹어야지."

압둘라는 이렇게 대답했다.

"미치진 않았어요. 다만 다른 장사를 해 보기로 결심했을 뿐이라고요."

그러면서도 순순히 불고기를 받아먹었다.

마침내 압둘라는 백여든아홉 점의 그림을 양탄자 위에 쌓아 두고 그 사이에 드러누울 수 있었다. 그는 양탄자에게 말했다.

"자, 이제 잘 들어. 내가 어쩌다가 네 암호를 말하게 되면 너는 그 즉시 날아올라 밤의꽃의 밤나들이 정원으로 나를 데려다줘야 해."

그것 말고는 더 이상 할 수 있는 일이 아무것도 없었다. 압둘라가 잠들기까지는 꽤 오랜 시간이 걸렸다.

이윽고 깨어나 보니 밤에 피는 꽃들이 황홀한 향기를 뿜어냈고, 누군가 살며시 그를 건드리고 있었다. 압둘라는 그녀가 자신의 기억보다 훨씬 더 아름답다는 것을 깨달았다. 그녀가 말했다.

"정말 그림을 가져왔군요! 당신은 정말 친절해요."

'해냈구나!' 압둘라는 몹시 기뻤다.

"그래요. 여기 남자 그림 백여든아홉 점을 가져왔어요. 이 정도면 남자들에 대해 웬만큼은 알 수 있을 거예요."

압둘라는 공주와 함께 여러 개의 금빛 등잔을 가져다가 둔덕 주변에 둥그렇게 늘어놓았다. 그리고 그림들을 한 장씩 등잔 밑에 갖다 댔다가 둔덕 위에 비스듬히 내려놓았다. 마치 길바닥을 색칠하는 화가가 된 듯한 기분이었다.

밤의꽃은 압둘라가 보여 주는 남자들을 하나하나 살펴보았다. 철저히 객관적인 시선이었고 대단한 집중력이었다. 이윽고 그녀는 등잔 하나를 집어 들고 화가의 작품들을 찬찬히 다시 살펴보았다. 그것을 보고 압둘라도 마음이 흐뭇했다. 그 화가는 진정한 장인이었다. 압둘라의 주문대로 수많은 남자들을 그려 놓았는데, 그중에는 어느 석상을 그린 것으로 보이는 당당하고 씩씩한 사람도 있었고, 시장에서 구두를 닦는 꼽추도 있었고, 중간쯤에는 화가 자신의 자화상도 끼어 있었다.

이윽고 밤의 꽃이 말했다.

"네, 정말 그렇군요. 당신 말대로 남자들도 정말 각양각색이네요. 우리 아빠는 그리 흔한 얼굴이 아니었어요. 물론 당신도 마찬가지고요."

"이제야 내가 여자가 아니라는 걸 인정하겠어요?"

"인정할 수밖에 없군요. 내가 착각한 걸 사과할게요."

그러더니 그녀는 등잔을 들고 둔덕 앞을 걸어가면서 몇몇 그림들을 세 번째로 다시 살펴보았다.

압둘라는 그렇게 그녀가 골라 낸 그림들이 그중에서 제일 잘생긴 남자들이라는 사실을 확인하자 조금 불안해졌다. 그녀는 몸을 수그리고 이마를 살짝 찡그리면서 아주 열심히 그림을 들여다보곤 했다. 그때마다 곱슬곱슬한 머리카락이 이마로 흘러내렸다. 압둘라는 혹시 내가 실수한 게 아닐까 생각하기 시작했다.

마침내 밤의꽃은 그림들을 모두 주워 모아 둔덕 앞에 한 무더기로 가지런히 쌓았다.

"역시 내 생각이 옳았어요. 당신만큼 마음에 드는 남자는 아무도 없네요. 어떤 사람들은 너무 자만심이 강하고, 또 어떤 사람들은 이기적이고 잔인해 보여요. 당신은 잘난 체하지도 않고 아주 친절하죠. 난 아버지께 오친스탄 왕자님 대신에 당신과 결혼하게 해 달라고 부탁드릴 생각이에요. 당신 생각은 어때요?"

그 순간 금빛과 은빛과 녹색이 별안간 부옇게 흐려지면서 정원 전체가 빙글빙글 도는 듯했다. 압둘라는 간신히 이렇게 대답했다.

"내, 내 생각엔 그건 좀 어려울 것 같네요."

"왜요? 벌써 결혼했나요?"

"아뇨, 아뇨. 그게 아니에요. 법적으로 남자는 자기 능력껏 아내를 몇 명이라도 맞이할 수 있지만……."

그러자 밤의꽃은 다시 이마를 찡그렸다.

"그럼 여자는 남편을 몇 명이나 가질 수 있죠?"

압둘라는 적잖이 놀랐다.

"그야 단 한 명이죠!"

그러자 밤의꽃은 생각에 잠긴 얼굴로 이렇게 말했다.

"그건 너무 불공평한 일이군요."

그녀는 둔덕에 앉아 곰곰이 생각했다.

"혹시 오친스탄 왕자님에게도 벌써 아내가 몇 명 있는 게 아닐까요?"

압둘라는 그녀가 이마를 점점 더 찡그리면서 가느다란 오른손 손가락으로 잔디밭을 거의 신경질적으로 두드리는 것을 보았다. 정말 큰일을 저지른 것이 확실했다. 밤의꽃은 자기 아버지가 지금껏 여러 가지 중요한 사실들을 숨겨 왔다는 것을 이제야 알게 된 것이었다. 압둘라는 불안한 마음으로 이렇게 대답했다.

"왕자님이라면 아내가 꽤 많은 것도 충분히 있을 수 있는 일이지

2. 양탄자 상인 압둘라

요. 맞아요."

그러자 밤의꽃이 말했다.

"그렇다면 욕심이 많은 거예요. 덕분에 마음이 한결 가벼워졌어요. 그런데 내가 당신과 결혼하는 게 어렵다는 건 무슨 뜻이죠? 어제는 당신도 왕자라고 했잖아요."

압둘라는 얼굴이 화끈 달아올랐다. 상상의 이야기를 섣불리 그녀에게 떠벌린 것이 후회스럽기만 했다. 그 이야기를 할 때만 하더라도 이게 꿈이라고 믿을 수밖에 없었지만, 그렇게 생각한다고 마음이 편해지는 것은 아니었다.

"맞아요. 그렇지만 어제도 말했듯이 난 이미 우리나라를 멀리 떠나왔어요. 당신도 짐작하고 있겠지만 지금은 변변찮은 일을 하면서 살아갈 수밖에 없다고요. 잔지브 시장에서 양탄자를 팔고 있죠. 당신 아버지는 틀림없이 큰 부자일 텐데, 아마 이런 결혼은 어울리지 않는다고 생각하실 거예요."

밤의꽃은 성난 기세로 땅을 두드렸다.

"누가 우리 아버지랑 결혼하라고 했어요? 도대체 왜 그래요? 난 당신을 사랑한다고요. 당신은 나를 사랑하지 않나요?"

그러면서 그녀는 압둘라의 얼굴을 똑바로 쳐다보았다. 압둘라도 그녀의 얼굴을 마주 보았고, 한없이 깊어 보이는 그 커다랗고 까만 눈을 들여다보았다. 그리고 자기도 모르게 대답했다.

"사랑해요!"

밤의꽃은 미소를 머금었다. 압둘라도 미소를 지었다. 달빛에 젖은 시간들이 영원처럼 흘러갔다. 이윽고 밤의꽃이 말했다.

"당신을 따라갈래요. 당신 말대로 우리 아버지가 그렇게 나오실지도 모르니까 우선 결혼부터 해 놓고, 아버지께는 나중에 말씀드리는 게 좋겠어요. 그때는 아버지도 어쩔 수 없을 테니까."

그러나 부자들을 웬만큼 겪어 보았던 압둘라로서는 결코 확신할 수 없는 일이었다.

"그렇게 간단한 일이 아닐 수도 있어요. 솔직히 말해서 내 생각엔 둘이서 잔지브를 떠나는 게 현명할 것 같아요. 그건 쉬운 일이죠. 난 마법의 양탄자를 갖고 있거든요. 바로 저기, 저 둔덕 위에 있어요. 저게 나를 이리로 데려다준 거죠. 그런데 안타까운 일이 아무래도 난 자는 동안에만 그 말을 할 수 있는 모양이에요."

밤의꽃은 등잔 하나를 높이 치켜들고 양탄자를 살펴보았다. 그녀를 지켜보던 압둘라는 양탄자 쪽으로 몸을 굽히는 그녀의 우아한 동작에 감탄하지 않을 수 없었다.

"몹시 낡았군요. 저런 양탄자에 대한 얘기는 나도 책에서 읽어 봤어요. 아마 그 암호는 자주 쓰는 낱말을 옛날식으로 발음할 거예요. 내가 읽은 내용에 의하면 저런 양탄자는 비상시에 재빨리 써야 하는데, 그러려면 너무 복잡한 낱말은 곤란하거든요. 저 양탄자에 대해 당신이 알고 있는 것들을 나한테 모두 말해 보는 건 어떨까요? 둘이서 잘 생각해 보면 사용법을 알아낼 수 있을 거예요."

그녀의 말을 듣고 압둘라는 밤의꽃이 선천적으로 매우 영리할 뿐만 아니라, 비록 아무것도 모르는 부분이 더러 있긴 하지만, 교양도

2. 양탄자 상인 압둘라

풍부하다는 것을 알 수 있었다. 그래서 더욱더 그녀에게 감탄했다. 압둘라는 양탄자에 대해 자기가 알고 있는 내용을 자세히 말해 주었다. 물론 자말의 가게에서 일어난 소동 때문에 암호를 듣지 못했다는 것도 빠뜨리지 않았다.

밤의꽃은 새로운 사실이 나올 때마다 고개를 끄덕이면서 귀 기울여 들었다. 그리고 이렇게 말했다.

"자, 어떤 사람이 당신에게 진짜 마법의 양탄자를 팔면서 왜 그걸 사용하지 못하게 했는지, 그 이유는 일단 제쳐 두기로 해요. 너무 이상한 일이라서 나중에 꼭 다시 생각해 봐야겠어요. 어쨌든 우선은 이 양탄자의 반응에 대해 생각해 보죠. 당신이 내려가라고 명령했을 때 양탄자가 순순히 말을 들었다고 했죠? 그때 그 사람이 뭐라고 말을 했나요?"

그녀는 아주 빈틈없고 논리적인 사고력을 갖고 있었다. 압둘라는 그야말로 진주 같은 아가씨를 만났다고 생각했다.

"내가 보기엔 아무 말도 안 했어요."

"그렇다면 마법의 암호는 처음에 양탄자를 날아오르게 할 때만 필요한 거예요. 그런 다음엔 두 가지 가능성이 있어요. 첫째, 이 양탄자는 어딘가에 내려앉을 때까지만 주인의 명령에 따른다. 그리고 둘째, 출발했던 곳으로 되돌아갈 때까지 명령에 따른다……."

압둘라는 그녀의 논리적인 설명에 감탄하느라 어지러울 지경이었다.

"그걸 확인하는 건 간단하죠. 내 생각엔 첫 번째 가능성이 정확한 것 같아요."

그는 양탄자 위로 뛰어올라 시험 삼아 이렇게 외쳤다.

"내 가게로 돌아가자!"

그와 동시에 밤의꽃이 소리쳤다.

"아니, 아니! 안 돼요! 기다려요!"

그러나 이미 늦어 버린 뒤였다. 양탄자는 공중으로 휘리릭 떠오르더니 느닷없이 무서운 속도로 날아가기 시작했다. 압둘라는 뒤로 벌렁 나자빠지는 바람에 숨이 탁 막혔는데, 정신을 차려 보니 벌써 까마득한 허공이었고 그의 몸은 너덜너덜한 양탄자 가장자리를 절반이나 벗어나 있었다. 간신히 숨을 쉴 수 있게 되었지만 곧 양탄자가 일으키는 바람 때문에 다시 숨이 막혀 왔다. 그 순간에 그가 할 수 있는 일이라고는 그저 미친 듯이 가장자리를 더듬어 좀 더 단단히 움켜쥐는 것뿐이었다. 그리고 무슨 말을 내뱉기는커녕 미처 안전한 곳으로 기어가기도 전에 양탄자는 곧장 아래로 내리꽂혔다. 그래서 겨우 되찾았던 숨이 다시 탁 막혔고, 양탄자가 쏜살같이 가게 커튼을 뚫고 들어가는 바람에 하마터면 질식해 죽을 뻔했다. 그런 뒤에야 비로소 양탄자는 제가 할 일을 다 했다는 듯이 가게 바닥으로 스르르 내려앉았다.

압둘라는 납작 엎드린 채 숨을 몰아쉬었다. 방금 별이 총총한 하늘을 배경으로 쏜살같이 스쳐 지나 온 탑들이 머릿속에 어지럽게 떠올랐다. 워낙 순식간에 벌어진 일이라서 처음에는 자신의 가게와 그 밤나들이 정원 사이의 거리가 놀랄 만큼 가깝다는 것밖에 아무것도

2. 양탄자 상인 압둘라

생각할 수가 없었다. 그러다가 마침내 거친 숨이 가라앉았을 때는 자신의 엉덩이를 힘껏 걷어차고 싶었다. 그렇게 멍청한 짓을 하다니! 적어도 밤의꽃이 양탄자에 올라탈 때까지는 기다려 줬어야 옳았다. 밤의꽃이 내놓은 논리적인 설명이 정말 옳은 것이라면 그녀에게로 돌아가기 위해서는 다시 잠드는 수밖에, 그리고 한 번 더 잠결에 그 암호를 말하게 되기를 바라는 수밖에 없었다. 그러나 벌써 두 번이나 그랬으니까 이번에도 꼭 성공할 것 같았다. 그리고 밤의꽃도 그런 사정을 충분히 짐작하고 정원에서 기다려 줄 것이라는 데 더욱 더 확신을 가질 수 있었다. 그녀는 정말 영리하니까, 그야말로 진주 같은 아가씨니까. 그녀는 압둘라가 한 시간쯤 지나야 돌아올 거라고 생각할 것이다.

번갈아 가면서 자신을 꾸짖고 밤의꽃을 칭찬하며 한 시간을 보낸 끝에 압둘라는 실제로 잠드는 데 성공했다. 그러나 안타까운 노릇이었다. 잠에서 깨어났을 때도 그는 여전히 가게 한복판에서 양탄자 위에 엎드려 있는 것이었다. 밖에서 자말의 개가 짖고 있었다. 그 소리 때문에 잠이 깼던 것이다.

"압둘라!"

아버지의 첫째 부인의 오빠의 아들의 고함 소리였다.

"여태 퍼질러 자냐?"

압둘라는 신음 소리를 내뱉고 말았다. 이거야말로 재수 없는 일이었다.

4

결혼과 점괘

압둘라는 하킴이 왜 왔는지 짐작할 수가 없었다. 아버지의 첫째 부인의 친척들은 대개 한 달에 한 번씩만 찾아왔는데, 지난번에 찾아온 것이 겨우 이틀 전이었기 때문이다. 압둘라는 침울한 목소리로 외쳤다.

"무슨 일이야, 하킴 형?"

그러자 하킴이 대답했다.

"그야 할 얘기가 있어서 왔지! 급한 일이야!"

"그럼 커튼 열고 들어와."

커튼 사이로 하킴의 뚱뚱한 몸뚱이가 나타났다.

"나 참, 이렇게 해 놓고도 안전하다고 큰소리냐? 내가 보기엔 아주 형편없는데 말이야. 네가 잠든 사이에 아무나 불쑥 들어올 수 있 잖아."

"밖에서 개 짖는 소리를 듣고 누가 찾아온 걸 알았는걸."

"그게 무슨 소용이냐? 내가 도둑이었으면 어떡할래? 양탄자로 질 식사시킬 거야? 아무래도 이대로는 안전하지가 않다고."

"도대체 말하고 싶은 게 뭐야? 여느 때처럼 트집이나 잡으려고 온 거야?"

그러자 하킴은 엄숙하게 양탄자 더미에 걸터앉았다.

"평소엔 흠잡을 데 없이 깍듯하더니 오늘은 좀 다르네. 사촌 동생 아, 우리 아버지의 숙부님의 아드님께서 네 말투를 들으면 별로 좋 아하지 않으실 거다."

압둘라는 대뜸 이렇게 쏘아붙였다.

"말투든 행실이든 내가 왜 아시프 아저씨의 눈치를 봐야 돼?"

정말 비참한 기분이었다. 그는 밤의꽃을 간절히 원하면서도 그녀 에게 가지 못하고 있었다. 그래서 모든 것이 짜증스러울 뿐이었다.

"네가 그렇게 나온다면 나도 얘기할 필요가 없겠구나."

하킴은 거만한 태도로 몸을 일으켰다.

"마음대로 해!"

압둘라는 세수를 하려고 가게 안쪽으로 향했다.

그러나 하킴은 할 말을 남겨두고 그냥 가 버릴 생각이 없는 모양 이었다. 압둘라가 세수를 마치고 돌아섰을 때도 하킴은 여전히 그 자리에 서 있었다. 그리고 이렇게 말했다.

"사촌 동생아, 빨리 옷 갈아입고 이발소에 가 보는 게 좋을 거야. 그 꼬락서니로 우리 도매점을 찾아가는 건 곤란하니까."

압둘라는 조금 놀랐다.

"내가 왜 거길 가야 하는데? 다들 오지 말라고 했었잖아."

"왜냐하면 오래전부터 향이 들어 있는 줄 알았던 상자 속에서 네가 태어났을 때의 점괘가 나왔거든. 점잖은 차림으로 도매점을 찾아오면 그 상자를 받을 수 있을 거야."

압둘라는 그 점괘에 조금도 관심이 없었다. 그리고 하킴이 대신 가져올 수도 있었을 텐데 굳이 직접 와서 가져가라는 것도 납득할 수가 없었다. 그래서 딱 잘라 거절하려고 했는데, 만약 오늘밤에도 잠결에 정확한 암호를 말하게 된다면(이미 두 번이나 그랬으니까 이번에도 성공할 것이 분명했다) 밤의꽃과 함께 도망치게 될 가능성이 높았다. 그리고 결혼식을 올리려면 목욕도 하고 면도도 하고 좋은 옷을 입어야 했다. 어차피 목욕탕에도 가고 이발소에도 갈 거라면 돌아오는 길에 잠깐 들러 그 웃기는 점괘라는 것을 받아 와도 나쁠 것이 없었다.

"알았어. 해 지기 두 시간 전에 갈게."

그러자 하킴은 눈살을 찌푸렸다.

"왜 그렇게 늦게 와?"

"나도 따로 할 일이 있어, 사촌 형."

머지않아 사랑의 도피를 한다는 생각에 어찌나 기쁜지, 압둘라는 하킴에게 미소를 던지면서 대단히 정중하게 절을 했다.

"내가 워낙 바빠서 여기저기 돌아다닐 틈이 없긴 하지만 틀림없이 갈 테니까 걱정 마."

그러자 하킴은 눈살을 찌푸린 채로 돌아서더니 가게를 나서면서도 찌푸린 얼굴로 압둘라를 돌아보았다. 뭔가 미심쩍고 불쾌한 표정이었다. 그러나 압둘라는 아무래도 좋았다. 하킴이 시야에서 사라지자마자 압둘라는 남은 돈의 절반을 기꺼이 자말에게 넘겨주면서 가게를 지켜달라고 부탁했다. 자말은 더욱더 고마워했고, 그래서 압둘라는 자말의 가게에서 파는 온갖 맛있는 음식으로 아침 식사를 해야 했다. 잔뜩 흥분한 압둘라는 식욕이 별로 없었지만 음식이 너무 많았다. 그래서 자말의 기분이 상하지 않게 하느라고 대부분의 음식을 몰래 자말의 개에게 줘 버렸다. 매우 조심스러운 일이었다. 그 개는 걸핏하면 사람을 물기 일쑤였다. 그러나 오늘은 제 주인처럼 그저 고마워하는 것 같았다. 예의 바르게 꼬리를 흔들면서 압둘라가 주는 음식들을 남김없이 먹어 치웠고, 나중에는 압둘라의 얼굴을 핥으려고까지 하는 것이었다.

압둘라는 이 같은 감사 인사를 재빨리 피했다. 개의 입에서는 오징어 냄새가 진동했다. 그는 개의 우락부락한 머리를 조심스레 쓰다듬어 주었고, 자말에게 고맙다고 말한 후 서둘러 밖으로 나갔다. 장터에서 그는 마지막 남은 돈으로 손수레를 빌렸다. 그리고 자신의 양탄자 중에서 가장 귀하고 값비싼 것들(오친스탄산 꽃무늬 양탄자, 새빨간 인히코산 양탄자, 파르크탄산 황금빛 양탄자, 사막 깊은 곳에서 들여온 화려한 무늬의 양탄자, 그리고 머나먼 타이악에서 수입한 한 쌍의 양탄자 등등)을 손수레에 실어, 제일 부유한 상인들의 큰 가게들이 모여 있는 시장 한복판으로 가져갔다. 밤의꽃의 아버지는 틀림없이 큰 부자일 것이다. 굉장한 갑부가 아니라면 왕자와 결혼하는 데 필요한 신부 지참금을 도저히 감당할 수 없기 때문이다. 그러므로 그는 압둘라와 밤의꽃의 삶을 몹시 고달프게 만들 능력을 갖고 있었고, 따라서 두 사람은 되도록 아주 먼 곳으로 도망쳐야 했다. 그러나 밤의꽃은 뭐든지 최고급으로 즐기며 살아온 것이 분명했다. 불편한 생활을 하게 된다면 행복해질 수 없을 것이다. 그렇다면 돈이 필요했다. 압둘라는 큰 가게 중에서도 가장 큰 가게의 상인에게 절을 했고, 상인 중의 보배며 장사꾼의 제왕이라고 치켜세우면서 아주 엄청난 가격으로 오친스탄산 양탄자를 사라고 권했다.

그 상인은 압둘라의 아버지의 친구였다.

"이 장터를 누구보다 빛낸 자의 아들이여, 가격만 보더라도 이건 자네의 물건 중에서 제일 귀중한 상품이 분명하건대 어찌하여 이렇게 내놓으시는고?"

압둘라는 이렇게 대답했다.

"업종을 다양화하려고 하옵니다. 이미 들으셨겠지만 소생이 요즘 그림을 비롯한 예술품을 사들이는 중이지요. 그러자니 공간이 부족해서 어쩔 수 없이 질이 좀 떨어지는 양탄자들을 처분하는 수밖에요. 사장님처럼 고귀한 양탄자를 취급하는 분이라면 이 초라한 꽃무늬 양탄자를 저렴하게 구입하여 옛 친구의 아들을 기꺼이 도와주실 거라는 생각이 들었사옵니다."

"자네 가게엔 장차 기막힌 최상품만 남겠구먼. 자네가 제시한 값의 절반을 주면 어떻겠는고?"

"아으, 참으로 빈틈없는 장사꾼이시옵니다. 제아무리 헐값이라도 돈이 들긴 합지요. 사장님께는 특별히 동전 두 닢을 깎아드리겠사옵니다."

길고 무더운 하루였다. 그러나 초저녁 무렵이 되었을 때 압둘라는 자기가 구입했던 값의 두 배 가까운 가격으로 그가 가진 최고급 양탄자들을 모조리 팔아치울 수 있었다. 그는 이제 밤의꽃에게 웬만큼 안락한 생활을 누리게 해 주더라도 석 달가량은 버틸 만한 돈을 마련했다고 생각했다. 그 뒤에는 뭔가 다른 돈벌이가 생기거나 아니면 착한 그녀가 가난한 삶에 만족해 주기를 바랄 수밖에 없었다.

압둘라는 목욕탕으로 향했다. 이발소에도 들렀다. 향 가게에 가서 향유도 좀 뿌렸다. 그리고 자신의 가게로 돌아가서 제일 좋은 옷으로 갈아입었다. 대부분의 상인들이 입는 옷처럼 그 옷에도 곳곳에 천이나 자수나 예쁘게 꼰 줄 따위를 정교하게 달아 놓았는데, 이것들은 장식품이 아니라 사실은 돈을 넣기 위해 솜씨 좋게 감춰 놓은 호주머니들이었다. 압둘라는 그날 벌어들인 돈을 그런 비밀 호주머니들 속에 나눠 넣었다.

드디어 준비가 끝났다. 별로 내키진 않았지만 그는 아버지의 소유였던 도매점으로 향했다. 그곳에 가면 지금부터 밤의꽃과 함께 도망치기까지 남은 시간을 때울 수 있을 거라고 애써 마음을 달랬다.

나직나직한 삼나무 계단을 올라가서 자신이 어린 시절을 보냈던 그 가게에 들어설 때 그는 묘한 기분을 느꼈다. 가게 안의 냄새, 삼나무와 향료 그리고 양탄자의 털과 기름 냄새가 섞인 그 냄새는 아주 익숙한 것이어서 지금도 눈만 감으면 아버지가 손님과 흥정하는 동안 양탄자 마름 뒤에서 놀던 열 살 무렵으로 돌아갈 수 있을 것 같았다. 그러나 눈을 뜬 상태에서는 그런 상상도 불가능했다.

아버지의 첫째 부인의 여동생은 선명한 자줏빛을 지나치게 좋아했다. 그래서 벽도, 격자 칸막이도, 손님용 의자도, 계산대도, 심지어는 돈궤마저도 파티마가 좋아하는 색깔이었다. 이윽고 똑같은 색의 옷을 입은 파티마가 다가왔다.

"아니, 압둘라! 일찍 왔구나! 차림새도 근사하고!"

태도로 보아 그녀는 압둘라가 느지막이, 그것도 누더기 차림으로 나타나기를 기대한 모양이었다.

"그 녀석, 결혼하러 가는 새신랑처럼 차려입었네!"

아시프가 그 깡마르고 심술궂은 얼굴에 미소를 띠고 다가오면서 말했다.

아시프는 좀처럼 웃는 일이 없었다. 그래서 압둘라는 순간적으로 혹시 아시프가 목이라도 접질려 그 통증 때문에 찡그리고 있는 게 아닐까 생각했다. 그때 하킴이 낄낄 웃었고, 그제야 압둘라는 아시프가 방금 한 말을 알아들었다. 난처하게도 얼굴이 화끈 달아올랐다. 그는 얼굴을 감추기 위해 정중히 고개 숙여 인사를 해야 했다.

그때 파티마가 외쳤다.

"괜히 애를 놀리니까 저렇게 얼굴이 빨개지잖아!"

압둘라의 얼굴은 그 말 때문에 더욱더 붉어질 수밖에 없었다.

"압둘라, 네가 갑자기 그림 장사를 시작했다는 소문이 있던데 어쩐 일이니?"

파티마가 묻자 하킴도 한마디 거들었다.

"그림 때문에 제일 좋은 물건들을 팔아치웠다고도 하던데 말이야."

압둘라는 더 이상 얼굴을 붉히고 있을 수가 없었다. 역시 트집을 잡으려고 불렀다는 것을 알게 되었기 때문이다. 그것을 확실히 깨달았을 때 아시프가 나무라듯이 말했다.

"우리 아버지의 조카딸의 남편의 아들아, 우린 좀 속상하구나. 우리도 양탄자 몇 장쯤은 사 줄 수 있었을 텐데 말이다."

압둘라는 이렇게 대답했다.

"아저씨, 아주머니, 제가 어떻게 이리 와서 양탄자를 팔겠어요? 저는 이윤을 남기는 게 목적이었는데, 아버지가 사랑하셨던 분들에게 바가지를 씌울 수도 없잖아요."

그는 기분이 너무 나빠서 당장 나가려고 돌아섰다. 그런데 하킴이 어느새 조용히 문을 닫고 앞을 가로막고 있었다. 하킴이 말했다.

"가게 문을 계속 열어 둘 필요는 없으니까. 식구들끼리 얘기하자고."

그러자 파티마가 말했다.

"가엾은 것! 지금 같은 때야말로 식구들이 나서서 정신 차리도록 도와줘야지!"

아시프도 맞장구를 쳤다.

"그렇고말고. 압둘라, 네가 미쳤다는 소문이 시장 안에 파다하더

라. 별로 달갑지 않은 소문이지."

하킴도 거들었다.

"요즘 이 녀석 행동이 좀 이상하긴 했어요. 우리처럼 점잖은 집안이 그런 소문에 휘말린다는 건 불쾌한 일이죠."

이건 평소보다 더 심했다. 압둘라는 이렇게 말했다.

"제 정신은 아주 말짱하다고요. 제가 다 알아서 하는 일이에요. 그리고 아마 내일부터는 저를 꾸짖으실 일도 없을 거예요. 그건 그렇고, 하킴 형이 그러던데, 제가 태어났을 때의 점괘를 찾으셨다고요. 그게 정말인가요, 아니면 그냥 핑계였나요?"

전에는 아버지의 첫째 부인의 친척들에게 이토록 무례했던 적이 한 번도 없었지만, 지금은 너무 화가 나서 도저히 참을 수가 없었다.

그런데 신기한 일이었다. 아버지의 첫째 부인의 친척들은 셋 다 압둘라에게 화를 내지도 않고 오히려 신난다는 듯이 도매점 안을 이리저리 바삐 돌아다니기 시작했다.

파티마가 말했다.

"그 상자가 어디로 갔지?"

아시프도 말했다.

"찾아봐, 잘 찾아보라고! 그건 점쟁이가 해 준 말을 그대로 받아 적은 건데, 압둘라가 태어나고 한 시간쯤 지났을 때 쟤네 아버지가 둘째 부인의 침대로 가져왔었지. 압둘라도 그걸 꼭 봐야 돼!"

그러자 하킴이 압둘라에게 말했다.

"너희 아버지가 손수 쓰신 거야. 너에겐 아주 귀중한 보물이지."

그때 파티마가 소리쳤다.

"여기 있었네!"

그녀는 높은 선반 위에서 나무로 조각한 상자 하나를 의기양양하게 끌어내렸다. 파티마는 그 상자를 아시프에게 건넸고, 그는 압둘라의 손에 팽개치듯 넘겨주었다. 그리고 셋 다 흥분한 어조로 외쳤다.

"열어 봐, 열어 봐!"

압둘라는 자줏빛 계산대 위에 상자를 내려놓고 걸쇠를 벗겼다. 뚜껑이 젖혀지면서 곰팡내가 새어 나왔다. 상자 내부는 지극히 평범했고, 접혀 있는 누르스름한 종이 한 장 말고는 아무것도 없었다.

파티마가 더욱더 흥분해서 소리쳤다.

"꺼내 봐! 읽어 봐!"

압둘라는 도대체 왜들 그렇게 난리법석인지 이해할 수가 없었지만 어쨌든 종이를 펼쳐보았다. 그 속에는 몇 줄의 글이 적혀 있었는데, 갈색으로 바랜 글씨는 틀림없는 아버지의 필적이었다. 압둘라는 종이를 든 채로 공중에 매달아 놓은 등잔불 쪽으로 돌아섰다. 하킴이 앞문을 닫은 데다가 도매점 안이 온통 자줏빛투성이라서 글자가 잘 보이지 않았다.

파티마가 말했다.

"제대로 읽지도 못하잖아!"

아시프도 말했다.

"당연한 일이지. 여긴 너무 어두워. 뒷방으로 가자. 거긴 덧창이 열려 있으니까."

아시프와 하킴은 압둘라의 어깨를 붙잡고 마구 밀어 대면서 가게 안쪽으로 몰고 갔다. 압둘라는 아버지가 휘갈겨 쓴 희미한 글씨를 읽는 데 정신이 팔려 그들이 미는 대로 순순히 떠밀리면서 도매점 안쪽에 있는 응접실의 높은 창문 아래로 끌려갔다. 그곳은 한결 나았다. 그는 이제서야 아버지가 자신에게 실망했던 이유를 알 수 있었다. 그 글의 내용은 이랬다.

용하다는 점쟁이가 이렇게 말했다.
"당신 아들은 당신 사업을 이어받지 않아. 당신이 죽고 2년쯤 지났을 때, 그러니까 그 녀석이 아직 팔팔한 젊은 나이일 때, 당신 아들은 이 나라의 어느 누구보다도 높은 자리에 오를 거라고. 그게 운명이니까 그대로 말해 주는 거야."
내 아들의 운세는 나에게 크나큰 실망을 안겨 주었다. 운명이 내 사업을 물려받을 다른 아들을 나에게 점지해 주지 않는다면 나는 이 점괘에 금화 마흔 닢을 허비한 셈이다.

그때 아시프가 말했다.
"보다시피 엄청난 미래가 기다린다는구나, 이 녀석아."
누군가 킥킥 웃었다.
압둘라는 약간 곤혹스러워하며 고개를 들었다. 공기 중에 향내가 짙어진 것 같았다. 앞쪽에서 다시 킥킥거리는 소리가 들려왔다. 두 사람이 웃는 소리였다.

압둘라는 얼른 앞쪽을 바라보았다. 그러고는 눈이 휘둥그레졌다. 어마어마하게 뚱뚱한 젊은 여자 두 명이 서 있었다. 그들은 압둘라의 휘둥그레진 눈을 보더니 수줍은 듯 다시 킥킥 웃었다. 둘 다 휘황찬란한 공단과 둥실둥실 떠오르는 비단 망사로 지은 화려한 옷차림을 하고(오른쪽 여자는 분홍색, 왼쪽 여자는 노란색이었다) 도저히 불가능해 보일 정도로 많은 목걸이와 팔찌를 주렁주렁 걸치고 있었다. 그뿐만 아니라 둘 중에서 더 뚱뚱한 분홍색 여자는 머리를 정성껏 곱슬곱슬하게 하고 앞이마엔 진주 한 알을 늘어뜨리고 있었다. 노란색 여자는 분홍색보다 조금 덜 뚱뚱할 뿐이었는데, 그녀는 호박 보석을 박은 관 같은 것을 썼고 머리카락은 오히려 더 뽀글뽀글했다. 그리고 둘 다 화장이 굉장히 진했다. 그것은 두 여자 모두에게 치명적인 실수였다.

압둘라가 자기들을 보고 있는 것을 확인하자마자(아닌 게 아니라 압둘라는 너무 놀라 도저히 눈을 뗄 수가 없었다) 두 여자는 그 피둥피둥한 어깨 너머에서 면사포를 잡아당겨(왼쪽 여자는 분홍색, 오른 쪽 여자는 노란색이었다) 자못 얌전하게 머리와 얼굴을 가렸다. 그리고 면사포를 쓴 채로 합창하듯이 말했다.

"안녕하시와요, 서방님!"

압둘라가 버럭 소리쳤다.

"뭐라고요!"

그러자 분홍색 여자가 말했다.

"우린 면사포를 써야 한답니다."

노란색 여자가 말을 이었다.

"우리 얼굴을 보시면 안 되니까요."

끝맺음은 다시 분홍색 여자였다.

"우리가 결혼할 때까지는요."

압둘라가 말했다.

"이건 뭔가 잘못된 거예요!"

그러자 파티마가 말했다.

"천만의 말씀. 얘들은 우리 조카딸의 조카딸인데, 너하고 결혼하러 온 거야. 내가 색싯감을 두 명쯤 찾아주겠다고 했던 말 기억하지?"

두 조카딸이 다시 킥킥 웃었다. 노란색 여자가 말했다.

"너무너무 잘생기셨어."

그리고 꽤 긴 침묵이 흘렀다. 그 사이에 압둘라는 마른침을 꿀 꺽 삼켰고, 복받치는 감정을 억제하려고 안간힘을 썼다. 그리고 정중하게 말했다.

"아으, 우리 아버지의 첫째 부인의 친척들이시여, 내가 태어났을 때의 점괘에 대해 오래전부터 알고 계셨습니까?"

그러자 하킴이 대답했다.

"까마득한 옛날부터. 우리가 바보인 줄 아니?"

파티마도 말했다.

"너희 아버지가 보여 주셨지. 유언장을 쓰실 때."

이번엔 아시프가 설명했다.

"당연한 일이지만 우리로서는 네가 그 엄청난 행운 때문에 가족들로부터 멀어지는 걸 그냥 내버려둘 수가 없다. 우린 네가 아버지의 사업을 그만두려고 할 때까지 기다렸을 뿐이야. 이건 분명히 술탄께서 너를 곧 장관에 임명하시든지, 군대의 지휘를 맡기시든지, 아무튼 어떤 식으로든 너를 높은 자리에 올려주실 거라는 신호일 테니까. 그래서 우리도 네 행운을 나눠 가지려고 나름대로 대책을 세운 거다. 이 두 색싯감은 우리 세 사람 모두의 가까운 친척이야. 그러니까 네가 잘나가게 되더라도 완전히 우리를 무시할 수는 없을 게지. 자, 이 녀석아, 이젠 너한테 판사님을 소개하는 일만 남았어. 보다시피 너희를 결혼시켜 주려고 벌써 저렇게 와 계신다."

그때까지도 압둘라는 여전히 두 조카딸의 출렁거리는 몸매로부터 눈을 떼지 못하고 있었다. 그러다가 이제야 시선을 들어 보니 이 장터를 담당하는 치안 판사의 비웃는 얼굴이 눈에 띄었다. 그는 결혼 등록부를 들고 지금 막 칸막이를 돌아 나오고 있었다. 압둘라는 판사가 뇌물을 얼마나 받았는지 궁금했다.

압둘라는 판사에게 정중히 인사했다.

"송구스럽지만 이건 도저히 안 될 일입니다."

그러자 파티마가 말했다.

"아, 저 녀석이 또 저렇게 몰인정하고 깐깐하게 나올 줄 알았다니까! 압둘라, 네가 지금 쟤들을 거부한다면 그게 저 불쌍한 애들한테 얼마나 망신스럽고 실망스러운 일인지 너도 생각 좀 해 봐라! 너랑 결혼하려고 멀리서 여기까지 와서 저렇게 예쁘게 차려입었는데 말이야! 조카야, 네가 어떻게 그럴 수가 있니!"

하킴도 거들었다.

"더군다나 내가 문이란 문은 모조리 잠가 버렸거든. 빠져나갈 구멍은 전혀 없다고."

압둘라는 이렇게 말문을 열었다.

"저렇게 놀라운 두 아가씨를 마음 상하게 해드리긴 죄송하지만……."

그러나 두 신붓감은 벌써 마음이 상할 대로 상한 뒤였다. 두 사람은 먼저 길게 울부짖었다. 그리고 둘 다 면사포를 쓴 채로 두 손에 얼굴을 묻고 비통하게 흐느꼈다. 분홍색 여자가 울먹이며 말했다.

"정말 한심한 일이야!"

그러자 노란색 여자도 소리쳤다.

"신랑한테 먼저 물어봤어야 되는 건데, 내 이럴 줄 알았다니까!"

압둘라는 여자들이(특히 그렇게 온몸이 골고루 뒤룩뒤룩 살찐 여자들이) 엉엉 우는 모습을 보면 기분이 아주 더러워진다는 것을 알게 되었다. 그는 자기가 짐승처럼 못된 놈이라는 것을 깨달았다. 부끄러웠다. 지금의 상황은 그 아가씨들의 잘못이 아니었다. 그들도 압둘라처럼 아시프와 파티마와 하킴에게 이용당했을 뿐이었다. 그러나 그가 그렇게 나쁜 놈이라고 느끼면서 정말 부끄럽다고 생각하는 주된 이유는 다른 데 있었다. 그는 그들이 제발 이쯤에서 그만두기를, 당장 울음을 그치고 그 출렁거리는 몸뚱이도 멈춰 주기를 바라고 있을 뿐이었다. 단지 그것뿐, 그들의 감정에 대해서는 눈곱만큼도 관심이 없었다. 밤의꽃과 비교한다면 그들은 다만 역겨울 뿐이었다.

2. 양탄자 상인 압둘라

그런 여자들과 결혼하다니, 생각조차 하기 싫었다. 그러나 그들이 바로 앞에서 그렇게 징징거리고 훌쩍거리며 법석을 떠는 모습을 보고 있자니, 아내가 세 명쯤 있어도 별로 많은 건 아니라는 생각이 슬며시 고개를 드는 것이었다. 집을 버리고 잔지브에서 멀리 떠나면 그 두 여자가 밤의꽃의 말동무가 되어 줄 수도 있었다. 그렇다면 우선 그들에게 상황을 설명하고 마법의 양탄자에 태워야 하는데…….

그 순간 압둘라는 깜짝 놀라 정신을 차렸다. 저렇게 육중한 여자를 둘이나 태웠다가는 양탄자가 마구 몸부림을 칠 게 뻔했다. 아예 땅바닥에서 떠오르지도 못할 가능성이 더 높겠지만. 아무튼 그들은 무지막지하게 뚱뚱했다. 그런 여자들을 밤의꽃의 말동무로 삼겠다고 생각하다니, 아이고! 그녀는 아름다울(그리고 날씬할) 뿐만 아니라 영리하고 교양 있고 상냥한 아가씨였다. 그런데 이 여자들은 둘을 합쳐 놓더라도 과연 눈곱만큼의 교양이라도 갖추게 되는지 의심스러웠다.

그들은 결혼을 원했고, 지금 이렇게 울어대는 것은 압둘라를 몰아세워 자기들과 결혼하게 만들려는 수작이었다. 게다가 그들은 킥킥 웃었다. 밤의꽃이 킥킥거리며 웃는 소리는 한 번도 들어 본 적이 없었다.

여기서 압둘라는 자기가 밤의꽃을 정말, 진심으로, 열렬히 사랑한다는 사실을 깨달았다. 물론 전에도 사랑한다고 생각하긴 했지만 막상 실감하게 되자 왠지 신기했다. 어쩌면 생각했던 것보다 더 깊이 사랑하는 듯싶기도 했다. 왜냐하면 지금은 그녀에게 존경심까지 느껴졌기 때문이다. 그녀를 잃는다면 죽을 것만 같았다.

그리고 저 두 뚱뚱한 조카딸과 결혼하기로 한다면 밤의꽃을 잃게 될 것이 분명했다. 그녀는 압둘라도 오친스탄의 왕자처럼 욕심쟁이라고 생각할 것이다.

압둘라는 사뭇 요란하게 흐느끼는 소리를 들으며 이렇게 말했다.

"정말 죄송합니다. 아으, 우리 아버지의 첫째 부인의 친척들이시여, 아으, 지극히 명예롭고 청렴하신 판사님, 먼저 저한테 물어보셨어야죠. 그랬으면 이런 착오가 생기지도 않았을 텐데요. 난 아직 결혼할 수 없어요. 맹세를 했거든요."

"무슨 맹세?"

뚱뚱한 신붓감들을 포함하여 모두가 한꺼번에 물었고, 판사는 또 이렇게 덧붙였다.

"그 맹세를 공증해 놨는고? 맹세가 법적 효력을 가지려면 반드시 치안 판사를 통해 공증을 해야 하는데."

곤란한 상황이었다. 압둘라는 재빨리 생각했다.

"아으, 그야말로 옳고 그름의 저울대 같으신 판사님, 물론 공증이야 해 놨지요. 우리 아버지가 저에게 그 맹세를 시키실 때 어느 치안 판사님께 데려가서 공증을 해 두셨어요. 제가 아직 어릴 때였죠. 그때는 무슨 일인지 몰랐지만 이제 보니 바로 이 점괘 때문이었네요. 워낙 빈틈없는 분이라서 금화 마흔 닢을 헛되이 날리기가 싫으셨던 거예요. 아버지 말씀대로 저는 이 나라의 어느 누구보다도 높은 자리에 올라가기 전에는 절대로 결혼하지 않겠다고 맹세했어요."

압둘라는 두 손을 옷소매 속에 집어 넣고 두 명의 뚱뚱한 신붓감에게 정말 안타깝다는 듯이 고개를 숙였다.

"그러니까 아직은 설탕 입힌 달콤한 양자두 같은 두 분과 결혼할 수 없습니다. 하지만 언젠가는 때가 오겠지요."

그러자 다들 이렇게 말했다.

"아, 그렇다면 하는 수 없지!"

불만의 정도는 사람에 따라 다른 듯했지만 대부분은 압둘라에게서 시선을 돌렸다. 압둘라는 비로소 마음을 놓았다. 파티마가 말했다.

"나도 옛날부터 너희 아버지가 욕심이 좀 많다고 생각했어."

아시프도 맞장구를 쳤다.

"죽은 뒤에도 말썽이군. 아무튼 이젠 이 녀석이 출세할 때까지 기다리는 수밖에."

그러나 판사는 포기하지 않았다.

"그런데 자네가 맹세할 때 그 자리에 있었다는 그 판사는 누구였나?"

"성함은 잘 모르겠어요."

압둘라는 몹시 아쉽다는 목소리로 둘러댔다. 손에서 진땀이 났다.

"워낙 어렸거든요. 제가 보기엔 하얀 수염을 길게 기른 노인이었어요."

치안 판사들은 모조리 그런 모습일 거라고 압둘라는 생각했다. 바로 앞에 서 있는 판사도 예외는 아니었다. 판사가 짜증스럽다는 듯이 말했다.

"기록을 샅샅이 뒤져 봐야겠군."

그러더니 아시프와 하킴과 파티마를 향해 돌아서서(다소 냉랭한 어조로) 작별 인사를 했다.

압둘라도 판사의 옷자락에 매달리다시피 하면서 함께 빠져나왔다. 한시라도 빨리 그 도매점과 두 명의 뚱뚱한 신붓감에게서 멀리 벗어나고 싶었던 것이다.

밤의꽃 아버지

마침내 가게 안으로 돌아왔을 때
압둘라는 이렇게 중얼거렸다.

"정말 한심한 날이네! 이렇게 재수가 없어서야, 오늘은 양탄자가
다시 움직이지 않아도 전혀 놀랍지 않아!"

그리고 제일 좋은 옷을 입은 채로 양탄자 위에 누우면서 생각했
다. '설령 양탄자가 움직이더라도 막상 그 밤나들이 정원에 가 보면
간밤에 내가 저지른 멍청한 짓 때문에 밤의꽃이 화가 나서 나를 사
랑하지 않게 되었는지도 몰라. 설령 여전히 사랑하더라도 양탄자를
타고 함께 도망치겠다는 생각은 버리기로 마음먹었는지도 몰라. 그
리고 설령……'

오랫동안 잠이 오지 않았다.

그러나 막상 깨어나 보니 모든 것이 완벽했다. 양탄자는 달빛에 물든 둔덕 위에 미끄러지듯 살며시 내려앉고 있었다. 어쨌든 그 암호를 제대로 말한 모양이었는데, 말한 지 얼마 안 되었기 때문에 그 말이 무엇이었는지 떠오를 듯 말 듯했다. 그러나 향기로운 흰 꽃들과 노랗고 동그란 등불들 사이로 반갑게 달려오는 밤의꽃을 보자 암호 따위는 깨끗이 잊어버리고 말았다.

밤의꽃이 달려오면서 소리쳤다.

"드디어 오셨군요! 많이 걱정했어요!"

그녀는 화난 것이 아니었다. 압둘라는 뛸 듯이 기뻤다. 그는 이렇게 외쳤다.

"떠날 준비가 됐어요? 내 옆으로 올라타요."

밤의꽃은 즐겁게 웃으며(킥킥거리는 소리는 절대로 아니었다) 잔디밭을 가로질러 달려왔다. 그때 달님이 구름 뒤로 숨어 버린 모양이었다. 열심히 달려오는 그녀의 모습을 한순간 등불의 불빛만이 황금빛으로 적셔 주었다. 압둘라는 벌떡 일어나면서 그녀를 향해 두 손을 내밀었다.

바로 그때, 구름이 휘리릭 내려와 불빛 속으로 뛰어들었다. 그것은 구름이 아니라 소리 없이 너울거리는 거대한 검은 날개, 가죽에 덮인 날개였다. 너울거리는 날개의 그늘 속에서 역시 가죽에 덮인 한 쌍의 팔과 독수리의 발톱처럼 긴 손톱이 달린 한 쌍의 손이 뛰어나오더니 다짜고짜 밤의꽃을 부둥켜안았다. 압둘라는 달려오던 그

2. 양탄자 상인 압둘라

녀가 그 팔 때문에 뒤로 홱 젖혀지는 것을 보았다. 그녀는 좌우를 둘러보다가 고개를 들었다. 무엇을 보았는지 그녀는 비명을 질렀다. 그러나 가죽에 덮인 팔 하나가 위치를 바꾸고 거대한 갈고리 같은 손이 그녀의 얼굴을 덮어 버리자 그 필사적인 비명도 뚝 그치고 말았다. 밤의꽃은 두 주먹으로 그 팔을 마구 두드리고 발길질을 하며 몸부림쳤지만 아무 소용도 없었다. 그녀는 공중으로 번쩍 들렸다. 거대한 검은 형체가 작고 하얀 그녀를 들어 올리고 있었다. 거대한 날개가 다시 너울거렸다. 그때까지 압둘라는 미처 몸을 다 일으키지도 못했는데, 그가 있는 둔덕에서 겨우 두 걸음 떨어진 잔디밭을 손처럼 생긴 기다란 발톱이 달린 엄청난 발 하나가 꽉 밟았고, 가죽에 덮인 다리의 힘센 근육이 불끈 뭉쳐지더니 정체 모를 괴물은 공중으로 휘리릭 뛰어올랐다. 압둘라는 순간적으로 가죽에 덮인 무시무시한 얼굴을 볼 수 있었다. 구부러진 매부리코에는 고리 하나가 매달려 있었고, 매섭게 치켜뜬 길쭉한 눈은 싸늘하고 잔혹해 보였다. 괴물은 압둘라를 거들떠보지도 않았다. 밤의꽃을 사로잡은 채 공중으로 날아오르는 일에만 정신을 쏟고 있었다.

다음 순간 괴물은 허공으로 날아올랐다. 압둘라는 머리 위를 스쳐지나가는 괴물을 얼핏 볼 수 있었다. 막강한 힘을 가진 마신이 조그맣고 창백한 여자 하나를 대롱대롱 매달고 날아가는 것이었다. 다음 순간, 어둠이 괴물을 삼켜 버렸다. 어처구니가 없을 정도로 순식간에 벌어진 일이었다.

압둘라는 양탄자에게 명령했다.

"쫓아가! 저 마신을 따라가라고!"

양탄자는 명령에 복종하려는 것처럼 둔덕 위에서 꿈틀 솟구쳤다. 그러나 곧 누군가 다른 명령을 내린 듯이 도로 주저앉아 꼼짝도 않는 것이었다.

압둘라는 버럭 소리쳤다.

"이 썩어 빠진 멍석 쪼가리 같으니라고!"

그때 정원 저쪽에서 고함 소리가 들렸다.

"이쪽이다! 저 위에서 소리가 났어!"

아치 기둥들 아래로 줄지어 달려오는 금속 투구들이 달빛에 번쩍거렸다. 더욱 심각한 것은 등불의 황금빛에 번뜩이는 칼날과 석궁들이었다. 굳이 여기서 기다렸다가 그들에게 소리친 이유를 설명할 필요는 없었다. 압둘라는 양탄자 위로 몸을 던지고 이렇게 속삭였다.

"가게로 돌아가자! 빨리! 부탁해!"

이번에는 양탄자도 어젯밤처럼 신속히 명령에 따랐다. 양탄자는 눈 깜짝할 사이에 둔덕 위로 솟구치더니 무시무시하게 높은 담장을 쏜살같이 넘어가는 것이었다. 압둘라는 등불을 밝힌 정원에서 우왕좌왕하는 북쪽 나라의 용병들을 얼핏 보았을 뿐, 다음 순간에는 잔지브의 조용히 잠든 지붕과 달빛을 받은 탑들 위로 날아가고 있었다. 문득 밤의꽃의 아버지가 생각한 것보다 훨씬 더 부자인 것 같다는 생각이 들었는데(그렇게 많은 병사들을 부릴 수 있는 사람은 매우 드물었고, 더욱이 북쪽 나라에서 온 용병들은 가장 많은 돈을 요구하니까) 그 생각이 미처 끝나기도 전에 양탄자는 벌써 아래로 내려가서 커튼을

2. 양탄자 상인 압둘라

헤치고 압둘라의 가게 한복판에 스르르 내려앉는 것이엇다.

그곳에서 압둘라는 절망에 사로잡혔다.

마신이 밤의꽃을 잡아가는데도 양탄자는 쫓아가려고 하지 않았다. 그러나 그것은 그리 놀라운 일이 아니었다. 잔지브 사람이라면 누구나 알고 있듯이, 마신은 하늘에서도 지상에서도 막강한 힘을 발휘했다. 만일의 경우에 대비하여 마신은 자기가 밤의꽃을 데리고 사라질 때까지 정원 안의 모든 것에게 제자리에 그대로 있으라고 명령한 것이 분명했다. 아마도 마신은 양탄자나 압둘라를 아예 보지도 못했겠지만, 양탄자가 가지고 있는 마법의 힘으로는 마신의 명령을 거역하지 못했을 것이다. 어쨌든 마신은 압둘라가 목숨보다 사랑하는 밤의꽃을 빼앗아갔다. 그것도 하필이면 그녀가 압둘라의 품속으로 뛰어들려는 찰나에 말이다. 그런데도 압둘라가 할 수 있는 일은 아무것도 없는 것 같았다.

그는 울고 말았다.

울고 난 뒤에는 옷 속에 감춰 놓은 돈을 모조리 내다버리겠다고 맹세했다. 이제 돈은 아무 짝에도 쓸모가 없기 때문이었다. 그러나 그 일을 실천에 옮기기도 전에 또다시 슬픔이 찾아왔다. 처음에는 요란한 슬픔이었다. 잔지브의 풍습대로 가슴을 두드리며 큰 소리로 울부짖었다. 그리고 수탉이 울고 사람들이 거동을 시작할 무렵에는 소리 없는 절망에 사로잡혔다. 움직이는 것조차 부질없는 일이었다. 남들은 부지런히 돌아다니거나 휘파람을 불거나 양동이를 딜렁거렸지만 압둘라에게 그런 생활은 더 이상 의미가 없었다. 압둘라는 차라리 죽어 버렸으면 좋겠다고 생각하면서 마법의 양탄자 위에 그대로 웅크리고 있었다.

너무 비참한 나머지 압둘라는 자기가 위험할지도 모른다는 생각조차 하지 못했다. 숲 속에 사냥꾼이 들어왔을 때 새들이 숨을 죽이듯이 문득 장터의 모든 소리가 일시에 멈추었지만 압둘라는 아랑곳하지 않았다. 그리고 행군하는 발소리와 함께 용병들의 갑옷이 철컥철컥 소리를 냈지만 압둘라는 거의 의식하지도 못하고 있었다.

"정지!"

가게 밖에서 누군가 호령했지만 압둘라는 고개조차 돌리지 않았다. 그러다가 가게의 커튼이 후두둑 뜯겨 나갈 때 비로소 돌아보았다. 조금 놀라긴 했지만 반응은 느렸다. 그는 강렬한 햇살 쪽을 향하여 퉁퉁 부은 눈을 껌벅거리며, 북쪽 나라의 병사들이 여긴 웬일일까 하고 막연히 생각했을 뿐이었다.

"저 사람이에요."

평복을 입은 누군가가 말했다. 얼핏 하킴인 것 같기도 했지만 그는 압둘라가 알아보기도 전에 약삭빠르게 사라져 버렸다.

용병들의 대장이 딱딱거렸다.

"너! 나와라. 같이 좀 가야겠다."

"네?"

"끌고 나와."

압둘라는 어리둥절했다. 병사들이 압둘라를 강제로 일으켜 세우고 두 팔을 비틀어 억지로 걷게 만들었고, 압둘라는 힘없이 항의했다. 그들이 압둘라를 끌고 속보로 행군하기 시작했을 때도 압둘라는 계속 항의했다. 그들은 장터를 벗어나 서쪽 구역으로 접어들었다. 머지않아 압둘라는 매우 강력하게 항의하기 시작했다. 그는 헐떡거리며 이렇게 말했다.

"이게 뭡니까? 나도…… 한 사람의 시민으로서…… 지금 어디로 가는 중인지…… 알아야겠다고요!"

"닥쳐라. 곧 알게 된다."

병사들은 어찌나 단단한지 호흡이 조금도 흐트러지지 않았다.

잠시 후, 그들은 압둘라를 끌고 햇살 아래 하얗게 빛나는 거대한 돌문을 지나 햇볕이 이글거리는 안마당으로 들어섰다. 그리고 화덕처럼 생긴 대장간 앞에서 압둘라에게 쇠사슬을 채우느라고 5분쯤 걸렸다. 압둘라는 더욱 거세게 항의했다.

"왜 이러시는 겁니까? 여기가 어디예요? 꼭 알아야겠어요!"

그러자 대장이 말했다.

"*닥치라니까!*"

그러더니 북쪽 나라의 투박한 억양이 섞인 말투로 부관에게 말했다.

"잔지브 놈들은 하나같이 저렇게 징징거린단 말이야. 도무지 체통을 지킬 줄 모르거든."

대장이 그렇게 말하고 있을 때, 역시 잔지브 사람이었던 대장장이가 압둘라에게 중얼거렸다.

"술탄께서 자넬 잡아오라고 하셨다네. 내 생각엔 별로 가망이 없어. 지난번에 내가 이렇게 쇠사슬로 묶었던 사람은 나중에 십자가에 못 박혔으니까."

"하지만 저는 아무 짓도 ……."

그때 대장이 버럭 고함을 질렀다.

"닥치란 말이야! 대장장이, 다 끝났나? 됐어. 속보!"

그들은 다시 압둘라를 끌고 이글거리는 마당을 지나 커다란 건물 안으로 달려 들어갔다.

압둘라는 쇠사슬 때문에 뛰기는커녕 걸을 수도 없다고 말하고 싶었다. 쇠사슬은 너무 무거웠다. 그러나 신기한 일이었다. 그렇게 사나운 표정의 병사들이 억지로 시킬 때는 불가능한 일도 가능했다. 절그럭, 쩔렁, 절그럭, 쩔렁! 압둘라는 달렸다. 이윽고 힘없이 딸랑거리는 소리와 함께 그는 마침내 높은 곳에 자리 잡은 옥좌 앞에서 걸음을 멈추었다. 옥좌는 서늘한 파란색과 황금색의 타일로 덮인 것이었고, 그 위에는 쿠션이 잔뜩 쌓여 있었다. 병사들이 일제히 한쪽 무릎을 꿇었다. 북쪽 나라의 병사들이 자기들을 고용한 사람에게만 보여 주는 정중하고 절도 있는 동작이었다.

대장이 말했다.

"죄수 압둘라 대령했사옵니다."

압둘라는 무릎을 꿇지 않았다. 잔지브의 관습에 따라 넙죽 엎드렸다. 어차피 너무 지쳐 있어서 다른 인사법보다는 차라리 요란한 소리와 함께 쓰러져 버리는 쪽이 편했다. 타일 바닥의 서늘한 감촉이 정말 상쾌하고 반가웠다.

그때 술탄이 말했다.

2. 양탄자 상인 압둘라

"그 낙타 똥 같은 놈을 무릎 꿇려라. 짐의 얼굴을 보게 하라."

나지막했지만 분을 못 이겨 부들부들 떨리는 목소리였다. 병사 하나가 쇠사슬을 잡아당겼고, 다른 두 명이 압둘라의 팔을 잡아 일으켜 무릎을 꿇렸다. 그들은 그대로 압둘라를 붙잡고 있었다. 압둘라로서는 고마운 일이었다. 안 그랬다면 무서워서 다시 픽 쓰러지고 말았을 것이다. 타일을 붙인 옥좌에 기대고 앉은 남자는 윗부분에 장식술이 달린 하얀 면직물 같은 것으로 쿠션을 철썩철썩 때리고 있었는데, 어찌 보면 한가로이 손장난을 하는 듯했지만 사실은 엄청난 분노를 억누르고 있는 것이었다. 그 술 달린 면직물을 보는 순간 압둘라는 비로소 자기가 어떤 곤경에 빠졌는지를 깨달았다. 그것은 바로 자신의 모자였던 것이다.

술탄이 말했다.

"자, 이 똥물에 빠진 똥개 같은 놈아, 내 딸은 어디 있느냐?"

압둘라는 비참했다.

"저도 모르옵니다."

그러자 술탄은 마치 목이 잘린 머리의 머리채를 쥐고 흔들듯이 모자를 대롱대롱 흔들면서 이렇게 말했다.

"네가 감히, 네가 감히 이 모자가 네 것이 아니라는 거냐? 안쪽에 네 이름이 적혀 있다, 이 하찮은 장사꾼 나부랭이야! 이건 내가, 바로 짐이 몸소, 공주의 보석 상자에서 찾아낸 거다. 이것 말고도 평민들의 초상화를 여든두 장이나 찾아냈는데, 공주는 그것들을 여든두 군데에 교묘하게 숨겨 놨더구나. 네가 밤나들이 정원에 숨어들어 공주에게 그 초상화들을 주었다는 사실을 정녕 부인하겠느냐? 공주를 납치한 사실도 부인하겠느냐?"

"예, 그건 부인하옵니다! 아으, 약한 자들의 고귀한 보호자시여, 모자와 그림에 대해서는 부인하지 않겠나이다. 다만 지혜로우신 대왕이시여, 전하께서 물건을 찾는 솜씨보다 공주님이 물건을 감추는 솜씨가 훨씬 뛰어났사옵니다. 사실 소인이 공주님께 드린 그림은 전하께서 찾아내신 것보다 백일곱 장이나 많아서 드리는 말씀이옵니다. 하오나 밤의꽃 공주님을 납치한 것은 결코 제가 아니옵니다. 거대하고 무시무시한 마신이 나타나 바로 제 눈앞에서 공주님을 잡아갔사온데, 지금 어디 계시는지는 높으신 전하와 마찬가지로 저도 아는 바가 전혀 없사옵니다."

그러자 술탄이 말했다.

"그럴듯한 얘기로다! 마신이었단 말이지! 이 사기꾼! 버러지 같은 놈!"

"맹세코 사실입니다!"

압둘라는 크나큰 절망에 사로잡혀 더 이상 말을 삼갈 여유가 없었다.

"아무거나 신성한 물건을 갖다주세요. 그것에 대고 제가 마신을 보았다는 사실을 맹세하겠습니다. 제게 마법을 걸어 진실을 털어놓게 하셔도 결과는 똑같을 겁니다. 아으, 죄지은 자들을 멸하시는 대왕이시여, 왜냐하면 그게 진실이니까요. 그리고 지금 공주님을 잃어버려 가장 슬퍼하는 사람은 전하가 아니라 소인입니다. 위대한 술탄

2. 양탄자 상인 압둘라

이시여, 이 나라의 자랑이시여, 원컨대 당장 이 몸을 죽여 비참한 삶을 끝내주시옵소서!"

"기꺼이 죽여 주마. 우선 내 딸이 어디 있는지부터 밝혀라."

"벌써 말씀드렸잖아요! 세상을 놀라게 하는 대왕이시여, 공주님이 어디 계신지는 저도 몰라요."

그러자 술탄은 무릎을 꿇은 병사들에게 아주 조용한 목소리로 말했다.

"저놈을 끌고 가라."

병사들은 기다렸다는 듯이 벌떡 일어나 압둘라를 일으켜 세웠다. 술탄이 말을 이었다.

"놈을 고문하여 자백을 받아내라. 공주를 찾으면 놈을 죽여도 좋지만, 그때까지는 반드시 살려 두어라. 내 딸이 과부가 되더라도 내가 지참금을 두 배로 주겠다고 하면 오친스탄 왕자도 그 아이를 받아 주겠지."

압둘라는 병사들에게 잡혀 절그럭절그럭 끌려가면서 이렇게 소리쳤다.

"왕 중의 왕이시여, 전하께서 오해하셨사옵니다! 그 마신이 어디로 갔는지는 저도 정말 모르옵고, 무엇보다 슬픈 것은 저희가 미처 결혼하기도 전에 마신이 공주님을 잡아갔다는 사실이옵니다."

"뭐라고?"

술탄이 소리쳤다.

"도로 데려와라!"

병사들은 쇠사슬에 묶인 압둘라를 다시 옥좌 앞으로 끌고 갔다. 술탄이 몸을 앞으로 기울이며 압둘라를 노려보았다.

"이 더러운 놈아, 네놈이 방금 짐의 청결한 귀를 더럽혔는데, 네놈이 아직 공주와 결혼하지 않았다고 말한 것이 맞느냐?"

"맞사옵니다, 전하. 저희가 미처 도망치기도 전에 마신이 나타난 것이옵니다."

그러자 술탄은 몹시 놀란 듯한 표정으로 압둘라를 노려보았다.

"그 말이 사실이더냐?"

"맹세코 저는 아직 공주님께 입맞춤 한 번 해 본 적도 없사옵니다. 잔지브에서 멀리 떠나면 곧 치안 판사를 찾아갈 생각이었사옵니다. 올바른 행실이 어떤 것인지는 소인도 잘 알고 있사옵니다. 하오나 먼저 밤의꽃 공주님이 정말 소인과 결혼하고 싶어 하는지 확인하는 게 순서라고 생각했사옵니다. 비록 그림을 백여든아홉 장이나 보셨지만 그래도 공주님의 결심은 무지에서 나온 것이라는 생각이 들었기 때문이옵니다. 애국자들의 보호자시여, 감히 이렇게 아뢰어도 용서하실지 모르오나 전하의 교육 방식은 결코 바람직하지 않사옵니다. 소인을 처음 보셨을 때 공주님은 저를 여자로 오해하셨사옵니다."

술탄은 생각에 잠긴 듯이 중얼거렸다.

"그렇다면 간밤에 내가 병사들에게 정원에 들어온 침입자를 잡아 죽이라고 했을 때 하마터면 큰일 날 뻔했구나."

그러더니 압둘라에게 말했다.

"멍청한 놈, 천하디천한 것이 감히 나를 가르치려 들다니! 내 딸은 당연히 그렇게 키울 수밖에 없었다. 공주가 태어났을 때, 그 아이는 짐 이외에 처음 보는 남자와 결혼하게 된다는 점괘가 나왔으니까!"

압둘라는 쇠사슬에 묶여 있으면서도 몸을 똑바로 폈다. 그날 들어 처음으로 한 가닥 희망을 발견한 것이었다.

술탄은 타일과 장식품들로 화려하게 단장한 방 안을 멍하니 굽어보며 생각에 잠겼다.

"그 점괘는 짐에게도 안성맞춤이었지. 오래전부터 북쪽의 여러 나라와 동맹을 맺고 싶었다. 그쪽은 우리보다 훨씬 더 우수한 무기들을 갖고 있으니까. 그중엔 마법의 힘을 가진 무기도 있고 말이야. 그런데 오친스탄의 왕자들은 도무지 호락호락하지 않아서 탈이거든. 그래서 짐은 이렇게 생각했지. 내 딸이 남자들을 볼 수 없도록 격리시키면 되겠구나, 물론 그 이외에는 최상의 교육을 받게 하고, 그래서 노래도 잘 부르고 춤도 잘 추고 왕자가 좋아할 만한 여자로 자라게 하자. 그리고 공주의 나이가 찼을 때, 우리나라를 공식 방문해 달라고 왕자를 초청했지. 왕자는 요즘 그 뛰어난 무기들을 가지고 어떤 나라를 새로 정복했는데, 그 나라를 복속시키는 일만 끝나면 내년쯤 우리나라에 오기로 했지. 그때 공주가 왕자를 보기만 하면 점괘에 나온 대로 왕자는 꼼짝없이 내 손아귀에 들어오는 거였다고!"

술탄은 원망 섞인 눈으로 압둘라를 내려다보았다.

"그랬는데 너 같은 버러지 때문에 계획이 다 틀어졌어!"

"불행한 일이지만 그러하옵니다, 참으로 사려 깊으신 지배자시여. 하온데 그 오친스탄 왕자는 혹시 좀 늙고 못생기지 않았사옵니까?"

"북쪽 나라 사람들이 다 그렇듯이 왕자도 지독하게 못생겼겠지. 저 용병들처럼 말이야."

압둘라는 그 말을 들은 병사들의 몸이 굳어지는 것을 느낄 수 있었다. 대부분의 병사들은 주근깨투성이였고 머리가 불그스름했다.

"그런데 그건 왜 묻느냐, 멍청한 놈아?"

"아으, 우리나라를 살찌우시는 대왕이시여, 전하의 지혜를 다시 비판하자면, 이건 공주님께 부당한 일인 듯하옵니다."

압둘라는 그의 무모한 용기에 놀라서 돌아보는 병사들의 시선을 느낄 수 있었다. 그래도 그는 아랑곳하지 않았다. 더 이상 잃을 것도 없다는 기분이었다.

술탄이 대답했다.

"여자들은 대수롭지 않은 존재야. 그러니까 여자들에게 부당한 일이라는 건 애당초 있을 수도 없지."

"제 생각은 다르옵니다."

그러자 병사들은 더욱 놀라서 압둘라를 뚫어지게 바라보았다.

술탄도 압둘라를 노려보았다. 그는 마치 압둘라의 목을 조르듯이 억센 손으로 모자를 비틀어 대고 있었다.

"닥쳐라, 병 걸린 두꺼비 같은 놈아! 주둥이를 다물지 않으면 나도 더 이상 못 참고 네놈을 당장 처형하라고 명령할지도 모르니까!"

그러나 압둘라는 오히려 조금 마음을 놓았다.

"아으, 백성들을 다스리는 절대적인 칼날이시여, 원컨대 지금 저를 죽여주시옵소서. 소인은 법을 어겨 죄를 지었사옵고, 감히 전하의 정원에 침입하여……."

"닥쳐라. 너도 잘 알다시피, 공주를 찾아 너와 결혼시키기 전에는 절대로 너를 죽일 수 없으니까."

압둘라는 더욱 안심했다.

"아으, 보석 같은 판단력을 가진 술탄이시여, 이 천한 놈은 전하의 논리를 이해하지 못하겠나이다. 당장 죽여주시옵소서."

그러자 술탄은 으르렁거리다시피 하면서 이렇게 말했다.

"내가 이 한심스러운 사건에서 한 가지 배운 것이 있다면 그건 잔지브의 술탄인 나조차도 운명을 거스를 수는 없다는 거다. 그 점괘는 어떻게든 결국 실현되고 말 게야. 그러니까 내 딸을 오친스탄 왕자에게 시집보내려면 우선 점괘대로 하는 수밖에 없지."

압둘라는 이제 완전히 마음을 놓았다. 물론 그는 진작부터 그런 상황을 알아차리고 있었다. 다만 술탄도 그것을 깨달았는지 확인하고 싶었을 따름이었다. 역시 술탄도 알고 있었다. 밤의꽃 공주의 논리적인 머리는 아버지에게서 물려받은 것이 분명했다.

그때 술탄이 물었다.

"그래, 내 딸은 어디 있느냐?"

"아으, 잔지브를 비추는 태양이시여, 이미 말씀드렸다시피 마신이……."

"그 마신 얘기는 하나도 안 믿는다. 너무 편리한 핑계니까. 공주는 네놈이 감춰 놓은 게 틀림없어."

술탄은 병사들에게 명령했다.

"저놈을 끌고 가서 가장 튼튼한 지하 감옥에 처넣어라. 쇠사슬은 그대로 두어라. 정원에 들어올 때 뭔가 마법을 썼을 텐데, 조심하지 않으면 같은 방법으로 도망쳐 버릴지도 모르니까."

그 말을 듣고 압둘라는 흠칫 놀라지 않을 수 없었다. 술탄도 그것을 보았다. 그는 심술궂은 미소를 지었다.

"그리고 집집마다 샅샅이 뒤져서라도 공주를 찾아라. 결혼식을 올려야 하니까 찾아내자마자 지하 감옥으로 데려와야 한다."

술탄은 생각에 잠긴 눈으로 다시 압둘라를 바라보았다.

"그때까지 나는 너를 죽일 참신한 방법들을 궁리하면서 시간을 보내야겠다. 지금으로서는 1.2킬로미터 높이의 말뚝 꼭대기에 꽂아 놓고 독수리를 풀어 조각조각 뜯어먹게 하는 게 제일 좋을 것 같지만, 그보다 더 좋은 방법이 생각나면 마음이 바뀔 수도 있겠지."

병사들에게 질질 끌려가면서 압둘라는 다시 절망감을 느꼈다. 그는 자신이 태어났을 때의 점괘를 떠올리고 있었다. 1.2킬로미터 높이의 말뚝 꼭대기라면 틀림없이 이 나라의 어느 누구보다도 높은 자리였다.

여우를 피하려다 호랑이굴로

압둘라는 악취가 진동하는 깊은 지하 감옥에 갇히게 되었다. 빛이라고는 높은 천장의 조그마한 창살문으로 새어 들어오는 것이 전부였다. 그나마도 햇빛은 아니었다. 아마 위층 복도의 한쪽 끝에 있는 창문으로 들어온 빛인 듯했는데, 창살문은 그 복도의 바닥에 뚫려 있는 것이었다.

이런 처지가 될 것을 미리 예상한 압둘라는 병사들에게 끌려오면서도 눈과 마음속에 환한 빛의 영상을 가득 담아 두려고 노력했다. 그리고 병사들이 감옥의 바깥문을 여는 사이에 고개를 들고 주위를 둘러보았다. 그들이 있는 곳은 텅 빈 돌담이 절벽처럼 둘러싸고 있는 작고 어두컴컴한 안마당이었다. 그러나 고개를 한껏 젖히면 아침의 황금빛을 배경으로 멀찌감치 솟아 있는 가느다란 뾰족탑이 보였다. 압둘라는 동이 튼 지 겨우 한 시간 정도밖에 안 되었다는 것을 알고 놀라워했다. 뾰족탑 너머로는 짙푸른 하늘이 보였고, 그 위에는 하나뿐인 구름이 평화롭게 떠 있었다. 그 구름은 아직도 아침 햇살에 물들어 붉은색과 황금색으로 알록달록해서 마치 황금빛 창문들이 있는 드높은 성처럼 보였다. 뾰족탑 위를 맴돌고 있는 하얀 새의 날개도 황금빛으로 반짝였다. 압둘라는 이렇게 아름다운 광경을 보는 것도 지금이 마지막이라고 생각했다. 그래서 감옥 안으로 끌려가면서도 어깨 너머로 끝까지 지켜보았다.

마침내 잿빛의 차가운 감방 안에 갇혔을 때 그는 방금 본 광경을 마음속 깊이 새겨 두려고 했지만 헛일이었다. 감방 안은 전혀 다른 세계였기 때문이다. 그는 오랫동안 비참한 기분에 젖어 있느라고 쇠사슬 때문에 팔다리가 저리다는 사실조차 알아차리지 못했다. 이윽고 그것을 깨닫게 되자 차가운 바닥에서 절그럭거리며 이리저리 몸을 움직여 보았지만 별로 도움이 되지 않았다.

압둘라는 이렇게 중얼거렸다.

"앞으로 평생 이렇게 살아갈 각오를 해야 돼. 누군가 밤의꽃을 구해 낸다면 또 모르지만."

그러나 술탄이 마신 이야기를 믿지 않고 있으니 그럴 가능성은 거의 없었다.

그때부터 압둘라는 공상의 힘으로 절망감을 밀어내려고 노력했다. 그러나 웬일인지 자기가 납치된 왕자라고 생각해 보아도 전혀 기분이 나아지지 않았다. 그게 사실이 아니라는 것은 압둘라 자신이 더 잘 알았고, 밤의꽃이 그 말을 믿어 주었다는 것을 생각하면 그저 미안하기만 했다. 그녀는 압둘라가 왕자라고 믿었기 때문에 결혼을 결심했을 것이다. 이제는 압둘라도 알게 되었듯이 그녀야말로 공주였기 때문이다. 언젠가는 그녀에게 진실을 털어놓을 수 있을지, 압둘라는 도저히 자신이 서지 않았다. 얼마 동안은 술탄이 생각해 내는 어떤 형벌을 받게 되어도 자업자득이라는 생각까지 들었다.

그러다가 밤의꽃 공주에 대해 생각하기 시작했다. 지금 어디에 있는지는 몰라도, 그녀 역시 적어도 압둘라 자신만큼 무섭고 비참한 상황에 빠져 있을 것이 분명했다. 압둘라는 그녀를 위로해 주고 싶었다. 한시바삐 그녀를 구하고 싶어, 부질없는 일인 줄 알면서도 한참 동안 쇠사슬을 비틀어 보기도 했다.

"나 말고는 아무도 그녀를 구하러 가지 않을 거야. 내가 여기서 빠져나가야 해!"

공상처럼 어리석은 짓이라고 생각하면서도 마법의 양탄자를 불러 내려고 해 보았다. 자신의 가게 바닥에 놓여 있는 양탄자를 마음속에 떠올리면서 몇 번이나 소리 내어 불러 보았다. 신비로운 느낌을 주는 낱말들을 생각나는 대로 모조리 말해 보았다. 마법의 암호를 알아내기 위해서였다.

그러나 아무 소용도 없었다. 성공하길 기대하는 게 멍청한 거지! 이 지하 감옥에서 부르는 소리를 설령 양탄자가 듣는다 하더라도 저렇게 작은 창살문 사이로 어떻게 비집고 들어올 수 있단 말인가? 그리고 설령 들어오더라도 어떻게 압둘라를 빠져나가게 해 주겠는가?

압둘라는 깨끗이 단념하고, 벽에 기대어 앉아 어렴풋이 잠이 들었다. 지금은 하루 중 가장 더운 때인 것 같았다. 이 시간이 되면 잔지브 사람들은 대부분 잠깐이라도 휴식을 취했다. 압둘라도 공원에 갈 때를 제외하면 대개 질이 좀 떨어지는 양탄자들이 쌓여 있는 가게 앞쪽의 그늘에 앉아 과일 주스를 마시거나, 여유가 있으면 포도주를 마시면서 자말과 함께 느긋하게 잡담을 즐기곤 했다. 그러나 이젠 그 생활도 끝이었다. '오늘은 겨우 첫날이라고!' 마음이 울적해졌다. '아직은 몇 시간이 지났는지도 기억하고 있지. 며칠이 흘렀는지조차 모르게 되려면 얼마나 걸릴까?'

압둘라는 눈을 감았다. 한 가지 기분 좋은 점은 술탄의 딸을 찾으려고 집집마다 뒤지기 시작하면 파티마와 하킴과 아시프도 성가신 일을 겪어야 할 것이다. 압둘라에게 가족이라고는 그들뿐이기 때문이다. 압둘라는 부디 병사들이 그 자줏빛 도매점을 발칵 뒤집어 놓기를 바랐다. 벽지도 갈기갈기 찢어 버리고 양탄자도 모조리 펼쳐 보기를 바랐다. 그리고 부디 그들을 체포해서는…….

그때 압둘라의 발치에 뭔가 떨어져 내렸다.

'먹을 것을 던져주는구나. 차라리 굶어 죽고 싶은데.' 그렇게 생각하면서 천천히 눈을 떴다. 그러다가 저절로 두 눈이 번쩍 뜨였다.

감옥 바닥에는 마법의 양탄자가 있었다. 그리고 그 위에는 자말의 성질 나쁜 개가 평온하게 잠들어 있었다.

개가 압둘라의 가게 그늘에 누워 있었다는 것은 충분히 상상할 수

2. 양탄자 상인 압둘라

있는 일이었다. 양탄자가 편안하니까 그 위에 드러누웠다는 것도 납득할 수 있었다. 그러나 개가 어떻게 마법의 암호를 말할 수 있었는지는 도저히 이해할 수가 없었다. 압둘라가 보고 있는 동안에도 개는 꿈을 꾸고 있었다. 앞다리가 움찔움찔 움직였다. 개는 마치 세상에서 가장 맛좋은 냄새를 맡은 듯 콧잔등을 찡그리며 킁킁거리더니, 곧 꿈속의 그 냄새가 점점 멀어지고 있는 것처럼 나지막이 낑낑거렸다.

압둘라는 개에게 이렇게 말을 걸었다.

"혹시 말이야, 친구, 너 지금 내 꿈을 꾸고 있는 거냐? 내 아침 식사를 거의 다 너한테 줬던 그때에 대한 꿈이야?"

개는 잠결에도 압둘라의 목소리를 들은 모양이었다. 요란한 콧소리를 내면서 눈을 뜨는 것이었다. 그런데 개는 역시 개였다. 어쩌다가 이 낯선 감옥에 들어오게 되었는지 궁리하느라고 시간을 빼앗기는 일은 없었다. 개는 킁킁거리며 압둘라의 냄새를 맡았다. 그러더니 끼잉 하고 환호성을 지르며 벌떡 일어나 쇠사슬에 묶인 압둘라의 가슴팍에 앞발을 척 올려놓고 그의 얼굴을 열심히 핥아 대는 것이었다.

압둘라도 웃으면서, 오징어 냄새가 풍기는 개의 입김을 피하려고 고개를 돌렸다. 반갑기는 압둘라도 마찬가지였다.

"정말 내 꿈을 꾸고 있었구나! 어이, 친구, 앞으로는 날마다 오징어 한 사발씩 먹게 해 줄게. 네가 내 목숨을 구했고, 어쩌면 밤의꽃의 목숨까지 구해 준 셈이니까!"

개의 흥분이 조금 가라앉자 압둘라는 쇠사슬에 묶인 채로 몸을 굴리거나 비비적거리며 나아가서 한쪽 팔꿈치를 세운 자세로 양탄자 위에 누웠다. 그리고 긴 한숨을 내쉬었다. 이젠 안전했다. 그는 개에게 이렇게 말했다.

"이리 와라. 너도 양탄자 위로 올라와."

그러나 개는 감방 한구석에서 쥐 냄새를 맡은 모양이었다. 잔뜩 흥분해서 킁킁거리며 냄새를 쫓고 있었다. 그런데 개가 그렇게 킁킁거릴 때마다 양탄자가 조금씩 들썩거렸다. 압둘라가 원하던 해답이 바로 그것이었다.

"이리 오라고. 너를 여기 내버려 두면 나중에 나한테 음식을 주거나 심문을 하려고 사람들이 왔을 때 너를 보게 될 테고, 그러면 내가 개로 둔갑했다고 생각할 거야. 그렇게 되면 내가 받을 형벌을 네가 받게 돼. 이렇게 양탄자도 갖다주고 양탄자의 비밀도 가르쳐 줬는데, 그런 네가 1.2킬로미터 높이의 말뚝 꼭대기에 꽂히도록 내버려 둘 수는 없단 말이야."

그러나 개는 감방 구석에 코를 처박았다. 압둘라의 말에는 관심도 없었다. 그때였다. 감옥의 두꺼운 벽을 뚫고 발소리와 함께 열쇠꾸러미가 짤랑거리는 소리가 들려왔다. 누군가 다가오고 있었다. 압둘라는 개를 설득하기를 단념했다. 그리고 양탄자 위에 벌렁 드러누웠다.

"여기 봐라, 멍멍아! 빨리 와서 내 얼굴을 핥아 봐!"

개도 그 말은 알아들었다. 당장 감방 구석을 떠나 압둘라의 가슴 위로 뛰어올라서 명령에 따르는 것이었다. 압둘라는 바삐 움직이는 혓바닥을 고스란히 받아 내며 이렇게 속삭였다.

"양탄자야, 시장으로 가자! 하지만 착륙하지는 말고, 자말의 가게 앞에 떠 있어라."

양탄자는 둥실 떠올라 쏜살같이 날아갔다. 아슬아슬한 순간이었다. 열쇠로 감방 문을 여는 소리가 들렸다. 압둘라는 양탄자가 어떻게 감방을 빠져나왔는지 제대로 볼 수도 없었다. 개가 여전히 얼굴을 핥고 있어서 눈을 꼭 감아야 했기 때문이다. 그러나 문득 축축한 그늘이 스쳐 지나가는 것을 느꼈을 뿐인데(벽을 통과하는 순간이었는지도 모른다) 어느새 대낮의 밝은 햇빛이 나타났다. 개도 고개를 들고 어리둥절한 눈으로 햇빛을 쳐다보았다. 쇠사슬 너머로 앞을 바라보니 드높은 담장이 불쑥 나타났다가, 양탄자가 거침없이 솟아오르자 이내 저 아래로 멀어져갔다. 그다음에는 탑과 지붕들이 차례로 지나갔는데, 전에는 밤에만 봐서 몰랐지만 사실은 압둘라도 잘 아는 건물들이었다. 그리고 그때부터 양탄자는 시장 변두리를 향해 내려가기 시작했다. 술탄의 궁전은 압둘라의 가게에서 겨우 걸어서 5분 거리에 있었기 때문이다.

곧 자말의 가게가 시야에 들어왔다. 그 옆에 있는 압둘라의 가게는 온통 난장판이었다. 시장 통로까지 양탄자들이 마구 흩어져 있었다. 병사들이 밤의꽃 공주를 찾으려고 샅샅이 뒤진 모양이었다. 자말은 보글보글 끓는 커다란 오징어 냄비와 연기가 모락모락 피어오르는 숯불 꼬치구이 석쇠 사이에서 두 팔에 머리를 올려놓고 조는 중이었다. 그러다가 고개를 들더니 하나뿐인 눈을 휘둥그레 뜨

면서, 자기 앞으로 날아와 허공에서 멈추는 양탄자를 뚫어져라 쳐다
보았다.

압둘라가 말했다.

"내려가라, 멍멍아! 자말, 개 좀 불러 봐요."

자말은 몹시 겁먹은 것이 분명했다. 술탄이 말뚝에 꿰어 놓고 싶
어 하는 사람의 가게 바로 옆에 자기 가게가 있다는 것은 결코 즐거
운 일이 아닐 테니까. 자말은 아예 말도 못 하는 것 같았다. 개도 말
을 듣지 않았다. 압둘라는 땀을 뻘뻘 흘리면서 절그럭절그럭 일어나
앉았다. 그 움직임 때문에 개가 비틀거렸다. 그러더니 가게 계산대
위로 민첩하게 뛰어내렸다. 자말은 멍하니 개를 끌어안았다. 그리고
압둘라의 쇠사슬을 물끄러미 쳐다보며 이렇게 물었다.

"내가 해 줄 일이 뭐지? 대장장이를 데려올까?"

압둘라는 자말의 우정을 실감하고 가슴이 뭉클했다. 그러나 일어
나 앉은 덕분에 가게들 사이의 통로가 훤히 내려다보였는데, 저쪽으
로 달려가는 누군가의 발과 휘날리는 옷자락이 보이는 것이었다. 어
느 가게 주인이 경비대를 데리러 가는 모양이었지만 달려가는 뒷모
습이 어쩐지 아시프인 것 같았다.

"아니, 그럴 시간 없어요."

압둘라는 쇠사슬을 쩔렁거리며 왼쪽 다리를 꼼지락거려 양탄자
아래로 내렸다.

"그 대신에 이것 좀 해 줘요. 내 장화 위쪽에 있는 자수를 만져
봐요."

자말이 튼튼한 팔을 뻗더니 아주 조심스럽게 자수를 만져 보았다.
그리고 걱정스러운 듯이 물었다.

"이것도 무슨 마법인가?"

"아니, 비밀 지갑이에요. 손을 넣어 돈을 꺼내 보세요."

자말은 어리둥절해하면서도 손가락을 움직여 곧 지갑의 입구를
찾아내고 한 줌의 금화를 끄집어냈다.

"큰돈이네. 이걸로 자네가 자유로워질 수 있을까?"

"아니, 당신이 자유로워지는 거죠. 나를 도와줬다는 이유로 곧 당
신과 그 개를 잡으러 올 거예요. 이 금화를 가지고 개와 함께 도망쳐
요. 잔지브를 떠나라고요. 미개한 북쪽 나라로 가면 어딘가 숨을 곳
이 있을 거예요."

"북쪽 나라! 하지만 거기서 내가 뭘 할 수 있겠어?"

"필요한 것들을 사서 라슈푸트 음식점을 차리세요. 돈도 충분하고,
당신은 탁월한 요리사잖아. 거기서 부자가 될 수 있다고요."

그러자 자말은 압둘라와 돈을 번갈아 바라보았다.

"정말? 내가 정말 그럴 수 있을까?"

그때까지 압둘라는 줄곧 통로 쪽을 유심히 지켜보고 있었다. 이제
그 공간이 사람들로 채워지기 시작했는데, 그들은 경비대가 아니라
북쪽 나라의 용병들이었고 지금 이쪽으로 부랴부랴 달려오는 중이
었다.

"당장 도망친다면 가능하죠."

자말도 철컥철컥 달려오는 병사들의 소리를 들었다. 얼른 고개를

길게 빼고 확인했다. 그러더니 개에게 휘익 휘파람을 불고는 어느새 사라졌다. 그 신속하고 조용한 동작에 압둘라도 감탄할 수밖에 없었다. 이제 병사들이 여기서 찾아낼 것이라고는 끓이다 만 오징어 한 냄비가 전부일 것이다.

압둘라는 양탄자에게 속삭였다.

"사막으로. 빨리!"

양탄자는 즉시 출발하여 쏜살같이 날아갔다. 압둘라는 양탄자가 그물 침대처럼 축 처질 정도로 무거운 쇠사슬이 없었다면 틀림없이 양탄자에서 굴러 떨어졌을 거라고 생각했다. 그리고 지금은 빠른 속력이 절실한 상황이었다. 뒤에서 병사들이 고함을 질렀다. 탕탕탕, 요란한 소리도 터져 나왔다. 총알 두 발과 석궁 화살 하나가 푸른 하늘을 가르며 잠시 동안 양탄자 곁을 따라오다가 이내 뒤처졌다. 양탄자는 맹렬히 돌진하여 지붕들을 가로지르고 담장들을 뛰어넘고 탑들을 지나더니 곧 야자수들과 과수원 위로 스치듯 날아갔다. 그리고 마침내 잿빛의 황량한 풍경 속으로 뛰어들었는데, 거대한 사발 같은 하늘 아래서 하얗고 누렇게 이글거리는 그곳에 이르게 되자 압둘라의 쇠사슬이 점점 거북스러울 정도로 뜨거워지기 시작했다.

이윽고 쌩쌩 지나가던 바람 소리가 멎었다. 압둘라가 고개를 들어 보니 잔지브는 어느새 까마득히 멀어져 지평선 너머로 몇 개의 탑만 간신히 보일 뿐이었다. 이때 양탄자는 낙타를 타고 있는 어떤 사람을 천천히 지나쳤다. 그는 천으로 꽁꽁 싸맨 얼굴을 들고 위를 쳐다보았다. 양탄자는 모래땅을 향해 내려가기 시작했다. 그러자 낙타를 탄 사람은 낙타를 돌려세우고 걸음을 재촉하여 양탄자를 향해 달려왔다. 압둘라는 그 사람이 기뻐하는 속마음을 훤히 읽을 수 있었다. 이것이야말로 제대로 움직이는 진짜 마법의 양탄자를 손에 넣을 수 있는 일생일대의 기회가 아니겠는가! 게다가 그 주인은 쇠사슬에 묶여 대항할 수조차 없으니.

압둘라는 양탄자에게 울부짖듯이 외쳤다.

"올라가, 올라가! 북쪽으로 가자고!"

양탄자는 다시 공중으로 무겁게 날아올랐다. 마지못해 따르고는 있지만 몹시 불쾌하다는 기색이 양탄자의 털실 하나하나에 역력히 드러나고 있었다. 양탄자는 힘겹게 반원을 그리더니, 사람이 걷는 정도의 속도로 천천히 북쪽을 향해 날았다. 낙타를 탄 사람은 그 반원을 곧장 가로지르며 부리나케 달려왔다. 지금 양탄자는 땅에서 겨우 2.7미터 높이에 떠 있었다. 낙타를 타고 있는 사람에게는 아주 손쉬운 목표물이었다.

압둘라는 이제 훌륭한 말솜씨가 필요한 때라는 것을 깨달았다. 그는 낙타를 탄 사람에게 소리쳤다.

"조심하시오! 난 전염병에 걸려 잔지브에서 쫓겨난 거요!"

그러나 그 사람은 완전히 속지 않았다. 낙타의 고삐를 당겨 좀 더 조심스러운 속도로 따라오면서 보따리 속에서 천막 기둥 하나를 뽑아내는 것이었다. 그것으로 압둘라를 양탄자에서 떨어뜨리려는 속셈이 분명했다. 압둘라는 황급히 양탄자로 주의를 돌렸다.

"아으, 세상에서 가장 빼어난 양탄자야, 아으, 빛깔도 더없이 화려하고, 짜 놓은 솜씨도 더없이 정교하고, 게다가 이렇게 곱디고운 무늬에 강력한 마법까지 갖추고 있는 양탄자야, 지금까지는 내가 너를 제대로 대접하지 못한 것 같구나. 이제 보니 네 온화한 성품에 맞도록 한없이 부드럽게 부탁했어야 되는 건데, 걸핏하면 툭툭 명령이나 하고 게다가 고함까지 질러 댔으니. 용서해라, 아으, 용서해라!"

양탄자도 그 말이 마음에 드는 듯했다. 공중에서 좀 더 팽팽하게 펼쳐지면서 속력을 약간 높이는 것이었다.

압둘라는 이렇게 말을 이었다.

"난 정말 몹쓸 녀석이야. 네가 이런 사막의 무더위 속에서, 더구나 무거운 쇠사슬까지 짊어지고 이렇게 고생하게 만들다니. 아으, 양탄자 가운데 으뜸이며 정말 최고로 우아한 양탄자야, 이제 난 오직 너만을, 그리고 어찌하면 너에게서 이 엄청난 짐을 덜어 줄 수 있을지 그것만 생각하고 있단다. 이제 네가 적당한 속도로, 가령 낙타가 달리는 것보다 조금만 더 빠른 속도로 날아 준다면, 그래서 저 북쪽의 사막 어딘가에서 이 쇠사슬을 벗겨 줄 사람이 있는 제일 가까운 곳으로 나를 데려다준다면, 그건 지극히 상냥하고 고상한 성품을 가진 너 같은 양탄자에게도 아주 반가운 일이 되지 않겠니?"

맥을 제대로 짚은 모양이었다. 이제 양탄자는 사뭇 거만하고 의기양양한 분위기를 풀풀 풍겨 내고 있었다. 그리고 30센티미터쯤 위로 솟아올라 살짝 방향을 고쳐 잡더니, 여봐란 듯이 시속 110킬로미터의 속도로 날아가기 시작했다. 압둘라는 양탄자 가장자리를 힘껏 움켜쥐고 뒤쪽을 내려다보았다. 낙타를 탄 사람은 몹시 실망한 채로 금세 사막 저편의 한 점으로 멀어져 갔다. 압둘라는 부끄러운 줄도 모르고 이렇게 외쳤다.

"아으, 세상에서 가장 고귀한 예술품이여, 그대는 양탄자의 술탄이요, 나는 그대의 미천한 종이로다!"

그 말이 몹시 흡족했는지 양탄자는 더욱더 빠르게 날아갔다.

10분이 지났을 때 양탄자는 어느 모래 언덕을 두둥실 타고 넘더니 꼭대기 바로 너머에서 갑자기 우뚝 멈춰 섰다. 그것도 비스듬하게. 결국 압둘라는 속수무책으로 굴러 떨어져 털썩, 모래 먼지를 일으켰다. 그리고 절그럭절그럭, 쩔렁쩔렁, 우당탕탕, 점점 더 많은 먼지를 일으키면서 굴러 내려갔다. 그러다가 필사적인 노력으로 간신히 발을 앞으로 향하게 하고 모래땅에 긴 흔적을 남기면서 마치 썰매를 타듯이 미끄러져, 마침내 오아시스에 있는 조그마한 흙탕물 웅덩이의 바로 가장자리에 이르렀다. 그 웅덩이의 가장자리에는 남루한 차림새의 사람들이 잔뜩 모여서 뭔가를 들여다보고 있었는데, 압둘라가 그 속으로 뛰어들자 모두 벌떡 일어나 뿔뿔이 흩어졌다. 이때 그들이 들여다보고 있던 물건이 압둘라의 발에 걷어차이는 바람에 휘리릭 날아가서 도로 웅덩이에 빠지고 말았다. 한 남자가 성난 고함을 지르더니 그 물건을 건져 내려고 물속으로 뛰어들었다. 나머지 사람들은 저마다 장검을(그러나 한 명은 길쭉한 권총을 뽑아들었다) 뽑아들고 험악한 표정으로 압둘라를 에워쌌다.

험상궂게 생긴 사람이 먼저 소리쳤다.

"목을 따 버려."

압둘라는 모래가 들어간 눈을 껌벅거리면서, 이렇게 흉악스러운 사람들은 처음 본다고 생각했다. 그들 얼굴엔 온통 흉터투성이였고, 눈은 교활해 보였으며, 치아 상태는 엉망이었고, 게다가 표정마저 기분 나빴다. 권총을 가진 사내는 그중에서도 제일 불쾌하게 생긴 인간이었다. 그는 커다란 매부리코 한쪽에 귀고리 같은 것을 달고 있었는데, 콧수염이 굉장히 텁수룩했다. 그의 터번 한 쪽에는 번쩍이는 붉은 보석을 박은 황금 브로치가 꽂혀 있었다.

그 사내가 물었다.

"넌 대체 어디서 나타난 거냐?"

그러더니 다짜고짜 압둘라를 걷어찼다.

병처럼 생긴 물건을 들고 웅덩이에서 걸어 나오는 남자를 포함하여, 지금 압둘라를 바라보는 그들 모두의 표정은 압둘라가 설명을 썩 잘해야 한다는 것을 말해 주고 있었다. 그러지 못하면 국물도 없어 보였다.

7

정령의 등장

압둘라는 계속 눈을 껌벅거려 모래
를 씻어 내면서, 권총을 가진 사내를 자세히 살펴보았다. 아무리 보
아도 그 사내는 압둘라가 상상했던 악독한 도적 두목과 아주 똑같은
모습이었다. 가끔은 이렇게 우연한 일도 생기는 모양이었다.

압둘라는 대단히 정중하게 말문을 열었다.

"사막의 신사 여러분, 이렇게 불쑥 뛰어들어 정말 죄송하게 됐소
이다. 그런데 내 앞에 계시는 분은 혹시 그 이름도 드높으신 도적 중
의 도적, 카불 아크바 님이 아니신지?"

그러자 압둘라를 둘러싸고 있던 다른 악당들은 모두 놀라는 것 같
았다. 압둘라는 그중 한 명의 말을 또렷이 들을 수 있었다.

"저놈이 그걸 어떻게 알았지?"

그러나 권총을 든 사내는 코웃음을 칠 뿐이었다. 그의 얼굴은 남을 비웃는 표정을 짓는 재간이 유난히 발달해 있었다.

"그건 내 이름이 맞다만, 나도 꽤 유명한 모양이지?"

정말 우연의 일치구나, 하고 압둘라는 생각했다. 그렇다면 적어도 지금의 상황이 어떤 것인지는 알게 된 셈이었다.

"아으, 광야의 유랑객 여러분, 고귀하신 여러분처럼 나도 추방당하고 억압당하는 신세올시다. 그래서 라슈푸트 전체에 복수하기로 맹세했소. 내가 이곳을 찾은 목적은 다름이 아니오라 여러분과 더불어 지내면서 이 한 몸과 마음을 바쳐 힘이 되어 드리고자 함이오."

그러자 카불 아크바가 이렇게 대꾸했다.

"아하, 그러셔? 그런데 여긴 어떻게 온 거냐? 쇠사슬에 꽁꽁 묶인 채로 하늘에서 뚝 떨어지기라도 했나?"

압둘라는 겸손하게 대답했다.

"마법이었소."

이런 사람들을 감탄하게 하려면 무엇보다 마법이 최고일 것 같았다.

"정말 하늘에서 뚝 떨어진 게 맞소이다, 고귀하신 방랑자 여러분."

그러나 아쉽게도 그들은 별로 감탄하는 기색이 아니었다. 대부분은 소리 내어 웃어대는 것이었다. 카불 아크바는 고갯짓으로 두 사람을 모래 언덕으로 올려 보내 압둘라가 떨어진 곳을 살펴보게 했다.

"그렇다면 네가 마법을 쓸 수 있다는 거냐? 그렇게 쇠사슬에 묶여 있는 것도 마법과 관계가 있고?"

"물론이오. 나는 너무 강력한 마법사라서 잔지브의 술탄조차도 내가 무슨 짓을 저지를지 두려워 이렇게 쇠사슬로 묶어 놓은 것이외다. 이 쇠사슬을 끊고 수갑을 풀어주기만 하신다면 정말 굉장한 것들을 보여드리겠소."

그렇게 말하면서 압둘라는 지금 돌아오고 있는 두 남자를 곁눈질했다. 그들은 양탄자를 마주 들고 있었다. 압둘라로서는 제발 그것이 자신에게 유익한 일이기를 바랄 뿐이었다. 그는 진지하게 말을 이었다.

"아시다시피 쇠는 마법사가 마법을 쓰지 못하게 만드는 물건이오. 어서 이걸 벗겨 주시면 곧 여러분 앞에 새로운 삶이 펼쳐질 것이오."

그러나 도적들은 미심쩍다는 듯이 압둘라를 쳐다볼 뿐이었다. 한 남자가 말했다.

"우리한테는 쇠를 끊는 정도 없고 망치도 없는데."

이때 카불 아크바가 양탄자를 들고 있는 두 남자를 돌아보았다. 그들은 이렇게 보고했다.

"이것밖에 없었습니다요. 말이나 낙타 따위는 안 보였어요. 발자국도 없었고요."

그러자 도적 두목은 콧수염을 쓰다듬었다. 압둘라는 혹시 그 수염이 코걸이에 뒤엉키는 일은 없을까 생각했다.

"흠. 그렇다면 그건 마법의 양탄자겠지. 이리 가져와라."

두목은 비웃는 얼굴로 압둘라를 돌아보았다.

"실망시켜서 정말 미안하지만, 마법사 양반, 자네가 기왕 이렇게 편리하게도 쇠사슬에 묶인 채로 나타났으니, 당분간 그대로 내버려 두고 자네 양탄자를 접수하는 편이 낫겠는데. 사고를 예방하기 위해서라도 말이야. 자네가 정말 우리와 한패가 되고 싶다면 먼저 어떤 쓸모가 있는지부터 보여 주는 게 순서겠지."

압둘라는 두렵다기보다 화가 치밀었는데, 그것은 다소 놀라운 일이었다. 어쩌면 그날 아침에 술탄 앞에서 두려움을 모두 써 버린 탓인지도 몰랐다. 그게 아니라면 지금 온몸이 마구 결리고 쑤시기 때문일 수도 있었다. 모래 언덕을 미끄러져 내려오느라고 그의 몸은 온통 쓸리고 벗겨진 상처투성이였고 한쪽 발목은 족쇄 때문에 몹시 쓰라렸다. 압둘라는 도도하게 대꾸했다.

"이미 말했잖소. 쇠사슬을 벗기 전에는 여러분을 도와줄 수가 없단 말이오."

그러자 카불 아크바는 이렇게 말했다.

"우리가 자네한테 바라는 건 마법이 아니라 지식이라고."

그러더니 웅덩이로 뛰어들었던 남자를 손짓해 불렀다.

"저게 어떤 물건인지 가르쳐 준다면 다리를 풀어 줄 수도 있지."

웅덩이에 들어갔던 남자가 쪼그리고 앉더니 배가 불룩한 모양의 칙칙한 파란색 병을 내밀었다. 압둘라는 양쪽 팔꿈치에 의지하여 몸을 일으키고 못마땅한 얼굴로 그 병을 살펴보았다. 병목 부위의 칙칙한 유리 속에 깨끗한 새 병마개가 보였고, 그 위를 덮어씌우고 인장을 찍어 놓은 납 봉인도 새것인 듯했다. 상표가 떨어진 향유병처럼 생긴 병이었다. 쪼그려 앉은 남자가 병을 흔들어 보면서 말했다.

"보기보다 꽤 가볍소. 달그락거리거나 찰랑거리는 건 전혀 없고."

압둘라는 이 병을 이용하여 쇠사슬을 벗어날 방법을 궁리했다.

"이건 정령이 깃든 병이오. 사막의 주민 여러분, 이런 병은 대단히 위험할 수도 있다는 걸 알아 두시오. 이 쇠사슬만 풀어 준다면 내가 이 속의 정령을 제압해서 여러분이 마음대로 부릴 수 있게 해드리겠소. 그게 싫다면 아무도 만지지 않는 게 좋소."

그러자 병을 들고 있던 남자는 불안한 듯이 병을 떨어뜨렸다. 그러나 카불 아크바는 웃으면서 그것을 다시 집어 들었다.

"내가 보기엔 맛좋은 술이 들어 있을 것 같은데……."

그러면서 병을 다른 남자에게 던져 주었다.

"열어 봐."

그 남자는 장검을 내려놓고 큼직한 칼을 꺼내어 납 봉인에 칼질을 했다. 쇠사슬에서 풀려날 기회가 사라져 버리는 순간이었다. 게다가 이젠 거짓말쟁이라는 사실까지 탄로 날 상황이었다.

"아으, 도적들 중에서도 보석 같으신 여러분, 이건 정말 굉장히 위험한 짓이오. 봉인을 깨뜨리긴 했지만 마개만은 절대로 뽑지 마시오."

압둘라가 그렇게 말할 때 남자는 봉인을 벗겨 모래땅에 떨어뜨렸다. 그리고 병마개를 뽑아내기 시작했다. 다른 남자가 병을 잡고 있었다. 압둘라는 계속 지껄였다.

"꼭 마개를 뽑아야겠다면 우선 정확히 비밀의 숫자만큼 병을 두드리고, 그 안에 있는 정령에게 이런 맹세를 시킨 다음에……."

마개가 빠져나왔다. 뽕! 병 속에서 엷은 자줏빛 연기가 가늘게 흘

러나왔다. 그러나 그 연기는 곧 구름처럼 짙어지면서 마치 주전자에
서 솟구치는 푸르스름한 자줏빛 수증기처럼 병 속에서 뭉클뭉클 힘
차게 쏟아져 나오는 것이었다. 연기는 얼굴(크고 파랗고 성난 얼굴)로
바뀌었고, 곧이어 두 팔이 나타나고 병에 연결된 가느다란 몸뚱이가
나타나더니 계속 쑥쑥 자라서 마침내 키가 3미터도 넘게 되었다.

그 얼굴이 바람 같은 목소리로 우렁차게 으르렁거렸다.

"나는 맹세를 했다. 나를 풀어 주는 놈은 고생을 좀 해야 한다. 자!"

연기로 만들어진 두 팔이 휙 움직였다.

그 순간, 병마개와 병을 갖고 있던 두 남자가 일시에 사라졌다. 병
마개와 병이 땅바닥에 나뒹굴었고, 그래서 정령은 병 주둥이에서부
터 옆으로 길게 누운 자세가 되었다. 그리고 정령의 푸른 연기 속에
서 커다란 두꺼비 두 마리가 엉금엉금 기어 나왔는데, 둘 다 어리벙
벙하여 주위를 둘러보는 것 같았다. 정령은 뭉게뭉게 서서히 몸을
일으키고는 이윽고 똑바로 섰다. 병 위에 버티고 서서 연기로 이루
어진 두 팔로 팔짱을 끼고 있는 그의 흐릿한 얼굴에는 지독한 증오
심이 배어 있었다.

그때쯤에는 압둘라와 카불 아크바를 제외한 모든 사람이 뿔뿔이
도망쳐 버린 뒤였다. 압둘라는 쇠사슬 때문에 움직이기도 힘들었기
때문이었고, 카불 아크바는 뜻밖에도 매우 용감한 것이 분명했다.
정령이 두 사람을 노려보았다.

"나는 이 병의 노예로다. 이런 상황은 나도 지긋지긋하게 싫지만, 그
래도 어쩔 수 없으니 알려 주겠다. 나를 소유한 자는 날마다 한 가지

2. 양탄자 상인 압둘라

소원을 말할 수 있고, 나는 그 소원을 이루어 주어야 한다."

그러더니 험악한 기세로 덧붙였다.

"네 소원은 뭐냐?"

압둘라가 먼저 입을 열었다.

"제 소원은……."

그러자 카불 아크바가 재빨리 압둘라의 입을 틀어막았다.

"소원을 말할 사람은 나야. 그걸 명심해라, 정령!"

"알았다. 소원이 뭐냐?"

"잠깐 기다려 봐."

카불 아크바는 압둘라의 귀에 얼굴을 바싹 들이댔다. 그의 입에서
는 손보다도 더욱 지독한 냄새가 났다. 그러나 양쪽 모두 자말의 개
와는 비교도 안 될 정도라는 사실만은 압둘라도 인정해야 했다. 도
적 두목이 속삭였다.

"자, 마법사 양반. 자네가 뭘 좀 안다는 사실은 입증된 셈이야. 이제
내가 어떤 소원을 말해야 하는지만 가르쳐 준다면 자네를 자유롭게
풀어주고 우리 패의 중요한 일원으로 받아 주겠어. 그렇지만 자네 소
원을 말하려고 했다가는 당장 내 손에 죽는 거야. 알아들었나?"

두목은 압둘라의 머리에 총구를 들이대고 그의 입에서 손을 뗐다.

"내가 어떤 소원을 말해야 되지?"

"글쎄올시다. 가장 현명하고 친절한 소원이라면 당신의 두꺼비 두
마리를 인간으로 되돌려 달라는 것이겠지."

카불 아크바는 놀란 눈으로 두 마리의 두꺼비를 돌아보았다. 그들

은 진흙투성이가 되어 있는 웅덩이 가장자리를 따라 머뭇머뭇 기어 다니고 있었는데, 자기들이 수영을 할 수 있는지 없는지 몰라서 망설이는 기색이 역력했다.

"쓸데없는 소원이야. 다시 생각해 봐."

압둘라는 도적 두목을 가장 기쁘게 할 만한 일을 찾아내려고 머리를 쥐어짰다.

"물론 한없이 많은 재산을 달라고 할 수도 있소. 하지만 그렇게 되면 그 돈을 갖고 다녀야 할 테고, 그러니까 우선 힘 좋은 낙타 떼부터 청하는 게 좋을 거요. 그리고 그런 재산이라면 잘 지켜야지. 그러니까 우선 북쪽 나라의 저 유명한 무기들을 잔뜩 달라고 하든지, 아니면……."

"도대체 어쩌라는 거야? 서둘러. 정령이 점점 짜증을 내잖아."

사실이었다. 발이 없어 탁탁 구르지는 못하지만 서서히 아래로 내려오는 그 거대하고 파란 얼굴을 보아하니, 아무래도 좀 더 기다리게 만들었다가는 웅덩이 옆의 두꺼비가 두 마리 더 늘어날 조짐이었다.

그 순간 온갖 생각이 한꺼번에 밀려들었고, 압둘라는 지금 비록 쇠사슬에 묶여 있긴 하지만 만약 두꺼비로 변하게 된다면 사정이 훨씬 더 나빠질 것이라고 확신할 수 있었다. 그래서 불안한 마음으로 이렇게 말해 보았다.

"잔치를 열어 달라고 하는 건 어떻겠소?"

"한결 낫구먼!"

카불 아크바는 압둘라의 어깨를 툭 쳐 주고 기쁜 듯이 벌떡 일어섰다.

"내 소원은 아주 풍성한 잔치를 즐기는 거다."

그러자 정령은 촛불이 바람결에 일렁이듯 고개를 숙였다. 그리고 심술궂게 말했다.

"알았다. 그게 너한테 큰 도움이 됐으면 좋겠구나."

그러더니 조심스럽게 병 속으로 다시 들어가는 것이었다.

정말 풍성한 잔치였다. 거의 기다릴 사이도 없이 퍽 하는 둔탁한 소리와 함께 음식들이 나타났는데, 그것은 위쪽에 차일을 달아 그늘을 만들어 놓은 기다란 식탁 위에 차려져 있었고, 식사 시중을 들어주는 제복 차림의 노예들도 함께 나타났다. 다른 도적들도 꽤나 빠르게 두려움을 극복하고 허둥지둥 달려와 저마다 쿠션에 느긋하게 기대고 앉더니, 황금 접시에 담긴 맛좋은 음식을 먹으면서 노예들에게 더, 더, 더! 가져오라고 외쳐 대는 것이었다. 그 노예들과 이야기를 나눌 기회가 생겼을 때 압둘라는 그들이 바로 잔지브 술탄의 노예라는 것 그리고 음식도 술탄의 것이었다는 사실을 알게 되었다.

그 사실을 알게 되자 압둘라의 기분도 조금은 가벼워졌다. 그는 여전히 쇠사슬에 묶인 채로 가까운 야자수에 기대고 음식을 먹어야 했다. 물론 애당초 카불 아크바에게서 더 나은 대접을 기대하지도 않았지만, 그래도 괴롭기는 마찬가지였다. 다만 카불 아크바도 가끔은 압둘라를 기억해 주었고, 그때마다 오만하게 손을 내저어 노예를 시켜 황금 접시나 포도주 한 병 따위를 보내 오는 것이었다.

음식은 아주 넉넉했기 때문이다. 이따금씩 퍽 하고 작은 소리가 터져 나오면서 어리둥절한 노예들이 새로운 요리를 들고 나타나기도 했고, 혹은 술탄의 포도주 중에서도 최고급품으로 보이는 것들이 보석으로 장식한 손수레에 실려 나타나기도 했고, 혹은 놀란 표정의 악단이 나타나기도 했다. 카불 아크바가 새로운 노예를 보내올 때마다 압둘라는 그들이 모든 질문에 기꺼이 대답해 준다는 것을 알게 되었다.

한 노예는 이렇게 말했다.

"사막의 제왕의 고귀하신 포로시여, 첫 번째와 두 번째 요리가 그처럼 불가사의하게 사라졌을 때 술탄께서는 정말 크게 진노하셨습니다. 세 번째 요리는 제가 들고 있던 공작새 구이였는데, 술탄께서는 저희들에게 용병들을 붙여 부엌에서부터 경호하게 하셨지요. 그랬는데도 용병들의 바로 옆에서, 그것도 바로 연회실 문 앞에 이르렀을 때 순식간에 사라져 버린 겁니다. 정신을 차려보니 바로 이 오아시스였고요."

술탄이 점점 더 배가 고프겠구나, 하고 압둘라는 생각했다.

나중에는 무희들까지 나타났다. 역시 순식간에 이곳으로 옮겨진 것이었다. 술탄은 더욱더 격분할 것이 틀림없었다. 그 무희들을 보게 되자 압둘라는 우울해졌다. 그중의 누구보다도 두 배는 더 아름다운 밤의꽃 공주가 생각났던 것이다. 눈물이 왈칵 솟구쳤다. 식탁에 앉은 사람들이 한창 즐거워할 때, 두 마리의 두꺼비는 웅덩이 가장자리의 얕은 물 속에 들어앉아 구슬프게 울고 있었다. 그들도 최소한 압둘라만큼은 울적한 모양이었다.

　　　　　　　　　　　　2. 양탄자 상인 압둘라

이윽고 밤이 되자마자 노예들과 악사들과 무희들은 모두 사라졌지만 음식과 포도주는 그대로 남아 있었다. 그때쯤 도적들은 벌써 배불리 먹은 뒤였지만 그 뒤에도 계속 먹고 마셔 댔다. 그리고 대부분은 앉은 자리에서 곯아떨어졌다. 그러나 압둘라는 곧 실망해야 했다. 카불 아크바가 조금 비틀거리며 몸을 일으키더니 식탁 밑에서 정령의 병을 챙기는 것이었다. 그리고 비틀비틀 마법의 양탄자로 다가가 병을 손에 쥔 채로 양탄자 위에 벌렁 드러누워 버렸다. 그는 눕기가 무섭게 잠들었다.

야자수에 기대앉은 압둘라는 점점 불안해졌다. 만약 정령이 그 노예들을 잔지브의 궁전으로 되돌려 놓았다면(아무래도 그랬을 가능성이 높았다) 누군가 그들에게 노발대발하며 질문을 퍼부을 것이 뻔했다. 그러면 모두 이구동성으로 도적 떼에게 음식을 바쳐야 했다고 대답할 테고, 그때 야자수에 몸을 기대고 지켜보던 좋은 옷차림의 젊은이에 대해서도 이야기할 것이다. 그렇게 되면 술탄은 단숨에 전후 사정을 짐작하게 될 것이다. 술탄은 바보가 아니었다. 어쩌면 바로 이 순간에도 한 무리의 병사들이 낙타를 타고 질주하면서 이러저러하게 생긴 조그만 오아시스를 찾으려고 사막을 샅샅이 뒤지고 있을지도 모를 일이었다.

그러나 지금 압둘라가 가장 걱정하는 문제는 그게 아니었다. 그는 잠들어 있는 카불 아크바를 더욱더 초조한 마음으로 지켜보고 있었다. 자칫하면 대단히 쓸모가 많은 정령은 물론이고 마법의 양탄자까지 고스란히 빼앗길 상황이었다.

아니나 다를까, 30분쯤 지났을 때 카불 아크바가 잠결에 돌아누우면서 입을 딱 벌렸다. 아마 자말의 개도 그랬을 테고 압둘라 자신도 그랬겠지만 카불 아크바도 그때부터 드르렁드르렁 요란하게 코를 골기 시작했다. 아니나 다를까 양탄자가 부르르 떨었다. 떠오르는 달빛 아래서 압둘라는 양탄자가 지상으로부터 30센티미터쯤 떠올라 허공에 그대로 멈춰 있는 것을 또렷이 볼 수 있었다. 압둘라가 추측하기에 양탄자는 카불 아크바가 지금 이 순간에 꾸고 있는 꿈을 분석하느라 바쁜 것 같았다. 도적 두목들은 어떤 꿈을 꾸는지 압둘라로서는 전혀 알 길이 없었지만 양탄자는 잘 알고 있었다. 문득 공중으로 솟구쳐 날아가기 시작하는 것이었다.

압둘라는 바로 머리 위의 야자수잎 너머로 지나가는 양탄자를 쳐다보면서 그것의 진로를 바꾸려고 마지막 시도를 해 보았다.

"아으, 참으로 불행한 양탄자로다! 나 같으면 훨씬 더 자상히 대해 줬을 텐데!"

양탄자도 그 말을 들은 모양이었다. 아니면 그냥 우연이었는지도 모른다. 어쨌든 양탄자 가장자리에서 뭔가 둥그스름하고 희미하게 빛나는 물건이 굴러내려 압둘라에게서 몇 걸음 떨어진 모래 위에 가볍게 풀썩 떨어지는 것이었다. 정령의 병이었다. 압둘라는 쇠사슬에서 절그럭거리고 쩔렁거리는 소리가 너무 크게 나지 않도록 조심하면서 최대한 신속한 동작으로 병을 끌어다가 자신의 등과 야자수 사이에 감추었다. 그리고 앉은 채로 아침이 오기를 기다렸다. 아까보다 훨씬 더 희망적인 기분이었다.

상상이 현실로

태양이 모래 언덕을 백장미 같은 빛깔로 물들이기 시작하자마자 압둘라는 정령의 병에서 마개를 뽑아냈다. 연기가 새어 나오다가 곧 힘차게 솟구치면서 푸르스름한 연자줏빛 정령의 모습이 나타났다. 정령은 지난번보다 더욱더 성난 표정이었다. 바람 같은 목소리가 터져 나왔다.

"소원은 하루에 하나씩이라고 했잖아!"

"아으, 연자줏빛의 위대한 정령이시여, 물론 그렇게 말씀하셨죠. 그런데요, 저어, 오늘은 다른 날이거든요. 그리고 제가 당신의 새 주인이죠. 이번 소원은 아주 간단해요. 이 쇠사슬을 벗겨 주셨으면 좋겠네요."

"그런 일로 소원을 낭비하다니."

정령은 한심하다는 듯이 그렇게 툭 내뱉고는 재빨리 병 속으로 도로 들어가 버렸다. 압둘라는 그 소원이 정령에게는 하찮게 보일지도 모르지만 자신에게는 쇠사슬을 벗는 일이 대단히 중요하다고 항변하려 했다. 그러나 그때 문득 자기가 절그럭거리는 소리도 없이 자유롭게 움직일 수 있다는 사실을 깨달았다. 아래를 내려다보니 쇠사슬은 이미 사라지고 없었다.

그는 조심스럽게 병마개를 다시 꽂아 넣고 몸을 일으켰다. 온몸이 지독히도 뻣뻣했다. 조금이라도 움직여 보기 위해서 그는 낙타를 몰고 이 오아시스 쪽으로 달려오는 병사들을 떠올렸고, 또한 지금 자고 있는 도적들이 쇠사슬도 없이 이렇게 서 있는 자신을 발견한다면 어떤 일이 벌어질지 상상해 보았다. 그러자 겨우 몸이 움직였다. 그는 노인처럼 절뚝거리며 식탁 쪽으로 다가갔다. 그리고 식탁보에 얼굴을 묻고 잠들어 있는 도적들을 건드리지 않도록 조심하면서 주섬주섬 음식을 주워 모아 냅킨으로 잘 쌌다. 포도주도 한 병 챙겨 정령의 병과 함께 두 장의 냅킨으로 허리띠에 매달았다. 그다음에는 일사병에 걸리지 않도록(사막에서 일사병에 걸리면 대단히 위험하다는 말을 나그네들에게서 들은 적이 있다) 또 한 장의 냅킨으로 머리를 감쌌다. 그리고 최대한 빠른 속력으로 절뚝절뚝 오아시스를 떠나 북쪽으로 향했다.

뻣뻣하던 몸은 걷는 동안에 차츰 풀렸다. 그때부터는 걷는 일도 거의 쾌적해졌고, 오전의 처음 반나절 동안은 밤의꽃을 생각하면서

2. 양탄자 상인 압둘라

결연히 나아갔다. 그렇게 걸으면서 맛좋은 고기파이를 먹고 포도주도 마셨다. 그러나 오전의 두 번째 반나절은 그리 순조롭지 않았다. 머리 위에서 햇볕이 쨍쨍 내리쪼였다. 하늘은 눈부신 흰색으로 변했고 모든 것이 뜨겁게 달아올랐다. 압둘라는 차라리 포도주를 쏟아 버리고 웅덩이의 흙탕물을 담아올 걸 그랬다고 후회하기 시작했다. 포도주는 갈증을 덜어 주기는커녕 오히려 더 악화시킬 뿐이었다. 냅킨을 포도주로 적셔 목덜미에 얹어 보았지만 그때마다 너무 빨리 말라 버렸다. 정오가 되었을 때는 곧 죽을 것 같다는 생각마저 들었다. 눈앞에서 사막이 이리저리 기우뚱거렸고, 눈부신 빛 때문에 눈이 아팠다. 온몸이 숯덩이로 변해 버린 느낌이었다.

압둘라는 목쉰 소리로 중얼거렸다.

"운명의 신은 내가 전에 상상했던 일들을 모조리 현실 속에서 겪게 하려고 작정했구나!"

지금까지 그는 악당 카불 아크바에게서 도망치는 과정을 아주 세세히 상상했다고 생각했었는데, 이제 보니 이글거리는 땡볕 아래서 눈으로 흘러드는 땀을 닦으며 비틀비틀 걸어가는 것이 얼마나 괴로운 일인지는 전혀 몰랐던 것이다. 입속을 포함하여 온몸 구석구석으로 모래가 파고든다는 것도 미처 상상하지 못한 일이었다. 그리고 태양이 똑바로 머리 위에 있을 때는 태양에 의지하여 길을 찾기가 어렵다는 것도 감안하지 못했었다. 발치의 조그마한 그림자는 방향을 잡는 데 아무런 도움도 주지 않았다. 그래서 자꾸 뒤를 돌아보면서 자신의 발자국들이 곧게 이어져 있는지 확인해야 했다. 그렇게 시간을 빼앗기는 것도 걱정스러운 일이었다.

그러나 막판에 가서는 시간을 빼앗기든 말든 결국 걸음을 멈추고 쉬어야 했다. 그는 모래가 파여 만들어진 한 조각의 작은 그늘 속에 쪼그려 앉았다. 그래도 마치 자말의 숯불 석쇠에 올라간 고기 조각이 된 듯한 느낌은 여전했다. 그는 냅킨을 포도주로 흠뻑 적셔 머리 위에 펼쳐 놓고, 자신의 제일 좋은 옷이 붉은 얼룩으로 물들어 가는 것을 지켜보았다. 이제 그가 여기서 죽지 않을 거라고 믿게 해 주는 것이라고는 밤의꽃에 대한 점괘 하나뿐이었다. 압둘라는 아직 그녀와 결혼하지 못했는데, 그녀가 정말 압둘라와 결혼할 운명이라면 압둘라는 당연히 살아남아야 했다. 아버지가 적어 놓았던 압둘라 자신의 점괘에 대해서도 생각했다. 그 점괘는 여러 가지 의미로 해석할 수 있었다. 어쩌면 이미 실현된 것일 수도 있었다. 마법의 양탄자를 타고 날아 보았으니 이 나라의 어느 누구보다도 높이 올라간 것이 아닌가? 어쩌면 1.2킬로미터 높이의 말뚝을 가리키는 말이었는지도 모른다.

그런 생각이 떠오르자 압둘라는 다시 일어나 걷지 않을 수 없었다.

오후는 더 힘들었다. 압둘라는 젊고 건강했지만 양탄자 상인의 생활이란 오랫동안 걷는 일과는 거리가 멀었다. 머리끝부터 발끝까지 온몸이 다 쑤셨다. 특히 발가락은 생살이 홀랑 벗겨진 것 같았다. 게다가 한쪽 장화는 돈지갑이 달린 부분이 살갗을 문질러 쓰라렸다. 다리도 너무 피곤해서 움직이기조차 힘들었다. 그러나 도적들이 그를 찾아 나서거나 낙타 떼가 나타나기 전에 한시라도 빨리 그 오아시스로부터 멀리 지평선 너머로 달아나야 했다. 지평선까지는 얼마나 남았는지 알 수 없으니 계속 걸음을 옮기는 수밖에 없었다.

저녁이 되었을 때 압둘라에게 여전히 움직일 힘을 주었던 것은 오직 내일이면 밤의꽃을 만나게 된다는 생각뿐이었다. 다음번에 정령에게 말할 소원이 바로 그것이었다. 그 생각 이외에 또 생각한 것은 앞으로 다시는 포도주도 마시지 않을 것이고 더구나 모래라면 단 한 알도 쳐다보지 않겠다는 맹세였다.

이윽고 밤이 되자 그는 모래 언덕에 픽 쓰러져 그대로 잠들었다.

새벽녘에는 이가 다닥다닥 마주쳤다. 이러다가 동상에 걸리지나 않을까 걱정스러울 정도였다. 사막은 낮에는 뜨겁지만 밤에는 또 그만큼 추웠다. 그래도 압둘라는 이제 고생도 거의 끝났다는 것을 알고 있었다. 그는 모래 언덕 위에서 좀 더 따뜻한 쪽으로 옮겨 앉아 황금빛으로 밝아 오는 동녘 하늘을 바라보며 마지막 남은 음식을 먹고 그 지긋지긋한 포도주도 마저 마셨다. 덜덜 떨리던 턱이 멈추었다. 다만 입맛이 쓰디쓴 것이 마치 자말의 개가 된 기분이었다.

'지금이야.' 압둘라는 기대감에 겨워 미소를 지으며 정령의 병에서 마개를 뽑았다. 연자줏빛 연기가 솟구치더니 곧 정령의 험상궂은 얼굴이 나타났다. 정령이 바람 같은 목소리로 물었다.

"뭘 그렇게 빙글빙글 웃고 있어?"

"소원 때문이죠. 아으, 정령 중에서도 자수정 같은 정령이시여, 팬지꽃보다 더 고운 빛깔의 정령이시여…… 부디 제비꽃의 향기가 그대의 입김을 달콤하게 해 주기를, 제 소원은 곧 나의 신부가 될 밤의꽃 공주 곁으로 데려다 달라는 것입니다."

"오호, 그래?"

정령은 연기로 이루어진 두 팔로 팔짱을 끼고 몸을 빙빙 돌리면서 사방을 둘러보았다. 그러자 병에 연결된 부분이 배배 꼬이면서 타래 송곳 모양이 되었고, 압둘라는 넋을 잃고 그 모습을 구경했다. 이윽 고 다시 압둘라를 마주 보게 되었을 때 정령이 짜증을 냈다.

"그 여자가 도대체 어디 있다는 거야? 아무래도 못 찾겠는데."

압둘라는 이렇게 설명했다.

"잔지브에 있는 술탄의 궁전에 있었는데, 정원에서 마신이 잡아 갔어요."

"그럼 그렇지. 그 소원은 못 들어주겠다. 이 지상에 없으니까."

압둘라는 초조했다.

"그렇다면 마신들의 세계에 가 있겠네요. 아으, 정령 중에서도 자 줏빛 왕자 같은 정령이시여, 당신이라면 그 세계도 손바닥처럼 훤히 알고 계시겠지요?"

"그건 네가 몰라서 하는 소리야. 병 속에 갇힌 정령은 영혼의 세계 에 들어갈 수 없다고. 그 아가씨가 거기 있다면 나도 너를 데려다줄 수가 없어. 그러니까 내 병에 다시 마개를 꽂아 주고, 가던 길이나 어 서 가도록 해. 저 남쪽에서 꽤 많은 낙타 떼가 몰려오고 있거든."

압둘라는 부리나케 모래 언덕 꼭대기로 달려 올라갔다. 아니나 다 를까, 지금까지 그토록 두려워하던 낙타 떼가 마치 춤을 추듯 경쾌 한 속도로 달려오고 있었다. 아직은 거리가 멀어 아득한 쪽빛 그림자로 보일 뿐이었지만, 몸의 윤곽으로 미루어 낙타를 탄 사람들이 중무장을 하고 있다는 것을 알 수 있었다. 정령도 압둘라와 같은 높이로 불쑥 솟아오르면서 말했다.

"봤지? 물론 너를 못 보고 지나갈 수도 있겠지만, 그럴 가능성은 별로 없을걸."

정령은 즐거워하고 있는 것이 분명했다.

"다른 소원을 들어주세요, 빨리요."

"아하, 그건 곤란하지. 소원은 하루에 하나씩이야. 오늘 치 소원은 벌써 말했잖아."

"아으, 라일락처럼 화려한 연기의 정령이시여, 물론 제가 소원을 말하긴 했지만 그건 당신이 들어줄 수 없는 소원이었잖아요. 당신이 처음 말했을 때 분명히 들었는데, 당신은 주인의 소원을 하루에 하나씩 들어줘야 한다고 했어요. 그런데 아직은 들어주지 못했죠."

그러자 정령이 지긋지긋하다는 듯이 말했다.

"아이고, 맙소사! 젊은 친구가 변호사 뺨치네."

압둘라는 자못 흥분한 목소리로 이렇게 대꾸했다.

"그야 당연한 일이죠! 난 잔지브 시민이라고요. 거기서는 아이들도 스스로 자기 권리를 지킬 줄 알아야 해요. 아무도 대신 지켜 주지 않으니까요. 그리고 분명히 말하겠는데, 오늘 당신은 아직 내 소원을 들어주지 않았다고요."

그러자 정령은 팔짱을 낀 채로 우아하게 몸을 좌우로 흔들면서 이렇게 말했다.

"그건 억지야. 벌써 소원 하나를 말한 거라고."

"들어주진 않았잖아요."

"네가 불가능한 소원을 말한 게 내 책임은 아니잖아. 그 대신에 다른 아가씨한테 데려다주는 거라면 얼마든지 해줄 수 있지. 아름다운 아가씨는 백만 명도 넘으니까. 혹시 초록색 머리를 좋아한다면 인어 아가씨를 선택하는 것도 좋겠지. 그런데 수영은 좀 할 줄 알아?"

달려오는 낙타 떼가 벌써 꽤 가까워졌다. 압둘라는 서둘러 말했다.

"아으, 마법의 진주 같은 정령이시여, 생각 좀 해 보고 마음을 돌리세요. 지금 달려오는 저 병사들은 이곳에 도착하자마자 당신의 병을 내게서 빼앗을 거라고요. 병사들이 당신을 술탄에게 바치면 술탄은 날마다 당신에게 엄청난 일들을 시킬 거예요. 군대를 달라든지, 무기를 내놓으라든지, 아니면 적국을 정복하는 따위의 힘겨운 일 말예요. 그렇지만 혹시 저 병사들이 그 병을 그냥 자기들이 갖기로 한다면—병사들이 모두 정직한 사람만 있는 건 아니니까 그것도 충분히 가능한 일이죠—당신은 이 사람 저 사람 사이를 옮겨 다니면서 날마다 군대 인원 수만큼의 소원을 들어줘야 할 거예요. 어느 쪽이 되든지 당신은 나를 위해 일하는 것보다 훨씬 더 많은 일을 하게 된다고요. 내가 원하는 건 단 한 가지 간단한 일인데 말예요."

"대단한 열변이네! 하지만 그 말도 일리가 있군. 그런데 말이야, 술탄이나 저 병사들을 위해 일하게 되면 내가 말썽을 일으킬 기회도 많아진다는 생각은 혹시 안 해 봤나?"

압둘라는 달려오는 낙타 떼를 초조한 눈으로 지켜보고 있었다.

2. 양탄자 상인 압둘라

"내가 소원을 들어줄 때 반드시 좋은 일만 해 줘야 한다고 말한 적은 없어. 사실 난 언제나 최대한 많은 피해를 주겠다고 맹세했단 말이야. 예를 들자면 지금 그 도적들은 술탄의 잔치 음식을 훔쳐 먹은 죄로 모조리 붙잡혀 끌려가는 중인데, 아마 감옥에 갇히거나 아니면 더 심한 꼴을 당하겠지. 간밤에 병사들한테 발각됐거든."

"내 경우엔 소원을 안 들어주는 게 더 큰 피해를 주는 짓이라고요! 그리고 도적들은 몰라도 난 그럴 만한 잘못을 하지도 않았어요."

"그냥 재수가 없다고 생각해라. 그건 나도 마찬가지라고. 나도 이렇게 병 속에 갇힐 만한 짓은 안 했으니까."

병사들은 이제 압둘라를 볼 수 있을 만큼 가까이 와 있었다. 고함 소리가 들려왔다. 병사들이 무기를 꺼내고 있었다. 압둘라는 다급히 이렇게 말했다.

"그럼 내일 치 소원이라도 들어줘요."

그러자 정령은 뜻밖에도 선선히 승낙하는 것이었다.

"그것도 해결책이 될 수 있겠군. 그래, 무슨 소원인데?"

"밤의꽃을 찾는 일을 도와줄 수 있는 사람 중에서 제일 가까이 있는 사람한테 데려다줘요."

그렇게 말하고 압둘라는 모래 언덕을 허둥지둥 달려 내려가 병을 집어 들었다. 그리고 머리 위에서 스르르 내려오는 정령을 향해 이렇게 덧붙였다.

"빨리요!"

그러나 정령은 약간 어리둥절한 얼굴이었다.

"이거 참 이상하네. 내 예지력은 대체로 뛰어난 편인데 이건 도무지 뭐가 뭔지 모르겠어."

그때 그곳에서 그리 멀지 않은 모래 속에 총알 하나가 파고들었다. 압둘라는 허겁지겁 달아나기 시작했다. 그러자 정령은 마치 거대한 자줏빛 촛불 한 가닥처럼 길게 늘어졌다. 압둘라는 버럭 고함을 질렀다.

"그 사람한테 데려다주기나 하라고요!"

"그게 좋겠군. 너라면 이해할 수 있을지도 모르니까."

그 순간, 앞으로 달려가는 압둘라의 발밑에서 땅바닥이 휙휙 지나가기 시작했다. 땅이 마구 다가들었고, 그래서 압둘라는 마치 엄청나게 큰 걸음으로 경중경중 달려가는 듯한 기분을 느꼈다. 그렇게 압둘라와 움직이는 땅의 속력이 합쳐지면서, 손에 쥔 병에서 길게 휘날리며 느긋하게 따라오는 정령 이외에는 모든 것이 흐릿하게 변해 버렸다. 그러나 그 덕분에 달려오던 낙타 떼는 순식간에 멀리 뒤떨어졌다는 것을 알 수 있었다. 압둘라는 빙그레 웃으며 계속 경중경중 달렸고, 거의 정령만큼이나 느긋해진 마음으로 시원한 바람을 만끽했다. 꽤 오랫동안 그렇게 달린 것 같았다. 갑자기 움직임이 멈추었다.

압둘라는 어느 시골길 한복판에 서서 숨을 돌렸다. 이 낯선 고장에 익숙해지기까지는 약간의 시간이 필요했다. 그곳은 사뭇 선선해서 봄날의 잔지브와 비슷하게 따뜻한 정도였고 햇볕도 전혀 달랐다. 파란 하늘에 태양이 밝게 빛나고 있긴 했지만 그 빛은 압둘라가 보던 것보다 덜 눈부셨고 더 푸른색을 띠고 있었다. 어쩌면 무성한 잎을 달고 길가에 늘어선 수많은 나무들이 푸른 그늘을 드리우며 일렁이고 있었기 때문인지도 모른다. 아니면 길가에 자라는 푸르디푸른 풀잎들 때문이었는지도 모른다. 어쨌든 압둘라는 눈이 그 광경에 적응할 때까지 기다렸다가, 이윽고 밤의꽃을 찾는 일을 도와줄 거라는 그 사람을 찾기 위해 주위를 두리번거렸다.

보이는 것이라고는 굽잇길의 나무들 사이에 들어앉은 여인숙으로 보이는 집 한 채가 전부였다. 압둘라가 보기에는 아주 초라한 건물이었다. 잔지브에서도 가장 가난한 집들처럼 목재와 하얗게 색칠한 석고로 지었는데, 그 집의 주인들은 돈이 없어서 단단히 엮은 초가지붕을 얹은 것으로 만족해야 하는 모양이었다. 다만 누군가 그 집을 조금이나마 꾸며 보려고 길가에 빨갛고 노란 꽃들을 심어 놓았을 뿐이었다. 그 꽃들 사이에 박아 놓은 기둥 위에는 형편없는 솜씨로 사자를 그려 놓은 여인숙 간판이 흔들거리고 있었다.

이제 목적지에 도착했으니 다시 마개를 꽂아 두려고 압둘라는 정령의 병을 내려다보았다. 그런데 성가신 노릇이었다. 사막에서였는지, 아니면 이곳으로 달려오는 도중에 떨어뜨렸는지, 아무튼 병마개가 온데간데없었다. '아, 이런!' 압둘라는 병을 얼굴 가까이로 들어 올렸다.

"밤의꽃을 찾도록 도와줄 사람은 어디 있다는 거죠?"

병 속에서 한 줄기 가느다란 연기가 새어 나왔다. 이 낯선 고장의 햇빛 때문에 훨씬 더 푸른 빛깔이었다. "붉은사자 여인숙 앞에 있는 긴 의자에 누워 자는 중이야."

연기는 귀찮다는 듯이 그 말을 던지고는 다시 병 속으로 들어가
버렸다. 그리고 그 속에서 정령의 목소리가 메아리치며 들려왔다.

"마음에 드는 녀석이군. 지독한 거짓말쟁이네."

9
늙은 병사

압둘라는 여인숙 쪽으로 걸어갔다. 가까이 가 보니 아닌 게 아니라 여인숙 바깥에 놓인 긴 나무 의자 중의 하나에 한 사내가 졸고 있었다. 그곳에는 식탁들도 함께 있어서 이 집이 음식도 판다는 것을 알 수 있었다. 압둘라도 한 식탁 앞에 놓인 긴 의자에 걸터앉아서, 잠든 사내를 미심쩍은 눈으로 살펴보았다.

한눈에 보기에도 불량배처럼 생긴 사내였다. 압둘라는 잔지브에서도, 심지어는 도적들 중에서조차도 이 사내의 그을린 얼굴처럼 정직함과는 거리가 멀어 보이는 얼굴은 일찍이 본 적이 없었다. 그 옆의 땅바닥에 놓여 있는 커다란 배낭을 보고 처음에는 혹시 땜장이가 아닐까 싶기도 했다. 그런데 그 사내는 수염을 깨끗이 깎고 있었다. 지금까지 압둘라가 만나 남자들 중에서 턱수염이나 콧수염이 없는 사람이라면 술탄이 거느리고 있던 북쪽 나라의 용병들뿐이었다. 그렇다면 이 사내도 용병일 가능성이 있었다. 아닌 게 아니라 그의 옷도 비록 낡아 빠지긴 했지만 원래는 일종의 제복이었던 듯싶었고, 머리도 술탄의 병사들처럼 한 가닥으로 땋아 등 뒤로 늘어뜨리고 있었다. 잔지브의 남자들은 이런 머리 모양을 아주 싫어했다. 그렇게 땋은 머리는 절대로 풀지도 않고 씻지도 않는다는 소문 때문이었다. 이 사내가 잠들어 있는 의자의 등받이 너머에 길게 늘어진 머리를 보아하니 과연 믿을 만한 소문이었다. 머리는 물론이고 어느 것 하나도 깨끗한 구석이라고는 찾아볼 수 없는 사내였다. 그래도 힘세고 건강해 보이기는 했다. 다만 젊은 나이는 아니었다. 비록 먼지로 뒤덮이긴 했지만 원래의 머리색은 무쇠 같은 잿빛인 것 같았다.

압둘라는 그 사내를 깨울까말까 망설였다. 도무지 믿음직스러워 보이지 않았다. 그리고 정령은 소원을 들어줄 때도 꼭 말썽이 생기도록 한다고 솔직히 밝힌 바 있었다.

'이 사내라면 나를 밤의꽃에게 데려다줄지도 모르지만, 보나마나 가는 도중에 내 물건을 훔쳐 갈 거야.'

압둘라가 그렇게 주저하는 사이에 앞치마를 두른 여자 하나가 여인숙 문간에 나타났다. 바깥에 손님이 왔는지 확인하러 나온 듯했다. 옷차림 때문에 포동포동한 모래시계처럼 보이는 몸매였는데, 압둘라에게는 몹시 낯설고 불쾌한 모습이었다. 그녀가 압둘라를 보고

2. 양탄자 상인 압둘라

말했다.

"아! 주문하려고 기다리셨나요, 손님? 그냥 식탁을 두드리시면 됐을 텐데요. 이 근방에선 누구나 그렇게 하거든요. 뭘 드실래요?"

북쪽 나라의 용병들과 똑같은 그 투박한 억양이었다. 그 말을 듣고 압둘라는 이곳이 어느 나라인지는 모르지만 그 용병들도 바로 이나라 출신이라는 결론을 내렸다. 그는 그녀를 향해 웃어 주었다.

"아으, 길가의 보석이시여, 어떤 음식들이 있습니까?"

그 여자를 보석이라고 불러 준 사람은 아무도 없었던 것이 분명했다. 그녀는 얼굴이 상기되어 선웃음을 치면서 앞치마를 비비 꼬았다.

"글쎄요, 지금은 빵과 치즈밖에 없네요. 하지만 저녁 식사를 준비하는 중이에요. 30분만 기다리시면 우리 채마밭에서 딴 채소를 곁들인 맛있는 고기파이를 드실 수 있죠."

압둘라는 그것 참 잘됐다고 생각했다. 초가지붕을 덮은 여인숙에서는 기대하기 어려운 진수성찬이었다. "아으, 여인숙의 한 떨기 꽃이시여, 그렇다면 30분쯤이야 기꺼이 기다리지요."

그러자 여자는 다시 선웃음을 던졌다.

"기다리시는 동안에 마실 거라도 좀 드실래요, 손님?"

"물론이죠."

압둘라는 사막을 지나 온 탓에 여전히 몹시 목이 탔다.

"혹시 셔벗 하나 먹을 수 있을까요? 그게 안 되면 아무거나 과일 주스라도?"

그러나 여자는 대뜸 걱정스러운 표정을 지었다.

"아, 손님. 저는, 저희는 과일 주스를 별로 좋아하지 않거든요. 그리고 먼저 말씀하신 것은 들어 본 적도 없네요. 차라리 맛좋은 맥주 한 잔은 어떨까요?"

압둘라는 신중하게 물어보았다.

"맥주가 뭔데요?"

여자는 당황해서 어쩔 줄 몰랐다.

"글쎄요, 그건요, 저기……."

그때 다른 의자에 누워 있던 사내가 몸을 일으키며 하품을 했다.

"맥주야말로 남자가 마실 만한 유일한 음료수지. 기막히다고."

압둘라는 다시 그 사내 쪽으로 몸을 돌렸다. 그리고 크고 맑고 푸른 눈을 마주 보게 되었다. 흠잡을 데 없이 정직해 보이는 눈이었다. 이제 잠에서 깨어나고 보니 그 구릿빛 얼굴에서 거짓이라고는 조금도 찾아볼 수 없었다. 사내가 말을 이었다.

"보리와 홉으로 만든 거라네. 그건 그렇고, 주인아주머니, 기왕 오신 김에 내 것도 한 잔 가져다주시오."

그러자 여주인의 표정이 완전히 바뀌었다.

"벌써 말했잖아요. 돈을 보여 주기 전에는 아무것도 드릴 수 없다고요."

그래도 사내는 화를 내지 않았다. 그의 푸른 눈이 씁쓸한 기색을 띠고 압둘라의 눈과 마주쳤다. 그리고 그는 한숨을 쉬면서 의자 위에서 희고 길쭉한 사기 담뱃대를 집어 들고 담배를 채워 불을 붙였다.

여주인은 다시 압둘라에게 선웃음을 쳤다.

"그럼 맥주로 갖다드릴까요, 손님?"

"참으로 친절하십니다. 제게도 좀 주시고, 여기 계신 이 신사분께도 적당히 가져다주시면 좋겠네요."

"알겠습니다, 손님."

여주인은 머리를 땋은 사내를 몹시 못마땅한 눈으로 돌아보면서 다시 안으로 들어갔다.

사내가 압둘라에게 말을 걸었다.

"이거 정말 고맙네. 멀리서 오시는 길인가?"

"고명하신 나그네시여, 저 남쪽에서 꽤 멀리 왔지요."

신중한 대답이었다. 압둘라는 그 사내가 자고 있을 때 얼마나 부정직해 보였는지 잊지 않고 있었다.

"외국에서 왔단 말이지? 그럴 거라고 짐작은 했네. 그렇게 얼굴이 탔으니 말이야."

압둘라는 사내가 지금 도둑질을 할 만한 상대인지 알아보기 위해 넌지시 떠보는 것이라고 확신했다. 그래서 사내가 질문을 그만두려는 것처럼 보이자 다소 놀랐다.

"나도 이 지방 사람은 아닐세."

사내는 그 투박한 담뱃대에서 커다란 연기구름을 뻑뻑 뿜어내며 말했다.

"난 스트레인지아 출신이야. 노병이지. 잉거리와의 전쟁에서 패배한 뒤에 보상금을 받고 군대에서 쫓겨났지. 자네도 봤다시피 이곳 잉거리에서는 아직도 내 군복에 대해 편견을 가진 사람들이 많다네."

그 말은 거품이 이는 갈색 액체가 담긴 유리잔 두 개를 가지고 돌아오는 여주인의 면전에 대고 하는 말이었다. 그러나 그녀는 그에게 대꾸도 하지 않았다. 다만 사내 앞에 잔 하나를 탕 내려놓더니 압둘라 앞에는 다른 잔을 조심스럽고 정중하게 내려놓는 것이었다. 그리고 그 자리를 떠나면서 말했다.

"30분 뒤에 저녁 식사예요, 손님."

사내가 잔을 들어올렸다.

"건배!"

그러고는 단숨에 들이켰다.

압둘라는 그 늙은 병사가 고마웠다. 그 사내 덕분에 이젠 이곳이 잉거리라는 나라라는 것을 알게 되었기 때문이다. 그래서 미심쩍은 표정으로 자신의 잔을 들어 올리며 이렇게 말해 주었다.

"건배!"

유리잔 속의 액체는 아무래도 낙타의 오줌보 속에서 나온 것처럼 보였다. 냄새를 맡아 보아도 그런 인상은 전혀 사라지지 않았다. 다만 아직도 갈증이 몹시 심했기 때문에 그나마 입을 댈 엄두라도 낼 수 있었다. 조심스럽게 한 모금 마셔 보았다. 어쨌든 물은 물이었다.

늙은 병사가 물었다.

"정말 기막히지 않나?"

압둘라는 진저리가 쳐지는 것을 억지로 참았다.

"아으, 전사들의 대장이시여, 과연 대단히 흥미로운 맛이군요."

"대장이라니 우습구먼. 물론 난 대장이 아니었네. 겨우 상등병까

2. 양탄자 상인 압둘라

지 올라간 게 고작이었지. 그래도 전투는 많이 해 봤어. 언젠가는 진급할 거라는 희망도 품었는데, 기회가 오기도 전에 적군이 잔뜩 몰려온 거야. 정말 무시무시한 전투였지. 우리가 아직 행군하는 도중이었어. 적군이 그렇게 빨리 도착할 거라고는 아무도 예상을 못 했지. 물론 이젠 다 끝난 일이고, 지나간 일을 한탄해 봤자 소용없는 짓이지. 그렇지만 솔직히 말해서 잉거리 놈들은 정정당당히 싸운 게 아니었어. 마법사 몇 명 덕분에 이긴 거라고. 말이야 바른 말이지, 나처럼 평범한 병사가 어떻게 마법에 대항할 수 있겠나? 도리 없지. 그 전투가 어떤 식으로 진행됐는지 말해 줄까?"

압둘라는 이제야 정령이 어떤 심술을 부렸는지 알 수 있었다. 압둘라를 도와줄 거라던 이 사내는 무지막지한 수다쟁이였다. 압둘라는 단호하게 말했다.

"아으, 참으로 용맹스러운 전략가시여, 아쉽지만 저는 군사 문제에 대해서는 아무것도 모릅니다."

그러나 병사는 쾌활하게 말을 이었다.

"상관없네. 정말이지 우린 완전히 박살 나고 말았어. 결국 도망쳤지. 잉거리가 우리나라를 정복한 거야. 전국을 송두리째 빼앗겼다고. 우리 왕족들도(신의 가호가 있기를……) 피난을 가야 했고, 놈들은 잉거리 왕의 동생을 왕좌에 앉혔어. 그 왕자를 우리 비어트리스 공주님과 결혼시켜 정당하게 왕으로 만든다는 소문도 있었지. 그런데 공주님은(만수무강하소서!) 가족과 함께 도망쳤으니 찾아낼 수가 없었던 거야. 사실 그 왕자도 아주 못된 놈은 아니었어. 우리를 해산시키기 전에 스트레인지아의 군대 전원에게 보상금을 나눠 줬거든. 내가 그 돈을 어떻게 쓰고 있는지 알고 싶나?"

압둘라는 하품을 참으면서 대답했다.

"용감무쌍한 노병이시여, 말씀하시고 싶으면 하시지요."

"잉거리를 구경하고 있네. 우리나라를 정복한 나라를 한 바퀴 둘러보기로 마음먹었지. 어딘가에 정착하기 전에 이게 도대체 어떻게 생겨먹은 나라인지 알고 싶어서 말이야. 이래 봬도 내가 받은 상여금은 액수가 꽤 크다네. 아껴 쓰기만 한다면 여행이 끝날 때까지 버틸 수 있을 정도니까."

"축하드립니다."

"절반은 금화로 주더군."

"대단하군요."

바로 그때 동네 손님 몇 명이 도착하자 압둘라는 크게 안도할 수 있었다. 주로 농부들이었다. 지저분한 바지 그리고 압둘라의 잠옷을 연상시키는 괴상한 겉옷에다 커다랗고 꼴사나운 장화를 신고 있었다. 무척이나 쾌활한 사람들이었다. 그들은 수확한 건초에 대해 큰 소리로 떠들면서(올해는 질이 좋다고 했다) 식탁을 탕탕 두드려 맥주를 청했다. 여주인은 물론이고, 몸집이 작고 발 빠른 남자 주인까지 나서서 바삐 들락거리며 쟁반에 놓인 술잔들을 나르기 시작했다. 그때부터 손님들이 끊임없이 늘어났기 때문이다. 압둘라로서는 다행스러운 일인지, 실망스러운 일인지, 아니면 즐거운 일인지 판단할 수 없었지만, 병사는 당장 압둘라에게 흥미를 잃고 새로 나타난 손님들과 열심히 이야기를 나누기 시작했다. 다른 손님들은 그 병사를 따분하게 여기지 않는 듯했다. 적국의 병사였다는 사실조차 아랑곳하지 않는 것 같았다. 금세 손님 하나가 그에게 또 맥주를 사 주었다. 차츰 손님들이 많아질수록 그는 더 많은 인기를 끌었다. 그의 곁에는 맥주잔들이 줄줄이 늘어섰다. 머지않아 그의 저녁 식사를 주문해 주는 사람까지 생겼고, 병사를 둘러싸고 있는 사람들 속에서 이런 말들이 들려왔다.

"굉장한 전투…… 당신네 군대는 마법사들 덕분에 유리한 상황이라서…… 우리 기병대는…… 그래서 왼쪽 병력이 허물어져…… 우린 그 언덕에서 참패를 당하고…… 우리 보병들은 퇴각할 수밖에…… 토끼 떼처럼 정신없이 도망쳤는데…… 나쁜 사람은 아니더군…… 우리를 모아 놓고 보상금을 주면서……."

한편 여주인은 압둘라에게 김이 모락모락 피어오르는 쟁반 하나와 함께 시키지도 않은 맥주까지 갖다주었다. 압둘라는 아직도 목이 말라서 맥주라도 반가울 지경이었다. 그리고 저녁 식사는 술탄의 잔치 음식 못지않게 맛이 좋다고 느껴졌다.

한동안은 그렇게 먹고 마시느라고 병사에게 주의를 기울이지 못했다. 이윽고 다시 보았을 때 병사는 역시 다 먹은 빈 접시 위로 몸을 기울이고 그 푸른 눈을 진지한 열정으로 빛내면서 식탁 위의 술잔과 접시들을 이리저리 움직여 그 시골 사람들에게 스트레인지아 전투의 모든 배치 상황을 자세히 설명하고 있었다. 얼마 후에는 술잔이며 포크며 접시들이 모자라게 되었다. 소금병과 후추 병도 이미 스트레인지아 국왕과 그의 장군으로 써먹었으므로 잉거리 국왕과 그 동생과 마법사들을 대신할 물건들이 없었다. 그러나 병사는 거기서 꺾이지 않았다.

허리춤에 단 쌈지를 열더니 금화 두 개와 은화 여러 개를 꺼내어 잉거리 국왕과 마법사들과 장군들이라면서 식탁 위에 딱딱 내려놓는 것이었다.

압둘라로서는 몹시 어리석은 짓이라고 생각하지 않을 수 없었다. 특히 그 금화 두 닢은 상당한 화제를 모았다. 근처 식탁에 앉아 있던 불량배처럼 생긴 젊은이 네 명이 의자에서 몸을 일으키며 크나큰 관심을 나타내기 시작했다. 그러나 병사는 전투 상황을 설명하는 데만 열중해서 미처 알아차리지도 못하고 있었다.

마침내 병사 주변에 모여 있던 사람들이 다시 일을 시작하려고 대부분 자리를 뜨기 시작했다. 병사도 함께 일어나서 배낭을 어깨에 둘러메고 배낭 덮개에 꽂아 두었던 더러운 군모를 머리에 쓰더니 제일 가까운 마을로 가는 길을 물었다.

모두들 병사에게 길을 설명하느라고 한바탕 떠들썩할 때 압둘라는 음식 값을 치르기 위해 여주인을 불렀다. 그러나 그녀는 얼른 와주지 않았다. 이윽고 그녀가 다가왔을 때 병사는 이미 굽잇길을 돌아가서 안 보였다. 압둘라는 별로 아쉽지도 않았다.

정령은 이 사내가 도대체 무엇을 도와줄 수 있다는 것인지 자세히 알려주지 않았지만 압둘라는 굳이 그의 도움을 받을 필요는 없다고 생각했다. 모처럼 운명과 자신의 뜻이 일치한 것 같으니 반가운 일이었다.

병사처럼 어리석지 않은 압둘라는 자기가 가진 은화 중에서도 가장 작은 것으로 음식 값을 치렀다. 이 근방에서는 그것조차도 큰돈인 듯했다.

여주인은 거스름돈을 가져오려고 안으로 들어갔다. 압둘라는 그녀가 돌아오기를 기다리다가 그 불량배 같은 네 젊은이의 대화를 엿듣게 되었다. 그들은 빠른 말투로 의미심장한 의논을 하고 있었다.

그중의 한 명이 말했다.

"옛날 승마 길로 질러가면 언덕 꼭대기에 있는 숲에서 그자를 따라잡을 수 있어."

두 번째 젊은이가 맞장구를 쳤다.

"두 패로 나눠 길 양쪽의 수풀 속에 숨어 있다가 동시에 덮치는 거야."

이번에는 세 번째 젊은이가 말했다.

"돈은 넷이서 나누면 돼. 보여 준 금화 말고도 더 있을 거야. 틀림없어."

그때 네 번째 젊은이가 말했다.

"우선 그자부터 죽여 놔야지. 떠들고 다니면 곤란하니까."

그러자 다른 세 명도 '좋아!', '그래', '그러자' 하고 대답했다. 그들이 일어나 출발할 때 여주인이 두 손에 동전을 가득 쥐고 허둥지둥 압둘라에게 다가왔다.

"거스름돈이 이만큼이면 맞는 건지 모르겠네요, 손님. 여긴 남쪽

나라의 은화가 워낙 드물어서 남편한테 얼마에 해당하느냐고 물어
봤어요. 그이 말로는 동전 백 닢이라는데, 손님이 내실 돈은 다섯 닢
이고, 그러니까……."

압둘라는 얼른 이렇게 말했다.

"아으, 요리에도 맥주에도 통달한 명인이시여, 정말 고맙습니다."

여주인은 오래오래 즐거운 대화를 나누고 싶어 하는 것이 분명했
지만 압둘라는 동전 한 주먹을 돌려주는 것으로 대신했다. 그리고
멍하니 바라보는 그녀를 내버려두고 병사가 간 쪽으로 부리나케 걸
음을 옮겼다. 그 사내가 비록 뻔뻔스럽게 음식을 얻어먹고 다니는
무지막지한 수다쟁이이긴 하지만, 그렇다고 금화 때문에 기습을 당
해 목숨을 잃어도 좋다는 뜻은 아니었다.

10

폭력과 피

압둘라는 빨리 움직이기가 힘들었다. 잉거리의 날씨가 선선해서 가만히 앉아 있는 사이에 몸이 몹시 뻣뻣해져 있었고, 어제 하루 종일 걸은 탓에 다리도 아팠다. 게다가 왼쪽 장화의 돈지갑 때문에 왼발에는 커다란 물집이 잡힌 모양이었다. 그는 채 백 걸음도 가기 전에 절뚝거리기 시작했다. 그래도 병사가 걱정되어 부지런히 걸음을 옮겼다. 절뚝거리며 초가지붕을 덮은 오두막집들을 지나 곧 마을을 벗어나자 좀 더 탁 트인 길이 나타났다. 멀리 앞쪽에 병사의 뒷모습이 보였다. 그는 언덕 쪽으로 향하는 길을 어슬렁어슬렁 걷고 있었는데, 그 언덕은 이 지역에 많이 자라는 듯한 잎이 무성한 나무들로 울창한 숲을 이루고 있었다. 바로 그곳에 그 불량배처럼 생긴 젊은이들이 덫을 놓고 기다릴 터였다. 압둘라는 더 빨리 걸으려고 안간힘을 썼다.

허리춤에서 덜렁거리는 병 속에서 한 가닥의 푸른 연기가 신경질적으로 솟구쳤다. 그 연기가 말했다.

"꼭 이렇게 흔들어 대야겠어?"

압둘라는 헐떡거리며 대답했다.

"그래요. 나를 도와줄 거라던 그 사람을 오히려 내가 도와줘야 한다고요."

"허! 이제야 너를 좀 알 것 같군. 넌 무슨 일이 있어도 낭만적인 생각을 버리지 못하는 거야. 다음 소원으로는 번쩍거리는 갑옷을 달라고 하겠지."

병사는 아주 느린 걸음으로 휘적휘적 걷고 있었다. 압둘라는 곧 간격을 좁힐 수 있었고, 숲속으로 들어설 무렵에는 그리 많이 뒤처지지 않은 상태였다. 그러나 거기서부터는 언덕을 오르기 편하도록 길이 이리저리 휘어져 있어서 줄곧 병사의 모습을 볼 수 없었다. 그러다가 마지막 길모퉁이를 돌아서자 겨우 몇 걸음 앞에 병사가 가고 있었다. 바로 그 순간, 불량배들이 공격을 시작했다.

길 한쪽에서 두 명이 불쑥 튀어나와 뒤에서 병사를 덮쳤다. 그리고 건너편에서 달려 나온 두 사람은 앞에서 길을 가로막았다. 잠깐 동안 무시무시한 주먹질과 드잡이질이 벌어졌다. 압둘라는 얼른 도와주려고 서둘렀다. 그러나 사람을 때려 본 적이 없어서 조금 머뭇거리고 있었다.

그런데 그가 다가가는 사이에 몇 가지 기적이 일어난 모양이었다. 병사의 등에 매달렸던 두 젊은이가 서로 반대쪽으로, 즉 양쪽 길가로 날아갔는데, 한 명은 나무에 머리를 받혀 더 이상은 아무도 괴롭힐 수 없게 되었고, 또 한 명은 큰대 자로 나가떨어졌다. 그리고 병사의 앞을 가로막았던 두 사람 중에서 한 명은 순식간에 무슨 흥미진진한 부상이라도 입었는지, 몸을 바싹 구부리고 열심히 들여다보는 것이었다. 나머지 한 명은 공중으로 휙 솟구쳤다가 순간적으로 나뭇가지에 걸려 대롱대롱 흔들거렸다. 그러더니 곧 와지끈 떨어져 길바닥에서 그대로 잠들고 말았다.

그때였다. 몸을 구부리고 있던 젊은이가 일어나면서 길고 가느다란 칼을 손에 쥐고는 병사에게 덤벼들었다. 병사는 칼을 잡은 손목을 움켜쥐었다. 잠시 끙끙거리며 힘겨루기를 하는 소리가 들렸다. 그러나 압둘라는 곧 병사 쪽이 이기리라는 것을 추호도 의심하지 않았다. 저런 병사를 걱정하다니 전혀 쓸데없는 일이었다고 생각하는 찰나였다. 길바닥에 널브러졌던 또 다른 젊은이가 벌떡 일어나더니 역시 길고 가느다란 칼을 쥐고 병사의 등을 향해 돌진했다.

압둘라는 재빨리 행동을 취했다. 얼른 달려가서 정령의 병으로 젊은이의 뒤통수를 힘껏 후려갈긴 것이었다.

"어이쿠!"

정령이 소리쳤다. 젊은이는 나무토막처럼 털썩 쓰러지고 말았다. 다른 젊은이를 꽁꽁 묶고 있던 병사가 그 소리를 듣고 홱 돌아섰다. 압둘라는 황급히 뒤로 물러났다. 번개처럼 돌아서는 동작도 마음에 들지 않았고, 병사가 두 손으로 취하고 있는 자세도 불쾌했다. 불끈 거머쥔 두 주먹은 비록 무디긴 하지만 살인적인 흉기로 보였다.

압둘라는 급히 설명했다.

"용맹스러운 노병이시여, 저는 저 사람들이 당신을 죽이려고 작당하는 소리를 듣고 미리 알리고 도와드리려고 온 겁니다."

병사의 눈은 압둘라의 눈을 똑바로 쳐다보고 있었다. 새파란 눈동자였지만 지금은 결코 순박해 보이지 않았다. 아니, 잔지브의 장터에서조차도 빈틈없다고 인정해 줄 만한 눈빛이었다. 그 눈은 압둘라를 면밀히 관찰하는 것 같았다. 그리고 다행히 호의적인 결론을 내린 모양이었다.

"그렇다면 고맙네."

병사는 돌아서서 방금 묶고 있던 젊은이의 머리를 걷어찼다. 그 젊은이도 움직임을 멈추었고, 그것으로 네 명 모두 똑같은 상태가 되었다.

"경찰에 알려야 하지 않을까요?"

"뭐 하려고?"

병사는 그렇게 반문하고 허리를 굽히더니, 방금 머리를 걷어찼던 젊은이의 호주머니를 신속하고 능숙한 솜씨로 뒤지기 시작하는 것이었다. 압둘라는 조금 놀랐다. 탐색의 성과는 한 줌 그득한 동전들이었고, 병사는 자못 흡족한 얼굴로 그것들을 자기 주머니에 챙겨 넣었다.

"그런데 칼은 형편없군."

병사는 그 칼을 뚝 꺾어 버렸다.

"나머지 둘은 내가 할 테니까, 기왕 온 김에 자네가 때려눕힌 녀석이라도 좀 뒤져 보지 그래? 자네 몫의 그 녀석도 은화 한두 개쯤은 갖고 있을 것 같은데."

압둘라는 미심쩍은 표정으로 물었다.

"이 나라에서는 강도한테서 물건을 빼앗는 게 괜찮은 건가요?"

그러자 병사는 차분히 이렇게 대꾸했다.

"그런 말은 못 들었지만 처음부터 그게 내 목적이었어. 아까 그 여인숙에서 내가 왜 일부러 금화를 내보였을 것 같나? 어리숙한 늙은이를 털 생각을 하는 못된 녀석들은 어디나 하나둘쯤 있는 법이거든. 대개는 돈도 좀 갖고 다니지."

그는 곧 길 건너편으로 가서 나무에서 떨어진 젊은이를 뒤져 보기 시작했다. 압둘라는 잠시 망설이다가 자신이 병으로 쓰러뜨린 젊은이를 뒤적거리는 꺼림칙한 작업에 착수했다. 그는 병사를 다시 평가하지 않을 수 없었다. 다른 일은 몰라도, 한꺼번에 네 명의 상대를 자신만만하게 대적하는 사람이라면 적으로 삼기보다 친구가 되는 편이 현명한 일이었다. 더구나 의식을 잃은 젊은이의 호주머니 속에는 정말 은화 세 닢이 들어 있었다. 그리고 칼도 있었다. 압둘라는 병사가 그랬던 것처럼 칼을 길바닥에 대고 부러뜨리려 했다.

그러자 병사가 말했다.

"아, 안 돼. 그건 좋은 칼이거든. 그냥 가지라고."

압둘라는 칼을 병사에게 내밀었다.

"사실 저는 이런 경험이 없거든요. 평화를 사랑하니까요."

"그럼 잉거리에서 오래 버틸 수 없어. 정 그렇다면 갖고 있다가 고기라도 잘라 먹으라고. 내 배낭엔 그것보다 좋은 칼이 여섯 개 나 더 있어. 제가끔 다른 망나니한테서 얻은 것들이지. 은화도 자네가 가져. 내가 금화 얘기를 꺼냈을 때도 관심이 없던 걸로 봐서 자네도 꽤 풍족한 모양이지만 말이야. 안 그런가?"

압둘라는 정말 빈틈없고 예리한 사람이라고 생각하면서 은화를 호주머니에 넣었다. 그리고 신중하게 대답했다.

"더 이상 돈이 필요하지 않을 만큼 풍족한 형편은 아니지요."

그러고는, 어차피 시작한 일이니 본격적으로 한다는 기분으로 젊은이의 신발 끈을 풀어 정령의 병을 더 단단히 허리띠에 동여맸다. 젊은이가 꿈틀거리며 신음 소리를 냈다.

병사가 말했다.

"깨어나는군. 여길 뜨는 게 좋겠어. 놈들이 깨어나면 오히려 우리가 자기들을 습격했다고 꾸며 댈 거야. 그리고 여긴 그놈들의 마을이고 우린 이방인이니까 다른 사람들도 이들의 말을 믿겠지. 난 이 언덕을 곧장 가로질러 가야겠네. 자네도 그러는 게 좋을 거야."

"한없이 친절하신 투사시여, 저도 동행할 수 있다면 영광이겠습니다."

"그것도 괜찮겠지. 모처럼 거짓말을 안 해도 되는 길동무가 생기는 거니까."

병사는 배낭과 모자를 집어 들고—둘 다 싸움이 시작되기 전에 어느 틈엔가 나무 뒤에 잘 놓아 둔 모양이었다—앞장서서 숲 속으로 들어갔다.

그들은 나무들 사이로 한동안 쉬지 않고 올라갔다. 병사에 비하면 압둘라는 자기가 몹시 허약하다고 느껴야 했다. 병사는 마치 내리막길을 가듯이 성큼성큼 가볍고 수월하게 걷고 있었다. 압둘라는 절뚝거리며 뒤따랐다. 왼쪽 발은 피부가 벗겨진 것 같았다.

숲속의 한 골짜기에 이르렀을 때 마침내 병사가 걸음을 멈추고 압둘라를 기다려 주었다.

"그 화려한 장화 때문에 아픈 모양이지? 이 바위에 앉아서 벗어 보게."

그러면서 배낭을 내려놓았다.

"이 속에 특별한 구급상자가 있지. 아마 전쟁터였을 거야. 어쨌든 스트레인지아 어딘가에서 주웠으니까."

압둘라는 바위에 걸터앉아 힘겹게 장화를 벗었다. 그러자 훨씬 편해졌지만 자신의 발을 내려다보는 순간 안도감은 어느새 사라지고 말았다. 정말 피부가 홀랑 벗겨져 있었다. 병사가 혀를 차면서 하얀 붕대 같은 것을 그 자리에 척 붙였고, 그것은 묶을 필요도 없이 피부에 찰싹 달라붙었다. 압둘라는 외마디 소리를 질렀다. 그러나 다음 순간, 붕대에서 시원한 기운이 전해져 왔다.

"일종의 마법인가요?"

"아마 그렇겠지. 내 생각엔 잉거리의 마법사들이 자기네 군대 전원에게 이런 상자를 나눠준 것 같아. 장화를 신게. 이젠 걸을 수 있을 거야. 아까 그 녀석들의 아비들이 말을 타고 우리를 찾아 나서기 전에 멀리 벗어나야 한다고."

압둘라는 조심스럽게 장화를 신었다. 정말 마법의 붕대가 틀림없었다. 발이 아무렇지도 않았다. 병사와 거의 비슷한 속도로 걸을 수 있을 정도였다. 그것도 다행스러운 일이었다. 왜냐하면 병사는 압둘라가 어제 사막에서 걸었던 거리만큼 왔다고 생각할 때까지 오랫동안 쉬지 않고 계속 언덕을 올라갔기 때문이다. 이따금씩 압둘라는 혹시 지금쯤 말 떼가 쫓아오는 것은 아닐까 싶어 불안하게 뒤를 돌아보곤 했다. 낙타가 아니라 말이니까 색다른 경험이라고 생각하기도 했지만, 잠깐이라도 이렇게 누군가에게 쫓겨 다니지 않는다면 정말 기쁠 것 같았다. 그런 생각을 하다가 문득 장터에서조차도 늘 아버지의 첫째 부인의 친척들에게 쫓겨 다녔다는 것을 깨닫게 되었다. 진작 깨닫지 못한 자신이 한심스러웠다.

이윽고 두 사람은 아주 높은 곳에 이르렀다. 숲이 끝나는 바위틈에서 강인한 떨기나무들이 자라고 있었다. 저녁이 가까울 무렵, 그들은 산맥의 정상 부근에서 아무것도 없는 바위 사이를 걷고 있었다. 이따금씩 짙은 냄새를 풍기는 작은 덤불들이 바위틈에 매달려 자랄 뿐이었다.

압둘라는 여기도 일종의 사막이라고 생각했다. 병사는 높다란 바위 사이로 뚫린 협곡 같은 길을 앞장서서 지나가고 있었다. 이런 곳에서 음식을 찾아 먹게 될 가능성은 별로 없는 것 같았다.

협곡을 따라 한참을 갔을 때 병사가 걸음을 멈추고 배낭을 벗어

놓았다.

"잠시 이것 좀 맡아 주게. 이쪽 절벽 위에 동굴 같은 것이 보이더군. 내가 올라가서 이곳에서 밤을 보낼 수 있을지 알아 봐야겠어."

압둘라가 힘없이 고개를 들어 보니, 아닌 게 아니라 멀찌감치 위쪽의 바위 사이에 컴컴한 구멍 하나가 눈에 띄었다. 그 속에서 자고 싶다는 생각은 별로 안 들었다. 춥고 딱딱할 것 같았다. 그러나 그냥 바위에 드러눕는 것보다는 나을 거라고 생각하면서, 절벽을 유유히 기어올라 구멍 앞으로 다가가는 병사를 쓸쓸한 마음으로 지켜보았다.

쇠로 만든 도르래가 미친 듯이 구르는 듯한 소리가 터져 나왔다.

병사는 한 손으로 얼굴을 감싸 쥐고 재빨리 돌아서다가 하마터면 절벽에서 떨어질 뻔했다. 가까스로 목숨을 건진 병사는 욕지거리를 내뱉으며 절벽을 미끄러져 내려왔다. 돌 부스러기가 폭포수처럼 쏟아졌다.

병사가 숨을 몰아쉬며 말했다.

"안에 맹수가 있어! 그냥 가세."

길게 할퀸 여덟 개의 상처에서 꽤 많은 피가 흘러내렸다. 그중 네개는 병사의 이마에서 시작되어 손등과 뺨을 지나 곧장 턱까지 이어져 있었다. 나머지 네 개는 그의 옷소매를 찢고 들어가 손목에서부터 팔꿈치까지 금을 그어 놓았다. 그래도 때맞춰 손으로 얼굴을 가린 덕분에 한쪽 눈을 잃는 일만은 간신히 피한 모양이었다.

병사는 너무 놀란 상태여서 압둘라가 그의 모자와 배낭을 대신 집어 들고 그를 이끌며 협곡을 빠져나가야 했다. 압둘라는 사뭇 서두르고 있었다. 이런 병사를 간단히 물리칠 수 있는 짐승이라면 절대로 만나고 싶지 않았다.

협곡은 90미터쯤 더 가서 끝났다. 협곡이 끝난 곳은 나무랄 데 없는 야영지였다. 두 사람은 이제 산맥 건너편에 와 있었는데, 거기서는 저 밑에 펼쳐진 땅이 한눈에 내려다보였다. 온통 황금빛과 초록빛으로 물든 풍경이 저물어 가는 햇살 아래 어렴풋했다. 협곡 끝에는 완만하게 기울어진 널찍한 바위 면이 있었고, 그 비탈을 올라가면 동굴 비슷한 것이 또 하나 있었다. 불쑥 튀어나온 바위 턱이 비스듬한 바위 면을 지붕처럼 가려 주는 곳이었다. 더욱더 좋은 것은 바로 그 너머의 돌바닥에 작은 시냇물이 졸졸 흐른다는 사실이었다.

정말 완벽한 자리였지만 압둘라는 동굴 속의 그 사나운 짐승에게서 이토록 가까운 곳에 머물고 싶지는 않았다. 그러나 병사가 고집을 부렸다. 할퀸 상처 때문에 아픈 모양이었다. 병사는 비스듬한 바위 위에 몸을 던지고 마법의 구급상자 속에서 연고 같은 것을 꺼냈다. 그리고 상처에 바르면서 말했다.

"불이나 피우라고. 야생 동물은 불을 무서워하니까."

압둘라는 그만 단념하고 이리저리 기어다니면서 냄새가 강한 떨기나무들을 뜯어 땔감을 마련했다. 위쪽의 울퉁불퉁한 바위 위에 독수리인지 뭔지가 오래전에 튼 둥지 하나가 있었다. 그 낡은 둥지에서 압둘라는 몇 아름이나 되는 잔가지와 잘 마른 나무토막들을 구했고, 그 덕분에 잠깐 사이에 상당량의 땔감을 모을 수 있었다.

이윽고 연고를 다 바른 병사가 부싯깃을 꺼내 비스듬한 바위 면의

2. 양탄자 상인 압둘라

중간쯤에 작은 모닥불을 피웠다. 불길은 타닥거리며 신나게 타올랐다. 협곡 끝을 벗어난 연기가 때마침 시작되는 장엄한 저녁놀을 향해 퍼져 나갔다. 그 연기 냄새가 압둘라가 가게에서 피우던 향내와 비슷했다. 압둘라는 만약 이 모닥불 때문에 동굴 속의 그 짐승이 겁을 먹는다면 이곳이야말로 거의 완벽한 휴식처일 거라고 생각했다. 그래도 '거의' 완벽하다고밖에 말할 수 없는 까닭은 물론 그 주변에 먹을 것이라고는 아무것도 없기 때문이었다. 압둘라는 한숨을 푹 쉬었다.

그때 병사가 배낭 속에서 양철통 하나를 꺼냈다.

"이걸로 물 좀 떠다 주겠나?"

그러더니 압둘라가 허리띠에 차고 있는 정령의 병을 곁눈질하며 이렇게 덧붙였다.

"혹시 그 병 속에 좀 더 짜릿한 게 들어 있다면 또 모르지만."

"아이고, 아니에요. 이건 대대로 물려받은 물건일 뿐이에요. 싱기스 팻에서 만든 보기 드문 유리병인데, 정이 들어서 그냥 갖고 다니죠."

이 병사처럼 정직하지 못한 사람에게 정령에 대해 말해 줄 수는 없었다.

"그것 참 아쉽구먼. 그럼 물이라도 좀 떠오게. 저녁 식사를 준비할 테니까."

그렇다면 이곳은 정말 완벽한 안식처였다. 압둘라는 신이 나서 물가로 달려 내려갔다. 그가 돌아왔을 때 병사는 냄비 하나를 꺼내 놓고 말린 고기와 말린 완두콩을 털어 넣는 중이었다. 그리고 그 위에

물을 붓더니, 뭔지 모를 네모난 덩어리들을 집어넣고 불에 얹어 끓이기 시작했다. 그것은 놀랍도록 짧은 시간에 걸쭉한 스튜가 되었다. 냄새도 기가 막혔다.

병사는 스튜의 절반을 양철 접시에 부어 압둘라에게 건네주었다.

"이것도 마법인가요?"

"아마 그럴 거야. 전쟁터에서 주웠거든."

병사는 자기 몫의 음식이 담긴 냄비를 집어 들고 숟가락 두 개를 꺼냈다. 두 사람은 타닥거리는 모닥불을 사이에 두고 사이좋게 마주 앉아 식사를 했다.

그러는 동안에 하늘은 서서히 분홍빛과 진홍빛과 황금빛으로 물들었고, 저 아래 보이는 땅도 차츰 푸르스름하게 변해 갔다. 병사가 말문을 열었다.

"고달픈 생활은 처음이지? 좋은 옷에 멋진 장화를 신었지만, 보아하니 요즘 와서 좀 험하게 쓴 듯싶거든. 그리고 자네 말씨와 그을린 얼굴을 보면 꽤 멀리 떨어진 남쪽에서 온 것 같은데, 안 그런가?"

압둘라는 조심스럽게 대답했다.

"아으, 참으로 관찰력도 뛰어나신 참전 용사시여, 말씀하신 것이다 맞습니다. 그런데 제가 아저씨에 대해 아는 거라고는 스트레인지아 출신이라는 것뿐이네요. 그리고 아주 묘한 방법으로 이 나라를 여행 중이신데, 보상금으로 받은 돈을 일부러 과시해서 남들이 강도짓을 하도록 유도하고……."

그때 병사가 성난 어조로 말을 가로챘다.

"보상금 좋아하네! 난 스트레인지아에서도 잉거리에서도 땡전 한 푼 못 받았다고! 우리 모두 전쟁 중에 뼛골 빠지게 고생했는데도 전쟁이 끝나자마자 굶어 죽든 말든 모조리 쫓아내더란 말이야. '됐다, 얘들아, 다 끝났다, 이젠 평화가 왔다!' 그때 난 이렇게 생각했어. '되긴 뭐가 돼? 지금까지 고생만 시켰으니 누군가는 대가를 치러야지. 그 누군가는 바로 잉거리 놈들이야! 치사하게 마법사들을 끌어들여 승리를 훔쳐 갔으니까!' 그래서 내 힘으로 보상금을 받아 내기 시작한 거야. 오늘 자네가 봤던 그 수법으로 말이야. 물론 사기를 친다고 말할 수도 있겠지만, 자네도 봤으니까 어디 스스로 판단해 봐. 난 내 돈을 빼앗으려고 덤비는 놈들한테서만 돈을 빼앗는다고!"

압둘라는 진심으로 이렇게 대답했다.

"청렴결백한 노병이시여, 저는 '사기'의 '사' 자도 생각한 적이 없어요. 오히려 그거야말로 기발한 방법이라고 생각하는데요. 당신 같은 분이 아니면 절대로 성공할 수 없는 방법이기도 하고요."

그 말을 듣고 병사는 마음이 좀 누그러지는 듯했다. 생각에 잠긴 눈으로 저 아래 멀리 보이는 푸르스름한 풍경을 가만히 응시하는 것이었다.

"저 아래 있는 땅 전체가 바로 킹스베리 평야라네. 난 저기서 한 밑천 단단히 잡고 말 거야. 사실 말이지, 스트레인지아를 떠날 때 내가 갖고 있던 거라고는 달랑 3페니짜리 은화 한 닢, 그리고 금화처럼 보이게 써먹었던 놋쇠 단추 한 개가 전부였어."

"그렇다면 소득이 굉장히 많았군요."

그러자 병사는 이렇게 장담했다.

"앞으로 더 많이 벌어들일 거야."

그는 냄비를 옆에 내려놓고 배낭 속에서 사과 두 개를 끄집어냈다. 하나는 압둘라에게 주고 다른 하나는 자기가 먹으면서 병사는 뒤로 길게 드러누워 천천히 어두워져 가는 대지를 바라보았다. 압둘라는 그가 그곳에서 벌어들일 돈을 계산해 보는 중일 거라고 생각했다. 그러나 병사의 말은 전혀 뜻밖이었다.

"난 옛날부터 야영지에서 맞는 저녁을 좋아했어. 저 노을 좀 보게. 장관이잖아!"

정말 대단했다. 남쪽에서 흘러온 구름들이 하늘을 넓게 뒤덮고 새빨간 풍경화처럼 물들어 있었다. 그 속에서 압둘라는 한 부분이 포도주 빛으로 짙어진 자줏빛 산맥 같은 구름도 보았고, 화산의 중심부처럼 쩍 갈라져 연기를 내뿜는 듯한 주황색 구름도 보았고, 장밋빛의 잔잔한 호수 같은 구름도 보았다.

그 너머로는 황금빛이 감도는 푸른 바다처럼 끝없이 펼쳐진 하늘에 수많은 섬과 암초와 만과 곶들이 여기저기 흩어져 있었다. 마치 천국의 바닷가와 축복받은 땅을 보는 듯했다.

그때 병사가 손가락으로 가리키며 말했다.

"저기 저 구름 말이야, 꼭 무슨 성처럼 보이지 않나?"

그랬다. 그것은 야트막한 하늘 바다에서 불쑥 솟아오른 육지의 높은 곳에 서 있었는데, 황금빛과 루비 빛과 쪽빛의 날렵한 탑들이 있는 멋드러진 성이었다.

가장 높은 탑에는 구멍이 뚫려 있어서 한 조각의 황금빛 하늘이 마치 창문처럼 보였다. 그 성을 바라보면서 압둘라는 지하 감옥으로 끌려가다가 술탄의 궁전 너머로 보았던 구름을 떠올리고 괴로움을 느꼈다. 성의 모양은 그때와 전혀 달랐지만 다시금 슬픔이 파도처럼 밀려왔다. 압둘라는 한탄했다.

"아, 밤의꽃이여, 당신은 어디 있나요?"

11

맹수의 습격

병사가 팔꿈치에 의지하고 몸을 틀어 압둘라를 쳐다보았다.

"그게 무슨 뜻이지?"

"아무것도 아닙니다. 그냥 제 인생이 온통 실망투성이라서요."

"말해 보게. 다 털어놔. 나도 내 얘기를 했으니까."

"말씀드려도 믿지 못하실 거예요. 참으로 무시무시한 군인이시여, 저는 당신보다 더 처량한 신세거든요."

"일단 들어보자고."

저녁놀 때문일까, 혹은 그 저녁놀이 불러일으킨 비참한 기분 때문일까, 아무튼 말하기가 별로 어렵지는 않았다. 그리하여 그 성이 천

2. 양탄자 상인 압둘라

천히 흩어져 하늘 바다의 모래톱이 되어 가고 저녁놀 전체가 자줏빛을 거쳐 갈색으로 흐려졌다가 마침내 병사의 얼굴에서 아물어 가는 발톱 자국처럼 세 줄기의 검푸른 줄무늬만 남을 때까지 압둘라는 병사에게 자신의 사연을 털어놓았다. 전부는 아니지만 대강의 줄거리는 이야기한 셈이었다. 물론 너무 개인적인 내용은 말하지 않았다. 이를테면 자신의 공상에 대해서도 숨겼고, 최근 그 공상 중에서 불쾌한 부분들이 자꾸 실현된다는 사실도 빼놓았고, 특히 정령에 대해서는 아무 말도 하지 않았다. 병사가 밤사이에 그 병을 훔쳐 달아나지 않는다는 보장이 없었기 때문이다. 어차피 병사도 자기 사정을 전부 털어놓지는 않았을 거라는 느낌이 들었으므로 압둘라도 한결 편안한 마음으로 이야기의 내용을 적당히 생략할 수 있었다. 정령을 빠뜨린 탓에 이야기의 뒷부분을 말하기가 꽤 힘들었지만 압둘라는 그럭저럭 잘 넘어갔다고 생각했다. 그는 거의 자신의 의지력만으로 쇠사슬을 풀고 도적들에게서 도망쳐 멀리 북쪽의 잉거리까지 줄곧 걸어 온 것처럼 설명했다.

이윽고 압둘라의 이야기가 끝나자 병사가 말했다.

"흐음."

그는 생각에 잠긴 듯이 모닥불 속에 향긋한 덤불을 더 집어넣었다. 이젠 그 모닥불이 유일한 빛이었다.

"꽤 파란만장했구먼. 하지만 공주와 결혼할 운명이라면 그만한 고생쯤이야 아무것도 아니지. 나도 옛날부터 그걸 원했거든. 조그마한 왕국을 가진 얌전하고 상냥한 공주와 결혼하는 것 말이야. 그게 내 꿈이었다고."

그 순간 압둘라에게 좋은 생각이 떠올랐다. 그는 조용히 이렇게
말했다.

"정말 그렇게 될 수도 있어요. 아으, 참으로 지혜로운 전사시여,
당신을 만나던 날 내가 꿈을 꿨는데, 그건 하나의 계시였죠. 자주색
연기 같은 천사가 나타나더니 어느 여인숙 앞에서 잠들어 있는 당신
을 가리키더군요. 그러면서 내가 밤의꽃을 찾는 일에 당신이 큰 도
움을 줄 거라고 했어요. 그리고 나를 도와주는 대가로 당신도 어느
나라의 공주와 결혼하게 될 거랬어요."

압둘라는 자신의 말이 거의 진실과 다름없다고 생각했다. 내일 정
령에게 그런 소원을 말하기만 하면 그만이니까. '아니지, 내일의 소
원을 오늘 써 버렸으니 모레가 되겠구나.' 압둘라는 불빛을 받은 병
사의 얼굴을 초조하게 지켜보며 이렇게 물었다.

"저 좀 도와주실래요? 대가도 그렇게 크다는데요."

그러나 병사는 좋지도 싫지도 않은 표정이었다. 그리고 잠시 생각
해 보더니 마침내 이렇게 대답했다.

"내가 뭘 도와줄 수 있을지 잘 모르겠군. 우선 마신들에 대해서도
잘 모르거든. 이런 북쪽엔 마신이 별로 없는 것 같아. 그러니 마신들
이 공주를 납치해서 어떻게 하는지는 잉거리의 그 못된 마법사들한
테 물어봐야 할 거야. 마법사라면 알고 있겠지. 자네가 원한다면 마
법사를 윽박질러 대답을 듣는 일쯤은 내가 도와줄 수도 있어. 그건
내게도 즐거운 일일 테고. 하지만 그 공주 말인데, 자네도 알다시피

　　　　　　　　　　　　　　2. 양탄자 상인 압둘라

공주라는 건 나무에 주렁주렁 열리는 게 아니라고. 여기서 제일 가까이 있는 공주라면 저기 킹스베리에 있는 잉거리 국왕의 딸일 텐데, 혹시 자네의 그 연기 같은 천사 친구가 그 공주를 염두에 두고 있었다면 우리가 그리로 가서 확인해 보는 것도 좋겠지. 마침 국왕의 그 비겁한 마법사들도 대개 그 근방에 산다니까 그것도 잘된 일이고. 자네 생각은 어떤가?"

"아으, 나의 소중한 군인 친구여, 저야 물론 좋고말고요!"

"그럼 결정되었네. 하지만 난 아무것도 약속할 수 없다는 것만 명심해 두게."

병사는 배낭 속에서 담요 두 장을 꺼냈다. 그리고 이젠 모닥불을 좀 더 키워 놓고 잠을 청하자고 말했다.

압둘라는 정령의 병을 허리띠에서 풀어 병사의 건너편에 자리 잡고는 매끄러운 돌바닥에 조심스럽게 내려놓았다. 그리고 담요로 몸을 감싸고 드러누웠다. 그러나 그 밤은 결코 편안한 밤이 아니었다. 바위는 너무 딱딱했다. 그리고 사막에서 보냈던 어젯밤만큼 춥지는 않았지만, 사막보다 눅눅한 잉거리의 날씨 때문에 몸이 떨리기는 마찬가지였다. 게다가 눈을 감는 순간부터 협곡 위의 동굴에 있던 그 사나운 짐승이 끊임없이 생각나는 것이었다. 맹수가 야영지 주변을 돌아다니는 소리가 자꾸 들려오는 것 같았다. 그래서 눈을 떠보면 모닥불 불빛의 바로 바깥에서 뭔가 움직이고 있는 듯했다. 그때마다 벌떡 일어나 불 속에 땔나무를 더 던져 넣었는데, 불길이 활활 타오르면 그곳에는 아무것도 없었다. 그는 오랜 시간이 지나서야 겨우 잠들 수 있었다. 그러나 잠과 함께 무시무시한 꿈이 찾아왔다.

새벽녘에 마신이 나타나 그의 가슴에 걸터앉는 꿈이었다. 썩 꺼지라고 말하기 위해 눈을 떴는데, 알고 보니 그것은 마신이 아니라 바로 그 동굴 속의 맹수였다. 새까만 우단 같은 털가죽을 가진 맹수가 커다란 양쪽 앞발을 압둘라의 가슴에 올려놓고 파르스름한 등불 같은 눈으로 그를 노려보고 있었다. 압둘라는 그것이 거대한 흑표범으로 둔갑한 마귀라고 생각했다.

그는 외마디 소리를 지르며 벌떡 일어나 앉았다.

물론 아무것도 없었다. 이제 막 먼동이 트는 참이었다. 세상이 온통 잿빛으로 물든 속에서 모닥불이 앵두처럼 빨갛게 빛났고, 모닥불 건너편의 좀 더 컴컴한 잿빛 덩어리는 가볍게 코를 골고 있는 병사였다. 병사의 몸뚱이 너머로 저 아래 하얀 안개에 휘감긴 낮은 땅이 보였다. 압둘라는 맥없이 모닥불 속에 덤불 하나를 던져 넣고 다시 잠들었다.

그는 바람 소리 같은 정령의 고함 소리에 잠이 깨었다.

"얘 좀 말려 줘! 저리 치우라고!"

압둘라는 벌떡 일어났다. 병사도 벌떡 일어났다. 해가 중천에 떠 있었다. 두 사람이 보고 있는 것은 결코 환상이 아니었다. 방금까지 압둘라의 머리가 있던 자리의 바로 옆에 정령의 병이 있었고, 그 옆에는 조그마한 검은 고양이 한 마리가 웅크리고 있었다. 이 고양이는 호기심이 아주 많거나 혹은 그 병 속에 먹을 것이 들어 있다고 믿는 모양이었다. 병의 주둥이 속에 살며시, 그러나 자못 단호하게 코를 들이밀고 있었다. 그 새까만 머리 주위로 정령이 여남은 가닥의 파란 연기가 되어 구불구불 빠져나왔다. 그 연기들은 제가끔 손이나 얼굴로 변했다가 다시 연기로 변했다.

정령이 합창하듯 소리쳤다.

"살려 줘! 나를 잡아먹으려고 하나 봐!"

그러나 고양이는 정령을 깨끗이 무시하고 있었다. 그저 병 속에서 한없이 맛좋은 냄새가 풍긴다는 듯이 행동할 뿐이었다.

잔지브에서는 누구나 고양이를 싫어했다. 사람들은 들쥐나 생쥐를 잡아먹는 고양이도 쥐보다 별로 나을 게 없다고 생각했다. 고양이가 다가오면 발길질을 했고, 새끼 고양이를 잡으면 무조건 물에 빠뜨려 죽여 버렸다. 그래서 압둘라도 고양이에게 달려가면서 다짜고짜 발길질을 날렸다.

"저리 가! 꺼지라고!"

고양이는 펄쩍 뛰었다. 압둘라의 매서운 발길질을 요행히 피한 고양이는 불쑥 튀어나온 바위 턱으로 뛰어올라 성난 소리로 울부짖으며 압둘라를 노려보았다. '귀머거리는 아니었구나' 하고 생각하면서 압둘라도 고양이의 눈을 쳐다보았다. 파르스름한 눈동자였다. '그래, 간밤에 내 가슴에 올라탔던 게 바로 저 녀석이었구나!' 그는 돌멩이를 집어 들고 던질 자세를 취했다.

그때 병사가 소리쳤다.

"그러지 말게! 불쌍한 짐승인데."

고양이는 압둘라가 돌을 던질 때까지 기다리지 않고 순식간에 사라져 버렸다.

"저게 뭐가 불쌍해요? 마음씨 고운 군인이시여, 어제 저녁에 하마 터면 저 녀석한테 눈알을 뽑힐 뻔하셨다는 사실을 아셔야죠."

그러나 병사는 온화하게 대답했다.

"나도 알고 있네. 하지만 저 녀석은 자신의 몸을 지키려고 했을 뿐이야. 불쌍한 것. 그런데 저 병 속에 있는 건 정령인가? 저 퍼런 연기 같은 친구 말이야."

언젠가 양탄자를 팔러 왔던 나그네에게서 압둘라는 북쪽 나라 사람들이 동물을 터무니없이 사랑한다는 말을 들은 적이 있었다. 압둘라는 어깨를 으쓱하고는 부루퉁한 얼굴로 정령의 병을 향해 돌아섰다. 그러나 정령은 고맙다는 말도 없이 사라져 버린 뒤였다.

'이런 일이 생길 게 뭐람!'

이젠 독수리처럼 빈틈없이 그 병을 지키는 수밖에 없었다.

"맞아요."

"그럴 줄 알았어. 정령에 대한 얘기는 나도 들어 봤지. 이리 와서 이것 좀 보겠나?"

병사는 허리를 굽히고 자신의 모자를 대단히 조심스럽게 집어 들면서 따뜻하고 괴상한 미소까지 지었다.

확실히 오늘 아침은 병사가 어딘지 좀 이상해 보였다. 밤사이에 머리가 살짝 돌아 버렸나? 혹시 그 상처 때문이 아닐까 싶었다. 상처는 벌써 거의 다 사라졌지만, 그래도 압둘라는 불안한 마음으로 병사에게 다가갔다.

그 순간, 바위 턱 위에 고양이가 다시 나타나더니 마치 쇠도르래가 구르는 듯한 소리를 내는 것이었다. 그 조그맣고 새까만 몸뚱이에 분노와 근심이 가득했다. 그러나 압둘라는 고양이를 무시해 버리고 병사의 모자 속을 들여다보았다. 기름기에 찌들어 버린 모자 안쪽에서 동그랗고 파란 눈들이 밖을 내다보고 있었다. 그리고 분홍색의 조그마한 입에서 치잇 하고 도전적인 소리가 터져 나오더니, 새까맣고 작디작은 새끼 고양이 한 마리가 병솔처럼 생긴 앙증맞은 꼬리를 살랑살랑 흔들어 균형을 잡으며 모자 뒤쪽으로 뒤뚱뒤뚱 걸어가는 것이었다.

병사가 넋을 빼앗긴 사람처럼 중얼거렸다.

"너무 귀엽지?"

압둘라는 바위 위에서 앙앙거리는 고양이를 힐끔 쳐다보았다. 그러다가 화들짝 놀라서 다시 자세히 살펴보았다. 갑자기 녀석이 거대해졌다. 그 자리엔 난데없이 커다란 흑표범 한 마리가 버티고 서서 압둘라를 향해 길고 새하얀 송곳니를 드러내고 있는 것이었다.

압둘라는 떨리는 목소리로 말했다.

"용맹스러운 길동무시여, 아무래도 이놈들은 마녀가 기르는 짐승인 것 같은데요."

"그렇다면 마녀가 죽기라도 한 모양이지. 자네도 봤잖아. 녀석들은 야생 상태로 그 동굴에서 살고 있었어. 간밤에 어미가 새끼를 여기까지 물고 온 모양이야. 놀랍지 않나? 우리가 도와줄 걸 알고 있나 봐!"

병사는 바위 위에서 으르렁거리는 거대한 짐승을 쳐다보면서도 그 엄청난 크기가 눈에 들어오지도 않는지 이렇게 살살 달래는 것이었다.

"이리 내려오너라, 요 귀여운 녀석아! 우리가 너와 네 새끼를 해칠 리가 없다는 건 너도 알지?"

그러자 어미 맹수가 바위 위에서 훌쩍 몸을 던졌다. 압둘라는 비명을 지르며 얼른 고개를 숙이고 철퍼덕 주저앉았다. 새까맣고 거대한 몸뚱이가 머리 위로 휙 지나갔다. 그런데 놀랍게도 병사는 오히려 너털웃음을 터뜨리는 것이었다. 약이 오른 압둘라가 분연히 고개를 들어 보니 맹수는 다시 조그마한 검은 고양이로 변하여 병사의 넓은 어깨 위를 이리저리 돌아다니며 그의 얼굴에 다정하게 몸을 비비고 있었다.

병사가 쿡쿡 웃으며 말했다.

"아, '까만밤'아, 넌 정말 놀라운 녀석이구나! 내가 네 대신 저 '꼬맹이'를 돌봐 줄 거라는 걸 벌써 알아차린 거지? 그래, 맞았어. 기분 좋으냐?"

압둘라는 지긋지긋하다는 표정으로 몸을 일으키면서 그 깨가 쏟아지는 듯한 사랑의 현장을 외면해 버렸다. 밤사이에 냄비가 대단히 깨끗해져 있었다. 양철 접시도 싹싹 핥아 반짝거릴 정도였다. 압둘라는 둘 다 개울가로 가져가서 여봐란 듯이 설거지를 했다. 내심 병사가 저 위험천만한 마법의 맹수들을 빨리 잊어버리고 아침 식사에 대한 걱정이나 해 주길 바라는 마음에서였다.

이윽고 병사가 모자를 내려놓고 어깨 위의 어미 고양이를 살며시 끌어내렸다. 그러나 정작 그가 걱정한 것은 고양이들의 아침식사였다.

"고양이들에게 우유를 줘야겠어. 싱싱하고 맛좋은 생선 요리 한 접시도 곁들이면 더욱 좋겠지. 자네가 그 정령한테 음식 좀 가져오라고 하게."

그 순간 병목에서 푸르스름한 연기가 불쑥 솟구치면서 정령의 짜증 어린 얼굴이 나타났다.

"아, 그건 안 되지. 내가 들어줄 수 있는 소원은 하루에 딱 하나뿐이야. 그런데 오늘 치 소원은 어제 벌써 들어줬다고. 그러니 개울가에 가서 낚시질이나 해 봐."

그러자 병사는 성난 표정으로 정령에게 다가들었다.

"이렇게 높은 곳에 물고기가 있을 리 없잖아. 저 까만밤 녀석은 몹시 굶주렸어. 게다가 새끼한테 젖도 줘야 한단 말이야."

"가엾기도 해라! 그렇다고 나를 협박할 생각이라면 포기하셔, 군인 아저씨. 그보다 훨씬 하찮은 일 때문에 두꺼비가 돼 버린 놈들도 수두룩하니까."

병사는 분명 대단히 용감하거나 혹은 대단히 어리석은 사람이었다. 그가 대뜸 이렇게 소리치는 것이었다.

"나한테 그런 짓을 했다가는 내가 어떤 모습으로 변하든 간에 네 병을 박살 내고 말겠어! 그리고 이건 나 자신을 위한 소원도 아니잖아!"

그러나 정령은 이렇게 대꾸했다.

"난 이기적인 놈들을 더 좋아한다고. 그래, 너도 두꺼비가 되고 싶다 이거지?"

병 속에서 푸른 연기가 더 많이 흘러나와 팔뚝 모양으로 변하더니 곧 압둘라가 전에 보았던 그 손짓을 하는 것이었다. 압둘라는 황급히 이렇게 말했다.

"아뇨, 아뇨, 그러지 마세요, 아으, 정령 중에서도 사파이어 같은 정령이시여! 병사는 그냥 놔두시고 부디 제 부탁 좀 들어주세요. 오늘도 내일 치 소원을 미리 쓰고 싶어요. 저 짐승들에게 먹이를 주세요."

그러자 정령이 물었다.

"너도 두꺼비가 되고 싶냐?"

압둘라는 엄숙하게 대답했다.

"밤의꽃 공주가 두꺼비와 결혼한다는 점괘가 나와 있다면 마음대로 하세요. 어쨌든 우선 우유와 생선부터 갖다주세요, 위대한 정령님."

그러자 정령은 언짢은 듯이 빙글빙글 돌았다.

"그 빌어먹을 점괘! 나도 그건 어쩔 수 없지. 알았어. 소원대로 해주지. 그 대신에 앞으로 이틀 동안은 귀찮게 굴지 말아야 돼."

압둘라는 한숨을 푹 쉬었다. 이거야말로 소원을 헛되이 낭비하는 일이 아닐 수 없었다.

"좋아요."

그 순간 압둘라의 발치에 우유 단지 하나 그리고 연어가 담긴 타원형 접시 하나가 툭 떨어졌다. 정령은 얄미워 죽겠다는 표정으로 압둘라를 내려다보면서 병 속으로 빨려 들어가듯이 사라졌다.

"아주 잘했어!"

병사는 그렇게 외치더니 곧 우유를 끓이고 연어를 데치랴, 고양이가 다치지 않도록 뼈를 깨끗이 발라내랴, 한바탕 야단법석을 떨었다.

그때 압둘라는 암고양이가 태연하게 모자 속의 새끼를 지금껏 핥아 주고 있다는 것을 깨달았다. 고양이는 정령이 가까이 있다는 사실조차 모르는 것 같았다. 그러나 연어가 있다는 사실은 금방 알아차렸다. 생선이 익어 가기 시작하자 암고양이는 곧바로 새끼 곁을 떠나서 병사에게 찰싹 달라붙으며 다급하게 야옹거리는 것이었다.

"오냐, 조금만 기다려라, 귀여운 녀석!"

압둘라는 고양이와 정령이 지니고 있는 마법이 서로 판이하게 달라서 둘 다 상대방을 인식하지 못하는 모양이라고 짐작했다. 어쨌든 지금의 상황에서도 한 가지 좋은 점이 있다면 연어와 우유의 양이 고양이들뿐만 아니라 두 명의 인간이 함께 먹기에도 충분하다는 사실이었다. 그리하여 암고양이도 허겁지겁 음식을 먹었고, 새끼 수고양이도 연어 맛이 나는 우유를 핥아먹다가 재채기를 해대면서도 서툴게나마 열심히 먹었고, 병사와 압둘라도 구운 연어 스테이크를 넣은 우유죽을 마음껏 먹을 수 있었다.

그렇게 아침을 먹고 나자 압둘라는 좀 더 따뜻한 눈으로 세상을 바라보게 되었다. 정령이 이 병사를 길동무로 삼게 한 것도 더할 나위 없이 탁월한 선택이었던 것 같았다. 정령도 그리 나쁘지 않았다. 그리고 이제 머지않아 밤의꽃을 만날 수 있을 터였다. 압둘라는 심지어 술탄과 카불 아크바조차도 아주 못된 놈들은 아니라는 생각을 하고 있었다. 그러나 병사가 킹스베리로 가는 길에 암고양이와 새끼 고양이도 함께 데려갈 생각이라는 것을 알게 되자 압둘라는 분개하지 않을 수 없었다.

"아으, 참으로 인정 많고 사려 깊은 용사여, 그럼 보상금을 받아 내겠다는 계획은 어떻게 하시려고요? 모자 속에 새끼 고양이를 감춘 채로 강도들의 돈을 빼앗을 수는 없을 텐데요!"

그러나 병사는 덤덤했다.

"자네가 나를 공주와 결혼하게 해 준다고 약속했으니 이젠 그런 짓을 할 필요가 없겠지. 그리고 까만밤과 꼬맹이가 이런 산 속에서 굶어 죽도록 내버려둘 수도 없는 노릇이잖아. 그건 너무 잔인하다고!"

압둘라는 입씨름을 해 봤자 헛일이라는 것을 알았다. 시무룩한 얼굴로 정령의 병을 허리띠에 묶으면서 그는 이제 다시는 병사에게 아무것도 약속하지 않겠다고 다짐했다. 병사는 배낭을 꾸리고 모닥불을 흩어 버리고 나서 새끼 고양이가 담긴 모자를 조심스럽게 집어 들었다. 그리고 개울가를 따라 아래로 내려가면서 마치 개를 부르듯이 까만밤에게 휘파람을 불어 주었다.

그러나 까만밤의 속셈은 따로 있었다. 압둘라가 병사를 따라가려고 하자 그 암고양이가 앞을 가로막고 의미심장한 눈으로 쳐다보는 것이었다. 압둘라는 신경 쓰지 않고 그냥 그 옆을 지나가려 했다. 그러자 까만밤은 다시 거대해졌다. 순식간에 흑표범이 되어 길을 막고 으르렁거리는데, 몸집이 전보다 더 커진 것 같았다. 압둘라는 깜짝 놀라 걸음을 멈추었다. 그러자 그 맹수가 펄쩍 뛰어 덤벼들었다.

압둘라는 너무 무서워 비명조차 지르지 못했다. 그저 두 눈을 질끈 감고 목이 부러지는 순간을 기다릴 뿐이었다. 운명이고 점괘고 다 끝장이구나!

그때 뭔가 부드러운 것이 그의 목을 건드렸다. 작지만 단단한 두 발이 어깨에 와 닿았고, 다른 두 발이 가슴팍을 콕콕 찔렀다. 눈을 떠보니 다시 고양이 크기로 돌아온 까만밤이 윗옷 앞섶에 매달려 있었다. 녹색이 섞인 파란 눈동자가 그의 눈을 들여다보며 이렇게 말하고 있었다.

'나를 태우고 가. 안 그러면 재미없어.'

"알았다고, 겁나는 고양이 아줌마. 하지만 이 옷에 붙은 자수를 더 이상 망치지 않도록 조심해 줘. 이래 봬도 한때는 내 옷 중에서 제일 좋은 거였다고. 그리고 널 태워 주긴 하겠지만 이건 순전히 마지못해서 하는 일이라는 것만 잊지 말아 줘. 난 고양이를 좋아하지 않는단 말이야."

까만밤은 침착하게 압둘라의 어깨 위에 올라앉아 편안히 자리를 잡았다. 그때부터 압둘라는 터덜터덜 걷거나 미끄러지면서 하루 종일 산길을 내려갔다.

12

압둘라와 병사의 위기

저녁 무렵에는 압둘라도 까만밤에게 많이 익숙해져 있었다. 자말의 개와는 달리 이 암고양이는 냄새도 아주 상쾌했고, 누가 보더라도 흠잡을 데 없는 어미 노릇을 하고 있었다. 까만밤이 압둘라의 어깨에서 내려갈 때라고는 새끼에게 젖을 먹일 때뿐이었다. 성미를 건드리면 갑자기 몸집이 거대해지는 그 무시무시한 버릇만 없다면 압둘라도 까만밤에 대해 그럭저럭 참아 줄 수 있을 것 같았다. 그리고 새끼는 정말 귀여웠다. 그건 압둘라도 인정할 수밖에 없었다. 녀석은 병사의 땋은 머리를 가지고 장난을 치기도 했고, 그들이 점심을 먹기 위해 걸음을 멈추었을 때는 혼자 뒤뚱거리며 나비들을 쫓아다니기도 했다. 그리고 식후에는 병사의 윗옷 속에 들어앉아, 평야로 내려가는 길에 만나는 풀과 나무들 그리고 양치류가 돋아난 폭포 따위를 열심히 내다보고 있었다.

그러나 이윽고 잠잘 곳을 찾았을 때, 병사가 그날 새로 얻은 애완 동물들에 대해 또 한바탕 호들갑을 떠는 것을 보고 압둘라는 그만 완전히 질려 버리고 말았다. 그들은 골짜기에서 처음으로 보이는 여인숙에 묵기로 했는데, 그곳에서 병사는 고양이들에게 최상의 대우를 해 줘야 한다고 선언하는 것이었다.

여인숙 주인과 그의 아내도 압둘라와 똑같은 의견이었다. 둘 다 땅딸막한 체격이었는데, 그들은 그날 아침에 우유 한 단지와 연어 한 마리를 통째로 도둑맞는 바람에 안 그래도 언짢아하고 있던 모양이었다. 두 사람은 시무룩하고 못마땅한 표정으로 이리저리 돌아다니며 적당한 크기의 바구니와 그 속에 넣을 푹신한 베개를 찾아왔다. 그리고 역시 찡그린 얼굴로 크림과 닭 간과 생선을 가져왔다. 그리고 마지못해서 몇 가지 약초도 내놓았는데, 병사는 그것들이 귓병을 예방한다고 말해 주었다. 주인 내외는 또 고양이의 기생충을 없애 준다는 다른 약초들을 구하기 위해 사람을 보내면서 한바탕 떠들썩하게 호통을 치기도 했다. 그러나 병사가 꼬맹이에게 벼룩이 옮은 것 같다면서 목욕물을 데워 달라고 했을 때는 주인 내외도 기가 막혀 말이 안 나온다는 표정이었다.

압둘라는 어쩔 수 없이 자기가 나서서 타협을 봐야겠다고 생각했다.

"아으, 여인숙의 왕과 왕비 같으신 두 분, 부디 제 훌륭한 길동무의 엉뚱한 행동을 눈감아 주시기 바랍니다. 저분이 목욕을 해야겠다고 말씀하신 것은 물론 우리 두 사람이 씻는다는 뜻이지요. 둘 다 여행을 하느라고 좀 더러워져서 따끈하고 깨끗한 물이 필요하거든요. 물론 그 대가로 돈은 원하시는 만큼 더 드리겠습니다."

여인숙 주인과 그의 아내가 커다란 솥으로 물을 끓이기 위해 발을 쿵쿵 구르며 밖으로 나갔을 때 병사가 말했다.

"뭐가 어째? 내가 할 거라고? 목욕을?"

"그래요. 하셔야죠. 그러지 않으면 아저씨나 그 고양이들과는 지금 여기서 안녕이에요. 아으, 씻지도 않는 용사여, 잔지브에 살던 내 친구 자말이 기르는 개도 당신만큼 냄새가 지독하진 않았다고요. 벼룩이 있든 없든, 차라리 꼬맹이 쪽이 훨씬 더 깨끗하단 말예요."

"자네가 가 버리면 내 공주는, 그리고 그 술탄의 따님은 어떻게 되지?"

"뭔가 방법을 생각해 봐야죠. 하지만 난 당신이 목욕을 했으면 좋겠어요. 원한다면 꼬맹이도 데리고 들어가세요. 아무튼 내가 목욕물을 요구한 이유는 그거였어요."

병사는 떨떠름한 표정이었다.

"목욕을 하면 말이야, 힘이 빠진다고. 어쨌든 기왕 하는 김에 까만 밤도 씻길 수 있겠지."

"고양이에게 넋이 빠진 군인이시여, 그 두 마리를 때밀이 수건 대용으로 쓰든 말든 마음대로 하세요."

그렇게 말하면서도 압둘라도 목욕을 즐기러 갔다. 날씨가 무더운

2. 양탄자 상인 압둘라

잔지브에서는 누구나 목욕을 자주 했다. 압둘라도 최소한 이틀에 한 번씩은 대중목욕탕을 찾았고, 지금도 그것이 아쉽던 참이었다. 심지어는 자말조차도 1주일에 한 번 정도는 목욕을 했는데, 소문에 의하면 그때마다 자기 개도 물속에 데리고 들어간다고 했다. 뜨거운 물 속에서 기분 좋게 몸이 풀리기 시작하자 압둘라는 사실 병사가 고양이들을 좋아하는 것도 자말이 자기 개를 좋아하는 것과 별반 다를 바 없다는 생각을 했다. 그리고 제발 자말과 그의 개가 무사히 도망쳤기를, 또한 지금 이 순간 사막에서 고생하고 있지는 않기를 바라는 마음이었다.

병사는 목욕을 한 뒤에도 전혀 힘이 빠진 것 같지 않았고, 다만 갈색으로 그을린 피부색이 훨씬 밝아졌을 따름이었다. 까만밤은 목욕물을 보자마자 부리나케 달아나 버린 모양이었다. 그러나 병사의 주장에 따르면 꼬맹이는 목욕을 아주 좋아하더라고 했다. 그는 귀여워 죽겠다는 듯이 이렇게 말했다.

"비눗방울을 가지고 장난을 치더라니까!"

까만밤은 크림과 닭 간을 먹고 나서 압둘라의 침대에 올라앉아 샅샅이 몸단장을 하고 있었다.

"네가 얼마나 대단하길래 저렇게 야단법석이냐?"

그러자 까만밤이 고개를 돌리고 비웃음이 가득한 동그란 눈으로 압둘라를 힐끔 쳐다보더니 곧 귀청소라는 막중한 사업에 다시 착수했다.

이튿날 아침에 받아본 요금 청구서는 정말 어마어마했다. 부가 요금의 대부분은 뜨거운 물 때문이었지만 베개와 바구니와 약초 따위에 대한 요금도 결코 만만찮은 금액이었다. 압둘라는 부들부들 떨면서 돈을 지불하고, 마음을 졸이면서 킹스베리까지의 거리를 물어보았다. 걸어가면 엿새쯤 걸린다는 대답이었다.

'엿새라고?'

하마터면 신음 소리를 입 밖에 낼 뻔했다. 엿새 동안 이렇게 돈을 펑펑 쓴다면 나중에 밤의꽃을 찾아내더라도 몹시 가난한 생활을 하게 될 것이 뻔했다. 더구나 병사가 고양이들 때문에 이렇게 호들갑을 떠는 꼴을 앞으로 엿새 동안이나 더 봐야 하는데, 정작 마법사 한 명을 붙잡아 밤의꽃의 행방을 찾는 일은 그때부터가 시작이었다.

'안 돼!'

다음번 소원으로 압둘라는 정령에게 일행 모두를 당장 킹스베리로 데려다 달라고 말하기로 작정했다. 그렇다면 이틀만 더 견디면 된다.

그런 생각으로 마음을 달랜 압둘라는 다시 씩씩하게 길을 떠났다. 그의 어깨 위에는 까만밤이 느긋하게 앉아 있었고 허리춤엔 정령의 병이 대롱거렸다. 태양이 빛났다. 시골 마을의 푸른 풍경은 사막을 지나온 압둘라에게 기쁨을 주었다. 그는 초가집들까지도 새로운 눈으로 감상하게 되었다. 집집마다 각양각색의 쾌적한 정원이 있었다. 대문 주위에 장미를 비롯한 꽃들을 보기 좋게 가꿔 놓은 집도 많았다. 병사는 초가집이 이곳의 대체적인 가옥형태라고 말했다. 병사는 '이엉'이라고 부르는 것이 비를 막아 준다고 자신 있게 말했지만 압둘라는 도저히 믿을 수가 없었다.

머지않아 압둘라는 다시 깊은 공상에 빠져들었다. 초가지붕을 얹고 문 주위엔 장미꽃이 만발한 오두막집에서 밤의꽃과 함께 살 것이라고 상상했다.

'그녀를 위해서 이 근방 사람들이 누구나 부러워할 만한 정원을 꾸며야지.'

압둘라는 그런 정원을 설계하기 시작했다. 그런데 불행하게도 오전이 다 지날 무렵에 그의 공상은 방해를 받게 되었다. 빗방울이 점점 굵어지고 있었다. 까만밤은 비를 싫어했다. 압둘라의 귓가에 대고 시끄럽게 투덜거리는 것이었다.

병사가 말했다.

"윗옷 속에 집어넣고 단추를 채우라고."

"동물을 사랑하는 군인이시여, 그건 싫습니다. 저도 이 녀석을 좋아하지 않고, 이 녀석도 저를 좋아하지 않아요. 기회만 생기면 제 가슴을 길게 할퀼 게 뻔하다고요."

그러자 병사는 꼬맹이를 넣고 지저분한 손수건으로 잘 덮어 놓은 모자를 압둘라에게 넘겨주더니 까만밤을 자기 윗옷에 집어넣고 단추를 채웠다. 그들은 800미터가량을 더 걸었다. 그때쯤엔 비가 억수같이 쏟아지고 있었다.

정령이 파란 연기 한 가닥을 병 밖으로 힘없이 늘어뜨렸다.

"빗물이 자꾸 들이치는데 이거 어떻게 좀 해 줄 수 없어?"

꼬맹이도 그 작은 목소리로 낑낑거리며 똑같은 하소연을 하고 있었다. 압둘라는 비에 젖어 눈앞을 가린 머리카락을 이마에서 떼어내면서 정말 성가셔 죽겠다고 생각했다.

그때 병사가 말했다.

"어디 좀 들어가서 비를 피해야겠어."

운 좋게도 다음다음 모퉁이를 돌아서자 여인숙 하나가 나타났다. 그들은 반가운 마음으로 철벅철벅 소리를 내면서 여인숙 현관으로 들어섰다. 압둘라는 초가지붕도 정말 비를 잘 막아 준다는 사실을 확인하게 되어 기뻤다.

그곳에서 병사는 고양이들이 편안히 쉴 수 있도록 난롯불을 피운 전용 휴게실과 일행 넷 전부를 위한 점심 식사를 청했다. 이젠 압둘라도 병사의 그런 행동에 점점 익숙해지는 중이었다. 다만 이번엔 비용이 얼마나 들지 궁금할 따름이었다. 그런 생각을 해 보는 것도 점점 익숙해졌다. 어쨌든 불이 있어서 정말 좋다는 것은 압둘라도 인정할 수밖에 없었다. 점심 식사를 기다리는 동안에 그는 빗물을 뚝뚝 떨어뜨리며 난롯불 앞에 서서 맥주 한 잔을 마셨다. 이 여인숙의 맥주는 건강이 안 좋은 낙타의 오줌 맛이었다. 까만밤은 새끼의 몸을 핥아 주고 나서 자기 몸을 핥았다. 불 쪽으로 쭉 뻗은 병사의 장화에서 김이 모락모락 피어오르고 있었다. 바닥 돌 위에 놓아 둔 정령의 병에서도 희미하게 김이 올랐다. 지금은 정령조차도 불평하지 않았다.

바깥에서 말발굽 소리가 들렸다. 이상한 일은 아니었다. 잉거리 사람들의 대부분은 여행을 할 때 가능하면 말을 타고 다녔다. 그리고 말을 타고 온 사람들이 여인숙 앞에 멈춰 서는 듯싶은 것도 별로 놀라운 일은 아니었다. 그들도 흠뻑 젖었을 테니까. 그래서 압둘라는 어제 정령에게 우유와 연어 대신에 차라리 말을 달라고 단호하게 요구하는 건데 잘못했다는 생각만 하고 있었다. 그때 말을 타고 온 사람들이 휴게실 창밖에서 여인숙 주인에게 소리쳤다.

"스트레인지아인 병사와 화려한 옷을 입은 시꺼먼 녀석을 폭행죄 및 강도죄로 수배 중인데 혹시 본 적 없소?"

그 말이 다 끝나기도 전에 병사는 휴게실 창가에 가 있었다. 그는 들키지 않으려고 등을 벽에 기대고 서서 창밖을 내다보았는데, 어느 틈에 벌써 한 손에는 배낭을, 다른 손에는 모자를 들고 있는 것이었다.

"네 명이야. 옷차림을 보니 경찰이군."

압둘라는 당황해서 어쩔 줄 모르고 멍하니 서 있었다. 다만 고양이 때문에 바구니 가져와라, 목욕물을 가져와라 호들갑을 떨어 여인숙 주인들이 기억하게 만드는 바람에 결국 이런 꼴을 당하게 되었다는 생각뿐이었다. '게다가 전용 휴게실까지 요구하다니……' 하고 생각할 쯤 마침 멀찍이 여인숙 주인의 알랑대는 목소리가 들려왔다.

"예, 봤습죠. 둘 다 여기 왔는데, 작은 휴게실에 있습니다요."

병사가 압둘라에게 모자를 내밀었다.

"꼬맹이를 이 속에 집어넣게. 그리고 까만밤을 데려와서 도망칠 준비를 하라고. 놈들이 여인숙 안으로 들어오자마자 창문으로 뛰는 거야."

꼬맹이는 하필 그 순간에 긴 떡갈나무 의자 밑으로 기어 들어가 기웃거리고 있었다. 압둘라도 그 밑으로 몸을 던졌다. 그리고 버둥거리는 꼬맹이를 한 손에 쥐고 빠져나오는데 막 여인숙 현관으로 들어서는 장화 발소리가 들려왔다. 병사는 창문의 걸쇠를 벗기고 있었다. 압둘라는 병사가 내밀고 있는 모자 속에 꼬맹이를 떨어뜨리고 까만밤을 붙잡으려고 돌아섰다. 그러다가 난롯가에서 따끈하게 데워진 정령의 병을 보게 되었다. 까만밤은 휴게실 건너편의 높은 선반에 올라가 있었다. 이건 도저히 가망 없는 일이었다. 발소리는 벌써 훨씬 더 가까워져 휴게실 문 쪽으로 쿵쿵거리며 다가오고 있었다. 병사가 창문을 탕탕 두드렸다. 열리지 않는 모양이었다.

압둘라는 정령의 병을 낚아챘다.

"이리 와, 까만밤!"

그렇게 말하면서 창문 쪽으로 달려가다가 마침 뒷걸음질을 치던 병사와 부딪혔다.

"저리 비켜 봐. 이게 안 열려. 걷어차야겠어."

압둘라가 비틀거리며 물러날 때 휴게실 문이 벌컥 열리면서 몸집이 커다란 남자 세 명이 뛰어들었다. 그 순간 병사가 장화발로 창틀을 쾅 걷어찼다. 창문이 벌컥 열렸고, 병사는 부리나케 창턱을 넘어갔다. 세 남자가 고함을 질렀다. 두 명은 창문 쪽으로 달려가고 한 명은 압둘라에게 덤벼들었다. 압둘라는 세 남자를 향해 떡갈나무 의자를 내던지고 창문 쪽으로 뛰었다. 그리고 미처 생각할 겨를도 없이 창턱을 훌쩍 뛰어넘어 쏟아지는 빗속으로 몸을 날렸다.

그때 까만밤이 생각났다. 얼른 돌아섰다.

까만밤은 다시 거대해져 있었다. 지금까지 보았던 것보다 더 컸는데, 창문 아래의 공간에 어마어마한 검은 그림자처럼 떡 버티고 서서 세 남자를 향해 길고 새하얀 송곳니를 드러내고 있었다. 남자들은 허둥지둥 뒷걸음질로 문을 빠져나가느라고 서로 뒤엉켜 넘어지고 자빠졌다. 압둘라는 고마운 마음으로 다시 돌아서서 병사를 뒤쫓아 달렸다. 그는 여인숙의 반대쪽 모퉁이를 향해 질주하고 있었다. 바깥에서 말고삐를 쥐고 있던 네 번째 경관이 두 사람을 쫓아오기 시작하더니 곧 어리석은 짓이라는 것을 깨닫고 다시 말들 쪽으로 달려갔다. 그러나 그가 달려오는 것을 본 말들은 그를 피해 뿔뿔이 흩어졌다. 압둘라가 병사를 뒤쫓아 빗물이 흥건한 채소밭을 가로질러 달려갈 때, 네 명의 경관은 말들을 붙잡으려고 이리 뛰고 저리 뛰며 고함을 질러 대고 있었다.

병사는 도망치는 데는 선수였다. 그는 채소밭에서 과수원으로 이어지는 길을 찾아냈고, 거기서 다시 넓은 들판으로 빠져나가는 문을 발견했다. 그러면서 단 한 순간도 낭비하지 않았다. 멀리 들판 너머에 숲이 있었다. 빗속에 어렴풋이 보이는 그 숲은 안전한 피난처임을 약속하는 듯했다.

풀밭이 흠뻑 젖은 들판을 달려가다가 병사가 숨을 몰아쉬며 물었다.

"까만밤 데려왔어?"

"아뇨."

압둘라는 너무 숨이 차서 설명할 수도 없었다.

"*뭐야?*"

병사는 그렇게 소리치더니 걸음을 멈추고 휙 돌아섰다.

바로 그 순간, 저마다 안장 위에 경관을 태운 네 마리의 말이 과수원 산울타리를 뛰어넘어 들판으로 들어섰다. 병사는 마구 욕설을 퍼부었다. 병사와 압둘라는 둘 다 숲 쪽으로 내달았다. 그들이 숲 언저리의 덤불가에 이르렀을 때 경관들은 벌써 들판을 절반 이상 지나오고 있었다. 압둘라와 병사는 허겁지겁 덤불을 헤치고 숲속으로 뛰어들었다. 압둘라는 그곳이 수천수만 송이의 새파란 꽃들로 온통 뒤덮인 것을 보고 깜짝 놀랐다. 꽃밭은 마치 파란 융단처럼 멀리까지 펼쳐져 있었다.

압둘라는 헐떡거리며 물었다.

"이거…… 무슨 꽃이죠?"

"초롱꽃이야. 혹시 까만밤을 잃어버린 거라면 자넬 죽여 버리겠어."

"잃어버린 게 아니에요. 그 녀석이 우릴 찾아올 거예요. 녀석은 커졌다고요. 말했잖아요. 마법이라고요."

그러나 병사는 까만밤의 그 재주를 한 번도 본 적이 없었다. 그래서 압둘라의 말을 믿지 않았다.

"더 빨리 뛰어. 한 바퀴 빙 돌아가서 까만밤을 데려와야 하니까."

그들은 초롱꽃들을 짓밟으며 앞으로 내달았다. 기이하고 야성적인 향기가 진동했다. 만약 잿빛으로 퍼붓는 폭우와 경관들의 고함소리만 없었다면 압둘라는 천국의 꽃밭을 달리는 중이라고 착각했을 것이다. 그는 금방 다시 공상을 하기 시작했다. '밤의꽃과 함께 살 오두막집의 정원을 꾸밀 때 나도 이렇게 수천 송이의 초롱꽃을 심어야지.' 그러나 그런 생각을 하면서도 그는 지금 두 사람이 달려 가면서 꽃밭을 마구 밟는 바람에 목이 부러진 하얀 꽃대와 파란 꽃 들이 자신들의 흔적을 뚜렷이 나타내고 있다는 사실을 망각하지는 않았다. 그리고 그들을 뒤쫓는 경관들이 말을 몰고 숲으로 들어서면 서 나뭇가지를 우두둑 부러뜨리는 소리를 못 듣는 것도 아니었다.

그때 병사가 말했다. "아무래도 안 되겠어! 그 정령한테 경찰을 따 돌리라고 하게."

압둘라는 헐떡거리며 이렇게 대답했다.

"그건 곤란한데…… 군인 중의 사파이어…… 같은 군인…… 모레 까지는…… 소원을 말할 수가…… ."

"하나 더 앞당겨 쓰면 되잖나."

그러자 압둘라가 손에 쥐고 있는 병 속에서 푸른 연기가 성난 듯 이 펑펑 솟구쳤다. 정령이 말했다.

"지난번 소원은 나를 또 귀찮게 하지 않는다는 조건으로 들어준 거였어. 내가 바라는 거라고는 그저 내 병 속에서 혼자 슬퍼하도록 놔두라는 것뿐이야. 그런데 너희들이 그렇게 해 주었나? 천만에. 말 썽이 생길 기미만 보여도 당장 또 소원을 들어달라고 징징거리지. 도대체 내 생각은 왜 아무도 안 해 주는 거야?"

압둘라는 헥헥거리며 이렇게 말했다.

"비상사태라서…… 아으, 병에 갇힌 정령…… 중에서도 히아신스…… 아니, 초롱꽃 같은 정령이시여…… 부디 우리를…… 어딘가 멀리…….”

그때 병사가 말했다.

“아, 그건 안 되지! 까만밤을 내버려두고 우리만 멀리 보내 달라는 건 절대로 안 돼. 그 녀석을 찾을 때까지 우리가 안 보이게 만들어 달라고 해.”

압둘라는 헐떡거리며 간신히 다시 말문을 열었다.

“정령 중에서도 비취 같은…….”

그때 정령이 연자줏빛 구름으로 확 부풀어 오르면서 압둘라의 말을 가로막았다.

“내가 제일 싫어하는 건, 이 빗줄기보다도 싫어하고 시도 때도 없이 소원을 앞당겨 들어 달라고 졸라 대는 것보다도 더 싫어하는 건 말이야, 너처럼 화려한 말장난으로 살살 꼬드겨 소원을 들어주게 만드는 거라고. 소원을 말하고 싶으면 그냥 단도직입적으로 말해 버려.”

압둘라는 헥헥거리며 이렇게 말했다.

“우리를 킹스베리로 데려다줘요.”

그 순간 병사도 동시에 말했다.

“저놈들을 따돌려 줘.”

두 사람은 달려가면서 서로 노려보았다.

“의견을 모아 봐.”

그렇게 말하면서 정령은 팔짱을 끼고 정말 한심하다는 듯이 몸을 길게 늘이며 따라왔다.

"너희들이 또 소원 하나를 어떤 식으로 허비하든지 나야 알 바 아니지. 단지 하나만 명심해. 이번 소원을 쓰고 나면 또 이틀 동안은 꽝이라고."

그러자 병사가 말했다.

"까만밤을 두고는 못 가."

압둘라는 헐떡거리며 이렇게 대꾸했다.

"어차피 또 소원을…… 낭비할 거라면…… 좀 더 유리하게…… 재산을 노리고 결혼하려는…… 용사여, 왜 바보처럼…… 우리는 킹스베리로…… 가야 되잖아요."

"그럼 자네 혼자서 가게."

그때 정령이 중얼거렸다.

"경찰이 겨우 50보 거리까지 쫓아왔네."

두 사람이 어깨 너머로 뒤를 돌아보니 그 말이 사실이었다. 압둘라는 얼른 양보했다.

"그럼 경찰이 우리를 못 보게 해 줘요."

그러자 병사가 덧붙였다.

"까만밤이 우리를 찾아낼 때까지만 안 들키게 해 줘. 녀석은 꼭 찾아낼 거야. 아주 영리하니까."

압둘라는 연기로 된 정령의 얼굴에 슬며시 심술궂은 미소가 번지면서 연기로 된 팔로 어떤 동작을 취하는 것을 얼핏 보았다.

다음 순간 축축하고 끈끈한, 그리고 아주 생소한 느낌이 찾아왔다. 주변 세계가 갑자기 확 일그러졌다가 점점 넓어져 온통 파란색과 녹색으로 변하면서 뿌옇게 흐려졌다. 압둘라는 땅바닥에 엎드린 채 거대한 초롱꽃처럼 생긴 것들 사이로 느릿느릿 힘겹게 기어갔다. 그는 커다랗고 우툴두툴한 두 손을 번갈아 움직이면서 지극히 조심스럽게 나아가고 있었다. 무슨 까닭인지 지금은 아래를 내려다볼 수가 없었기 때문이다. 오직 위쪽과 앞쪽만 볼 수 있었다. 너무 힘들어 그 자리에 멈춰 서서 웅크려 있고 싶었지만 땅바닥이 심하게 흔들리고 있었다. 그는 뭔가 거대한 짐승들이 달려온다는 것을 알아차리고 허둥지둥 미친 듯이 기어갔다. 그랬는데도 하마터면 피하지 못할 뻔했다. 둥근 탑처럼 거대하고 밑바닥엔 쇠붙이가 달린 발굽 하나가 열심히 기어가는 압둘라의 바로 옆에 쾅 떨어져 내렸다. 너무 놀란 압둘라는 바싹 얼어 움직일 수도 없었다. 그 거대한 짐승들도 곧 걸음을 멈췄다는 것을 알 수 있었다. 아주 가까운 곳이었다. 성난 듯 외치는 시끄러운 소리들이 들려왔지만 압둘라는 제대로 들을 수도 없었다. 그 소리는 한동안 계속되었다. 이윽고 요란한 발굽 소리가 다시 시작되어 역시 한동안 계속되었는데, 사방을 이리저리 짓밟고 다니는 그 발굽들은 언제나 아주 가까운 곳에서 맴돌았다. 그렇게 꼬박 하루처럼 길게만 느껴지는 시간이 흐른 후, 마침내 압둘라를 찾는 일을 포기했는지 짐승들은 다시 쿵쾅거리고 철벅거리며 어디론가 가 버렸다.

2. 양탄자 상인 압둘라

운명에 대한 도전

압둘라는 한동안 더 웅크리고 있었지만 그 짐승들은 다시 돌아오지 않았다. 그는 다시 엉금엉금 기어가기 시작했다. 그저 정처 없이 막연히 기어가면서 제발 자신에게 어떤 일이 벌어졌는지 알게 되기를 바랄 뿐이었다. 틀림없이 무슨 일이 일어났다는 것은 알고 있었지만 아무래도 지능이 모자라서 제대로 생각을 할 수 없는 것 같았다.

압둘라가 그렇게 기어가고 있을 때 비가 그쳤다. 그는 좀 서운했다. 피부에 떨어지는 빗방울이 아주 상쾌했기 때문이다. 그러나 또 한편으로는……

그때 파리 한 마리가 한 줄기 햇살 속에서 빙글빙글 맴돌다가 가까운 초롱꽃 잎사귀에 내려앉았다. 압둘라는 긴 혀를 재빨리 내뻗어 파리를 낚아채고 단숨에 꿀꺽 삼켰다.

'정말 맛있어!'

그런데 또 이런 생각이 들었다.

'파리는 더러운 건데!'

압둘라는 더욱더 당황해서 또 한 포기의 초롱꽃을 지나 그 뒤로 돌아갔다. 그곳에는 자신과 똑같은 생물이 하나 더 있었다. 그 녀석도 갈색이었고 땅딸막했고 우툴두툴했다. 누런 눈알이 머리 위쪽에 붙어 있었다. 압둘라를 보고 깜짝 놀란 녀석은 다짜고짜 입술도 없는 넓적한 입을 쩍 벌리고 몸을 크게 부풀리기 시작했다. 압둘라는 더 이상 지켜볼 여유가 없었다. 그는 곧바로 돌아서서 그 뒤틀린 다리로 움직일 수 있는 최대 속도로 부지런히 기어 도망쳤다. 압둘라는 이제야 자신의 정체를 깨달았다. 그는 두꺼비였다. 그 심술궂은 정령은 까만밤이 찾아올 때까지 압둘라를 두꺼비로 만들어 놓은 것이었다. 그러나 까만밤의 눈에 띄면 당장 잡아먹힐 것만 같았다.

압둘라는 제일 가까이 늘어져 있는 초롱꽃 잎사귀 아래로 기어가서 몸을 숨겼다. 그리고 한 시간쯤 지났을 때 초롱꽃 잎사귀들이 좌우로 갈라지면서 새까맣고 거대한 앞발 하나가 나타났다. 그것은 압둘라에게 흥미를 느꼈는지 발톱을 감춘 채로 그를 툭툭 건드렸다. 압둘라는 너무 무서워 뒤로 폴짝 뛰었다.

다음 순간, 그는 초롱꽃이 만발한 꽃밭에 벌렁 나자빠져 있었다.

그는 나무들을 올려다보며 눈을 껌벅거렸다. 별안간 머릿속에 다시 많은 생각이 떠올라서 얼른 적응이 되지 않았다. 그중에는 더러 불쾌한 생각도 있었다. 어느 오아시스의 물웅덩이 옆에서 두꺼비의 모습으로 기어다니는 두 명의 도적들도 생각났고, 하마터면 말발굽에 짓밟힐 뻔했던 일 그리고 파리를 잡아먹은 일도 생각났다. 문득 주위를 둘러보니 가까운 곳에 병사가 웅크리고 있었는데, 그 역시 압둘라처럼 어리둥절한 표정이었다. 병사 곁에는 그의 배낭이 있었고, 그 너머에서는 꼬맹이가 병사의 모자 속에서 기어 나오려고 안간힘을 쓰고 있었다. 모자 옆에는 정령의 병이 오뚝 서 있었다.

정령은 알코올램프의 불꽃만큼 병에서 빠져나와 연기로 된 두 팔을 병목에 걸쳐 놓고 이렇게 놀려 댔다.

"둘 다 재미있었나? 어때, 골탕 좀 먹었지? 자꾸 소원을 들어달라고 귀찮게 굴면 어떻게 되는지 이젠 알았겠지!"

까만밤은 그들이 갑자기 변신하는 바람에 굉장히 놀란 모양이었다. 몸을 동그랗게 만들고 야옹거리면서 두 사람에게 마구 화를 냈다. 병사는 암고양이에게 손을 내밀고 살살 달래는 소리를 냈다. 그러면서 정령에게 말했다.

"또 그렇게 까만밤을 놀라게 하면 네 병을 박살 내 버릴 거야!"

정령은 이렇게 대꾸했다.

"전에도 그렇게 큰소리만 쳐 놓고 못했잖아. 약 오르지? 이건 마법에 걸린 병이라고."

그러자 병사는 검지손가락으로 압둘라를 가리키며 말했다.

"그렇다면 저 친구가 다음번 소원으로 네가 두꺼비로 변하라고 말하게 만들어 주지."

그 말을 듣고 정령은 걱정스러운 듯이 압둘라를 곁눈질했다. 압둘라는 아무 말도 하지 않았지만 그것도 제법 괜찮은 방법이라고 생각했다. 그렇게 하면 정령을 다스릴 수 있을 것 같았다. 그는 한숨을 쉬었다. 어쨌든 자꾸 소원을 낭비하게 되는 것이 한심스럽기만 했다.

그들은 물건을 챙기고 몸을 추슬러 다시 여행을 시작했다. 그러나 이젠 훨씬 더 조심스럽게 나아갔다. 언제나 작은 오솔길이나 뒤안길을 선택했고, 그날 밤에는 여인숙으로 가지 않고 아무도 없는 낡은 헛간에서 묵었다.

그곳에서 까만밤은 갑자기 무엇엔가 흥미를 느낀 듯 바싹 긴장하더니 곧 어두컴컴한 구석으로 사라져 갔다. 얼마 후 암고양이는 죽은 쥐 한 마리를 물고 돌아와 병사의 모자 속에 들어 있는 꼬맹이 앞에 살며시 놓아 주었다.

꼬맹이는 그 쥐를 어떻게 해야 좋을지 몰라서 머뭇거렸다. 그러나 결국 자기가 사납게 덤벼들어 죽여야 하는 일종의 장난감이라고 판단했다. 까만밤은 다시 나가 버렸다. 압둘라는 암고양이가 사냥을 하며 돌아다니는 작은 소리를 거의 밤새도록 들을 수 있었다. 그런데도 병사는 여전히 고양이들의 먹이에 대해 걱정했다. 이튿날 아침, 병사는 압둘라에게 근처 농장에 가서 우유를 사 오라고 했다.

압둘라는 퉁명스럽게 대답했다.

"우유가 필요하면 직접 가서 사 오시죠."

그러나 어쩌다 보니 그는 어느새 허리띠 한쪽에 병사의 배낭에서

2. 양탄자 상인 압둘라

꺼낸 양철통을, 반대쪽엔 정령의 병을 덜렁덜렁 매달고 농장으로 향하고 있었다.

 그 뒤에도 이틀에 걸쳐 아침마다 똑같은 일이 벌어졌다. 다만 달라진 점이 있다면 그 이틀 간은 밤마다 건초 더미 속에서 잤다는 것 그리고 첫날 아침에 압둘라가 사 온 것은 갓 구운 먹음직스러운 빵 한 덩어리였고 그다음 날 아침엔 달걀 몇 개였다는 것뿐이었다. 사흘째였던 그날 아침에 건초 더미로 돌아가면서 압둘라는 자기가 왜 점점 더 불쾌해지고 자꾸 짓눌리는 기분이 드는 것일까 궁리해 보았다.

 하루 종일 온몸이 뻣뻣하고 피곤하고 축축했지만 그것 때문만은 아니었다. 병사의 고양이들 때문에 이렇게 걸핏하면 심부름을 다녀야 했지만 그것 때문만도 아니었다. 물론 그런 일도 아주 무관한 것은 아니었다. 그리고 까만밤 때문이기도 했다. 압둘라는 까만밤이 경찰을 막아 주었으니 마땅히 고마워해야 한다는 것을 알고 있었다. 물론 고마웠다. 그러나 그는 아직도 까만밤과 사이좋게 지낼 수가 없었다.

 그 암고양이는 날마다 압둘라의 어깨에 올라타고 다니면서도 항상 거만했고, 자신에게 압둘라는 일종의 말과 같은 존재일 뿐이라는 것을 누구나 느낄 수 있도록 행동했다. 한낱 미물에게서 그런 취급을 받는다는 것은 여간 참기 힘든 일이 아니었다.

 그날 압둘라는 하루 종일 그와 같은 여러 문제에 대해 곰곰이 생각하면서 시골길을 따라 터벅터벅 걸었다. 그의 목에는 까만밤이 우아하게 휘감겨 있었고, 앞에는 병사가 활기차게 걷고 있었다. 문제는 고양이가 싫기 때문도 아니었다. 이젠 압둘라도 고양이들에게 충분히 익숙해져 있었다. 때로는 거의 병사만큼이나 꼬맹이를 귀엽게 여기기도 했다. 압둘라의 기분이 언짢아진 진짜 이유는 병사와 정령이 연달아 수작을 부리는 바람에 밤의꽃을 찾는 일이 자꾸 늦어지기 때문이었다. 앞으로 조심하지 않으면 죽을 때까지 이렇게 시골길을 걸어간들 킹스베리 근처에도 못 갈 것 같았다. 설령 킹스베리에 도착한다고 해도 그때부터는 또 마법사를 찾아나서야 했다.

'그래, 이대로는 안 되겠어.'

그날 밤 그들은 어느 허물어진 돌탑에서 묵기로 했다. 건초 더미에 비하면 훨씬 나은 편이었다. 그들은 불을 피우고 병사의 식량으로 따끈한 음식을 만들어 먹을 수 있었다. 압둘라도 드디어 옷이 다 마르고 몸이 따뜻해졌다. 기분도 좋아졌다.

병사도 쾌활했다. 그는 꼬맹이가 잠들어 있는 모자를 옆에 놓아두고 돌담에 기대고 앉아 저녁놀을 바라보았다.

"생각해 봤는데 말이야, 내일은 그 뿌옇고 퍼런 친구한테 소원을 말할 수 있는 날이지? 그런데 어떤 소원이 제일 좋은지 알겠나? 바로 그 마법의 양탄자를 되찾아 달라고 하는 거야. 그렇게만 하면 금방 갈 수 있잖아."

압둘라는 이렇게 대답했다.

"참으로 현명하신 군인 아저씨, 차라리 당장 킹스베리로 데려다 달라고 하면 더 간단하잖아요."

조금은 퉁명스러운 말투였다.

"아, 그야 그렇지. 하지만 이젠 나도 그 정령에 대해서는 훤히 꿰뚫고 있는데, 그 녀석은 할 수만 있으면 이번 소원도 엉망으로 만들어 버릴 게 뻔하다고. 내 얘긴 말이야, 자네가 그 양탄자를 조종하는 방법을 알고 있으니까 별다른 말썽 없이 킹스베리에 갈 수 있을 테고, 게다가 비상시에 대비해서 소원 하나를 아껴 둘 수도 있잖냐고."

그 말에도 일리가 있었다. 그러나 압둘라는 그저 '음' 하는 소리로 대답을 대신했다. 그것은 병사가 그 조언을 말하는 방식을 보고 문득 지금의 상황을 전혀 다른 눈으로 바라보게 되었기 때문이었다. 병사가 정령의 됨됨이를 훤히 꿰뚫고 있다는 것은 당연한 일이었다. 병사는 원래 그런 사람이었다. 자기가 원하는 쪽으로 남들을 조종하는 데는 선수였다. 병사가 스스로 원하지 않는 일을 하도록 만들 수 있는 존재는 오직 까만밤뿐이고, 까만밤이 스스로 원하지 않는 일을 하는 것은 오직 꼬맹이가 뭔가를 원할 때뿐이다. 그렇다면 그 새끼 고양이가 전체에서 가장 힘센 놈이다.

'새끼 고양이가!'

그리고 병사는 정령에 대해 훤히 꿰뚫고 있고, 그런데 누가 보아도 정령은 압둘라의 머리 꼭대기에 올라앉은 것이 분명하고, 그렇다면 압둘라는 제일 밑바닥에 있다는 결론이었다.

'자꾸 짓눌리는 기분이 드는 것도 당연하잖아!' 문득 아버지의 첫째 부인의 친척들에게서도 늘 똑같은 기분을 느껴야 했다는 사실을 깨닫게 되자 더욱더 불쾌했다. 그래서 압둘라는 그저 '음' 하고 대답했는데, 잔지브 사람들이라면 몹시 무례한 반응이라고 생각했겠지만 병사는 조금도 아랑곳하지 않고 쾌활하게 하늘을 가리켰다.

"오늘도 멋진 저녁놀이군. 저기, 또 성이 나타났어."

정말이었다. 하늘에는 화려한 노란색 호수들이 있었고 여러 개의 섬과 곶들이 있었는데, 그중에서 기다란 쪽빛 곶처럼 생긴 구름 위에는 요새처럼 각이 지고 위압적인 구름이 떠 있었다. 압둘라는 이렇게 대꾸했다.

"저건 지난번 성과는 다른데요."

그는 이제 자기주장을 말할 때가 되었다고 생각했다.

"물론 다르지. 같은 구름을 두 번이나 보게 되는 일은 없으니까."

압둘라는 이튿날 아침에 제일 먼저 일어나기로 마음먹고 있었다. 그는 아직도 하늘이 빨갛게 불타고 있을 때 벌떡 일어나 정령의 병을 거머쥐고 폐허에서 조금 떨어진 곳으로 걸어 나갔다.

"정령아, 나타나라."

병목 밖으로 약간의 연기가 피어올랐다. 마지못해서 나오는 듯 흐릿한 연기였다.

"이건 또 뭐야? 전에는 보석이니 꽃이니 하면서 마구 떠벌리더니?"

"네가 싫다고 했잖아. 그래서 안 하기로 했어. 이젠 나도 현실주의자가 됐다고. 그리고 내 소원도 새로운 사고방식에 부합되는 거야."

그러자 희미한 정령이 말했다.

"아하. 마법의 양탄자를 갖다달라는 거겠지."

압둘라는 이렇게 대답했다.

"천만에."

그러자 깜짝 놀란 정령은 병 속에서 불쑥 튀어나와 휘둥그런 눈으로 압둘라를 바라보았다. 새벽빛 아래서 정령의 눈은 사뭇 견고하고 빛나는 듯하여 거의 인간의 눈처럼 보였다. 압둘라는 이렇게 말을 이었다.

"내가 설명해 주지. 바로 이거야. 나는 밤의꽃을 찾고 있지만 운명의 신은 자꾸 그걸 늦추려고 하는 게 분명해. 난 그녀와 결혼할 운명인데도 말이야. 그리고 내가 운명을 거스르려고 할 때마다 너는 내 소원이 아무한테도 도움이 안 되게 했고, 더군다나 대개는 낙타나 말을 탄 사람들이 나를 쫓아오도록 만들었지. 그게 아니면 저 병사 때문에 소원을 낭비하기 일쑤였고. 이젠 네 심술도 지긋지긋하고 병사가 계속 자기 뜻대로만 하는 것도 지긋지긋해. 그래서 운명에 도전하기로 마음먹었어. 이제부터는 일부러 모든 소원을 낭비할 거야. 그렇게 하면 운명의 신이 나설 수밖에 없겠지. 안 그러면 밤의꽃에 대한 점괘는 영영 이뤄지지 않을 테니까."

그러자 정령이 말했다.

"그건 어린애 같은 짓이야. 아니면 영웅적인 행동이거나. 그것도 아니면 미친 짓일 수도 있고."

"아니야. 현실적인 행동이지. 그리고 난 너에게도 도전하겠어. 소원을 낭비하더라도 그게 반드시 어디서든 누군가에게는 도움이 되게 하겠다는 거야."

그 말을 듣고 정령은 분명히 냉소적인 표정을 지었다.

"그렇다면 오늘의 소원은 뭐지? 고아들에게 집을 마련해 주라고?

맹인들이 앞을 보게 해 주라고? 아니면 온 세상 부자들의 돈을 모조리 빼앗아 가난한 사람들에게 나눠 주라고?"

"난 말이지, 네가 두꺼비로 만들어 버린 그 두 명의 도적을 본 모습으로 되돌려 달라고 하는 건 어떨까 생각했는데 말이야."

그러자 정령의 얼굴에 심술궂은 기쁨의 표정이 나타났다.

"그 정도라면 좀 시시하잖아. 그런 소원은 나도 즐겁게 들어줄 수 있다고."

"그 소원엔 또 어떤 결점이 있다는 거지?"

"아, 뭐 별건 아니야. 그저 그 오아시스엔 지금 술탄의 병사들이 야영을 하고 있을 뿐이지. 술탄은 네가 아직도 사막 어딘가에 있을 거라고 믿고 있거든. 그래서 병사들이 너를 찾으려고 그 근방을 샅샅이 뒤지고 있는데, 그래도 그 도적들을 붙잡을 시간 정도는 기꺼이 할애할 수 있을 거야. 자기들이 열심히 찾아다니고 있다는 걸 술탄에게 보여 주기 위해서라도 말이야."

압둘라는 그 문제를 생각해 보았다.

"그렇다면 그 사막에서 술탄의 수색 작전으로 위험에 빠질 만한 사람은 또 누가 있지?"

그러자 정령은 압둘라를 힐끔 곁눈질했다.

"너 정말 소원을 낭비하려고 안달이 났구나? 거긴 별다른 사람은 없고 그저 양탄자 직공 몇 명에다 점쟁이 한 명 정도가 고작이지. 물론 자말과 그 개도 있고."

"아, 그렇다면 이번 소원은 자말과 그 개를 위해서 써야겠군. 내 소원은 지금 당장 자말과 그 개가 둘 다 편안하고 유복하게 살 수 있도록 해 달라는 거야. 어디 보자, 그래, 잔지브를 제외한 제일 가까운 궁전에서 궁정 요리사와 경비견으로 일하면서 말이야."

그러자 정령은 처량하게 말했다.

"그 소원은 잘못되게 만들기가 아주 까다롭군."

"그게 내 목적이니까. 모든 소원이 잘못되지 않도록 하는 방법을 알 수만 있다면 정말 마음이 놓이겠는데."

"그럴 수 있는 소원이 하나 있지."

정령의 말투 속에는 뭔가 바라는 기색이 역력했고, 압둘라는 곧 정령의 속마음을 알아차릴 수 있었다.

정령이 원하는 것은 지금 자신을 병 속에 묶어 두고 있는 마법으로부터 자유로워지는 일이었다. 물론 소원 하나를 그렇게 낭비하는 것은 간단한 일이었다. 그러나 그러기 위해서는 정령이 압둘라에게 고마움을 느끼고 밤의꽃을 찾는 일을 도와줄 거라는 확신이 있어야 했다. 그러나 이 정령에게는 기대할 수 없는 일이었다. 그리고 만약 정령을 풀어 준다면 운명에 도전하는 일도 포기해야 했다.

"그 소원은 나중에 생각해 볼게. 오늘의 소원은 자말과 그 개에 대한 거야. 이젠 둘 다 안전해졌어?"

정령이 시무룩하게 대답했다.

"그래."

연기로 된 정령의 얼굴에 떠오른 표정을 보고 압둘라는 어쩐지 정령이 이번 소원도 잘못되게 만들었을 것 같다는 꺼림칙한 기분을 느

껐다. 그러나 물론 확인할 방법은 없었다.

압둘라가 뒤로 돌아서자 병사가 그를 바라보고 있었다. 얼마나 엿들었는지는 짐작할 수 없었지만 압둘라는 한바탕 말다툼을 각오했다.

"자네가 왜 그러는지 이해할 수가 없군."

그러고는 아침 식사를 사 먹을 만한 농장을 찾을 때까지 걸어가자고 말했다.

압둘라는 다시 까만밤을 어깨에 얹었고, 그들은 터덜터덜 길을 떠났다. 그날도 그들은 하루 종일 후미진 오솔길만 찾아다녔다. 경찰은 눈에 띄지 않았지만 킹스베리도 전혀 가까워지지 않는 것 같았다. 도랑을 파고 있던 한 남자에게 병사가 킹스베리까지 얼마나 남았느냐고 물어보았다. 걸어가면 나흘쯤 걸린다는 대답이었다.

압둘라는 생각했다.

'역시 운명이야!'

이튿날 아침, 그는 간밤에 잠들었던 건초 더미의 뒤쪽으로 돌아가서 이젠 오아시스의 그 두꺼비 두 마리를 인간으로 되돌려 달라고 소원을 말했다.

정령은 몹시 화를 냈다.

"내 병을 처음 여는 놈을 두꺼비로 만들겠다고 했단 말이야! 너도 들었잖아. 내가 해 놓은 일을 도로 거두라는 거야?"

"맞아."

그러자 정령이 물었다.

"술탄의 병사들이 아직도 거기 있는데, 보나마나 도적들을 교수형에 처할 게 뻔한데도?"

압둘라는 두꺼비로 변했던 경험을 떠올렸다.

"내 생각엔 그래도 차라리 인간이 되고 싶을 거야."

정령은 성난 어조로 말했다.

"아, 그래, 알았어! 내 복수가 엉망진창이 돼 버렸다는 건 너도 알지? 그래도 넌 신경도 안 쓰지? 너한테 난 그저 병 속에 담아 놓고 날마다 하나씩 써먹는 소원 보따리일 뿐이니까!"

14

돌아온 마법의 양탄자

압둘라가 돌아서자 또다시 병사가 그를 바라보고 있었다. 그러나 이번에는 아무 말도 하지 않았다. 압둘라는 병사가 적당한 때를 기다리고 있을 뿐이라고 생각했다. 그날 그들이 터덜터덜 걷고 있을 때 길이 오르막으로 바뀌었다. 푸르고 풍요롭던 길이 끝나고 바싹 마른 가시투성이 덤불들이 늘어선 모랫길이 나타났다. 병사는 이제야 좀 색다른 곳으로 접어든 것 같다고 쾌활하게 말했다. 압둘라는 그저 '음' 하고 대답했다. 병사에게 빈틈을 보이지 않겠다고 마음먹은 것이었다.

이윽고 밤이 되었을 때 그들은 이끼가 우거진 탁 트인 언덕 위에서 다시 시작되는 드넓은 평야를 내려다보고 있었다. 병사는 저 멀리 지평선에 희미하게 보이는 뾰루지 같은 것이 바로 킹스베리가 분명하다고 말했다. 여전히 매우 쾌활한 어조였다. 둘이서 야영할 준비를 하고 있을 때 병사는 더욱더 쾌활한 어조로 압둘라에게 꼬맹이가 배낭에 달린 버클들을 가지고 노는 모습이 얼마나 매력적인지 보라고 말했다.

압둘라는 이렇게 대답했다.

"그렇군요. 어쩌면 킹스베리인지도 모른다는 저 까마득한 지평선의 혹 덩어리만큼도 매력적이지 않네요."

또다시 붉고 장엄한 저녁놀이었다. 저녁 식사를 하고 있을 때 병사가 그 저녁놀을 가리키면서 커다랗고 붉은 성처럼 생긴 구름 하나를 보여 주었다.

"정말 아름답지 않나?"

"저건 구름일 뿐이에요. 예술적 가치는 없다고요."

"여보게, 젊은 친구. 내가 보기에 자넨 지금 그 정령한테 이리저리 휘둘리는 것 같아."

"어째서요?"

그러자 병사는 저 멀리 저녁놀을 배경으로 시꺼멓게 보이는 작은 언덕을 손가락으로 가리켰다.

"저거 보이지? 킹스베리야. 자, 내 육감엔 말이야, 아마 자네도 느꼈겠지만, 우리가 저기 도착하면 그때부터 본격적으로 일이 벌어지기 시작할 거야. 그런데 아무리 애써도 거기 도달하지 못하는 것 같거든. 내가 자네 사고방식을 모를 거라고는 생각하지 말게. 자넨 젊고, 사랑을 이루지 못해 낙담해 있었고, 그래서 초조한 심정이지. 운명이 자넬 미워한다고 생각하는 것도 당연해. 하지만 내 말을 믿으라고. 운명은 대개 누가 어떻게 되든지 관심도 없어. 그리고 그 정령도 운명처럼 누구 편도 아니란 말이야."

"그건 어떻게 알죠?"

"그 정령은 모든 사람을 증오하니까. 어쩌면 그게 천성일지도 몰라. 물론 그렇게 병 속에 갇혀 지내는 탓도 있겠지. 하지만 감정이야 어떻든 간에 그 정령은 자네 소원을 꼭 들어줄 수밖에 없다는 걸 잊지 말라고. 어째서 정령에게 분풀이나 하느라고 이렇게 사서 고생을 하나? 차라리 자네한테 가장 유용한 소원을 말하는 편이 낫지 않겠나? 그래서 남이 아니라 자네가 원하는 걸 얻어 내고, 혹시 정령이 일을 그르친다면 그땐 그냥 감수하는 거야. 오랫동안 곰곰이 생각해 봤는데, 아무래도 내가 보기엔 그 정령이 어떻게 일을 망치든 간에 자네한테 가장 좋은 소원은 역시 그 마법의 양탄자를 돌려받는 일인 듯싶네."

병사가 그렇게 말하고 있을 때 까만밤이 압둘라의 무릎 위로 기어오르더니 그의 얼굴에 몸을 비비며 가르랑거렸다. 압둘라는 몹시 놀랐지만 한편으로는 곧 마음이 흐뭇해졌다는 사실도 인정하지 않을 수 없었다. 지금까지 그는, 운명은 말할 것도 없고, 정령과 병사뿐만 아니라 까만밤에게까지도 이리저리 휘둘리기만 했었다.

"내가 양탄자를 되찾아 달라고 했을 때 정령이 불러올 재난은 양탄자에서 얻을 수 있는 도움보다 훨씬 더 심각할 거라고요. 내기를

2. 양탄자 상인 압둘라

해도 좋아요."

"내기를 해도 좋다고? 내기라면 나도 절대로 사양하는 법이 없다 네. 그 양탄자가 말썽보다는 쓸모가 더 많을 거라는 데 금화 한 닢을 걸지."

"좋아요. 이번에도 당신 뜻대로 됐군요. 난 말이죠, 당신이 군대를 지휘하는 자리까지 올라가지 못한 게 신기하기만 하네요."

"나도 그래. 나라면 훌륭한 장군이 됐을 텐데."

이튿날 아침, 그들이 깨어나 보니 온통 안개가 자욱했다. 사방이 하얗고 축축했다. 제일 가까운 덤불 말고는 아무것도 보이지 않았 다. 까만밤은 압둘라에게 달라붙어 몸을 동그랗게 말고 바들바들 떨 고 있었다. 압둘라는 정령의 병을 내려놓았다. 그 병에서도 부루퉁 한 기색이 완연하게 느껴졌다.

"어서 나와. 소원을 말해야겠어."

그러자 정령의 말대꾸가 메아리치며 흘러나왔다.

"그건 이 안에서도 충분히 들어줄 수 있어. 이렇게 축축한 건 질색 이거든."

"그렇다면 좋아. 내 마법의 양탄자를 돌려받고 싶어."

"알았어. 그리고 어리석은 내기 따위는 하지 말라는 교훈을 깨달 으라고!"

압둘라는 한동안 고개를 들고 기대하는 마음으로 주위를 둘러보 았지만 아무 일도 일어나지 않는 듯했다. 그때 까만밤이 발딱 일어 섰다. 그리고 병사의 배낭 속에서 꼬맹이의 얼굴이 쏙 나오더니 남쪽을 향해 귀를 쫑긋거리는 것이었다.

압둘라도 그쪽을 쳐다보고 있을 때 멀리서 바스락거리는 소리가 희미하게 들리는 것 같았다. 바람 소리 같기도 했고 안개 속에서 뭔가 움직이는 소리 같기도 했다. 곧이어 안개가 소용돌이쳤다. 더욱더 크게 소용돌이쳤다. 이윽고 직사각형의 잿빛 양탄자가 머리 위에 나타나더니 압둘라 곁에 스르르 내려앉았다.

승객이 한 명 있었다. 양탄자 위에 웅크리고 평온히 잠들어 있는 사람은 악당처럼 생긴 얼굴에 텁수룩한 콧수염을 기른 사내였다. 그는 매부리코를 양탄자에 처박고 있었지만 압둘라는 그의 콧수염과 더러운 터번 끝자락 사이에서 반쯤 가려진 황금 고리 하나를 가까스로 볼 수 있었다. 사내의 한 손에는 은으로 장식한 권총 한 자루가 쥐어져 있었다. 의심할 여지도 없이 카불 아크바였다.

압둘라는 이렇게 중얼거렸다.

"내기는 내가 이겼군요."

중얼거리는 소리 때문이었을까, 아니면 안개의 냉기 때문이었을까 카불 아크바가 몸을 뒤척이며 짜증을 부리듯 투덜거렸다. 병사가 손가락을 입술에 대고 머리를 흔들었다. 압둘라는 고개를 끄덕였다. 만약 혼자였다면 어떡해야 좋을지 몰라 쩔쩔맸겠지만 지금은 병사가 함께 있으니 카불 아크바와 거의 대등해진 기분이 들었다. 압둘라는 최대한 조용하게 코고는 소리를 내며 양탄자에게 속삭였다.

"그 사람 밑에서 빠져나와서 나에게로 와라."

양탄자의 가장자리가 물결쳤다. 압둘라는 양탄자가 명령에 복종하려고 애쓰고 있다는 것을 알 수 있었다. 양탄자는 힘껏 꿈틀거렸다. 그러나 카불 아크바가 너무 무거워 도저히 빠져나올 수 없는 모양이었다.

그래서 양탄자는 다른 방법을 시도했다. 공중으로 2.5센티미터가량 떠오르더니, 압둘라가 그 의도를 깨닫기도 전에 양탄자는 잠든 도적 두목의 몸뚱이 밑에서 쏜살같이 튀어나오는 것이었다.

"안 돼!"

압둘라가 소리쳤지만 이미 늦어 버렸다. 카불 아크바는 땅바닥에 쿵 떨어지면서 잠이 깼다. 그는 벌떡 일어나 앉아 권총을 휘두르며 생소한 외국어로 고함을 질렀다.

그 순간, 병사가 매우 민첩하면서도 여유 있는 동작으로 공중의 양탄자를 낚아채 카불 아크바의 머리 위에 덮어씌웠다. 그리고 몸부림치는 도적 두목을 억센 두 팔로 껴안으며 소리쳤다.

"권총을 빼앗아!"

압둘라는 몸을 날려 한쪽 무릎을 꿇으면서 권총을 휘두르는 그 힘센 손을 움켜쥐었다. 정말 굉장히 힘센 손이었다. 압둘라는 도저히 권총을 빼앗을 수가 없었다. 그 손이 그를 떨쳐 내려고 할 때마다 이리저리 흔들리면서 간신히 매달려 있는 정도가 고작이었다. 이리저리 흔들리기는 옆에 있는 병사도 마찬가지였다. 카불 아크바는 정말 어마어마하게 힘이 센 것 같았다. 압둘라는 그렇게 맥없이 흔들리면서도 도적 두목의 손가락 하나를 붙잡아 권총에서 떼어내려고 안간힘을 썼다. 그러자 카불 아크바는 버럭 호통을 치며 몸을 일으켰다.

압둘라는 뒤로 벌렁 나자빠졌는데, 어찌된 일인지 카불 아크바가 아니라 그의 몸에 양탄자가 휘감겨 있었다.

병사는 여전히 버티고 있었다. 카불 아크바가 이젠 하늘이 무너지는 듯한 소리로 으르렁거리며 계속 몸을 일으키는데도 병사는 죽자 사자 매달렸고, 처음에는 두 팔을 껴안고 있었지만 곧 허리춤으로 미끄러졌다가 다시 허벅지로 내려갔다. 카불 아크바는 천둥 같은 고함을 지르면서 자꾸 커지기만 했고, 마침내 두 다리가 한꺼번에 껴안고 있기에는 너무 굵어지는 바람에 병사는 다시 미끄러져 결국 한쪽 다리의 거대한 무릎 바로 밑에 집요하게 매달렸다. 카불 아크바는 발길질로 병사를 내던지려 했지만 실패했다. 그러자 그는 가죽에 덮인 거대한 날개를 펼쳐 날아가려고 했다. 그러나 병사는 다시 아래로 미끄러지면서도 여전히 매달려 있었다.

압둘라는 양탄자 속에서 빠져나오려고 버둥거리면서 그 광경을 모두 지켜보았다. 그는 까만밤이 꼬맹이를 몸으로 감싸고 우뚝 서 있는 모습도 볼 수 있었는데, 경찰을 막아섰던 그때보다도 몸집이 더 컸다. 그러나 그 정도로는 부족했다. 지금 그곳에 나타난 것은 막강한 마신 중에서도 가장 막강한 마신의 하나였다. 상반신은 안개 속에 가려져 아예 보이지도 않았다. 그는 힘찬 날갯짓으로 안개를 휘저어 마구 소용돌이치게 만들었다. 병사가 긴 발톱이 달린 엄청난 발 하나를 땅바닥에 붙잡아 두고 있어서 도저히 날아오를 수가 없었기 때문이다.

압둘라는 저 높은 안개 속을 향해 소리쳤다.

"막강하고도 막강한 자여, 정체를 밝히시오! 일곱 개의 큰 봉인의 이름으로 그대를 소환하나니 어서 몸부림을 멈추고 설명하시오!"

그러자 마신은 으르렁대는 소리를 그치고 격렬한 날갯짓도 중단했다. 음침한 목소리가 우렁차게 터져 나왔다.

"네가 나를 소환한다는 거냐, 인간아?"

"그렇소. 내 양탄자를 가지고 뭘 하고 있었는지, 어째서 방랑자 중에서도 가장 비열한 자의 모습을 하고 있었는지 말해 보시오. 당신은 적어도 나를 두 번 괴롭혔소."

"좋다."

마신은 육중하게 무릎을 꿇기 시작했다.

압둘라는 병사에게 말했다.

"이젠 놓아줘도 돼요." 병사는 마신들을 구속하는 계율을 몰라서 여전히 그 거대한 발에 매달려 있었다. "이젠 여기 남아서 내 질문에 대답해야 한다고요."

그러자 병사는 비로소 신중하게 손을 떼고 얼굴의 땀을 닦았다. 이윽고 마신이 날개를 접고 털썩 무릎을 꿇었는데도 병사는 아직 마음을 놓지 못하는 듯했다. 놀라운 일도 아니었다. 마신은 무릎을 꿇고 있어도 집채만큼 컸고, 안개를 뚫고 나타난 얼굴도 무시무시했기 때문이다.

압둘라는 다시 까만밤을 얼핏 보았는데, 그 암고양이는 다시 본래의 크기로 돌아와 꼬맹이를 입에 물고 허둥지둥 덤불숲 쪽으로 달려가는 중이었다. 그러나 압둘라의 시선은 주로 마신의 얼굴에 못 박

혀 있었다. 생기 없는 갈색 눈동자, 매부리코에 매달려 있는 황금 고
리, 그것들은 전에도 본 적이 있었다. 밤의꽃이 밤나들이 정원에서
붙잡혀 갈 때였다.

"정정하겠소. 당신은 나를 *세 번*이나 괴롭혔소."

그러자 마신은 우렁찬 목소리로 무덤덤하게 말했다.

"아, 그보다 많았지. 너무 많아서 몇 번이었는지 잊어버렸다."

그 말을 듣고 압둘라는 화가 나서 팔짱을 꼈다.

"설명하시오."

"기꺼이 그러지. 난 사실 누군가 물어봐 주길 기다리고 있었으니
까. 하지만 너희들보다는 파르크탄의 대공이나 아니면 서로 경쟁하
는 타이악의 세 왕자가 그런 질문을 던질 거라고 예상했거든. 그런
데 그 녀석들은 그렇게 의지가 강하지 않더라. 그래서 나도 좀 놀랐
다. 사실 너희 둘에게는 별로 관심을 갖지도 않았으니까. 아무튼 알
아 둬라. 나는 선한 마신들의 무리 가운데 가장 위대한 마신 중의 한
명이고 내 이름은 하스루엘이다."

그러자 병사가 말했다.

"선한 마신도 있는 줄은 몰랐는데."

압둘라는 이렇게 말해 주었다.

"아, 있고말고요, 순진한 북쪽 나라 군인 아저씨. 그리고 제가 듣
기로 여기 있는 이 마신은 거의 천사들만큼이나 고귀하대요."

그러자 마신이 눈살을 찌푸렸다. 결코 보기 좋은 장면은 아니었다.

"제대로 알지도 못하는 장사꾼 녀석. 난 일부 천사들보다 오히려

　　　　　　　　2. 양탄자 상인 압둘라

더 고귀하단 말이다. 품계가 낮은 200명쯤 되는 천사들이 내 명령에 따른다는 걸 알아야지. 그 녀석들은 지금 내 성에서 문지기 노릇을 하고 있다."

압둘라는 여전히 팔짱을 낀 채 발바닥으로 땅을 톡톡 두드렸다.

"정말 그렇다면 어째서 나한테는 그렇게 천사와는 거리가 먼 행동을 했는지 어디 설명해 보시오."

"그건 내 탓이 아니었다, 인간아. 나도 어쩔 수 없었다. 다 이해하고 용서해라. 20년쯤 전에 우리 어머니, 즉 위대한 신령 다즈라께서는 잠깐의 실수로 그만 악한 무리의 한 마신에게 몸을 더럽히셨지. 그리고 내 동생 달젤을 낳으셨는데, 그 녀석은(선과 악이 만나서 좋은 결과를 보기는 어려우니까) 나약하고 허옇고 몸집도 너무 작았다. 어머니는 달젤이라면 꼴도 보기 싫어서 나에게 맡겨 키우게 하셨다. 그 녀석이 자라는 걸 보면서 난 온갖 정성을 아낌없이 바쳤다. 그러다가 그 녀석이 제 악한 아비의 성질을 물려받았다는 걸 알게 됐으니 내가 얼마나 놀라고 슬퍼했을지는 너희도 충분히 상상할 수 있을 거다. 녀석이 어른이 되면서 제일 먼저 한 짓은 내 생명을 훔쳐 어딘가에 감춰 버렸고 그리하여 나를 자신의 노예로 만든 일이었다."

그때 병사가 말했다.

"뭐라고 했소? 그렇다면 당신은 죽었다는 거요?"

"그건 아니다. 이 무식한 인간아, 우리 마신들은 너희 인간들과는 다르다. 우리가 죽을 때는 우리 몸의 작은 일부분 하나가 파괴되었을 때뿐이지. 그런 까닭에 모든 마신은 자기 몸에서 그 부분을 떼어

내서 잘 감춰둔다. 나도 그랬고. 그런데 달젤에게 생명을 숨기는 방법을 가르쳐 주다가 나는 녀석을 사랑하는 마음에서 그만 경솔하게도 내 생명을 감춰 둔 곳을 말해 주고 말았다. 그러자 녀석은 당장 내 생명을 손아귀에 넣고는 자기가 시키는 대로 따르지 않으면 죽여 버리겠다고 위협했다."

압둘라는 이렇게 말했다.

"이제야 본론이 나오네. 달젤이 시킨 일이 바로 밤의꽃 공주를 납치하는 일이었군."

그러자 하스루엘이 말했다.

"틀렸다. 내 동생은 어머니인 위대한 다즈라에게서 웅대한 정신을 물려받았다. 녀석은 나에게 이 세상의 공주들을 모조리 납치하라고 명령했지. 잠깐만 생각해 보면 충분히 납득할 수 있는 일이다. 내 동생은 결혼할 나이가 되었지만 선과 악의 혼혈이라서 여자 마신들은 아무도 녀석을 좋아하지 않았다. 그래서 인간의 여자들을 찾을 수밖에 없었지. 그래도 어엿한 마신이니까 인간 중에서도 가장 고귀한 혈통을 가진 여자들만 선택하겠다는 거다."

압둘라는 이렇게 대꾸했다.

"그대의 동생이 불쌍해서 눈물이 앞을 가리는군. 전부에서 좀 모자라는 정도로는 만족할 수 없다는 거요?"

그러자 하스루엘은 이렇게 되물었다.

"굳이 왜 그러겠느냐? 그 녀석은 지금 나의 힘을 마음대로 이용할 수 있다. 녀석은 이미 그 문제를 꼼꼼히 생각해 놓았다. 그리고 우리

2. 양탄자 상인 압둘라

마신들과 달리 그 공주들은 허공에서 걸어 다닐 수 없으니까 녀석은 제 신붓감들의 거처를 마련하기 위해 나에게 우선 이곳 잉거리 나라의 어느 마법사가 가지고 있던 움직이는 성을 훔쳐 오라고 명령했고, 그다음엔 공주들을 납치하기 시작하라고 명령했다. 지금의 나로서는 그저 시키는 대로 하는 수밖에 없다. 그렇지만 나도 물론 나름대로 대책을 세우고 있다. 공주 한 명을 납치할 때마다 그 일로 상처받은 연인이나 낙심한 왕자가 적어도 한 명쯤은 생겨나도록 일을 꾸몄다. 그래야 누군가 공주를 구하겠다고 나설 테니까. 그 연인이 공주를 구하려면 결국 내 동생에게 도전해서 녀석이 내 생명을 감춰 둔 비밀 장소를 알아내는 수밖에 없지."

압둘라는 냉랭하게 물었다.

"바로 그 대목에서 내가 등장하는 것이오, 막강하신 모사꾼 양반? 그대의 생명을 되찾기 위한 계략에 나도 포함된 거요?"

정령은 이렇게 대답했다.

"가까스로 포함됐지. 애당초 내가 기대했던 건 알베리아의 후계자들이나 페이치스탄의 왕자였지만 그 젊은 녀석들은 모조리 포기하고 사냥에만 열을 올리더군. 사실 그 녀석들은 기백이 너무 부족했다. 그건 하이놀랜드 국왕도 마찬가지였는데, 그놈은 딸을 잃고도 이젠 혼자 힘으로 장서 목록을 만드는 일에 매달리고 있지. 그래도 너보다는 차라리 그놈 쪽이 더 가능성이 많았다. 굳이 말하자면 너는 만일에 대비한 예비책 같은 거였다. 사실 네가 태어났을 때의 점괘도 대단히 애매한 내용이었으니까. 솔직히 말해서 너한테 그 마법의 양탄자를 팔았던 것도 순전히 재미 때문이었는데……."

압둘라는 이렇게 외쳤다.

"그게 그대였군!"

"그래. 네 가게에서 흘러나오는 공상은 여러 가지였고 내용도 흥미진진했지."

압둘라는 싸늘한 안개에도 불구하고 얼굴이 화끈 달아오르는 것을 느꼈다. 하스루엘이 말을 이었다.

"그러다가 네가 잔지브의 술탄에게서 도망쳤을 때는 나도 좀 놀랐다. 그래서 재미 삼아 네가 상상한 카불 아크바라는 인물의 모습으로 나타나서 네가 공상하던 일들을 조금이나마 경험하게 해 줬던 거다. 난 대개 공주를 사랑하는 녀석들이 제가끔 적당한 모험을 즐기도록 해 주는 편이거든."

압둘라는 당황한 와중에도 마신이 순간 그 큼직한 갈색 눈으로 병사를 슬쩍 곁눈질하는 것을 분명히 본 것 같았다. 그래서 이렇게 물어 보았다.

"아으, 참으로 음흉하고 장난기 많은 마신이여, 지금까지 당신 때문에 그렇게 낙심한 왕자가 모두 몇 명이오?"

하스루엘은 이렇게 대답했다.

"한 30명쯤 되지. 하지만 이미 말했듯이 대부분은 전혀 움직일 생각을 안 한다. 나도 그게 좀 이상하다. 너에 비하면 혈통도, 능력도 훨씬 뛰어난 녀석들이거든. 그나마 위안이 되는 건 내가 납치할 공주들이 아직도 132명이나 남아 있다는 사실이다."

"내 생각에 그대는 나 하나로 만족해야 할 것 같소. 비록 혈통은 미천하지만 운명이 나를 원하는 듯하니 말이오. 이건 나대로 근거가 있어서 하는 얘기요. 난 최근에 바로 그 문제를 가지고 운명에 도전하고 있소."

그러자 마신은 미소를 지으며(웃는 얼굴도 찡그린 얼굴만큼이나 볼썽사나웠다) 고개를 끄덕였다.

"그건 나도 알고 있다. 그 일 때문에 네 앞에 나타난 거니까. 어제 내 부하 천사 두 놈이 내게로 돌아왔는데, 인간의 모습을 하고 있다가 졸지에 교수형을 당했다더라. 둘 다 전혀 기쁜 얼굴이 아니던데, 그게 다 너 때문이었다고 하더군."

압둘라는 머리를 숙였다.

"그들도 잘 생각해 보면 그렇게 두꺼비가 되어 영원히 사니 차라리 그 편이 낫다는 걸 깨닫게 될 거요. 그건 그렇고, 아으, 참으로 사려 깊은 공주 납치범이여, 마지막으로 하나만 더 말해 주시오. 그대의 동생 달젤과 밤의꽃 공주는 도대체 어디 있는 것이오?"

그러자 마신은 더 크게 미소 지었고, 얼굴이 더 흉측해졌다. 엄청나게 길고 뾰족한 송곳니들이 좌르르 드러났기 때문이다. 마신은 크고 날카로운 엄지손톱으로 위쪽을 가리켰다.

"나 참, 땅바닥만 돌아다니는 모험가여, 그거야 뻔한 일 아니냐? 그들은 지난 며칠 동안 너희들이 해 질 녘마다 보았던 바로 그 성에 있다. 아까도 말했듯이 원래는 이 나라의 어느 마법사가 갖고 있던 성이지. 하지만 네가 그 성에 간다는 건 절대로 쉬운 일이 아닐 거다. 그리고 혹시 가게 되더라도, 지금의 나는 동생의 종이니까 너희를 막아야 하는 입장이라는 걸 기억해 두기 바란다."

"잘 알겠소."

압둘라가 그렇게 대답하자 마신은 거대한 독수리 발 같은 두 손으로 땅을 짚고 몸을 일으키기 시작했다.

"그리고 하나 더 말해 두는데, 저 양탄자는 나를 따라오지 못하게 되어 있다. 난 이제 가 봐도 되겠느냐?"

그러자 병사가 소리쳤다.

"안 돼, 잠깐!"

그와 동시에 압둘라도 깜박 잊고 있던 일을 떠올리고 이렇게 물었다.

"이 정령은 어떻게 된 거요?"

그러나 압둘라보다 병사의 목소리가 더 컸다.

"**기다려라**, *이 괴물아! 저 성이 하필 이곳 하늘에 떠 있는 건 무슨* 특별한 이유라도 있는 거냐, 괴물아?"

그러자 하스루엘은 동작을 멈추고 거대한 한쪽 무릎으로 몸의 균형을 잡으면서 다시 미소를 머금었다.

"병사여, 너도 꽤 예리한 데가 있구나. 옳은 말이다. 그 성이 여기 있는 건 내가 곧 잉거리 국왕의 딸 발레리아 공주를 납치하려고 하기 때문이다."

그 말을 듣고 병사가 외쳤다.

"내 공주를?"

2. 양탄자 상인 압둘라

그러자 하스루엘의 미소는 너털웃음으로 바뀌었다. 고개를 뒤로 젖히고 안개 속을 향해 껄껄 웃어 대는 것이었다.

"병사여, 그건 좀 의심스러운 얘기다. 아, 의심스럽고말고! 그 공주는 이제 겨우 네 살이니 말이다. 아무튼 너에겐 그 공주가 별로 쓸모없겠지만 나는 네가 대단히 쓸모 있을 거라고 믿는다. 너하고 잔지브에서 온 네 친구, 둘 다 썩 훌륭한 포석이었다고 생각한다."

병사는 약이 올라 이렇게 따졌다.

"그건 또 무슨 뜻이냐?"

"내가 공주를 납치하는 일을 너희 둘이 도와줄 테니까!"

그 말을 남기고 마신은 두 날개를 휘저어 안개 속으로 훌쩍 날아오르며 자못 통쾌한 웃음을 터뜨렸다.

킹스베리 도착

양탄자 위에 배낭을 털썩 내던지면서 병사가 시무룩하게 말했다.

"내가 보기엔 방금 그놈도 동생만큼이나 나쁜 놈이야. 동생이 정말 있는지는 모르겠지만."

압둘라는 이렇게 대답했다.

"아, 동생이 있다는 건 틀림없는 사실이에요. 마신들은 거짓말을 안 하거든요. 다만 자기들이 인간보다 우월하다고 생각해서 탈이죠. 그건 선한 마신들도 마찬가지예요. 그리고 하스루엘은 정말 선한 마신들 중의 한 명이고요."

"그걸 누가 믿겠나! 그런데 까만밤은 어디 갔지? 잔뜩 겁먹었을

2. 양탄자 상인 압둘라

텐데."

병사는 덤불숲에서 까만밤을 찾느라고 또 한바탕 소란을 피웠고, 그래서 압둘라는 잔지브의 모든 아이들이 학교에서 배우는 마신들에 대한 지식을 더 이상 병사에게 설명하려고 하지 않았다. 더욱이 압둘라가 생각하기에도 병사의 말이 옳은 것 같았다.

하스루엘이 일곱 가지 맹세를 통하여 선한 마신들의 무리에 속하게 된 것은 엄연한 사실이겠지만 지금은 동생을 핑계 삼아 그 일곱 가지 맹세를 모조리 깨뜨릴 수도 있었다. 선한 쪽이든 악한 쪽이든 간에 하스루엘은 지금 대단히 즐거워하고 있는 것이 분명했다. 압둘라는 정령의 병을 집어 양탄자 위에 내려놓았다. 그러자 병은 즉각 옆으로 쓰러지더니 떼구르르 굴러 양탄자를 벗어났다. 병 속에서 정령이 소리쳤다.

"싫어, 싫다고! 난 그 따위 물건은 절대로 안 타! 지난번에도 내가 괜히 구른 줄 알아? 높은 곳은 딱 질색이라고!"

그러자 병사가 툭 쏘아붙였다.

"어허, 너까지 그럴래?"

그는 한쪽 팔로 까만밤을 감싸 안고 있었는데, 까만밤은 마구 발버둥 치고 할퀴고 물어뜯으면서 고양이와 나는 양탄자는 서로 철천지원수라는 것을 온몸으로 외치는 중이었다. 물론 그것만으로도 누구든지 짜증을 낼 만한 일이었다. 그러나 압둘라의 짐작으로는 병사가 그렇게 울적해진 진짜 이유는 발레리아 공주가 겨우 네 살이라는 사실 때문인 것 같았다. 그는 지금껏 자신을 발레리아 공주의 약혼자로 생각했던 것이다. 그러니 바보가 된 기분인 것도 당연했다.

압둘라는 정령의 병을 단단히 움켜쥐고 양탄자 위에 자리를 잡았다. 눈치 없이 지금 그 이야기를 꺼낼 수는 없지만 아까의 그 내기는 압둘라가 이긴 것이 확실했다. 물론 양탄자를 되찾은 것은 사실이었다. 그러나 그것을 타고 마신을 쫓아갈 수도 없으니 밤의꽃을 구출하는 일에는 무용지물이었다.

병사는 꽤 오랫동안 엎치락뒤치락한 끝에 마침내 모자와 까만밤과 꼬맹이를 그럭저럭 거머쥐고 양탄자 위에 올라타는 데 성공했다. 그리고 말했다.

"빨리 명령을 내리라고."

병사의 그을린 얼굴이 벌겋게 상기되어 있었다.

압둘라는 코고는 소리를 냈다. 양탄자가 서서히 공중으로 30센티미터쯤 떠오르자 까만밤이 울부짖으며 몸부림을 쳤고 정령의 병도 압둘라의 손에서 마구 흔들렸다. 압둘라는 이렇게 말했다.

"아으, 참으로 화려하고 기품 있는 마법의 양탄자야, 아으, 한없이 복잡한 마법으로 정교하게 만들어진 양탄자야, 부디 킹스베리 쪽으로 천천히 움직여 다오. 그리고 가는 동안 네 고운 무늬에 깃든 빼어난 지혜를 발휘하여 아무도 우리를 보지 못하게 해 다오."

양탄자는 순순히 안개 속으로 솟아올라 남쪽으로 향했다. 병사가 까만밤을 두 팔로 꽉 껴안았다. 병 속에서 덜덜 떨리는 쉰 목소리가 흘러나왔다.

"꼭 그렇게 간살을 떨어야 되는 거냐?"

압둘라는 이렇게 대꾸했다.

"이 양탄자는 너랑은 좀 달라. 굉장히 순수하고 탁월한 마법의 힘을 갖고 있어서 아주 고상한 말씨로 부탁해야 말을 듣거든. 요컨대 시인의 마음을 가진 양탄자라고 할 수 있지."

그러자 양탄자 전체에 사뭇 거만한 분위기가 퍼져 나갔다. 양탄자는 못내 자랑스러운 듯이 너덜너덜한 가장자리를 곧게 펴더니 곧 안개를 헤치고 황금빛 햇살 속으로 기분 좋게 나아갔다. 병 속에서 파란 연기가 조그맣게 솟아오르다가 놀란 듯 외마디 소리와 함께 도로 사라져 버렸다. 정령이 말했다.

"그래도 나 같으면 그렇게 아부는 안 한다!"

처음에는 양탄자가 남의 눈에 안 띄게 하는 것이 간단한 일이었다. 그냥 안개 위로 날아가면 그만이었다. 저 아래 하얗게 펼쳐진 안개가 마치 우유처럼 걸쭉해 보였다. 그러나 해가 점점 더 높이 떠오르면서 안개 사이로 황금빛과 초록빛의 들판이 얼핏얼핏 드러나기 시작하더니 곧 하얀 길들이 나타나고 이따금씩 건물도 나타났다. 꼬맹이는 호기심을 감추지 않았다.

양탄자 가장자리에 서서 아래를 내려다보는 모습이 당장이라도 곤두박질칠 것만 같아서 병사는 꼬맹이의 작고 복슬복슬한 꼬리를 움켜쥐고 한시도 손을 떼지 않았다.

그것이 천만다행이었다. 양탄자가 기우뚱하더니 어느 강변에 늘어선 나무들을 향해 선회하는 것이었다. 까만밤은 발톱을 모조리 세워 양탄자에 박아 넣었고, 압둘라는 병사의 배낭을 간신히 붙잡을 수 있었다.

병사는 조금 뱃멀미가 난 듯한 얼굴이었다. 마치 산울타리 뒤로 몰래 숨어 다니는 부랑자들처럼 나무 뒤에 숨어서 날아가고 있을 때 병사가 물었다.

"안 들키려고 이렇게까지 조심할 필요가 있을까?"

압둘라는 이렇게 대답했다.

"제 생각엔 필요해요. 제 경험으론 양탄자 중에서도 독수리 같은 이 양탄자를 보게 되면 누구라도 빼앗고 싶어진다고요."

그리고 낙타를 타고 따라오던 그 사람에 대해 병사에게 말해 주었다. 병사도 압둘라의 말에 일리가 있다는 것을 인정했다.

"하지만 이건 너무 느린 것 같아서 말이야. 아무래도 킹스베리에 도착하면 국왕에게 마신이 따님을 노린다는 사실을 알리는 게 좋을 듯싶거든. 이런 정보를 물어다 주면 왕들은 대개 막대한 보상금을 내놓는다고."

발레리아 공주와 결혼하겠다는 생각은 포기할 수밖에 없었는지, 이젠 다른 방법으로 한밑천 잡을 생각인 모양이었다.

"그러기로 하죠. 걱정 마세요."

이번에도 압둘라는 내기에 대한 말을 입 밖에 내지 않았다.

그들은 그날이 다 지나서야 킹스베리에 도착할 수 있었다. 양탄자는 강을 따라 움직이다가 숲에서 숲으로 숨어들곤 하면서 간혹 아무도 없는 곳에서만 속력을 높였다. 그래서 오후 늦게야 비로소 그 도시에 이르게 되었다. 높다란 성벽 안에 탑들이 즐비한 그곳은 잔지브보다 적어도 세 배는 넓어 보였다.

압둘라는 양탄자에게 왕궁에서 가까운 곳에 있는 괜찮은 여인숙을 찾아가되 그들이 어떤 방법으로 이곳에 왔는지를 아무도 의심하지 않을 만한 곳에 내려달라고 지시했다.

양탄자는 높은 성벽을 구렁이처럼 미끄러지듯 넘어갔다. 그런 다음에는 마치 바다 밑바닥에서 헤엄치는 넙치처럼 지붕에 착 달라붙어 각각의 지붕의 모양대로 너울너울 구부러지며 나아갔다. 압둘라와 병사는 물론이고 고양이들도 두리번두리번 아래를 구경하며 감탄했다. 넓은 길이든 좁은 길이든 화려한 옷차림의 사람들과 값비싼 마차들로 미어질 지경이었다.

압둘라에게는 모든 집이 궁전처럼 보였다. 그는 수많은 탑과 둥근 지붕, 호화로운 조각품, 황금빛 뾰족탑 그리고 대리석을 깔아 놓은 마당 같은 것들을 볼 수 있었다. 잔지브의 술탄도 부러워할 만한 광경이었다. 그중에서 제일 가난한 집들도(그토록 풍족해 보이는 집들을 가난하다고 말할 수 있을는지 모르겠지만) 여러 가지 무늬로 색칠을 해놓아서 대단히 멋있었다. 특히 다양한 상품들이 넘쳐나는 가게들을 둘러보면서 압둘라는 잔지브에 있는 시장이 사실은 아주 초라하고 보잘것없다는 것을 깨닫게 되었다.

'술탄이 잉거리 왕자와 혼인을 맺으려고 그토록 안달하는 것도 무리가 아니구나!'

양탄자가 그들을 데려다준 여인숙은 거대한 대리석 건물들이 즐비한 킹스베리 중심지 부근에 있었는데, 벽면에는 어느 뛰어난 장인이 회반죽으로 과일 문양의 부조를 새겨 놓고 그 위에 매우 선명한 빛깔들로 색칠을 했을 뿐 아니라 곳곳에 금박까지 아낌없이 사용한 건물이었다. 양탄자는 여인숙 마구간의 비스듬한 지붕 위에 살며시 내려앉았다. 꼭대기에 도금한 풍향계가 꽂힌 황금빛 뾰족탑으로 교묘하게 가려진 위치였다.

그들은 거기 앉아 그 장엄한 풍경을 두루 구경하면서 저 아래 보이는 안마당이 비기를 기다렸다. 밑에서는 두 명의 하인이 도금한 마차를 닦으면서 잡담을 하고 있었다.

그들이 나누는 이야기는 주로 이 여인숙의 주인에 대한 내용이었다. 그는 돈을 밝히는 사람이 틀림없었다. 그런데 서로 급료가 너무 작다는 불평을 늘어놓은 뒤에 한 남자가 이렇게 말하는 것이었다.

"북쪽 지방에서 강도짓을 일삼았다는 그 스트레인지아 병사에 대해 무슨 소식 없었나? 들리는 말로는 이쪽으로 온다고 하던데."

그러자 상대방이 대답했다.

"틀림없이 킹스베리로 올 거야. 다들 그러니까. 하지만 성문에서 그놈을 잡으려고 다들 눈을 벌겋게 뜨고 있잖아. 금방 잡힐 거라고."

병사와 압둘라의 시선이 마주쳤다.

압둘라는 이렇게 속삭였다.

"혹시 갈아입을 옷은 좀 있어요?"

병사는 고개를 끄덕이더니 배낭 속을 부지런히 뒤적거렸다. 이윽고 그는 농부들이 주로 입는 셔츠 두 벌을 끄집어냈다. 가슴과 등에 자수를 덧붙인 옷이었다. 압둘라는 병사가 그 옷을 어떻게 구했는지 궁금했다.

"빨랫줄."

그렇게 속삭이면서 병사는 다시 옷솔 하나와 면도기를 꺼냈다. 그리고 지붕 위에서 셔츠를 갈아입고, 소리를 내지 않으려고 애쓰면서 옷솔로 바지를 잘 털었다. 제일 요란했던 것은 달랑 면도기 하나만 가지고 수염을 깎을 때였다. 소리가 나서 두 하인이 자꾸 지붕 쪽을 쳐다보는 것이었다. 그중 한 명이 말했다.

"새가 있나 봐."

압둘라는 이제 제일 허름한 옷처럼 보이는 윗옷 위에 병사의 두 번째 셔츠를 겹쳐 입었다. 그렇게 입고 있으니 좀 덥긴 했지만 윗옷에 감춰 놓은 돈을 꺼내려고 하다가는 병사에게 고스란히 들킬 것이 뻔했다. 압둘라는 옷솔을 가지고 머리도 빗고 콧수염도 빗고(이젠 적어도 여남은 가닥은 되는 것 같은 느낌이었다) 바지도 털었다. 그 일이 다 끝나자 병사가 압둘라에게 면도기를 건네더니 말 한 마디도 없이 자신의 땋은 머리를 길게 늘어뜨렸다.

"아저씨, 이건 정말 크나큰 희생이지만 아무래도 불가피한 듯싶군요."

그렇게 속삭이면서 압둘라는 병사의 머리카락을 잘라 내어 도금한 풍향계 속에 감추었다. 그러자 눈부신 변화가 일어났다. 이제 병사는 머리를 팁수룩하게 기른 부유한 농부처럼 보였다. 압둘라는 자기도 그 농부의 동생처럼 보이기를 바랐다.

그들이 그런 일을 하는 동안에 두 하인은 마차 청소를 끝마치고 마차를 차고 안으로 밀어 넣기 시작했다. 양탄자가 내려앉은 지붕 밑으로 지나가면서 한 명이 물었다.

"그런데 누가 공주님을 납치하려고 한다는 소문은 어떻게 생각 하나?"

상대방이 이렇게 대답했다.

"글쎄, 뭘 묻는 건지 모르겠지만 내 생각엔 사실일 것 같아. 듣자 하니 왕실 마법사가 크나큰 위험을 무릅쓰고 미리 알려 줬다는 거야. 정말 안됐지 뭐. 그 양반은 공연히 위험을 무릅쓸 사람도 아닌데 말야."

병사와 압둘라의 시선이 다시 마주쳤다. 병사는 소리 없이 욕지거리를 내뱉고 있었다. 압둘라는 이렇게 속삭였다.

"신경 쓰지 마세요. 보상금을 받아 낼 방법은 그것만 있는 것이 아니잖아요."

그들은 하인들이 안마당을 가로질러 여인숙 안으로 들어갈 때까지 기다렸다. 이윽고 압둘라는 양탄자에게 마당으로 내려가 달라고 부탁했다. 양탄자는 순순히 미끄러져 내려갔다.

압둘라는 양탄자를 집어 들고 그 속에 정령의 병을 넣어 둘둘 말았고, 병사는 배낭과 고양이 두 마리를 챙겼다. 그들은 점잖고 따분한 사람들처럼 보이려고 노력하면서 여인숙 안으로 들어갔다. 여인숙 주인이 그들을 맞이했다.

하인들의 대화에서 미리 정보를 얻은 압둘라는 별것도 아니라는 듯이 엄지와 검지로 금화 한 닢을 가볍게 쥐고 주인에게 다가갔다.

2. 양탄자 상인 압둘라

주인이 금화를 발견했다. 그리고 부싯돌처럼 번뜩이는 눈으로 금화를 뚫어지게 노려보았다.

압둘라는 주인이 과연 손님들의 얼굴을 거들떠보기라도 했는지 의심스러웠다. 그는 지극히 정중한 태도를 취했다. 주인도 그랬다. 그는 2층에 있는 넓고 쾌적한 방으로 두 사람을 안내했다. 그리고 기꺼이 저녁 식사를 올려 보내고 목욕물도 준비하겠다고 했다. 그때 병사가 말문을 열었다.

"그리고 고양이들한테는……."

압둘라는 병사의 발목을 힘껏 걷어찼다.

"아으, 여인숙 주인 가운데 으뜸가는 주인이시여, 우린 그걸로 됐습니다. 다만 참으로 친절하신 주인이시여, 귀댁의 바지런하고 눈치 빠른 일꾼들이 바구니 한 개와 쿠션 한 개와 연어 한 접시만 갖다준다면 막강하신 마녀님께서 그들에게 넉넉한 보답을 해 주실 겁니다. 우린 내일쯤 그 마녀님을 찾아뵙고 유달리 재주가 많은 이 고양이 두 마리를 바칠 예정이니까요."

그러자 주인이 대답했다.

"제가 어떻게 해 보겠습니다, 사장님."

압둘라는 금화를 아무렇게나 던져 주었다. 주인은 깊이 허리를 굽히면서 뒷걸음질로 방을 나갔고, 압둘라는 자신이 매우 자랑스러웠다.

그것을 보고 병사가 성난 목소리로 쏘아붙였다.

"그렇게 흐뭇한 표정을 지을 것까진 없잖아! 이제 우린 어떡하지?

난 여기서 지명수배자가 돼 버렸고, 국왕은 벌써 마신에 대해 다 알고 있는 것 같은데 말이야."

이제 상황을 이끌어 갈 사람은 병사가 아니라 바로 자신이라는 것을 깨닫고 압둘라는 더욱 기분이 좋았다.

"아, 그래도 납치한 공주들이 잔뜩 갇힌 성 하나가 자기 딸을 데려가려고 바로 머리 위에 떠 있다는 것까지 국왕이 알고 있을까요? 당신은 잊고 계신 듯한데, 국왕은 마신과 직접 얘기해 본 적이 없다고요. 우린 그 사실을 잘 이용하면 되는 거죠."

그러자 병사가 물었다.

"어떻게? 마신이 그 아이를 훔쳐 가지 못하게 막을 방법이라도 있는 거야? 그게 아니면 그 성으로 올라갈 방법이라도 있느냐고!"

"그건 아니지만 마법사라면 알고 있을지도 몰라요. 제 생각엔 당신이 전에 하셨던 생각을 조금 수정해야 될 것 같네요. 왕실 마법사 한 명을 찾아서 목을 조르는 대신에 차라리 어느 마법사가 최고인지 알아보고 나서 그 사람한테 돈을 주고 도와달라고 하는 거죠."

"그것도 좋겠지. 하지만 그건 자네가 해야 돼. 그렇게 유능한 마법사라면 나를 보자마자 스트레인지아인이라는 걸 알아차리고 당장 경찰을 부를 테니까."

여인숙 주인이 고양이 먹이를 직접 가져왔다. 그는 크림 한 접시와 뼈를 잘 발라 낸 연어 한 마리 그리고 새끼 청어 한 접시를 가지고 바삐 들어섰다.

그 뒤에는 그의 아내가 따라왔는데, 남편만큼이나 탐욕스러운 눈을 가진 그녀는 부드러운 골풀 바구니 하나와 수놓은 쿠션 하나를 들고 있었다. 압둘라는 다시 흐뭇한 표정을 보이지 않으려고 노력했다.

"정말 감사합니다. 참으로 여인숙 주인들의 모범이 될 만한 분들 이군요. 마녀님께 두 분의 크나큰 배려에 대해 말씀드리지요."

그러자 여주인이 말했다.

"괜찮습니다, 사장님. 이곳 킹스베리에서는 누구나 마법을 쓰는 분들을 존경할 줄 알거든요."

압둘라의 흐뭇한 기분은 당장 수치심으로 바뀌었다. 이제 보니 차라리 자기가 마법사라고 말하는 편이 훨씬 나았던 것이다. 그는 조금이나마 마음을 달래기 위해 이렇게 말했다.

"그 쿠션 속에는 공작 깃털만 들어 있겠지요? 마녀님은 몹시 까다로운 분이거든요."

여주인이 대답했다.

"그렇습니다, 사장님. 저도 다 알고 있지요."

그때 병사가 헛기침을 했다. 압둘라는 그쯤에서 그만두기로 했다. 그리고 호기롭게 말했다.

"제 길동무와 저는 이 고양이들뿐만 아니라 마법사에게 보내는 전 갈도 한 통 맡아 가지고 있습니다. 기왕이면 왕실 마법사님께 전했으면 좋겠는데, 오는 길에 소문을 듣자니 그분은 뭔가 불행한 일을 당하신 것 같더군요."

그러자 남자 주인이 아내를 밀어내고 앞으로 나섰다.

"맞습니다, 사장님. 왕실 마법사 한 분이 실종되셨거든요. 하지만 다행히 왕실 마법사는 두 분입니다. 원하신다면 나머지 한 분을, 그러니까 왕실 마법사 설리먼 님을 찾아가는 길을 가르쳐 드리지요."

그러면서 의미심장한 눈으로 압둘라의 손을 내려다보는 것이었다. 압둘라는 한숨을 푹 쉬면서 제일 큰 은화 한 닢을 꺼냈다. 그것이 적당한 액수였던 모양이다. 주인은 매우 자세하게 길을 가르쳐 주고 은화를 받아 쥐면서 곧 목욕물과 저녁 식사를 보내주겠다고 약속했다.

이윽고 도착한 목욕물은 아주 따끈했고 저녁 식사도 맛이 좋았다. 압둘라는 기뻤다. 병사가 꼬맹이를 데리고 목욕을 하는 동안에 압둘라는 윗옷에 있던 돈을 전대에 옮겨 담았다. 그러자 기분이 훨씬 더 좋아졌다. 병사도 기분이 좋아진 모양이었다.

저녁 식사를 마치고 탁자 위에 두 발을 올려놓더니 그 길쭉한 끈을 풀어 대롱대롱 흔들며 꼬맹이와 즐겁게 놀아 주었다. 그러면서 이렇게 말했다.

"이건 의문의 여지도 없어. 이 동네에서는 돈이 최고라고. 자네 오늘 저녁에 그 왕실 마법사를 찾아갈 건가? 내 생각엔 빠를수록 좋을 것 같은데."

압둘라도 동감이었다.

"수고비는 얼마나 줘야 될까요?"

"꽤 많겠지. 아침에 마신이 했던 말을 들려주면서 오히려 자네가 그 사람한테 도움을 주는 것처럼 꾸며서 말한다면 또 몰라도. 아무튼……."

　　　　　　　　2. 양탄자 상인 압둘라

그는 와락 덤벼드는 꼬맹이의 앞발 사이에서 신발 끈을 쏙 뽑아내면서 생각에 잠겨 이렇게 말을 이었다.

"내 생각엔 될 수 있으면 정령이나 양탄자에 대해서는 말하지 않는 게 좋을 것 같네. 마법사 양반들은 이 여인숙 주인이 황금을 사랑하듯이 마법의 물건들을 사랑하거든. 수고비 대신에 그것들을 내놓으라고 하면 곤란하잖아. 차라리 여기에 그냥 놔두고 나가는 게 어떨까? 내가 잘 지켜 줄 테니까."

압둘라는 망설였다. 납득할 만한 소리였다. 그러나 그는 도무지 병사를 믿을 수가 없었다.

그때 병사가 말했다.

"그건 그렇고, 자네한테 금화 한 닢을 줘야겠지?"

"네에? 밤의꽃이 저를 여자라고 한 이후로 이렇게 놀라 보긴 처음이네요!"

"아까 내기를 했잖아. 양탄자가 마신을 데려왔는데, 그 녀석은 정령이 보통 불러들이던 것보다 훨씬 더 큰 말썽거리였지. 자네가 이겼어. 받게."

병사는 방 건너편의 압둘라에게 금화 한 닢을 던져 주었다.

압둘라는 금화를 받아 호주머니에 넣고 웃음을 터뜨렸다. 이제 보니 병사도 나름대로 정직한 사람이었다.

압둘라는 곧 밤의꽃을 찾아 나선다는 생각에 들떠 기운차게 아래층으로 내려갔는데, 거기서 여주인이 그를 붙잡고 마법사 설리먼의 집으로 가는 길을 처음부터 다시 가르쳐 주었다. 압둘라는 기분이 너무 좋아서 별로 아까운 마음도 없이 다시 은화 한 닢을 선뜻 내놓았다.

그 집은 여인숙에서 그리 멀지 않았지만 시내에서도 비교적 낮은 구역에 있었다. 그래서 그곳으로 가는 길은 비좁은 뒷골목이나 숨겨진 마당 따위를 이리저리 지나야 하는 헷갈리는 길이었다. 지금은 해 질 녘이었다.

둥근 지붕과 탑들 너머로 보이는 짙푸른 하늘엔 벌써 크고 해맑은 별들이 한두 개쯤 반짝거리고 있었지만, 마치 여러 개의 달처럼 공중에 떠 있는 커다란 은색 공들이 빛을 뿌리고 있어서 킹스베리 시내는 여전히 훤하기만 했다.

압둘라는 그 공들을 쳐다보면서 저것들도 마법의 장치들일까 생각하다가 문득 지붕에서 지붕으로 건너뛰며 자신을 따라오는 네 발 달린 검은 그림자를 보게 되었다. 물론 기와지붕 위를 돌아다니는 여느 도둑고양이일 수도 있었지만 압둘라는 까만밤이 틀림없다는 것을 금방 알아차렸다.

까만밤의 움직임은 결코 잘못 볼 리가 없었다. 처음에 어느 박공(박공지붕의 옆면 지붕 끝머리에 'ㅅ' 모양으로 붙여 놓은 두꺼운 널빤지— 옮긴이) 밑의 컴컴한 그늘 속으로 사라졌을 때는 아마 또 먹지도 못할 저녁거리를 꼬맹이에게 가져다주기 위해 잠자리에 든 비둘기라도 잡으려나 보다 생각했다.

그러나 다음 골목을 반쯤 지나갔을 때 까만밤이 다시 나타나 머리 위의 난간을 따라 살금살금 기어가는 것을 보고 나서는 혹시 자신을

2. 양탄자 상인 압둘라

뒤쫓는 중인지도 모른다고 생각하기 시작했다. 그리고 나무를 심어 놓은 통들이 한복판에 줄지어 놓여 있는 비좁은 마당을 지나갈 때, 까만밤 역시 그 마당으로 들어오려고 물받이에서 물받이로 건너뛰며 하늘을 가로지르는 것을 보고 나서는 틀림없이 자신을 뒤쫓고 있다는 것을 알게 되었다.

무슨 까닭인지는 알 수 없었다. 압둘라는 다음 두 골목을 지나가면서도 계속 까만밤을 찾아보았지만 어느 문 위에 달린 아치 위에서 딱 한 번 발견한 것이 전부였다. 이윽고 그는 왕실 마법사의 집이 있는 자갈이 깔린 마당으로 접어들었지만 까만밤은 흔적조차 보이지 않았다. 압둘라는 어깨를 으쓱 추켜올리고 문 앞으로 다가갔다.

폭은 좁지만 꽤 좋은 집이었다. 마름모꼴 유리를 끼운 창문들이 있었고, 낡고 울퉁불퉁한 벽에는 서로 겹쳐지도록 그려 놓은 마법의 기호들이 있었다. 앞문의 양옆에 서 있는 놋쇠 받침대 위에서는 노란 불길이 뾰족탑 모양으로 높이 타올랐다. 압둘라는 노려보는 얼굴의 입에 물려 있는 문고리를 손에 쥐고 힘차게 문을 두드렸다.

문을 열어 준 사람은 시무룩하고 무뚝뚝한 표정의 남자 하인이었다.

"죄송하지만 마법사님은 몹시 바쁘십니다. 다른 말씀이 있을 때까지는 손님을 받지 않겠다고 하셨지요."

그러더니 문을 닫으려고 했다. 압둘라는 얼른 이의를 제기했다.

"잠깐만요, 참으로 충직한 하인이시여, 유쾌한 문지기여! 내가 하려는 얘기는 바로 국왕의 따님에게 위험이 닥쳤다는 거예요!"

"그 일이라면 마법사님도 다 알고 계십니다."

그러면서 하인은 계속 문을 닫으려고 했다. 압둘라는 재빨리 문틈으로 발을 들이밀었다.

"참으로 현명한 종복이여, 제 얘길 들어 보셔야 합니다. 제가 온 이유는……."

그때 하인 뒤에서 젊은 여자의 목소리가 들려왔다.

"잠깐, 맨프레드. 이건 중요한 일인 것 같아."

문이 다시 활짝 열렸다.

압둘라는 하인이 문가에서 사라졌다가 어느새 현관 안쪽에서 다시 나타나는 것을 보고 입을 딱 벌렸다. 그가 있던 자리에 새로 나타난 사람은 까만 곱슬머리에 이목구비도 또렷한 젊은 여자였다. 정말 기막히게 예뻤다.

압둘라는 그녀가 북쪽 나라 사람이라서 좀 낯설어 보이기는 하지만 누가 보아도 밤의꽃만큼 아름다운 여자라는 것을 한눈에 알 수 있었다. 그러나 곧 그녀에게서 눈길을 돌리는 것이 점잖은 행동이라고 생각했다.

그녀는 아기를 잉태한 것이 분명해 보였기 때문이다. 잔지브의 여자들은 이렇게 임신한 상태에서 남들 앞에 절대 나서지 않았다. 압둘라는 시선을 어디에 둬야 좋을지 몰라 쩔쩔맸다.

젊은 여자가 말했다.

"제가 마법사의 아내 레티 설리먼이에요. 무슨 일로 오셨죠?"

압둘라는 고개를 숙여 인사했다. 그 덕분에 현관 계단에 시선을 둘 수 있어 좋았다.

"아으, 아름다운 킹스베리의 풍성한 달님이시여, 제 이름은 압둘라라고 하옵는데, 압둘라 가문이며 저 머나먼 잔지브의 양탄자 상인으로서 삼가 부군께서 듣고 싶어 하실 소식을 가져왔사옵니다. 아으, 마법사 가정의 영광이시여, 오늘 아침에 저는 막강한 마신 하스루엘과 더불어 국왕의 가장 소중한 따님에 대해 이야기를 나눴습지요."

레티 설리먼은 잔지브의 관습을 잘 모르는 것이 분명했다.

"맙소사! 아니, 너무 *정중*하시네요! 지금 사실 그대로 말씀하신 거죠? 당장 벤과 얘기해 보시는 게 좋겠네요. 들어오세요."

그녀는 압둘라가 들어올 수 있도록 문가에서 물러섰다. 압둘라는 여전히 점잖게 시선을 내리깐 채 집 안으로 들어갔다. 그런데 집 안으로 들어서자마자 그의 등에 뭔가 툭 떨어졌다.

그리고 발톱으로 콱 찍으면서 다시 머리 위로 휙 날아오르더니 레티의 불룩한 배 위에 척 내려앉았다. 쇠도르래가 구르는 듯한 소리가 울려 퍼졌다. 압둘라는 앞으로 고꾸라질 듯 비틀거리며 발끈했다.

"까만밤!"

그 순간, 고양이를 품에 안고 뒤로 넘어질 듯 비틀거리던 레티가 소리쳤다.

"소피 언니! 아, 언니 때문에 걱정돼서 죽을 뻔했잖아! 맨프레드, 당장 벤을 데려와요. 그이가 뭘 하는 중이든 상관없어요. *급하다고요!*"

16

까만밤과 꼬맹이에게 생긴 일

갈팡질팡 오락가락, 엄청난 소동이 벌어졌다. 다른 하인 두 명이 나타나고는 곧이어 파란색 긴 가운을 입은 젊은이 둘이 연달아 모습을 드러냈다. 마법사의 견습생들인 것 같았다. 그들은 모두 이리저리 뛰어다녔고, 레티는 현관에서 까만밤을 품에 안고 왔다 갔다 하면서 목청껏 소리쳐 지시를 내렸다. 그런 와중에도 맨프레드는 압둘라를 의자로 안내하고 정중하게 포도주한 잔을 권했다. 압둘라는 그것이 자신에게 주어진 역할인 것 같아서 순순히 자리에 앉아 포도주를 마셨다. 소동 때문에 적잖이 얼떨떨한 상태였다.

이 혼란이 한없이 계속될 것 같다고 생각하려는 찰나, 갑자기 모든 것이 멈춰 버렸다. 검은색 긴 겉옷을 입은 훤칠하고 위풍당당한 사내가 어디선가 나타난 것이었다.

"도대체 이게 무슨 일이야?"

그것은 압둘라의 속마음을 대변하는 말이기도 했다. 그래서 그는 당장 그 사내가 마음에 들었다. 사내의 머리는 칙칙한 붉은색이었고 우락부락한 얼굴은 좀 피곤해 보였다. 그의 검은 옷을 보고 압둘라는 틀림없이 이 사람이 마법사 설리먼일 거라고 생각했다. 그러나 그 사내는 어떤 옷을 입고 있어도 마법사처럼 보였을 것이다. 압둘라는 의자에서 일어나 고개를 숙였다. 마법사의 우락부락한 얼굴에 어리둥절한 표정이 떠오르더니 곧 레티를 돌아보았다.

레티가 말했다.

"잔지브에서 오신 분이에요, 벤. 공주님에게 닥친 위험에 대해 뭔가 아신대요. 그리고 소피 언니를 데려다 주셨어요. 그런데 언니가 고양이예요! 보세요! 벤, 지금 당장 원래대로 되돌려 줘요!"

레티는 흥분할수록 오히려 더 사랑스러워지는 여자였다. 따라서 마법사 설리먼의 반응은 전혀 놀라운 것이 아니었다. 그는 레티의 양쪽 팔꿈치를 다정히 감싸 쥐고 그녀의 이마에 입을 맞추었다.

"알았어, 여보. 물론 그래야지."

그 모습을 보고 압둘라는 언제쯤에나 자기도 밤의꽃에게 그렇게 입을 맞출 수 있을까 하는 생각이 들자 문득 서러워졌다. 마법사의 다음 말도 부럽기만 했다.

"진정해요. 아기를 생각해야지."

그리고 마법사는 어깨 너머로 뒤를 돌아보며 이렇게 말했다.

"누가 가서 문 좀 닫을 수 없어? 무슨 일이 벌어졌는지 지금쯤 온 동네가 다 알겠네."

그 말을 듣고 압둘라는 마법사에게 더욱더 호감을 느꼈다. 사실 압둘라 자신도 진작부터 문을 닫고 싶었지만 혹시 이 나라에서는 위기가 닥쳤을 때 대문을 열어 두는 것이 관습인가 싶어 그냥 있었던 것이다. 압둘라는 다시 고개를 숙였다. 그때 마법사가 휙 돌아섰다.

"그런데 이게 무슨 일이오, 젊은이? 이 고양이가 우리 처형이라는 건 어떻게 알았소?"

압둘라에게는 다소 당혹스러운 질문이었다. 그는 까만밤이 왕실 마법사의 처형이라는 사실은 고사하고 그 암고양이가 사람이라는 사실조차 전혀 몰랐기 때문이다. 그러나 몇 번이나 그렇게 설명해도 도무지 귀담아듣는 사람이 없었다. 모두들 까만밤을 다시 만나게 되어 기쁜 나머지, 압둘라가 순전히 호의로 그녀를 이 집에 데려다준 거라고 무조건 믿어 버리는 듯했다. 마법사 설리먼도 압둘라에게 막대한 수고비를 요구하기는커녕 오히려 신세를 졌다고 생각하는 모양이었다. 그게 아니라고 말해 보아도 소용없었다.

"글쎄, 아무튼 갑시다. 소피가 본모습으로 돌아오는 장면이나 구경하시오."

매우 싹싹하고 신뢰가 깃든 말투였다. 그래서 압둘라는 마법사가 더욱더 좋아졌고, 기꺼이 사람들 틈에 끼어 어느 넓은 방으로 따라 들어갔다. 그 방은 이 집의 안쪽에 있는 것처럼 보였지만 압둘라는 어쩐지 전혀 다른 곳에 있는 것 같다는 느낌을 받았다. 바닥과 벽들이 좀 이상하게 기울어져 있었다.

압둘라는 마법을 사용하는 현장을 본 적이 없었다. 그래서 관심을 가지고 둘러보았다. 방 안에는 정교한 마법 장치들이 잔뜩 있었기 때문이다. 압둘라에게서 제일 가까운 곳에는 희미한 연기가 구불구불 피어오르는 각양각색의 금은 세공품들이 있었다. 그 옆에는 복잡한 기호들 속에 커다랗고 특이한 양초들이 있었고, 그 너머에는 촉촉한 진흙으로 빚은 괴상한 형상들이 있었다. 그리고 더 저쪽에는 분수대가 보였는데, 다섯 가닥의 물줄기가 기기묘묘한 기하학적 도형들을 그려 내고 있었다. 그 뒤에는 더욱더 신기한 물건들이 많았지만 분수대에 가려져 절반 정도밖에 안 보였다.

마법사 설리먼이 방 안을 부리나케 지나쳐 가면서 말했다.

"여긴 작업할 공간이 없어. 우리가 옆방에서 준비하는 동안은 이것들을 그냥 놔둬도 별일 없겠지. 다들 서두르자고."

모두들 큰 방 너머의 좀 더 작은 방으로 우르르 몰려갔다. 벽에 걸린 몇 개의 둥근 거울 말고는 휑뎅그렁하게 빈 방이었다. 거기서 레티는 방 한복판에 있는 청록색 돌 위에 까만밤을 조심스레 내려놓았다. 까만밤은 앞발 안쪽을 진지하게 핥고 있을 뿐, 완전히 나 몰라라 하는 태도였다. 한편 레티와 하인들을 비롯한 다른 사람들은 긴 은색 막대기들을 가지고 까만밤의 주위에 천막 비슷한 것을 설치하느라고 정신없이 바쁘게 움직였다.

압둘라는 얌전히 벽에 기대고 서서 구경만 했다. 이때쯤 그는 마법사에게 신세졌다는 생각 따위는 하지 말라고 말했던 것을 후회하고 있었다. 차라리 그것을 빌미로 하늘에 있는 그 성으로 가는 방법을 물어봤어야 했다. 그러나 어차피 그때는 아무도 그의 말을 듣지 않는 것 같았으니 이 소동이 가라앉을 때까지 기다리는 편이 나을 듯싶기도 했다.

한편 은막대기들은 차츰 은빛 별 같은 모양의 뼈대로 변해 갔고, 그 분주한 작업을 지켜보던 압둘라는 그 장면이 거울에 비치는 것을 보고 다소 어리둥절했다.

거울에 비친 영상들은 조그맣고 부산스럽고 올록볼록했다. 벽이나 바닥처럼 거울들도 이상하게 휘어져 있었다. 마침내 마법사 설리먼이 그 크고 깡마른 손으로 딱 손뼉을 쳤다.

"됐어. 레티는 여기서 날 도와줘. 나머지 사람들은 옆방으로 가서 공주님의 수호천사들이 제자리에 있는지 잘 지켜보고."

견습생들과 하인들은 서둘러 밖으로 나갔다. 마법사 설리먼이 두 팔을 벌렸다. 압둘라는 모든 일을 자세히 지켜보고 빠짐없이 기억해 둘 생각이었다. 그런데 어찌된 영문인지 마법이 걸리기 시작하자마자 도대체 뭐가 뭔지 알 수 없게 되어 버렸다. 뭔가 일이 벌어지고 있다는 것까지는 분명히 알 수 있었지만 겉으로 보기에는 아무 일도 없는 것 같았다. 마치 음치가 음악을 듣는 일과 비슷했다.

마법사 설리먼은 이따금씩 심오하고 생소한 낱말을 내뱉었는데, 그때마다 방 안도 흐릿해지고 압둘라의 머릿속도 흐릿해져 상황을 지켜보기가 더욱 힘들었다.

　　　　　　　　　　　　　2. 양탄자 상인 압둘라

그러나 압둘라가 그렇게 어려움을 겪은 것은 주로 벽에 걸린 거울들 때문이었다. 거울 속에는 저마다 작고 둥근 영상이 비치고 있었는데, 그것은 거울에 반사된 장면인 듯했지만 그렇지 않았다. 어쨌든 사실과는 달랐다. 압둘라가 거울 하나를 눈여겨볼 때마다 그 속에는 막대기들로 이루어진 뼈대가 은빛으로 환히 빛나고 있었는데, 뼈대의 모양은 볼 때마다 달랐다. 별, 삼각형, 육각형 등 각이 지고 신비스러운 기호들이었다. 그러나 눈앞에 보이는 실제 막대기들은 전혀 빛나지 않았다.

한두 번쯤 거울 속에는 두 팔을 벌린 마법사 설리먼의 모습이 나타났는데, 방 안에 서 있는 마법사는 팔을 양옆으로 내리고 있었다. 거울 속에는 레티가 몹시 초조한 듯이 두 손을 모아 쥐고 우두커니 서 있는 모습도 몇 번이나 나타났다. 그러나 압둘라가 실물을 볼 때마다 레티는 이리저리 돌아다니며 이상한 동작을 하고 있었으며 나무랄 데 없이 침착했다. 까만밤은 거울 속에 전혀 나타나지 않았다. 그리고 이상한 일이지만 막대기들 속에 앉아 있는 까만밤의 작고 새까만 몸은 실제로도 잘 보이지 않았다.

그때 갑자기 막대기들이 은은한 은빛으로 일제히 빛나더니 그 속의 공간이 안개로 채워졌다. 마법사가 마지막으로 심오한 말 한마디를 던지면서 뒤로 물러섰다.

막대기들 속에서 누군가 말했다.

"젠장! 이젠 당신들한테서 냄새를 맡을 수가 없잖아!"

그러자 마법사는 빙그레 웃었고 레티는 폭소를 터뜨렸다. 압둘라는 그들을 웃게 만든 사람이 누군지 보려다가 얼른 고개를 돌려야 했다. 뼈대 속에 웅크리고 있는 젊은 여자는(당연한 일이지만) 옷을 하나도 안 입고 있었던 것이다. 압둘라가 얼핏 본 그녀는 레티의 까만 머리와 달리 금발이라는 것 말고는 레티와 많이 닮은 모습이었다. 레티는 얼른 방 한쪽으로 달려가 마법사의 녹색 가운을 가져왔다.

이윽고 압둘라가 다시 돌아보았을 때 젊은 여자는 그 가운을 장옷처럼 두르고 있었는데, 레티는 그녀를 끌어안으려 하는 동시에 그녀를 부축하여 뼈대 밖으로 빠져나오게 하려고 허둥대는 참이었다.

레티는 같은 말을 몇 번이나 되풀이했다.

"아, 소피 언니! 도대체 어떻게 된 거야?"

그러자 소피가 숨을 몰아쉬며 말했다.

"잠깐만."

그녀는 처음에는 두 다리로 균형을 잡기가 어려운 듯했지만 곧 레티를 부둥켜안더니 비틀비틀 마법사에게 다가가서 그를 부둥켜안았다.

"꼬리가 없으니까 기분이 너무 이상해! 그래도 정말 고마워요, 벤."

그러더니 이번에는 압둘라를 향해 다가왔다. 이젠 한결 안정된 걸음걸이였다. 압둘라는 그녀가 자기까지 부둥켜안을까 봐 얼른 벽을 향해 물러섰다. 그러나 소피는 이렇게 말할 뿐이었다.

"내가 왜 따라오는지 궁금했을 거예요. 사실은요, 난 킹스베리에만 왔다 하면 길을 잃어버리거든요."

"매력적인 둔갑쟁이 부인, 제가 도와드릴 수 있어서 기쁠 뿐입니다."

2. 양탄자 상인 압둘라

압둘라의 말투는 좀 딱딱했다. 그는 까만밤과 사이좋게 지낼 수 없었듯이 소피와도 사이좋게 지낼 자신이 없었다. 압둘라가 보기에 소피는 젊은 여자치고는 불쾌할 정도로 성격이 드셀 것 같았다. 거의 아버지의 첫째 부인의 여동생 파티마만큼이나.

레티는 소피가 고양이로 변하게 된 사정을 계속 캐묻는 중이었고, 마법사 설리먼도 걱정스러운 듯이 이렇게 묻고 있었다.

"소피, 그럼 하울도 동물이 되어 돌아다니는 중인가요?"

소피가 대답했다.

"아뇨, 아니에요."

그러더니 별안간 몹시 불안해진 표정이었다.

"하울이 어디 있는지는 나도 몰라요. 사실 나를 고양이로 둔갑시킨 게 바로 하울이었거든요."

그러자 레티가 소리쳤다.

"*뭐야?* 형부가 언니를 고양이로 만들었다고? 그럼 둘이서 또 싸운 거야?"

소피가 대답했다.

"그래. 하지만 그건 다 그럴 만한 이유가 있었지. 누군가 움직이는 성을 훔쳐 갈 때였어. 우린 겨우 열두 시간쯤 전에 그 일을 알게 됐는데, 그것도 우연히 하울이 임금님 때문에 예지 마법을 쓰게 됐기 때문이었어. 뭔가 굉장히 힘센 존재가 성을 훔치고 나중엔 발레리아 공주님까지 납치할 거라는 점괘가 나왔거든. 하울은 당장 임금님께 알리겠다고 했어. 그런데 그이가 정말 알렸니?"

마법사 설리먼이 대답했다.

"물론 알려드렸죠. 지금 한시도 쉬지 않고 공주님을 지키는 중이에요. 난 마귀들을 불러내서 옆방에 보호막을 쳐 놨어요. 공주님을 위협하는 존재가 뭐든 간에 보호막 안으로는 절대로 들어올 수 없죠."

그러자 소피가 말했다.

"정말 다행이네요! 마음이 훨씬 가벼워졌어요. 그건 마신인데, 알고 있었나요?"

마법사 설리먼이 대답했다.

"마신이라도 들어올 수 없어요. 그런데 하울은 어떻게 했죠?"

"그이는 웨일스(영국 그레이트브리튼 섬 서부의 반도 지역―옮긴이) 말로 욕을 했어요. 그러더니 마이클과 새로 들어온 견습생을 밖으로 내보냈어요. 나까지 내보내려고 하더군요. 하지만 난 그이와 캘시퍼가 남아 있을 거라면 나도 남겠다고 했죠. 그리고 내가 거기 있다는 걸 마신이 모르도록 나한테 무슨 마법을 걸어 줄 수 없겠냐고 했어요. 그래서 말다툼을 하게 됐는데……."

그러자 레티가 쿡쿡 웃었다. "그게 어디 하루이틀 일이야?"

소피는 얼굴이 조금 붉어졌지만 사뭇 도전적으로 고개를 치켜들었다.

"아무튼 하울은 내가 웨일스로 가서 자기 누나와 함께 있는 게 제일 안전하다고 고집을 부렸어. 나랑 시누이 사이가 별로 안 좋다는 걸 뻔히 알면서도 말이야. 하지만 난 그 도둑놈의 눈에 안 띄게 내가 성안에 있어야 조금이라도 도와줄 수 있다고 고집을 부렸지. 어쨌

　　　　　　　・ 2. 양탄자 상인 압둘라

든……."

소피는 두 손에 얼굴을 파묻었다.

"우리가 그렇게 다투고 있을 때 마신이 들이닥쳤어. 엄청난 굉음
이 터지더니 사방이 캄캄해지면서 아수라장이 돼 버렸지. 하울이 고
양이 마법의 주문을 소리쳐 외우던 것도 기억나고, 너무 급하게 말
해서 잘 알아듣지 못했지만 캘시퍼한테 고함을 질렀는데……."

그때 레티가 압둘라에게 친절히 설명해 주었다.

"캘시퍼는 언니네 집 불꽃 마귀예요."

소피가 말을 이었다.

"살고 싶으면 당장 도망치라고 캘시퍼한테 고함을 질렀어. 이 마
신은 너무 강해서 우리가 도저히 감당할 수 없다고 말이야. 바로 그
때였어. 마치 치즈 그릇에서 뚜껑이 들리듯이 성이 내 머리 위로 번
쩍 들리더라고. 그리고 정신을 차려 보니 난 고양이가 돼서 킹스베
리 북쪽의 산 속에 혼자 떨어져 있었어."

그러자 레티와 왕실 마법사는 소피의 수그린 머리 너머로 어리둥
절한 시선을 주고받았다. 마법사 설리먼이 의아한 듯이 말했다.

"어째서 산속이죠? 성이 있던 곳은 그쪽이 아닌데."

소피가 대답했다.

"틀렸어요. 성은 네 군데에 동시에 있었어요. 내 생각엔 아마 중간
쯤에 떨어진 것 같아요. 더 나쁜 상황이 될 수도 있었죠. 산속엔 잡
아먹을 생쥐나 새들이 많았거든요."

그러자 레티가 역겹다는 듯이 그 아름다운 얼굴을 찡그리며 소리

쳤다.

"소피 언니! 생쥐라니!"

소피는 다시 도전적으로 고개를 치켜들었다.

"그게 어때서? 고양이의 먹이가 그거잖아. 생쥐는 꽤 맛있다고. 하지만 새들은 별로야. 깃털이 목에 걸리거든. 그런데……."

소피는 침을 꿀꺽 삼키고 다시 두 손에 얼굴을 파묻었다.

"그런데 때가 너무 좋지 않았어. 그 일이 있고 나서 1주일 뒤에 모건이 태어났는데, 당연히 새끼 고양이로 태어났고……."

그 말을 듣고 레티는 자기 언니가 생쥐를 잡아먹었다는 말을 들었을 때보다 오히려 더 놀라는 것 같았다. 그녀는 눈물을 흘리며 소피를 끌어안았다.

"아, 소피 언니! 지금까지 어떻게 살았어?"

"그야 고양이처럼 살았지. 모건한테 젖을 먹이고 실컷 핥아 주면서 말이야. 걱정하지 마, 레티. 모건은 지금 압둘라의 친구인 병사와 함께 있으니까. 그는 누가 자기 새끼 고양이한테 해코지라도 한다면 당장 죽여 버릴 사람이야. 그렇지만……."

소피는 마법사 설리먼에게 말했다.

"이젠 모건을 데려오는 게 좋겠어요. 그 애도 사람으로 되돌려 줘요."

그러자 마법사 설리먼도 거의 레티만큼이나 심란한 표정을 지었다.

"진작 알았으면 좋았을걸! 그 애가 그 마법 때문에 고양이로 태어났다면 벌써 인간으로 돌아왔을 거예요. 어서 확인하는 게 좋겠군요."

2. 양탄자 상인 압둘라

그는 둥근 거울들 중의 하나로 성큼성큼 다가가 두 손을 빙글빙글 돌렸다.

그러자 신기하게도 모든 거울에서 여인숙에 있는 방이 비치는 것이었다. 마치 그 방의 벽에 걸려 있는 것처럼 제각기 다른 각도에서 바라본 모습이었다. 압둘라는 거울들을 번갈아 들여다보았고, 나머지 세 사람처럼 그 역시 거울 속의 영상을 보고 깜짝 놀랐다. 무슨 까닭인지 마법의 양탄자가 방바닥에 펼쳐져 있었다. 그리고 그 위에는 통통하고 발그레한 아기 하나가 발가벗은 채 누워 있었다.

비록 어린 아기이긴 했지만 압둘라는 그 아기도 소피처럼 성격이 보통은 넘는다는 것을 한눈에 알 수 있었다. 아기의 두 팔과 두 다리는 허공을 향해 마구 버둥거리는 중이었고, 얼굴은 분에 못 이겨 잔뜩 일그러졌고, 입은 몹시 성난 듯 네모꼴로 벌어져 있었다. 거울 속의 영상에서는 아무 소리도 들리지 않았지만 모건이 지금 굉장한 소란을 피우고 있다는 것쯤은 누가 보아도 확실히 알 수 있었다.

그때 마법사 설리먼이 말했다.

"저 남자는 누구죠? 전에도 본 적이 있는데."

압둘라가 난감한 얼굴로 대답했다.

"기적을 일으키는 분이여, 저 사람은 스트레인지아 병사입니다."

그러자 마법사가 말했다.

"그렇다면 내가 아는 어떤 사람과 닮은 모양이군."

병사는 악을 쓰고 있는 아기 옆에 서서 몹시 놀라 어쩔 줄 모르는 표정이었다. 제발 정령이 뭔가 해 주기를 바라는 듯싶기도 했다. 어쨌든 병사는 정령의 병을 손에 쥐고 있었다.

그러나 정령은 몹시 괴로운 듯이 몇 가다의 파란 연기가 되어 병 바깥에 축 늘어져 있었는데, 각각의 얼굴이 모두 양손으로 귀를 틀어막고 있는 것을 보면 정령도 병사만큼이나 속수무책인 것이 분명했다. 레티가 말했다.

"아, 저렇게 귀여운 아기가, 가엾기도 해라!"

그러자 소피는 이렇게 대꾸했다.

"저 고마운 병사가 가엾다는 거겠지. 지금 모건은 잔뜩 골이 났어. 저 애는 태어날 때부터 새끼 고양이였는데, 새끼 고양이들은 아기들보다 훨씬 많은 일을 할 수 있거든. 지금 저 애는 걸을 수가 없어서 화가 난 거야. 벤, 혹시 가능하다면……."

그러나 소피의 뒷말은 마치 거대한 비단 천이 찢어지는 듯한 소음 속에 묻혀 버리고 말았다. 방 안이 마구 흔들렸다. 마법사 설리먼이 뭐라고 소리치며 문 쪽으로 달려갔다. 그러다가 황급히 몸을 피했다. 문 옆의 벽 속에서 뭔지도 모를 것들이 마구 울부짖고 괴성을 지르며 한 무더기나 튀어나오더니 순식간에 방 안을 휩쓸고 지나서 반대쪽 벽을 뚫고 사라졌다.

너무 빨리 움직이고 있어서 자세히 볼 수는 없었지만 인간처럼 생긴 것은 하나도 없었다. 압둘라는 흐릿하게나마 긴 발톱이 달린 여러 개의 다리들을 보았고, 아예 다리가 하나도 없이 휘리릭 지나가는 놈도 보았고, 사나운 외눈을 가진 놈들도 보았고, 또한 여러 개의 눈이 한 덩어리로 모여 있는 놈들도 볼 수 있었다. 그리고 날카로운

2. 양탄자 상인 압둘라

송곳니를 가진 머리들과 길게 늘어진 혓바닥들과 불타는 듯한 꼬리들도 보았다. 그중에서도 가장 빠르게 움직이던 녀석은 데구르르 굴러가는 진흙덩어리였다.

귀물들은 금방 사라졌다. 문이 왈칵 열리더니 몹시 당황한 견습생 한 명이 들어왔다.

"선생님, 선생님! 보호막이 무너졌어요! 도저히 막을 수가 없어서……."

마법사 설리먼은 그 젊은이의 팔을 움켜쥐고 부리나케 도로 옆방으로 데려가면서 어깨 너머로 소리쳤다.

"해결하고 곧 돌아오겠소! 공주님이 위험해요!"

압둘라는 병사와 아기가 어떻게 되었는지 보려고 고개를 돌렸다. 그러나 둥근 거울 속에는 압둘라 자신을 비롯하여 소피와 레티의 초조한 얼굴만이 비칠 뿐이었다. 모두 거울을 들여다보는 중이었다.

소피가 말했다.

"이런! 레티, 너도 이것들을 사용할 줄 아니?"

레티가 대답했다.

"못해. 이건 벤의 특기라고."

압둘라는 펼쳐져 있던 양탄자와 병사의 손에 쥐어진 정령의 병을 떠올렸다.

"그렇다면 말입니다, 아으, 아리따운 한 쌍의 진주들이시여, 참으로 사랑스러운 부인들이여, 두 분께서 허락하신다면 저는 서둘러 여인숙으로 가 보겠습니다. 시끄럽다고 불평하는 사람들이 더 많아지기 전에 말입지요."

소피와 레티는 한목소리로 자기들도 가겠다고 대답했다. 압둘라도 그들을 탓할 수는 없었다. 그러나 몇 분이 지난 뒤에는 곧 그들이 원망스러웠다. 레티는 임신했기 때문에 길거리를 달릴 만한 상태가 아닌 모양이었다.

마법이 깨어지는 바람에 여기저기 온갖 잡동사니가 어지럽게 널려 있는 옆방을 그들 세 사람이 허둥지둥 지나갈 때, 그 난장판 속에서 정신없이 새로운 물건들을 설치하고 있던 마법사 설리먼이 잠깐 짬을 내어 맨프레드에게 마차를 꺼내오라고 지시했다. 맨프레드가 마차를 가져오러 달려간 사이에 레티는 소피에게 제대로 된 옷을 입히기 위해 그녀를 데리고 위층으로 올라갔다.

혼자 남은 압둘라는 현관에서 초조하게 서성거렸다. 사실 그가 기다려야 했던 시간은 5분도 채 안 되었지만 그동안에 그는 앞문을 열어 보려고 열 번도 넘게 시도해 보았다. 그러나 문은 마법에 걸려 꼼짝도 하지 않았다. 미쳐 버릴 것만 같았다. 100년쯤은 지난 것 같다는 느낌이 들 때 비로소 소피와 레티가 아래층으로 내려왔다. 둘 다 세련된 외출복 차림이었다. 이윽고 맨프레드가 문을 열어 주자 자갈이 깔린 마당에는 멋진 적갈색 말이 끄는 뚜껑이 없는 작은 마차 한 대가 서 있었다. 압둘라는 당장 마차 위로 뛰어올라 채찍을 휘두르고 싶었다. 그러나 물론 그것은 예의에 어긋나는 행동이었다. 맨프레드가 부인들을 부축하여 마차에 태우고 마부석에 올라앉을 때까지 기다려야 했다.

2. 양탄자 상인 압둘라

압둘라는 소피 옆자리로 비집고 들어갔는데, 그가 제대로 앉기도 전에 마차는 재빨리 출발하여 덜컹덜컹 자갈길을 달려가기 시작했다. 그러나 압둘라에게는 그런 속도마저도 한없이 느리게만 느껴졌다. 지금쯤 병사가 무슨 짓을 하고 있을지 생각하기조차 싫었다.

마차가 넓은 광장을 힘차게 달려 지나갈 때 레티가 걱정스러운 듯이 말했다.

"벤이 공주님의 보호막을 다시 만들 수 있으면 좋겠는데……."

그 말이 끝나기도 전에 요란한 폭발음이 연달아 터져 나왔다. 몹시 서툴게 불꽃놀이를 하는 것 같은 소리였다. 그리고 어디선가 불길하고 다급한 종소리가 울려 퍼졌다. 뎅뎅뎅.

"왜들 저러지?"

소피가 그렇게 묻더니 자신의 질문에 대답하듯이 손가락질을 하며 소리쳤다.

"아, 젠장! 저기, 저기, 저기!"

압둘라는 목을 길게 빼고 소피가 가리키는 쪽을 돌아보았다. 때마침 제일 가까운 둥근 지붕과 탑들 위에서 활짝 펼쳐진 한 쌍의 검은 날개가 별들을 가리고 있었다. 그 아래 있는 몇몇 탑의 꼭대기에서 작은 불빛들이 반짝거렸다. 병사들이 그 날개를 향해 총을 쏘고 있었다. 그러나 마신에게 그런 무기는 무용지물이라는 것을 압둘라는 알고 있었다. 날개는 아무렇지도 않다는 듯 방향을 바꾸더니 검푸른 밤하늘로 유유히 사라져갔다.

소피가 말했다.

"당신이 말하던 그 마신이군요. 우리가 결정적인 순간에 벤을 방해한 것 같네요."

압둘라는 이렇게 대답했다.

"아으, 한때는 고양이였던 부인이시여, 이건 마신이 계획적으로 한 짓입니다. 부인도 기억하시겠지만 마신은 공주님을 납치하는 일을 우리가 도와줄 거라고 말했습지요."

이젠 도시 전역에서 경종이 울리고 있었다. 사람들이 거리로 뛰쳐나와 하늘을 쳐다보았다. 마차가 지나가는 길도 차츰 소란스러워졌다. 거리에 자꾸 더 많은 사람들이 모여들면서 마차의 속도는 점점 더 느려질 수밖에 없었다. 무슨 일이 생겼는지 모르는 사람은 아무도 없는 것 같았다.

"공주님이 잡혀가셨다!"

그런 말이 들려왔다.

"악마가 발레리아 공주님을 납치했어!"

대부분의 사람들은 놀라고 두려워했지만 한두 명은 이렇게 말하고 있었다.

"왕실 마법사는 교수형이야! 돈만 챙겼지 도대체 한 일이 뭐야?"

레티가 말했다.

"아, 이걸 어쩌지? 벤이 이 일을 막으려고 얼마나 열심히 일했는데. 하지만 임금님도 믿지 않으실 거야."

그러자 소피가 말했다.

"걱정하지 마. 일단 모건을 데려다 놓고 내가 가서 임금님께 말씀드릴게. 내 말은 잘 들어주시니까."

압둘라도 그 말을 충분히 믿을 수 있었다. 그는 너무 초조해서 앉은 채로 발을 동동 굴렀다.

다시 100년은 더 흐른 것 같지만 실제로는 한 5분 정도 지났을 때 마차는 마침내 북적거리는 여인숙 마당으로 들어서게 되었다. 마당에는 온통 하늘을 쳐다보는 사람들로 가득했다. 압둘라는 한 남자의 목소리를 들었다.

"그놈의 날개를 봤다고. 갈고리발로 공주님을 낚아채서 날아가는 괴물 새였지."

마차가 멈춰 섰다. 압둘라는 이제 더 이상 초조함을 억누를 필요가 없었다. 그는 얼른 뛰어내리며 소리쳤다.

"비켜 주세요, 비켜 주세요, 아으, 여러분! 중요한 일로 두 마녀님이 오셨습니다!"

그렇게 연신 소리치고 밀치면서 그는 가까스로 소피와 레티를 여인숙 문 앞으로 데려가 안으로 밀어 넣었다. 레티는 몹시 쑥스러워하고 있었다.

"그런 말은 왜 하셨어요? 벤은 내가 마녀라는 사실을 사람들에게 알리고 싶어 하지 않는다고요."

압둘라는 이렇게 대꾸했다.

"지금은 부군께서 그런 걱정을 하실 겨를도 없을 겁니다."

두 사람을 재촉하여 계단으로 향하던 그는 멍하니 쳐다보는 여인숙 주인에게 이렇게 말했다.

"참으로 걸출한 여인숙 주인이시여, 바로 이분들이 아까 말씀드린 마녀님들이지요. 고양이들이 걱정돼서 몸소 오셨습니다."

압둘라는 허둥지둥 계단을 뛰어올랐다. 그는 곧 레티를 따라잡고 소피도 앞지르며 마구 돌진했다. 그리고 방문을 벌컥 열어젖혔다.

"경솔한 짓 하지 말고……."

거기까지 말하다가 문득 방 안의 적막을 깨닫고는 입을 다물었다. 방은 이미 텅 비어 있었다.

17

공중의 성

음식 찌꺼기가 남아 있는 식탁 위에 쿠션이 담긴 바구니가 놓여 있었다. 침대 하나에는 움푹하게 구겨진 자국이 있고 그 위에는 담배 연기가 떠돌고 있어서 조금 전까지만 해도 병사가 거기 누워 담배를 피운 것 같았다. 창문은 닫혀 있었다. 압둘라는 창을 열고 바깥을 내다보려고 그쪽으로 달려가다가 크림이 가득 담긴 접시에 발이 걸려 넘어질 뻔했다. 접시가 홀랑 뒤집어지면서 노르스름하고 걸쭉한 크림이 마법의 양탄자에 길게 엎질러졌다.

압둘라는 멍하니 서서 그 꼴을 내려다보았다. 적어도 양탄자는 이곳에 남아 있다. 이건 무슨 뜻일까? 방 안 어디에서도 병사는 보이지 않았고, 그 시끄러운 아기도 분명히 없어졌다. 압둘라는 의심이 가는 곳들을 재빨리 둘러보다가 정령의 병이 안 보인다는 사실을 깨달았다.

그때 소피가 문앞에 도착했다.

"아, *이런!* 모건은 어디 있죠? 양탄자가 여기 있으니 멀리 갔을 리는 없는데."

압둘라는 자기도 그렇게 믿을 수 있었으면 좋겠다고 생각했다.

"참으로 활동적인 아기의 어머니시여, 놀라시게 하긴 싫지만 정령도 같이 사라진 것 같다는 말씀을 안 드릴 수 없겠군요."

그러자 소피는 무슨 뜻인지 몰라서 살짝 이마를 찡그렸다.

"정령이라뇨?"

압둘라는 소피가 까만밤이었을 때 정령이 존재한다는 사실을 전혀 모르는 듯했다는 것을 떠올렸다. 그때 레티가 방 안으로 들어왔다. 그녀는 한 손을 옆구리에 대고 숨을 몰아쉬면서 이렇게 물었다.

"어떻게 된 거야?"

소피가 대답했다.

"둘 다 없어졌어. 아마 병사가 모건을 여인숙 여주인에게 데려 갔을 거야. 여주인이라면 아기들에 대해서도 잘 알 테니까."

압둘라는 지푸라기라도 잡는 심정으로 이렇게 말했다.

"제가 가서 확인해 보죠."

그는 부리나케 계단을 내려가면서 생각했다. 물론 소피의 말이 옳을 수도 있다. 갑자기 아이가 악을 쓰며 울기 시작하면 대부분의 남

2. 양탄자 상인 압둘라

자들이 그렇게 행동할 것이다. 그러나 그 남자의 손에 정령의 병이 있다면 경우가 좀 다르다.

계단 아래쪽에서 쿵쿵거리며 사람들이 몰려오고 있었다. 장화를 신은 제복을 입은 남자들이었다. 여인숙 주인이 그들을 안내하면서 이렇게 말하고 있었다.

"2층입니다, 여러분. 범인이 땋은 머리를 잘라 버렸다면 그 스트레인지아인과 똑같을 거예요. 그 젊은 친구는 방금 말씀하신 공범이 틀림없고요."

압둘라는 얼른 돌아서서 한 번에 두 계단씩 살금살금 위층으로 도로 뛰어 올라갔다.

그리고 헐떡거리면서 소피와 레티에게 말했다.

"참으로 매혹적인 부인들이시여, 심각한 문제가 생겼습니다. 여인숙 주인이, 그 못된 배신자가, 병사와 저를 잡으려고 경찰을 불렀어요. 이젠 어떡하죠?"

누구든 당찬 여자가 나서야 할 때였다. 압둘라도 지금은 소피가 그렇게 당찬 여자라는 사실이 기쁠 따름이었다. 소피는 당장 행동을 개시했다. 우선 문을 닫고 빗장을 걸었다. 그리고 레티에게 말했다.

"손수건 좀 빌려 줘."

레티가 손수건을 건네자 소피는 무릎을 꿇고 마법의 양탄자에 묻은 크림을 닦아 냈다. 그리고 압둘라에게 말했다.

"이리 오세요. 저와 함께 이 양탄자를 타고 모건이 있는 곳으로 데려다 달라고 하세요. 레티, 넌 여기 남아서 경찰을 막아 줘. 아무래도 양탄자에 너까지 타긴 좀 힘들 것 같으니까."

"알았어. 나도 임금님이 벤을 탓하기 전에 그이한테 돌아가고 싶 거든. 하지만 먼저 그 여인숙 주인한테 한마디 해 줘야겠어. 임금님 을 만날 때를 대비해서 좋은 연습이 되겠지."

언니 못지않게 당찬 성격의 레티는 어깨를 쫙 펴고 양손을 허리에 척 얹었다. 여인숙 주인뿐만 아니라 경찰까지 한바탕 혼나게 될 것 을 예상하게 하는 자세였다.

압둘라는 레티의 그런 모습을 보자 기쁜 마음이 들었다. 그는 양 탄자 위에 쪼그리고 앉아 가볍게 코를 골았다. 그러자 양탄자가 부 르르 떨었다.

"아으, 참으로 눈부신 양탄자야, 홍옥 같고 귀감람석 같은 양탄자 야, 이 미천하고 얼빠진 촌놈이 네 고귀한 얼굴에 크림을 쏟고 말았 으니 내 깊이 사죄하지 않을 수 없고……."

그때 문을 쾅쾅 두드리는 소리가 들렸다. 밖에서 누군가 고래고래 소리쳤다.

"국왕 폐하의 이름으로 명령한다. 어서 문을 열어라!"

더 이상 양탄자의 비위를 맞출 시간이 없었다. 압둘라는 이렇게 속삭였다.

"양탄자야, 제발 부탁한다. 병사가 아기를 데려간 곳으로 나와 이 부인을 데려다 다오."

양탄자는 귀찮다는 듯이 몸을 떨었지만 순순히 말을 들었다. 여느 때처럼 쏜살같이 돌진하더니 닫혀 있는 창문을 곧장 뚫고 나가는 것

2. 양탄자 상인 압둘라

이었다. 압둘라는 정신을 바짝 차리고 있었으므로 이번에는 창문을 통과하는 순간에 마치 호수의 수면처럼 확 달려드는 창유리와 거무스름한 창틀을 얼핏 볼 수 있었다. 그들은 곧 거리를 밝히는 은색 공들 위로 솟구쳤다. 그러나 소피는 아무것도 보지 못했을 것 같았다. 그녀는 압둘라의 팔을 두 손으로 힘껏 움켜쥐고 있었는데, 아마도 눈을 질끈 감고 있는 듯했다.

소피가 말했다.

"높은 곳은 질색이에요! 너무 멀지 않았으면 좋겠네요."

"이 빼어난 양탄자는 어디든 금방 갑니다."

압둘라가 그렇게 말한 것은 소피와 양탄자를 동시에 격려하기 위해서였다. 그러나 양쪽 다 별로 효과가 없는 것 같았다. 소피는 여전히 압둘라의 팔이 아플 정도로 죽자사자 매달린 채 겁에 질려 작은 외마디 소리를 터뜨렸고, 양탄자는 킹스베리의 탑들과 불빛들을 아찔하게 스쳐 지나더니 왕궁으로 보이는 둥근 지붕들을 끼고 어지럽게 한 바퀴 돌고 나서 도시의 상공을 또 한 바퀴 돌기 시작했다.

소피가 헐떡이며 말했다.

"얘가 왜 이래요?"

그래도 완전히 눈을 감지는 않은 모양이었다.

압둘라는 그녀를 안심시켜야 했다.

"참으로 침착하신 마녀님, 걱정 마세요. 높이 올라가려고 새들처럼 허공을 맴돌고 있을 뿐이니까요."

사실 마음속으로 그는 양탄자가 길을 잃은 거라고 생각하고 있었다. 그러나 저 아래 킹스베리의 불빛들과 둥근 지붕들이 세 번째로 지나가는 것을 보면서 그는 방금 자신이 한 말이 우연찮게 들어맞았다는 것을 알 수 있었다. 어느새 그들은 아까보다 몇십 미터쯤 높은 곳으로 올라와 있었다. 네 번째로 맴돌 때는 세 번째보다 더 커다랗게 원을 그렸고(그래도 어지럽긴 마찬가지였지만) 이제 킹스베리는 저 멀리 까마득하게 보석 같은 불빛들이 모여 있는 작은 별무리처럼 보일 뿐이었다.

소피가 머리를 움직였다. 살짝 아래를 내려다본 것이었다. 그러더니 더욱더 악착같이 매달렸다. 놀라운 힘이었다.

"아이고, 나 죽네! 아직도 올라가는 중이잖아요! 아무래도 그 못돼먹은 병사가 모건을 데리고 마신을 쫓아간 게 틀림없어요!"

그 말이 맞는 것 같았다. 그들은 이제 굉장히 높이 올라와 있었다.

"공주님을 구출해서 막대한 보상금을 받아내려는 거겠죠."

"그렇다고 우리 애까지 데려갈 필요는 없잖아요! 어디 만나기만 해 봐라! 그런데 양탄자도 없이 어떻게 쫓아갔죠?"

압둘라는 이렇게 설명했다.

"아으, 달님 같은 어머니시여, 병사는 아마 정령에게 마신을 쫓아가라고 명령했을 겁니다."

그러자 소피가 다시 물었다.

"정령이라뇨?"

"참으로 명석한 두뇌를 가진 마녀님, 전부터 마녀님은 모르시는 것 같았지만 저에겐 이 양탄자뿐만 아니라 정령도 한 명 있었지요."

"그럼 그렇다고 믿죠 뭐. 계속 말씀하세요. 어서요. 안 그러면 내가 또 아래를 내려다볼 텐데, 이번엔 진짜 떨어질 것 같단 말예요!"

그녀는 여전히 압둘라의 팔에 죽자사자 매달려 있었다. 만약 그녀가 떨어진다면 압둘라도 함께 떨어질 것이 뻔했다. 이제 킹스베리는 밝고 어렴풋한 하나의 점이 되어 있었는데, 양탄자가 계속 원을 그리며 올라감에 따라 이쪽에서 나타났다 저쪽에서 나타났다 했다.

킹스베리를 둘러싸고 있는 잉거리의 나머지 부분은 마치 크고 검푸른 접시처럼 보였다. 거기까지 곧장 내리꽂힐 것을 생각하게 되자 압둘라도 거의 소피만큼이나 두려움을 느꼈다. 그래서 부랴부랴 자신의 모험담을 숨김없이 털어놓기 시작했다. 밤의꽃을 만났던 일, 술탄의 감옥에 갇혔던 일, 카불 아크바의 부하들이(사실은 천사들이었지만) 오아시스 물웅덩이에서 정령의 병을 건져 냈던 일 그리고 아무리 심술궂은 정령이라도 쉽게 말썽을 일으킬 수 없는 소원을 찾는다는 것이 얼마나 어려운 일인지에 대해서도 이야기했다.

그때쯤에는 잉거리 남쪽에 있는 사막이 희미한 바다처럼 보이기 시작했다. 그러나 이젠 너무 높이 올라와서 아래쪽은 거의 아무것도 분간할 수가 없었다. 압둘라는 씁쓸하게 말을 이었다.

"지금 생각하면 병사가 그 내기에서 내가 이겼다고 말했던 것도 사실은 자기가 정직한 사람이라고 믿게 만들려는 수작이었어요. 아마 처음부터 내 정령을 훔칠 속셈이었겠죠. 어쩌면 양탄자까지 말예요."

소피는 그의 이야기에 큰 흥미를 느꼈다. 압둘라의 팔을 움켜쥔 손이 조금 느슨해졌다. 그래서 압둘라도 훨씬 편해졌다. 소피가 말했다.

"정령이 모든 사람을 증오하는 것도 무리가 아니죠. 당신이 지하 감옥에 갇혔을 때 어떤 기분이었는지 생각해 보세요."

"하지만 병사는……."

"물론 경우가 다르죠! 내 손에 잡히기만 해 봐라! 동물은 애지중지하면서도 사람만 보면 그렇게 속임수만 일삼는 인간은 도저히 *참을* 수가 없다고요! 그건 그렇고, 당신이 데리고 있었다는 그 정령은 아무래도 마신이 당신한테 일부러 넘겨준 것 같아요. 혹시 그 마신이 낙심한 연인들을 이용해서 자기 동생을 꺾으려는 계획 속에 그 정령도 포함된 건 아닐까요?"

"아마 그렇겠죠."

"그렇다면 그 구름성에 도착하면, 물론 우리가 그리로 가는 중이라면 다른 낙심한 연인들이 찾아와서 우리와 힘을 합칠 수도 있겠네요."

압둘라는 신중하게 대답했다.

"그럴지도 모르죠. 하지만, 참으로 호기심 많은 고양이시여, 제가 기억하기로 부인은 마신이 말하는 동안 덤불숲으로 도망치셨는데, 마신이 기다리는 사람은 나쁜이었어요."

그러면서도 그는 위쪽을 쳐다보았다. 이제 점점 추워지고 있었다. 별들이 너무 가까워 보여 거북스러울 정도였다. 검푸른 하늘에 희미한 은빛이 나타났는데, 아마 어딘가에서 달이 빛나고 있는 것 같았다. 정말 아름다운 광경이었다. 압둘라는 이제야 밤의꽃을 구하러 가는 길인지도 모른다고 생각하자 가슴이 벅찼다.

그런데 불행하게도 소피도 위쪽을 보고 말았다. 압둘라의 팔을 붙잡은 손에 힘이 팍 들어갔다.

"뭐든 얘기해요. 무서워 죽겠어요."

"참으로 용감무쌍한 마녀님, 이번엔 당신이 말씀하시죠. 눈을 꼭 감고, 밤의꽃과 결혼하기로 되어 있다는 오친스탄 왕자에 대해 말해 주세요."

"내 생각엔 그럴 리가 없어요."

소피의 말은 헛소리에 가까웠다. 정말 죽도록 겁에 질린 것이 틀림없었다.

"임금님의 아드님은 아직 아기니까요. 물론 임금님의 동생이 계시긴 하지만 그분은 스트레인지아의 비어트리스 공주와 결혼하게 되어 있어요. 공주가 한사코 싫다고 달아나 버려 탈이지만요. 혹시 마신이 그 공주도 잡아갔을까요? 아마 당신네 술탄은 단지 우리 마법사들이 만들고 있는 무기들을 갖고 싶었을 거예요. 하지만 그건 불가능한 일이죠. 용병들이 남쪽 나라로 가더라도 그런 무기는 가져갈 수 없거든요. 사실 하울은 아예 용병들도 보내지 말아야 한대요. 하울은……."

문득 그녀의 목소리가 잦아들었다. 압둘라의 팔을 움켜쥔 손이 부들부들 떨렸다. 그녀가 목쉰 소리로 외쳤다.

"얘기해요!"

숨을 쉬기가 점점 어려워졌다. 압둘라는 헐떡거리며 이렇게 말했다.

"손아귀 힘도 참 굉장하신 마녀님, 말하기가 힘드네요. 여긴 공기가 부족한 것 같아요. 숨쉬기가 편해지는 마법은 혹시 모르세요?"

"몰라요. 나를 자꾸 마녀라고 부르시는데, 난 사실 초보자거든요. 직접 보셨잖아요. 고양이였을 때 내가 할 수 있었던 일은 그저 커지는 것뿐이었죠."

그러면서 그녀는 잠깐 압둘라의 팔을 놓고 머리 위에서 휙휙 짧은 손동작을 취했다.

"이거야 원, 공기들아! 이건 너무 심한 일이잖니! 좀 더 편히 숨 쉴 수 있게 해 주지 않으면 우린 도저히 버틸 수가 없단 말이야. 빨리 이쪽으로 모여서 우리가 숨 쉴 수 있게 해 달라고!"

그녀는 다시 압둘라를 붙잡았다.

"좀 나아졌나요?"

추위는 점점 더 심해졌지만 아닌 게 아니라 공기는 좀 더 많아진 것 같았다. 압둘라는 소피가 마법을 쓰는 방식이 전혀 마녀답지 않은 것을 보고 좀 놀라긴 했지만(따지고 보면 압둘라 자신이 양탄자를 구슬려 움직이게 만드는 방식과도 별반 다를 게 없었으니까) 효과가 있다는 것만은 인정할 수밖에 없었다.

"그래요. 정말 고맙습니다, 마녀님."

"얘기해요!"

이젠 너무 높이 올라와서 저 아래 세상이 전혀 보이지 않았다. 압

2. 양탄자 상인 압둘라

둘라는 소피의 공포심을 쉽사리 이해할 수 있었다. 양탄자는 아무것도 없는 암흑세계를 헤치고 자꾸자꾸 위로 올라갈 뿐이었다. 압둘라는 만약 혼자 있었다면 지금쯤 목이 찢어져라 비명을 지르고 있었을 거라고 생각했다. 그는 떨리는 목소리로 이렇게 말했다.

"막강한 능력을 가진 마녀님, 당신이 말씀하세요. 당신의 마법사 하울에 대해 얘기해 주세요."

소피는 턱을 덜덜 떨면서도 사뭇 자랑스럽게 대답했다.

"하울은 잉거리든 어디든 이 세상에 둘도 없는 최고의 마법사예요. 시간만 좀 있었다면 그 마신도 거뜬히 물리쳤을 거예요. 그이는 교활하고, 이기적이고, 공작새처럼 허영심이 많은 데다 비겁하기까지 하죠. 무슨 일을 시켜도 뺀질뺀질 잘 도망치거든요."

"그래요? 참으로 정도 많으신 부인, 그런 결점들을 나열하면서 그토록 자랑스러워하시다니 어쩐지 좀 이상하군요."

그러자 소피가 발끈했다.

"그게 무슨 소리예요, 결점이라니? 난 그냥 하울을 설명했을 뿐이라고요. 그이는 웨일스라고 하는 또 다른 세상에서 온 사람인데, 설마 그이가 죽었다고는 도저히 믿을 수가……. 우읍!"

그녀는 신음 소리와 함께 입을 다물었다. 위로 솟구치던 양탄자가 희부연 베일 같은 구름 속으로 뛰어든 것이었다. 구름 속에서 보니 그 희부연 것은 얇은 얼음 조각들이었는데, 크고 작은 그것들이 우박처럼 쏟아졌다.

둘 다 숨을 못 쉬고 헉헉거릴 때 양탄자가 구름을 벗어났다. 이번엔 둘 다 놀라서 숨을 쉴 수가 없었다. 달빛에 젖은 새로운 나라였다. 대보름달처럼 황금빛이 섞인 달빛이었다.

압둘라가 잠시 달을 찾아보려고 했지만 달은 어디에도 보이지 않았다. 그 빛은 크고 맑은 황금빛 별들이 박힌 은청색 하늘에서 직접 내려오는 듯했다. 그러나 압둘라가 하늘을 쳐다볼 수 있었던 것은 그때뿐이었다.

양탄자는 투명한 바닷가의 해안으로 빠져나와서 구름 바위에 부서지는 잔잔한 파도의 선을 따라 안개 속을 힘겹게 날아가고 있었다. 그 파도는 마치 금록색 비단처럼 속이 훤히 들여다보였지만 그것도 물은 물이었고 당장이라도 양탄자를 삼켜 버릴 것만 같았다. 공기는 따뜻했다.

두 사람의 옷과 머리는 물론이고 양탄자 위에도 반쯤 녹은 얼음이 수북이 쌓여 있었다. 처음 몇 분 동안 소피와 압둘라는 양탄자에 쌓인 얼음을 투명한 바다로 쓸어 내느라고 눈코 뜰 새 없이 바빴다. 얼음은 곧 바다 밑의 하늘로 가라앉아 사라져 갔다.

가벼워진 양탄자가 좀 더 높이 떠오르자 그들은 겨우 주위를 둘러볼 여유를 얻었고 또다시 숨이 막혔다. 압둘라가 해 질 녘마다 보았던 그 어렴풋한 황금빛의 수많은 만과 곶과 섬들이 두 사람 부근에서부터 까마득히 은빛으로 보이는 저 멀리까지 줄줄이 이어져 있었는데, 그 머나먼 바닷가에 작은 섬들이 고요히 떠 있는 풍경은 그야말로 천국을 떠올릴 만큼 매혹적인 절경이었기 때문이다. 맑디맑은 파도가 구름 해변에 부서질 때마다 아련한 속삭임 같은 소리가 들릴 뿐이었고, 그 소리는 오히려 적막을 더욱더 강조하는 듯했다.

이런 곳에서 말을 한다는 것은 온당치 못한 일처럼 느껴졌다. 소피가 압둘라를 툭 건드리면서 한 곳을 가리켰다. 가장 가까운 구름 곳 위에 성이 있었다. 우뚝 솟아오른 위풍당당한 탑들이 있었고, 희미한 은빛 창문들도 있었다.

역시 구름으로 만들어진 성이었다. 두 사람이 보고 있는 동안에도 제일 높은 몇 개의 탑이 스르르 옆으로 기울다가 산산이 흩어져 사라졌고, 또 다른 탑들은 차츰 낮아지면서 넓어졌다.

성은 그들의 눈앞에서 얼룩처럼 번져 마침내 거대하고 위압적인 요새로 변했다가 다시 모습을 바꾸기 시작했다. 그러나 성은 여전히 그 자리에 있었고 여전히 성이었다. 양탄자는 두 사람을 바로 그 성으로 데려가는 것 같았다.

양탄자의 속도는 빠르게 걷는 정도였지만 마치 눈에 띄지 않으려고 조심하는 것처럼 해안선을 따라 조용히 움직이고 있었다. 파도 건너편에는 저녁놀의 잔광 같은 붉은색과 은색으로 물든 구름 덤불들이 있었다. 양탄자는 킹스베리 평야에서 나무 뒤로 숨었던 것처럼 덤불 뒤에 숨어 몰래몰래 날면서 해안선을 타고 빙 돌아 그 곳을 향해 다가갔다.

양탄자가 날아가는 동안에도 계속 새로운 경치가 나타났다. 황금빛 바다 저 멀리 흐릿한 물체들이 움직이고 있었는데, 그것은 배 같기도 했고 저마다 나름대로 바쁜 구름 괴물 같기도 했다. 여전히 고요한 적막 속에 간간이 속삭이는 듯한 소리가 들렸다. 양탄자는 살금살금 뭍으로 올라갔다.

곳에는 더 이상 덤불이 없었다. 양탄자는 킹스베리에서 지붕 모양대로 구불텅구불텅 나아갔던 것처럼 구름 땅에 바싹 달라붙었다. 압둘라도 양탄자를 나무랄 수는 없었다. 저 앞에서는 성이 다시 변하고 있었는데, 이번에는 넓게 펼쳐지면서 거대한 천막으로 바뀌는 것이었다.

양탄자가 천막의 정문 앞으로 길게 이어진 어느 길로 접어들자 천막에서 여러 개의 둥근 지붕들이 불룩불룩 솟구치더니 어렴풋한 황금빛의 뾰족탑 하나가 불쑥 튀어나왔다. 마치 그들이 접근하는 것을 감시하는 듯했다.

양쪽 길가에 줄지어 늘어선 구름 형상들도 그들의 접근을 지켜보는 것 같았다.

마치 큰 구름에서 이따금씩 구름 한 가닥이 피어오르듯 구름땅에서 갈라져 나온 것 같은 형상들이었다. 그러나 성과는 달리 이 형상들은 모습을 바꾸지 않았다. 저마다 당당하게 뒷다리로 우뚝 서 있었는데, 해마나 체스판의 말을 좀 닮긴 했지만 말보다 더 무표정하고 쌀쌀맞은 얼굴들이었고, 얼굴 주변의 구불구불한 갈기는 구름도 아니고 털도 아니었다.

소피는 그들 앞을 지나갈 때마다 하나하나 자세히 살펴보면서 점점 더 못마땅해했다.

"조각품에 대한 취향이 아주 형편없군요."

압둘라는 얼른 이렇게 속삭였다.

"아, 조용히 좀 하세요! 말도 참 많으시네. 저건 조각품이 아니라 마신이 말했던 200명의 부하 천사들이라고요!"

그들의 목소리가 제일 가까이 있던 구름 형상의 주의를 끌었다. 그 형상은 안개처럼 꿈틀거리며 커다란 월장석(푸르스름한 섬광을 발하는 우윳빛 암석—옮긴이) 같은 눈을 스르르 뜨고 고개를 숙여 슬그머니 지나가는 양탄자를 내려다보았다.

소피가 말했다.

"우리를 막을 생각은 꿈에도 하지 마! 단지 내 아들을 찾으러 왔을 뿐이라고."

큼직한 눈이 껌벅거렸다. 이 천사는 그렇게 날카로운 말투에 익숙하지 않은 것이 분명했다. 천사의 양쪽 옆구리에서 구름처럼 하얀 날개가 펴지기 시작했다.

압둘라는 양탄자 위에서 황급히 일어나 허리를 굽혔다.

"참으로 고귀하신 천국의 심부름꾼이여, 인사드리옵니다. 방금 이 부인의 말씀이 좀 퉁명스럽긴 했지만 어김없는 진실입니다. 부디 부인을 용서하소서. 이분은 북쪽 나라 출신이니까요. 하지만 이분도 저처럼 결코 나쁜 뜻은 없습지요. 마신님들이 부인의 아드님을 돌봐주고 계신데, 우린 그저 그 아기를 되찾고 그분들께 심심한 감사의 말씀을 드리려고 찾아왔을 뿐이옵니다."

그러자 천사도 마음이 누그러진 모양이었다. 양쪽 날개가 구름 같은 옆구리로 녹아들듯 사라졌다. 천사는 이상하게 생긴 머리를 천천히 돌리면서 슬금슬금 도망치는 양탄자를 지켜보기는 했지만 막으려고 하지는 않았다. 그러나 그때쯤에는 길 건너편의 천사도 눈을 떴고, 다음 두 명도 양탄자 쪽을 보고 있었다.

압둘라는 감히 다시 앉을 수도 없었다. 그는 두 발에 힘을 주어 균형을 잡으면서 한 쌍의 천사들 앞을 지날 때마다 일일이 절을 했다. 결코 쉬운 일이 아니었다. 압둘라처럼 양탄자도 그 천사들이 얼마나 위험한 존재인지 잘 알았고, 그래서 점점 더 빠르게 움직이고 있었다.

심지어는 소피조차도 약간의 예절 때문에 손해 볼 일은 없다는 것을 깨달은 모양이었다. 정신없이 휙휙 지나가는 와중에도 천사들에게 고개를 까딱거렸다.

"안녕하세요. 오늘은 저녁놀이 참 예쁘네요. 안녕하세요."

그러나 그녀가 말할 수 있었던 것은 거기까지가 전부였다. 양탄자가 길의 마지막 구간을 허둥지둥 지나서 마침내 성문 앞에 이르렀기 때문이다.

성문은 굳게 닫혀 있었지만 양탄자는 하수구로 숨어드는 생쥐처럼 간단히 성문을 통과했다. 압둘라와 소피는 흐릿한 안개에 휩싸였다가 은은한 황금빛 속으로 빠져나왔다.

두 사람은 정원에 들어와 있었다. 그곳에서 양탄자는 젖은 행주처럼 바닥에 툭 떨어져 움직이지 않았다. 양탄자 전체가 가늘게 떨고 있었다. 두려움에 떠는 듯싶기도 했고, 힘이 들어 헐떡이는 듯싶기도 했고, 혹은 둘 다인 듯싶기도 했다.

정원 내부는 구름으로 만들어진 게 아니라 단단한 땅인 것 같아서 소피와 압둘라는 조심스럽게 발을 내려 보았다. 은녹색 잔디가 자라는 탄탄한 풀밭이었다. 멀찌감치 보이는 가지런한 산울타리 사이에서 분수대가 물을 뿜어내고 있었다. 소피는 그 분수대를 바라보고 주위를 둘러보더니 눈살을 찌푸리기 시작했다.

압둘라는 허리를 굽히고 상냥한 손길로 양탄자를 둘둘 말면서 잘 토닥거리며 부드럽게 달래 주었다.

"참으로 용감한 양탄자야, 정말 잘했다. 자자, 무서워하지 마. 제아무리 막강한 마신이라도 너를 해치지 못하게 지켜줄 테니까. 실오라기 하나, 실밥 하나도 건드리지 못할 거야."

그러자 소피가 말했다.

"모건이 꼬맹이였을 때 병사가 그렇게 호들갑을 떨더니 지금 당신도 비슷하네요. 성은 저쪽이에요."

그들은 그쪽으로 걸음을 옮겼다. 소피는 빈틈없는 눈으로 주위를 둘러보다가 한두 번 콧방귀를 뀌었고, 압둘라는 양탄자를 어깨 위에 다정히 둘러메고 있었다. 그는 이따금씩 양탄자를 토닥거렸는데, 차츰 양탄자의 떨림이 가라앉는 것을 느낄 수 있었다. 그들은 한참 동안을 그렇게 걸어갔다.

그 정원은 구름으로 만든 것이 아니었는데도 계속 변하면서 넓어졌기 때문이다. 산울타리는 연분홍색 꽃들이 피어 있는 멋드러진 둔덕이 되었고, 분수대는 멀리서도 줄곧 또렷하게 볼 수 있었지만 지금은 수정이나 귀감람석으로 만들어진 것 같았다.

몇 걸음 더 가 보니 사방에 보석이 박힌 화분들이 즐비했고, 양치

류가 무성했고, 색칠한 기둥들을 타고 덩굴식물이 자라고 있었다. 소피의 콧방귀 소리가 더 커졌다. 지금의 분수대는 은으로 덮여져 사파이어를 박은 것으로 보였다.

소피가 말했다.

"그 마신이 남의 성을 제멋대로 바꿔 놨군요. 내가 착각한 게 아니라면 여긴 우리 화장실이었어요."

압둘라는 얼굴이 화끈 달아올랐다. 소피의 화장실이었든 아니었든 간에 이 정원은 압둘라가 상상하던 바로 그 정원이었기 때문이다. 처음부터 그랬듯이 하스루엘은 지금 압둘라를 조롱하고 있는 것이었다. 이윽고 앞쪽에 보이는 분수대가 포도주 빛 루비들이 반짝거리는 황금 분수대로 변했을 때는 압둘라도 소피처럼 화가 났다.

그는 씩씩거리며 말했다.

"헷갈리게 자꾸 변하는 건 그렇다 치더라도 정원을 이렇게 꾸미다니 말도 안 돼요. 정원은 자연스러워 보여야죠. 야성적인 부분이 필요해요. 넓은 땅에 초롱꽃도 잔뜩 심어 놓고 말예요."

"맞아요. 지금 저 분수대 좀 보세요! 화장실을 이 따위로 만들다니!"

분수대는 백금으로 되어 있었고 에메랄드가 박혀 있었다. 압둘라가 말했다.

"너무 야해서 우스꽝스럽네요! 내가 정원을 설계하게 되면……."

그때 어린아이의 비명 소리가 들려왔다. 두 사람은 냅다 뛰기 시작했다.

18

공주들이 너무 많아

비명 소리가 더 커졌다. 방향은 틀림없었다. 소피와 압둘라는 기둥들이 늘어선 회랑을 따라 그쪽으로 달려갔다. 소피가 헐떡거리며 말했다.

"모건이 아니네요. 더 나이 먹은 아이예요."

압둘라도 그 말이 옳다고 생각했다. 무슨 말인지 알아들을 수는 없지만 비명 속에 간간이 말이 섞여 있었다. 그리고 모건은 아직 폐활량이 모자라서 제아무리 목청껏 울부짖어도 이렇게 큰 소리를 낼 수는 없을 터였다. 너무 시끄러워 견디기 힘들 지경이 되었을 때 비명 소리는 꺽꺽거리는 흐느낌으로 바뀌었다. 그 소리가 차츰 낮아지면서 끈질기게 '와앙, 와앙, 와앙!' 하는 울음소리로 바뀌었고, 그 소리를 도저히 참을 수 없게 되었을 때 아이는 다시 목청을 높여 신경질적인 비명을 지르기 시작했다.

소피와 압둘라는 그 소리를 따라서 회랑의 끝을 지나 거대한 구름방에 들어서게 되었다. 그들은 신중하게 기둥 뒤로 몸을 숨겼다. 소피가 말했다.

"여긴 우리 큰방이에요. 그걸 풍선처럼 부풀려 놨다고요!"

어마어마하게 넓은 방이었다. 비명을 지르는 아이는 방 한복판에 있었다. 네 살쯤 된 여자아이였는데, 곱슬곱슬한 금발에 하얀색 잠옷을 입고 있었다. 얼굴은 새빨갰고 입은 시커먼 네모꼴이었다. 아이는 녹색 반암 바닥에 몸을 던졌다가 벌떡 일어나서는 다시 몸을 던지곤 했다. 화가 머리끝까지 치밀어 오른 모습이었다. 거대한 방 안에 요란한 메아리가 울려 퍼지고 있었다.

소피가 압둘라에게 중얼거렸다.

"발레리아 공주님이네요. 그럴 줄 알았어요."

울부짖는 공주 앞에는 하스루엘이 컴컴하고 거대한 그림자처럼 우뚝 서 있었다. 그보다 훨씬 작고 창백한 마신 하나가 그 뒤에 숨어 갈팡질팡하고 있었다. 작은 마신이 고함을 질렀다.

"어떻게 좀 해 봐!"

목소리가 마치 은나팔 소리 같아서 겨우겨우 알아들을 수 있을 정도였다.

"쟤 때문에 돌아 버리겠어!"

하스루엘이 허리를 굽히더니 발레리아의 울부짖는 얼굴 앞에 그

　　　　　　　　2. 양탄자 상인 압둘라

거대한 얼굴을 들이대고 우렁찬 소리로 부드럽게 속삭였다.

"꼬마 공주님, 그만 울어라. 아프게 하지 않을 테니까."

발레리아 공주의 대답은 일단 벌떡 일어나 하스루엘의 얼굴에 대고 비명을 지른 후 다시 바닥에 몸을 던지고는 데굴데굴 구르며 발버둥을 치는 것이었다. 그러면서 떠들썩하게 소리쳤다.

"와앙, 와앙, *와아앙! 나 집에 갈래! 아빠한테 갈래! 유모한테 갈래! 저스틴 삼촌한테 갈래! 와아아앙!*"

하스루엘도 필사적으로 속삭였다.

"꼬마 공주님!"

그러자 틀림없이 달젤인 듯한 다른 마신이 나팔 소리로 외쳤다.

"그렇게 속닥거리기만 하면 어떡해? 마법을 써 보란 말이야! 행복한 꿈이나, 침묵 마법이나, 곰인형 천 개나, 사탕 과자 1톤이나! *뭐든지!*"

하스루엘은 동생을 향해 돌아섰다. 그가 날개를 펴 퍼덕거리자 맹렬한 돌풍이 일어나면서 발레리아의 머리가 흩날리고 옷자락이 마구 나부꼈다. 소피와 압둘라도 재빨리 기둥에 달라붙지 않았다면 바람에 날려가고 말았을 것이다. 그러나 그런 돌풍도 발레리아 공주의 소란을 잠재울 수는 없었다. 오히려 비명 소리가 더 커졌다.

하스루엘이 우렁차게 말했다.

"그런 방법은 벌써 다 *써 봤다,* 동생아!"

발레리아 공주는 이제 끈질기게 고함을 지르고 있었다.

"엄마~아! 엄마~아! 저것들이 자꾸 날 괴롭혀!"

하스루엘도 목소리를 높일 수밖에 없었다. 그야말로 천둥 같은 소리였다.

"이렇게 화가 난 아이를 달랠 수 있는 마법은 거의 없다는 것도 모르냐?"

달젤은 창백한 손으로 귀를 틀어막고—버섯을 닮은 뾰족한 귀였다—날카롭게 외쳤다.

"어쨌든 참을 수가 없다고! 정 그렇다면 100년 동안 잠들게 하면 되잖아!"

하스루엘이 고개를 끄덕였다. 그리고 바닥에서 몸부림치며 비명을 지르는 발레리아 공주를 향해 돌아서더니 그녀의 머리 위로 거대한 손을 폈다.

소피가 압둘라에게 말했다.

"아, 저런! 어떻게 좀 해 봐요!"

그러나 압둘라도 어찌해야 좋을지 몰랐고, 더구나 마음속으로는 저 끔찍한 소음을 멈출 수만 있다면 어떤 방법이든 상관없다고 생각하고 있었다. 그래서 머뭇거리며 기둥에서 조금 물러서기만 했을 뿐, 아무것도 하지 않았다. 그런데 다행히 하스루엘의 마법이 발레리아 공주에게 눈에 띄는 효력을 발휘하기 전에 다른 사람들이 몰려오고 있었다. 크고 걸걸한 목소리가 소란을 뚫고 들려 왔다.

"왜 이렇게 시끄러워요?"

그러자 두 마신 모두 주춤주춤 뒷걸음질을 쳤다. 지금 들어온 사람들은 모두 여자였고 또한 모두 한결같이 불쾌한 표정이었다. 그러

2. 양탄자 상인 압둘라

나 그들의 공통점은 단지 그 두 가지뿐인 것 같았다. 30명쯤 되는 여자들이 한 줄로 서서 두 마신을 비난하듯 노려보고 있었는데, 키가 큰 여자, 작은 여자, 통통한 여자, 마른 여자, 젊은 여자, 늙은 여자 등등 모두 제각각이었고 얼굴도 인류의 모든 피부색을 두루 망라하고 있었다. 압둘라는 놀란 눈으로 여자들을 훑어보았다. 그들은 납치된 공주들이 분명했다. 바로 그것이 그들의 세 번째 공통점이었다. 그 밖에는 압둘라에게서 제일 가까운 작고 가냘프고 얼굴이 노르스름한 공주에서부터 중간쯤에 끼어 있는 늙고 구부정한 공주까지 정말 각양각색이었다.

옷차림도 무도회 드레스에서부터 투박한 모직 옷까지 온갖 옷들이 골고루 섞여 있었다. 방금 소리쳤던 여자는 다른 사람들보다 조금 앞으로 나와 있었는데, 중키에 단단한 체격을 가진 공주였다. 승마복을 입고 있었다. 얼굴은 야외 활동 때문에 햇볕에 그을리고 약간의 주름살이 생겼지만 아주 거침없고 현명해 보였다. 그녀는 숨기지 않고 경멸 어린 시선으로 두 마신을 노려보았다.

"정말 어처구니가 없네요! 막강한 힘을 가진 존재 둘이서 고작 우는 아이 하나를 달래지 못하다니!"

그러고 나서 발레리아에게 다가가더니 버둥거리는 엉덩이를 찰싹 때리는 것이었다.

"조용히 해!"

효과 만점이었다. 발레리아 공주는 평생 단 한 번도 맞아 본 적이 없었다. 그녀는 마치 총에 맞은 것처럼 몸을 뒤집고 발딱 일어나 앉았다. 그리고 퉁퉁 부은 눈으로 거침없는 공주를 놀란 듯 쳐다보았다.

"날 *때렸어!*"

그러자 거침없는 공주가 말했다.

"맞을 짓을 하면 또 때려 줄 거야."

"그럼 난 비명을 지를 테야."

발레리아의 입이 다시 네모꼴로 변했다. 그녀는 깊은 숨을 들이마셨다.

"아하, 그건 안 되지."

거침없는 공주가 발레리아를 반짝 안아들더니 재빨리 뒤에 서 있는 두 공주에게 넘겨주었다. 그러자 그 두 공주와 다른 몇 명의 공주들이 발레리아를 빙 둘러싸고 달래기 시작했다. 발레리아는 그 속에서 다시 비명을 지르기 시작했지만 그다지 자신만만한 목소리는 아니었다. 거침없는 공주는 양손을 허리에 얹고 경멸하는 태도로 마신들을 향해 돌아섰다.

"*봤죠?* 약간 단호하게, 그리고 친절하게만 하면 간단하다고요. 하지만 당신들이 *이렇게* 하는 걸 기대하기는 힘든 일이겠지!"

그러자 달젤이 그녀 쪽으로 다가갔다. 이젠 아까처럼 괴롭지 않기 때문일까, 압둘라는 달젤의 모습이 사뭇 아름답다는 것을 발견하고 깜짝 놀랐다. 버섯처럼 생긴 귀와 갈고리 같은 발을 제외하면 키도 훤칠하고 천사처럼 생긴 사내였다. 머리는 황금빛 곱슬머리였고, 좀 작고 지지러진 듯했지만 날개 역시 황금빛이었다. 그의 새빨간 입술에 달콤한 미소가 번져 갔다. 전체적으로 그는 자기가 사는 이 신기

2. 양탄자 상인 압둘라

한 구름 왕국에 걸맞은 비범한 아름다움을 지니고 있었다.

"제발 저 애를 데려가서 달래 줘라, 비어트리스 공주, 내 아내들 중에서도 특출한 아내여."

이때 거침없는 공주는 안 그래도 다른 공주들에게 발레리아를 데려가라고 손짓을 하고 있었는데, 달젤의 그 말을 듣더니 날카롭게 홱 돌아섰다.

"이봐요, 전에도 말했지만 우리 중에 당신 아내는 한 명도 없다고요. 밤새도록 그렇게 불러 봐도 달라지는 건 아무것도 없어요. 우린 당신 아내가 아니고, 앞으로도 그렇게 될 생각은 손톱만큼도 없다고요!"

"그래요!"

대부분의 공주들이 맞장구를 쳤다. 일사불란하지는 않지만 어조는 단호했다. 그러더니 딱 한 명만 남고 전체가 일제히 돌아서서 흑흑 흐느끼는 발레리아 공주를 데리고 횡하니 나가 버렸다.

소피의 얼굴에 기쁨의 미소가 떠올랐다.

"공주님들이 꽤 잘하고 있는 것 같네요!"

그러나 압둘라는 그 말을 듣고 있을 겨를이 없었다. 혼자 남은 공주는 바로 밤의꽃이었기 때문이다. 언제나 그렇듯이 그녀는 압둘라가 기억하는 모습보다 두 배는 더 아름다웠다. 그 크고 까만 눈으로 심각하게 달젤을 응시하는 자태가 한없이 사랑스럽고 엄숙해 보였다. 밤의꽃은 정중하게 고개를 숙였다. 그녀를 보게 되자 압둘라의 오감이 일제히 흥분했다. 주변의 구름 기둥들이 흔들거리면서 나타났다 사라졌다 하는 것 같았다. 기쁨에 겨워 심장이 쿵쾅거렸다.

'그녀가 무사하다! 그녀가 여기 있다!'

그녀는 달젤에게 말하고 있었다.

"용서하세요, 위대한 마신이여. 여쭤볼 것이 있어서 남았습니다."

시원한 분수 같은 목소리, 압둘라가 기억하는 것보다 더욱더 음악적이고 명랑한 목소리였다. 그런데 어이없게도 달젤은 혐오스러운 듯한 반응을 보이고 있었다.

"이런, 또 *너야*?"

달젤이 나팔 같은 목소리로 그렇게 말하자 뒤쪽에서 컴컴한 기둥처럼 서 있던 하스루엘이 팔짱을 끼면서 심술궂게 씩 웃었다.

"그래요, 저예요. 술탄들의 딸을 납치하는 분이여, 제가 여쭤보려는 것은 그 아이가 무엇 때문에 울기 시작했느냐는 거예요."

그러자 달젤이 대꾸했다.

"그걸 내가 어떻게 알아? 넌 내가 대답할 수 없는 질문만 하는구나! 그건 왜 묻는 거냐?"

"아으, 지배자들의 자손을 강탈하는 분이여, 왜냐하면 그 아이를 달래는 가장 쉬운 방법은 애당초 화가 난 원인을 찾아 해결하는 것이기 때문이지요. 이건 제가 어린 시절의 경험에서 배운 것 입니다. 저도 자주 성질을 부리곤 했으니까요."

'설마!'

압둘라는 밤의꽃이 일부러 거짓말을 하는 것이라고 생각했다. 그녀처럼 상냥한 여자가 무슨 일로든 그렇게 악을 쓰며 울었을 리가 없다! 그런데 뜻밖에도 달젤은 간단히 그 말을 믿어 버리는 것이었다.

"틀림없이 그랬겠지!"

그러자 밤의꽃이 다시 캐물었다.

"그럼 원인이 무엇이었습니까, 왕족을 유괴하는 분이여? 혹시 그 애가 궁전으로 돌아가고 싶어 하는 건가요, 자기 인형을 원하나요, 아니면 단지 그대의 얼굴을 보고 무서워서······."

그때 달젤이 말을 가로챘다.

"네가 노리는 게 그건지 모르겠지만 난 그 애를 돌려보낼 수 없다. 그 애도 이젠 내 아내야."

그러나 밤의꽃은 정중하게 말을 이었다.

"여인들을 수집하는 분이여, 그렇다면 원컨대 그 애가 무엇 때문에 울기 시작했는지 알아내시기 바랍니다. 그것을 모르는 상태에서는 서른 명의 공주도 그 애를 진정시킬 수 없으니까요."

아닌 게 아니라 그녀가 말하는 사이에 멀리서 발레리아 공주의 목소리가 다시 커지고 있었다.

'와앙, 와앙, 와아앙!'

"이건 경험에서 말씀드리는 것입니다. 저도 발이 커져서 아끼던 신발을 신을 수 없게 되었을 때 아예 목소리가 안 나올 때까지 꼬박 1주일 동안이나 밤낮으로 울어 댄 적이 있었지요."

이때 압둘라는 밤의꽃이 어김없는 사실을 말하고 있다는 것을 알 수 있었다. 그래서 믿으려고 했지만 그토록 사랑스러운 밤의꽃이 방바닥에 드러누워 발버둥 치며 울부짖는 모습은 도저히 상상할 수가 없었다.

그러나 달젤은 이번에도 쉽사리 믿어 버렸다. 그리고 진저리를 치면서 성난 몸짓으로 하스루엘을 돌아보았다.

"빨리 생각 좀 해 봐! 그 애는 형이 데려왔잖아. 뭣 때문에 울기 시작했는지 봤을 거 아냐?"

그러자 하스루엘의 구릿빛 얼굴이 무력감으로 일그러졌다.

"동생아, 난 그 애를 우선 부엌으로 데려갔다. 하얗게 겁에 질린 채 너무 조용해서 사탕 과자라도 먹여 주면 기뻐할까 싶어서였지. 하지만 그 애는 사탕 과자를 요리사의 개한테 던져 주고 계속 말이 없었어. 그러다가 울기 시작한 건 너도 알다시피 내가 그 애를 다른 공주들한테 데려다준 뒤였고, 비명을 지르기 시작한 건 네가 이리로 데려오라고 해서……."

그때 밤의꽃이 손가락 하나를 치켜들었다.

"아하!"

두 마신은 그녀를 돌아보았다.

"알았어요. 틀림없이 요리사의 개 때문일 거예요. 아이들은 동물 때문에 떼를 쓸 때가 많죠. 유괴범들의 왕이여, 그대의 요리사에게 그 개를 우리 거처로 데려오라고 하세요. 그러면 저 소란도 금방 가라앉을 거예요."

달젤이 대답했다.

"좋다."

그리고 하스루엘에게 나팔 같은 소리로 명령했다.

"어서 해!"

밤의꽃은 다시 고개를 숙였다.

"감사합니다."

그리고 돌아서서 우아하게 걸어 나갔다.

소피가 압둘라의 팔을 흔들었다.

"우리도 따라가요."

압둘라는 움직이지도 않고 대꾸도 하지 않았다. 그저 밤의꽃의 뒷모습을 멍하니 바라볼 뿐이었다. 그는 자기가 정말 그녀를 보고 있다는 사실을 믿을 수가 없었다. 그리고 달젤이 당장 그의 발 앞에 엎드려 그녀를 흠모하지 않는다는 사실도 믿을 수가 없었다. 물론 그래서 다행이라는 것은 인정해야 했지만 그래도…….

"저분이 당신의 공주님이군요?"

소피가 압둘라의 얼굴을 힐끔 쳐다보더니 대뜸 그렇게 물었다. 압둘라는 황홀한 표정으로 고개를 끄덕였다.

"그렇다면 당신도 안목이 꽤 높군요. 아무튼 저놈들이 눈치채기 전에 빨리 가자고요!"

그들은 살금살금 기둥 뒤를 벗어나서 그 거대한 방 쪽을 연신 경계하며 밤의꽃이 걸어간 방향으로 걸음을 옮겼다. 멀리서 보니 시무룩한 표정의 달젤은 몇 개의 계단 위에 놓인 거대한 옥좌 위에 올라가 앉아 있었다. 이윽고 하스루엘이 어디 있는지 모를 부엌에서 돌아왔을 때 달젤은 그에게 옥좌 옆에 무릎을 꿇으라고 손짓을 했다. 아무도 두 사람이 있는 쪽은 돌아보지 않았다. 소피와 압둘라는 발끝으로 살금살금 걸어 어느 아치 길로 접어들었다. 밤의꽃이 들어올리고 지나간 커튼이 아직도 흔들리고 있었다. 두 사람도 커튼을 젖히고 따라갔다.

그들이 들어선 곳은 넓고 환한 방이었는데, 그 안에는 공주들이 너무 많아 어지러울 정도였다. 그중 어딘가에서 발레리아 공주가 흐느끼며 말했다.

"지금 집에 가고 싶어!"

누군가 대답했다.

"울지 마. 곧 가게 될 거야."

비어트리스 공주의 목소리도 들렸다.

"정말 멋지게 울어 줬어, 발레리아. 우리 모두는 네가 자랑스러워. 하지만 이젠 뚝 그쳐. 착하지?"

그러자 발레리아가 흐느꼈다.

"못 그치겠어! *버릇*이 됐나 봐!"

소피는 방 안을 둘러보며 점점 더 분개하고 있었다.

"이건 우리 *벽장*이네요! 나 참!"

그러나 압둘라는 그녀에게 신경 쓸 겨를이 없었다. 아주 가까운 곳에서 밤의꽃의 나지막한 음성이 들려왔기 때문이다.

"비어트리스!"

비어트리스 공주가 그 소리를 듣고 여러 공주들 틈에서 달려 나왔다.

"말하지 마세요. 성공했군요. 잘하셨어요. 밤의꽃님, 당신만 가면

　　　　　　　　2. 양탄자 상인 압둘라

그 마신들은 뭐가 뭔지도 모르고 꼼짝없이 당하거든요. 이젠 그 남자만 승낙하면 모든 게 순조로울 텐데……."

그러다가 소피와 압둘라를 발견했다.

"두 분은 어디서 불쑥 나타난 거죠?"

밤의꽃도 휙 돌아섰다. 그리고 압둘라를 보는 순간, 잠깐 동안이었지만 그녀의 표정 속에는 압둘라가 기대했던 모든 것이 담겨 있었다. 그를 알아보고 느끼는 기쁨, 사랑, 그리고 자랑스러움.

'당신이 날 구하러 올 줄 알았어요!'

그녀의 크고 까만 눈은 그렇게 말하고 있었다. 그러나 압둘라는 곧 상심했고 어리둥절했다. 그녀의 얼굴에서 그 모든 감정들이 싹 지워지면서 그저 담담하고 예의 바른 표정으로 변했기 때문이다. 그녀가 정중히 고개를 숙였다.

"이분은 잔지브에서 오신 압둘라 왕자님이에요. 하지만 숙녀분은 저도 모르는 분이네요."

밤의꽃의 그런 태도는 멍해져 있던 압둘라를 단숨에 흔들어 깨워놓았다. 압둘라는 그녀가 소피 때문에 질투를 느낀 거라고 생각했다. 그래서 얼른 고개를 숙이며 서둘러 설명했다.

"아으, 왕관에 박힌 진주알 같은 두 공주님, 이분은 왕실 마법사 하울 님의 부인이며 아드님을 찾으러 이곳에 오셨습니다."

비어트리스 공주는 햇볕에 그을린 예리한 인상의 얼굴을 소피에게로 향했다.

"아, 그 아기가 당신 아들이었군요! 혹시 하울 님도 함께 오셨나요?"

소피는 쓸쓸히 대답했다.

"아뇨. 저도 그이가 여기 있기를 바랐는데요."

그러자 비어트리스 공주가 말했다.

"여긴 흔적도 없네요. 아쉽군요. 그분이 우리나라를 정복하는 일을 거들긴 했지만 여기 계시면 큰 도움이 될 텐데. 하지만 아드님은 우리가 데리고 있어요. 이쪽으로 오세요."

비어트리스 공주는 발레리아 공주를 달래고 있는 공주들을 지나 더 안쪽으로 앞장서서 걸어갔다. 밤의꽃도 그녀와 함께 갔으므로 압둘라도 따라갔다. 그는 점점 더 고민스러웠다. 밤의꽃은 이제 압둘라를 거의 쳐다보지도 않고, 그저 다른 공주들 앞을 지나칠 때마다 정중히 고개를 숙이며 점잖게 한 명씩 소개할 뿐이었다.

"알베리아의 공주님, 파르크탄의 공주님, 타이악의 왕녀님, 이쪽은 페익스탄의 공주님, 그 옆은 인히코의 파라곤님, 그 뒤에 계신 분은 도리뮌드의 공주님이십니다."

질투심이 아니라면 도대체 무엇 때문일까? 압둘라는 비참하기만 했다. 방 안쪽에는 쿠션들이 놓인 넓은 의자가 있었다. 소피가 투덜거렸다.

"내 잡동사니 선반!"

의자 위에는 세 명의 공주가 앉아 있었다. 압둘라가 아까 보았던 늙은 공주, 외투를 뒤집어쓰고 있는 펑퍼짐한 공주, 그리고 중간에 앉은 사람은 키가 작고 피부가 노르스름한 공주였다. 작은 공주의 잔가지 같은 팔에는 토실토실하고 발그레한 모건이 안겨 있었다.

밤의꽃이 점잖게 말했다.

"제대로 발음하긴 힘들지만 저분은 찹판의 대공녀님이에요. 오른쪽에 계신 분은 하이놀랜드의 공주님이고 왼쪽은 쟘의 쟈린님이죠."

조그마한 찹판의 대공녀는 자기 몸에 비해 너무 큰 인형을 안고 있는 어린애처럼 보였지만 대단히 능숙하고 안정된 자세로 모건에게 커다란 젖병을 물리고 있었다.

비어트리스 공주가 말했다.

"저분이 잘 돌봐 주고 있어요. 본인에게도 잘된 일이죠. 더 이상 침울해하지 않거든요. 아이를 열네 명이나 낳으셨대요."

그러자 그 작은 공주가 수줍은 미소를 지으며 고개를 들고 혀짧은 소리로 조그맣게 말했다.

"덤부 아들이었디요."

모건은 손가락과 발가락을 구부렸다 폈다 하고 있었다. 그야말로 행복한 아기의 표본처럼 보였다. 소피는 잠시 모건을 물끄러미 바라보았다. 그러다가 혹시 독이라도 묻었을까 봐 걱정스러운 듯이 이렇게 물었다.

"저 젖병은 어디서 난 거죠?"

작은 공주가 다시 고개를 들었다. 그리고 미소를 지으며 작디작은 손가락으로 가리켰다. 비어트리스 공주가 설명해 주었다.

"우리말을 잘 못하시거든요. 그래도 저 정령은 알아듣는 것 같더군요."

작은 공주의 가느다란 손가락은 의자 옆의 바닥을 가리키고 있었는데, 허공에 떠 있는 그녀의 작은 발 밑에는 낯익은 파란색 병이 놓여 있었다.

압둘라는 당장 그쪽으로 몸을 던졌다. 그 순간 펑퍼짐한 잠의 쟈린도 동시에 몸을 던졌는데, 뜻밖에도 그녀는 아주 크고 힘센 손을 가지고 있었다. 서로 병을 차지하려고 힘겨루기를 하고 있을 때 병 속에서 정령이 소리쳤다.

"그만해! 아무리 그래도 난 절대로 안 나가! 그 마신들이 이번엔 틀림없이 나를 죽일 거라고!"

압둘라는 두 손으로 병을 움켜쥐고 확 잡아당겼다. 그 서슬에 쟈린이 뒤집어쓰고 있던 외투가 훌렁 벗겨졌다. 압둘라는 난데없이 텁수룩한 잿빛 머리카락과 주름진 얼굴 그리고 휘둥그런 푸른 눈을 보게 되었다. 병사는 정령의 병을 놓아 주며 쑥스러운 미소를 지었다. 그러자 얼굴의 주름살이 움직여 순진무구한 표정으로 돌변하는 것이었다.

압둘라는 역겹다는 듯이 말했다.

"당신!"

그러자 비어트리스 공주가 설명했다.

"저의 충성스러운 백성이에요. 저를 구하려고 나타났죠. 좀 곤란한 상황이라서 변장을 시켜야 했어요."

그때 소피가 압둘라와 비어트리스 공주를 옆으로 밀어냈다.

"그 사람 나한테 넘겨요!"

19

병사와 요리사와
양탄자 상인의 요구

　　　　　　　　　　　　　잠깐 동안이었지만 엄청난 소동이
벌어지는 바람에 발레리아 공주의 울음소리도 완전히 묻혀 버렸다.
대부분의 소음은 소피가 일으킨 것이었다. 그녀는 '도둑'이나 '거짓
말쟁이'처럼 온건한 낱말로 시작하더니 차츰 강도를 높여 가며 목
청껏 병사를 비난했다. 그중에는 압둘라가 여태껏 들어 보지도 못
한 죄목도 많았고, 심지어는 병사가 저질러 볼 생각조차 못해 봤을
것 같은 죄목들도 수두룩했다. 그 소리를 들으면서 압둘라는 그녀
가 까만밤이었을 때 내곤 했던 쇠도르래 소리도 차라리 지금의 목
소리보다는 듣기 좋았다고 생각했다. 그러나 소음의 일부는 병사의
것이었다. 그는 한쪽 무릎을 세우고 두 손을 입에 갖다 대고 점점

더 큰 소리로 고함을 지르고 있었다.

"까만밤, 아니, 부인! 내가 설명하겠소, 까만······ 아니, 부인!"

비어트리스 공주도 걸걸한 목소리로 연거푸 말했다.

"아뇨, *내가* 설명할게요!"

다른 공주들도 저마다 소리치며 소동에 합세했다.

"아, *제발* 조용히들 하세요! 마신들이 듣겠어요!"

압둘라는 소피를 말려 보려고 애원하듯 그녀의 팔을 흔들었다. 그러나 그녀는 막무가내였다. 그런데 때마침 모건이 젖병에서 입을 떼고 성가신 듯 두리번거리더니 결국 울기 시작했다. 소피는 당장 입을 딱 다물었다가 이윽고 이렇게 말했다.

"좋아요, 그럼. 설명해 봐요."

병사가 말했다.

"아기를 데려올 생각은 없었소."

그러자 소피가 따져 물었다.

"*뭐라고요?* 그럼 우리 애를 버리려고······."

병사는 얼른 이렇게 말했다.

"아뇨, 아뇨. 정령한테 난 저 애를 누군가 돌봐 줄 사람이 있는 곳으로 보내고 나를 잉거리의 공주가 있는 곳으로 데려다 달라고 했소. 보상금을 노렸다는 걸 부인하진 않겠소."

그러더니 압둘라에게 호소했다.

"하지만 그 정령이 어떤 놈인지 자네도 알지? 어느새 둘 다 여기에 와 있더라고."

2. 양탄자 상인 압둘라

압둘라는 정령의 병을 치켜들고 물끄러미 바라보았다. 병 속에서 정령이 부루퉁하게 말했다.

"소원대로 해 줬잖아."

그때 비어트리스 공주가 말했다.

"아기는 목이 터져라 울어 대고 있었죠. 그게 무슨 소린지 알아보려고 달젤이 하스루엘을 보냈는데, 궁리 끝에 저는 발레리아 공주가 한바탕 떼쓰는 중이라고 둘러댔어요. 그래서 발레리아한테 비명을 지르라고 할 수밖에 없었고요. 바로 그때 밤의꽃이 계획을 세우기 시작했어요."

그녀는 밤의꽃을 돌아보았다. 밤의꽃은 뭔가 딴생각을 하고 있는 것이 분명했다. 그러나 압둘라는 그것이 자기와는 아무 상관도 없는 생각이라는 것을 알아차리고 또 쓸쓸해졌다. 그녀는 방 저쪽을 보고 있었다.

"비어트리스, 요리사가 개를 데리고 온 것 같아요."

그러자 비어트리스가 말했다.

"아, 잘됐네요. 다들 따라오세요."

그녀는 방 한복판으로 성큼성큼 걸어갔다.

그곳에는 길쭉한 요리사 모자를 쓴 남자가 서 있었다. 백발이 성성하고 주름진 남자로 눈이 하나밖에 없었다. 그의 다리 옆에는 개한 마리가 바짝 달라붙어 가까이 다가오는 공주들에게 으르렁거리고 있었다.

"자말!"

압둘라는 그렇게 외친 후 다시 정령의 병을 치켜들고 바라보았다. 정령이 항변했다.

"잔지브를 제외하고 제일 가까운 궁전은 바로 여기였다고."

압둘라는 오랜 친구가 무사한 것을 확인하게 되어 기쁜 나머지 더 이상 정령에게 따지려고 하지 않았다. 그리고 예절도 깡그리 잊어버린 채 허둥지둥 열 명의 공주들을 제치고 달려가 자말의 손을 꼭 잡았다.

"나의 친구여!"

자말이 애꾸눈을 크게 떴다. 그 눈에서 눈물 한 방울이 흘러내렸고 자말도 압둘라의 손을 힘껏 쥐었다.

"자네도 무사했군!"

자말의 개가 뒷다리로 펄쩍 뛰더니 압둘라의 배에 앞발을 올려놓고 다정하게 헐떡거렸다. 익숙한 오징어 냄새가 진동했다. 발레리아가 다시 비명을 지르기 시작했다.

"저 개는 싫어! 냄새가 **지독해!**"

그러자 적어도 대여섯 명의 공주가 한꺼번에 말했다.

"아, 조용히 해! 그냥 좋아하는 척만 하면 돼. 우린 저 사람의 도움이 필요하단다."

발레리아 공주가 고함을 질렀다.

"**난······ 죽어도······ 싫다니까······.**"

그러자 작은 공주를 못마땅한 듯이 내려다보고 있던 소피가 부리나케 발레리아 앞으로 다가왔다.

2. 양탄자 상인 압둘라

"그만하세요, 발레리아 공주님. 절 기억하시죠?"

발레리아는 소피를 기억하고 있는 것이 분명했다. 얼른 소피에게 달려들어 두 팔로 그녀의 다리를 부둥켜안더니 아까보다 훨씬 더 진실하게 울음을 터트렸다.

"소피, 소피, 소피! 집에 데려다줘!"

소피는 방바닥에 주저앉아 발레리아를 껴안았다.

"자자, 물론 데려다 드려야죠. 단지 우선은 준비가 좀 필요해요."

그리고 주위에 있는 공주들에게 말했다.

"참 이상하네요. 발레리아 공주님을 대하는 건 이렇게 능숙한데 모건은 떨어뜨릴까 봐 겁나거든요."

그러자 하이놀랜드의 늙은 공주가 소피 곁에 뻣뻣하게 앉으면서 말했다.

"곧 익숙해질 거예요. 누구나 그런다고 들었거든요."

밤의꽃이 방 한가운데로 나섰다.

"친구 여러분, 그리고 친절하신 세 신사분, 우린 이제 머리를 맞대고 이 난관에 대해 의논하고 빨리 여기서 벗어날 계획을 세워야 해요. 하지만 우선 문가에 침묵 마법을 걸어 두는 게 현명하겠죠. 유괴범들이 엿들으면 곤란하니까요."

그녀는 매우 신중하고 애매한 시선으로 압둘라가 들고 있는 정령의 병을 물끄러미 바라보았다. 정령이 말했다.

"싫어! 나한테 무슨 일이든 시키기만 해 봐. 모조리 두꺼비로 만들어 버릴 테니까."

그러자 소피가 말했다.

"내가 하죠."

그녀는 여전히 치맛자락에 매달린 발레리아를 데리고 문가로 가서 커튼을 쥐어 잡았다. 그리고 커튼에게 말을 걸었다.

"자, 너희들은 어떤 소리도 통과시키지 않을 거지? 벽들한테도 확실하게 얘기해 두렴. 우리가 이 방 안에서 하는 얘기는 아무도 못 듣게 해야 한다고 말해 줘."

대부분의 공주들이 안도하며 기뻐했다. 그러나 밤의꽃은 이렇게 말했다.

"솜씨 좋은 마녀님, 이러쿵저러쿵해서 죄송하지만 아무 소리도 안 들리면 마신들이 수상쩍게 여길 텐데요."

그러자 찹판의 작은 공주가 자신에 비해 너무 커 보이는 모건을 안고 앞으로 나섰다. 그리고 조심스럽게 아기를 소피에게 넘겨주었다. 소피는 겁에 질린 표정으로 모건을 받아 안았는데, 마치 금방이라도 터져 버릴 폭탄을 안고 있는 듯했다. 그래서 모건도 불편한 모양이었다. 그는 두 팔을 마구 내저었다. 작은 공주가 조그마한 두 손을 커튼에 올려놓고 있을 때 모건의 얼굴에는 시시각각 몹시 불쾌한 표정들이 스쳐 갔다. 그러더니 이런 소리를 냈다.

"*꺼억!*"

소피는 깜짝 놀라 하마터면 모건을 떨어뜨릴 뻔했다.

"맙소사! 아기들이 이런 짓도 하는 줄은 몰랐네요!"

그러자 발레리아가 깔깔 웃었다.

　　　　　　　　　　　　2. 양탄자 상인 압둘라

"내 동생도 맨날 그러는걸."

작은 공주는 이제 밤의꽃이 제기한 문제를 깨끗이 처리했다는 것을 손짓으로 표시했다. 모두들 귀 기울여 들어 보았다. 어딘가 멀리서 공주들이 즐겁게 잡담을 나누는 소리가 웅성웅성 들려왔다. 이따금씩 발레리아의 목소리 같은 고함 소리도 섞여 있었다.

밤의꽃이 말했다.

"아주 완벽해요."

그녀는 작은 공주에게 따뜻한 미소를 던졌다. 압둘라는 그녀가 자신에게도 그렇게 웃어 주었으면 좋겠다고 생각했다.

"자, 이제 다들 앉아서 탈출 계획을 짜도록 하죠."

사람들은 저마다 자기 방식대로 밤의꽃의 말에 따랐다. 자말은 의심쩍은 표정으로 개를 끌어안고 쪼그려 앉았다. 소피는 어설프게 모건을 품에 안고 바닥에 앉았고, 발레리아는 그녀에게 몸을 기대고 앉았다. 발레리아는 이제 아주 행복해 보였다. 압둘라는 자말 곁에 책상다리를 하고 앉았다. 그러자 병사가 다가오더니 두어 걸음 떨어진 곳에 앉았다. 압둘라는 정령의 병을 단단히 거머쥐고 다른 손으로 어깨 위의 양탄자도 꽉 붙잡았다.

비어트리스 공주가 압둘라와 병사 사이에 주저앉으며 입을 열었다.

"밤의꽃은 정말 대단해요. 여기 올 때만 하더라도 책에서 읽은 것 말고는 아무것도 몰랐거든요. 그런데 배우는 속도가 정말 빨라요. 이틀 만에 달젤을 손바닥 보듯 훤히 꿰뚫었죠. 그 불쌍한 마신 녀석은 이제 밤의꽃만 보면 벌벌 떨어요. 밤의꽃이 오기 전까지 난 그저 우리가 절대로 아내가 될 수 없다는 걸 그 녀석한테 분명히 말해 두는 정도가 고작이었어요. 그런데 밤의꽃은 생각의 크기부터 남다르더군요. 처음부터 탈출할 생각을 한 거죠. 지금까지 밤의꽃은 저 요리사를 끌어들여 도움을 받으려고 머리를 짜냈어요. 그리고 드디어 해낸 거예요. 밤의꽃 좀 보세요! 저 정도면 거대한 제국도 거뜬히 다스릴 수 있겠죠?"

압둘라는 처량하게 고개를 끄덕이면서, 다들 자리를 잡을 때까지 기다리며 서 있는 밤의꽃을 바라보았다. 그녀는 밤나들이 정원에서 하스루엘에게 납치당할 때 입고 있던 얇은 옷을 그대로 입고 있었다. 여전히 날씬하고 우아하고 아름다웠다. 그녀의 옷은 이제 구깃구깃했고 좀 너덜너덜했다. 그 옷의 구김살이나 삼각형으로 찢어진 조각이나 길게 풀린 실오라기 따위를 보면서 압둘라는 그런 것들이 하나하나 늘어날 때마다 밤의꽃도 뭔가 새로운 사실을 하나씩 배웠을 것이라고 믿었다.

'거대한 제국도 거뜬히 다스릴 수 있고말고!'

압둘라는 소피가 너무 강인한 여자라서 못마땅하게 생각했지만 굳이 비교하자면 밤의꽃은 소피보다 두 배는 더 강인한 것 같았다. 그러나 밤의꽃의 경우에는 그렇게 강인한 모습이 오히려 더 멋있어 보일 뿐이었다. 다만 압둘라를 비참하게 만드는 것은 그녀가 그에게도 조심스럽고 정중할 뿐, 어떤 면에서도 특별하게 대하지 않는다는 사실이었다. 그는 그 이유를 알고 싶었다.

이윽고 압둘라가 밤의꽃의 말을 귀 기울여 듣기 시작했을 때 그녀는 이렇게 말하고 있었다.

"문제는 우리가 갇혀 있는 이곳은 그냥 탈출하기만 해서는 아무 소용도 없다는 점이에요. 설령 요행히 마신들에게 들키거나 하스루엘의 천사들에게 잡히지 않고 이 성을 빠져나가더라도 결국 구름을 뚫고 곧장 까마득한 지상으로 떨어지겠지요. 그런 어려움은 어떻게든 해결하더라도……."

이때 그녀는 압둘라의 손에 들린 병을 보고 어깨 위의 양탄자도 유심히 바라보았다. 그러나 안타깝게도 압둘라의 얼굴만은 한사코 보지 않았다.

"달젤이 자기 형을 시켜 우리를 도로 잡아오게 한다면 어쩔 수 없고 말예요. 그러니까 가장 중요한 건 우선 달젤을 제압하는 일이에요. 다들 아시다시피 달젤이 힘을 갖게 된 것은 그가 자기 형 하스루엘의 생명을 훔쳤기 때문이죠. 하스루엘이 죽지 않으려면 그에게 복종해야 하니까요. 따라서 우리가 이곳을 벗어나기 위해서는 하스루엘의 생명을 찾아 주인에게 돌려주는 수밖에 없어요. 고귀하신 숙녀분들, 특출하신 신사분들 그리고 나무랄 데 없는 개, 누구든지 이 문제에 대한 의견을 말씀해 주세요."

그러면서 밤의꽃이 자리에 앉았다. 압둘라는 쓸쓸히 생각했다.

'아으, 나의 소중한 꽃이여, 정말 훌륭한 발언이었어요!'

그때 파르크탄의 뚱뚱한 공주가 툴툴거렸다.

"하지만 우린 아직도 하스루엘의 생명이 어디 있는지 모르잖아요!"

비어트리스 공주가 대답했다.

"맞아요. 그건 달젤만 알고 있죠."

그러자 타이악의 금발 공주가 투덜거렸다.

"그 못된 녀석은 걸핏하면 암시만 주면서 약을 올려요."

검은 피부의 알베리아 공주도 분하다는 듯이 말했다.

"자기가 얼마나 영리한지 과시하려는 거죠!"

그때 소피가 고개를 들었다.

"어떤 암시였는데요?"

그러자 적어도 스무 명 이상의 공주들이 한꺼번에 대답하는 바람에 한바탕 소동이 벌어졌다. 압둘라는 단 하나의 암시라도 들어 보려고 귀를 쫑긋 세웠고, 밤의꽃은 질서를 잡으려고 다시 몸을 일으켰다. 그때 병사가 큰 소리로 외쳤다.

"아, 다들 주둥이 좀 다물어요!"

그러자 모두 쥐 죽은 듯 고요해졌다. 공주들은 저마다 분노가 담긴 싸늘한 눈으로 병사를 노려보았다. 그러나 병사는 오히려 재미있어 했다.

"재잘재잘, 조잘조잘! 어디 마음껏 노려보쇼, 아가씨들. 하지만 노려보면서 잘들 생각해 봐요. 내가 탈출을 돕겠다고 했소? 그런 적 없지. 내가 왜 여러분을 도와야 되오? 달젤이 나한테 해코지하지도 않는데."

그러자 하이놀랜드의 늙은 공주가 말했다.

"그건 달젤이 당신을 아직 못 봤기 때문이에요. 좀 더 기다렸다가 달젤한테 들키면 어떻게 되는지 알고 싶어요?"

　　　　　　　　　　　　2. 양탄자 상인 압둘라

병사는 이렇게 대꾸했다.

"그것도 좋겠지요. 하지만 내가 도와줄 수도 있어요. 내가 돕지 않으면 여러분도 멀리는 못 가겠죠? 단 여러분 중 한 명이 나한테 그만한 대가를 해 준다면 말이오."

그러자 곧 일어서려던 자세에서 동작을 멈춘 밤의꽃이 사뭇 도도하면서도 아름다운 자태로 이렇게 물었다.

"천박한 용병이여, 어떤 대가 말인가요? 우리 아버님들은 한결같이 큰 부자예요. 우리가 돌아가면 당신에겐 엄청난 보상금이 쏟아질 거라고요. 각자 일정한 금액을 내놓으라는 건가요? 그거라면 얼마든지 해 줄 수 있어요."

병사가 대답했다.

"그것도 싫지는 않군. 하지만 내 말은 그게 아니었소, 예쁜 아가씨. 내가 이 일에 뛰어들 때는 나도 공주 한 명을 얻게 될 거라는 말을 들었소. 내가 원하는 건 바로 그거요. 공주와 결혼하는 것 말이오. 그러니까 여러분 중에서 한 명이 내 뜻을 받아 줘야겠소. 그걸 아무도 못 하거나 안 하겠다면 난 빠지겠소. 그리고 달젤한테 가서 협상할 거요. 여러분을 지키는 일을 내게 맡기라고."

그러자 다시 침묵이 찾아왔다. 아까보다 더 큰 분노와 더 싸늘한 시선들이 빗발쳤다. 이윽고 밤의꽃이 마음을 가다듬고 다시 일어났다.

"친구 여러분, 우리에겐 이 사람의 도움이 꼭 필요해요. 인정머리 없고 비열하고 교활한 사람이라서 더욱 그래요. 무엇보다 이렇게 짐승 같은 사람이 우리를 감시하게 된다면 정말 곤란한 일이죠. 그래서 저는 이 사람이 우리 중에서 아내를 선택할 수 있게 해 줘야 한다고 생각해요. 반대하시는 분 있나요?"

다른 공주들은 모두 반대하는 것이 분명했다. 다시 싸늘한 시선들이 병사에게 화살처럼 쏟아졌다. 그러나 그는 빙긋 웃으며 이렇게 말했다.

"내가 달젤한테 가서 여러분을 지키겠다고 하면 여러분은 절대로 도망치지 못할 거요. 난 모든 속임수를 훤히 꿰뚫고 있으니까. 안 그런가?"

압둘라에게 묻는 말이었다.

"참으로 교활한 군인이시여, 그건 그렇지요."

그때 작은 공주가 조그맣게 중얼거렸다. 늙은 공주는 그 소리를 알아듣는 것 같았다.

"자기는 이미 결혼했대요. 아이를 열넷이나 낳았다잖아요."

그러자 밤의꽃이 말했다.

"그럼 아직 결혼하지 않은 분들만 손을 들어보세요."

그리고 그녀 자신부터 아주 단호하게 손을 번쩍 들었다.

공주들 중 3분의 2가량이 마지못해 머뭇거리며 손을 들었다. 병사는 천천히 고개를 돌리며 그들을 하나하나 살펴보았다. 병사의 얼굴을 보고 압둘라는 소피가 까만밤이었을 때 연어와 크림을 앞에 두고 보여 주었던 표정이 떠올랐다. 압둘라는 병사의 푸른 눈이 공주들을 한 명씩 훑어보는 동안 심장이 멎어 버리는 것 같았다. 병사는 밤의꽃을 선택할 것이 분명했다. 그녀의 아름다움은 깊은 밤의 백합처럼 눈에 띄었기 때문이다.

마침내 병사가 한 사람을 가리켰다.

"당신."

압둘라는 깜짝 놀랐다가 잠시 후 안도의 한숨을 내쉬었다. 다행히 병사는 비어트리스 공주를 가리키고 있었다.

비어트리스 공주도 놀란 모양이었다.

"나요?"

"그렇소, 당신. 난 원래 당신처럼 위세당당하고 거침없는 공주를 좋아하오. 게다가 당신도 스트레인지아인이니 더 바랄 게 없지."

비어트리스 공주의 얼굴은 홍당무처럼 새빨개졌다. 그리 보기 좋은 모습은 아니었다.

"하지만, 하지만……."

그러더니 곧 마음을 가다듬었다.

"미안하지만 나는 잉거리의 저스틴 왕자와 결혼하기로 되어 있어요."

"그렇다면 딴 남자가 생겼다고 하시오. 어차피 정략결혼 아니었소? 그런 결혼을 피하게 됐으니 당신에게도 반가운 일일 텐데."

"글쎄요, 난……."

이때 압둘라는 비어트리스 공주의 눈에 눈물이 고인 것을 보고 놀랐다. 그녀가 다시 입을 열었다.

"설마 농담이겠죠! 난 별로 예쁘지도 않잖아요."

그러자 병사가 말했다.

"그런 건 아무래도 상관없소. 내가 가냘프고 예쁘장한 공주를 데려다가 어디에 쓰겠소? 보아하니 당신이라면 내가 무슨 일을 벌여도 거뜬히 한몫 거들 수 있을 것 같소. 그리고 아마 양말도 꿰맬 수 있겠지."

"믿거나 말거나 바느질쯤은 할 줄 알아요. 그리고 장화도 고칠 수 있고요. 그런데 정말 진심인가요?"

"그렇소."

두 사람은 서로 마주 보고 있었는데, 누가 보아도 둘 다 몹시 진지한 표정이었다. 다른 공주들은 어느새 그 싸늘하고 성난 시선을 거둔 뒤였다. 저마다 따뜻하고 흐뭇한 미소를 지으며 열심히 두 사람을 지켜보는 것이었다. 밤의꽃도 똑같은 미소를 머금고 이렇게 말했다.

"또 반대하시는 분이 없으면 이제 토론을 계속할까요?"

그러자 자말이 말했다.

"저요. 저도 이의 있습니다."

공주들이 일제히 불만을 터뜨렸다. 자말은 거의 비어트리스 공주만큼이나 얼굴이 빨개졌고 하나뿐인 눈도 똑바로 뜨지 못했다. 그러나 병사의 본보기에서 용기를 얻은 모양이었다.

"아름다우신 여러 공주님들, 우린 무서워 죽겠어요. 저도 그렇고 제 개도 그래요. 느닷없이 이리로 끌려와 여러분께 요리를 해 드리게 될 때까지 우린 사막에서 마구 쫓기는 중이었어요. 술탄의 낙타떼가 바싹 따라오고 있었죠. 그때로 되돌아가긴 싫다고요. 그런데 공주님들이 모두 떠나 버리면 우린 뭘 하죠? 마신들은 제가 할 수 있는 음식들은 먹지 않아요. 무례하게 굴 생각은 없지만, 여러분이 도망치는 걸 도와드리면 저와 제 개는 일자리를 잃는다고요. 문제는 그거예요."

그러자 밤의꽃이 말했다.

"아, 저런!"

그리고 더 이상 할 말을 찾지 못하는 것 같았다.

그때 풍성한 붉은색 드레스를 입은 통통한 공주가 말했다. 아마 인히코의 파라곤인 듯했다.

"안타까운 일이군요. 아주 솜씨 좋은 요리사인데 말예요."

하이놀랜드의 늙은 공주도 맞장구를 쳤다.

"그렇고말고요! 저 사람이 오기 전까지 마신들이 훔쳐다 주던 음식들은 생각만 해도 치가 떨려요."

그러더니 자말을 돌아보며 이렇게 말했다.

"예전에 우리 할아버님도 라슈푸트 출신 요리사를 데리고 계셨죠. 그때 이후로 당신이 나타날 때까지 난 그 요리사의 오징어 튀김 같은 음식은 두 번 다시 맛볼 수 없었어요. 그런데 당신의 요리는 그것보다 더 맛있어요. 우리가 탈출하도록 도와주기만 한다면 내가 기꺼이 당신을 고용하겠어요. 물론 개도 포함해서 말예요."

그리고 자말의 가죽 같은 얼굴에 환한 미소가 떠오르는 것을 보면서 이렇게 덧붙였다.

"하지만 늙으신 우리 아버님이 다스리시는 나라는 아주 작은 나라

랍니다. 숙식은 제공하겠지만 봉급은 많이 줄 수 없다는 뜻이에요."

그러나 자말의 미소는 조금도 지워지지 않았다.

"참으로 고귀하신 공주님, 제가 원하는 건 봉급이 아니라 안전입니다. 그것만 보장된다면 천사들에게 어울릴 만한 요리를 해 드리지요."

그러자 늙은 공주가 말했다.

"흠. 천사들이 어떤 요리를 먹는지는 잘 모르겠지만 아무튼 이 문제는 해결됐군요. 혹시 나머지 두 분도 우리를 도와주시기 전에 뭔가 바라는 게 있나요?"

모두들 소피를 바라보았다.

소피는 슬픈 얼굴로 이렇게 대답했다.

"별로 없어요. 이제 모건은 찾았고, 하울은 여기 없는 것 같으니까 달리 필요한 건 없네요. 어쨌든 도와드릴게요."

그러자 모두들 압둘라를 바라보았다.

그는 자리에서 일어나 허리를 굽혔다.

"아으, 여러 임금님들의 소중한 달님들이시여, 저처럼 보잘것없는 자가 어찌 여러분 같은 분들께 감히 조건을 내걸 수 있겠습니까? 여러 책에도 적혀 있듯이 도움이란 그저 아무런 대가 없이 베푸는 것이 최고니까요."

자못 너그럽고 의젓하게 거기까지 말했을 때 문득 그게 다 헛소리라는 생각이 들었다. 그에게도 분명히 원하는 것이 있었다. 정말 간절한 소망이었다. 그는 서둘러 방향을 돌렸다.

"물론 저도 아무런 대가 없이 도와드리지요. 산들산들 부는 바람처럼, 꽃밭에 맺히는 빗방울처럼 말입니다. 고귀하신 여러분을 위해서라면 그 어떤 노고도 마다하지 않겠습니다. 다만 한 가지 작은 부탁이 있는데, 이건 지극히 간단한 일로……."

그때 하이놀랜드의 공주가 말했다.

"빨리 말해 봐요, 젊은이! 원하는 게 뭐예요?"

"5분 동안만 밤의꽃과 단둘이 얘기하고 싶습니다."

모두들 밤의꽃을 바라보았다. 그녀는 다소 매서운 표정으로 발딱 고개를 들었다.

그러자 비어트리스 공주가 말했다.

"집어치워요, 밤의꽃! 5분 때문에 죽는 것도 아니잖아요!"

그러나 밤의꽃은 그 5분 때문에 죽을지도 모른다고 믿는 듯한 얼굴이었다. 마치 처형장으로 끌려 가는 공주처럼 그녀가 말했다.

"좋아요."

그리고 다른 때보다 더욱더 싸늘한 표정으로 압둘라를 돌아보며 물었다.

"지금 말이에요?"

압둘라는 단호하게 허리를 굽히며 대답했다. "빠를수록 좋지요, 나의 소중한 비둘기여." 그러자 밤의꽃은 쌀쌀맞게 고개를 끄덕이더니 마치 죽음을 각오한 사람처럼 방 한쪽으로 성큼성큼 걸어갔다. 그리고 압둘라가 따라오자 이렇게 말했다.

"여기서 얘기해요."

압둘라는 더욱 단호하게 허리를 굽혔다.

"아으, 한숨 속에 그리워하던 별님이여, 나는 단둘이라고 말했는데요."

그러자 밤의꽃은 가까이 드리워진 커튼 한 자락을 신경질적으로 홱 열어젖혔다. 그리고 압둘라에게 따라오라고 손짓하며 냉랭하게 말했다.

"그래도 다 들릴 거예요."

압둘라는 커튼 너머로 들어가면서 이렇게 대답했다.

"보이지는 않겠지요, 내 열망의 공주여."

그곳은 작은 골방이었다. 소피의 목소리가 또렷이 들려왔다.

"저건 내가 벽돌을 빼고 돈을 감추던 곳이군요. 두 사람이 들어갈 자리가 있었으면 좋겠네요."

원래는 어떤 곳이었는지 몰라도 지금은 공주들의 옷장인 것 같았다. 팔짱을 끼고 압둘라를 마주 보는 밤의꽃의 등 뒤에 승마복 상의가 걸려 있었다. 그리고 밤의꽃을 향하고 선 압둘라의 주변에도 인히코의 파라곤이 입고 있는 그 풍성한 붉은색 드레스 속에 받쳐 입는 것이 분명한 둥근 테가 달린 속치마를 비롯하여 외투와 망토 따위가 주렁주렁 매달려 있었다. 그러나 압둘라가 보기에는 잔지브에 있는 그의 가게에 비해 별로 좁지도 않고 복잡하지도 않았다. 그 정도라면 충분히 아늑한 공간이었다.

밤의꽃이 싸늘하게 물었다.

"하고 싶은 얘기가 뭐예요?"

압둘라는 열띤 목소리로 대답했다.

"바로 그렇게 냉정해진 이유를 알고 싶어요! 도대체 내가 무슨 잘 못을 했길래 나를 잘 쳐다보지도 않고 말도 안 하는 거죠? 난 오로지 당신을 구하겠다는 일념으로 여기까지 왔잖아요? 낙심한 연인들은 많았지만 오직 나만이 이 성에 오기 위해 모든 위험을 무릅쓰지 않았나요? 당신 아버지한테 협박을 받고 병사한테 사기를 당하고 정령한테 조롱을 당하면서도 온갖 힘겨운 모험을 마다하지 않은 것은 오로지 당신을 도와주기 위한 것이 아니었나요? 도대체 내가 또 무슨 일을 해야 되죠? 혹시 달젤을 사랑하게 된 거예요?"

그러자 밤의꽃은 이렇게 외쳤다.

"달젤이라니! 이젠 날 모욕하는군요! 상처를 준 걸로도 모자라서 모욕까지! 비어트리스의 말이 옳았다는 걸 이제야 알겠어요. 당신은 정말 나를 사랑하지 않는 거예요!"

압둘라는 버럭 고함을 질렀다.

"비어트리스라니! 그 여자가 내 감정을 어떻게 안단 말이에요?"

밤의꽃은 살짝 고개를 숙였다. 그러나 부끄러움이 아니라 슬픔 때문인 것 같았다.

고요한 침묵이 흘렀다. 그 침묵이 하도 고요해서 압둘라는 그제서야 다른 공주 30명의 귀 60개가…… 아니, 모건은 잠들었다고 치더라도 소피와 병사와 자말과 그의 개를 포함하면 68개…… 아무튼 그 모든 귀들이 이 순간 온통 자신과 밤의꽃의 대화에 쏠려 있다는 사실을 깨달았다.

압둘라는 호통을 쳤다.

"엿듣지 말아요!"

그러자 술렁거리는 소리가 시작되었다. 이윽고 침묵을 깨뜨린 사람은 늙은 공주였다.

"여긴 구름보다 높은 곳이라서 날씨에 대한 이야기를 나눌 수 없다는 게 제일 난감하네요."

다른 사람들도 마지못해 입을 열고 웅성거리기 시작했다. 압둘라는 다시 밤의꽃을 향해 고개를 돌렸다.

"그래서요? 비어트리스 공주가 뭐라고 했는데요?"

밤의꽃은 도도하게 고개를 치켜들었다.

"다른 남자들의 초상화도 좋고 화려한 말솜씨도 다 좋지만, 당신이 나한테 입맞춤을 안 했다는 건 아무래도 좀 이상하다고 하더군요."

"주제넘은 소리예요! 당신을 처음 봤을 때는 꿈인 줄 알았다고요. 입맞춤을 하면 당신이 사라져 버릴 거라고 생각했단 말예요."

"하지만 두 번째 만났을 때는 틀림없이 진짜라고 생각하는 것 같던데요."

"물론 그랬죠. 하지만 그때는 그게 옳지 못한 일이라고 생각했어요. 그때까지만 해도 당신은 아직 아버님과 나 말고는 다른 남자를 직접 만나 본 적이 없었잖아요."

"비어트리스가 그러는데, 아무것도 못하면서 말만 번지르르한 남자는 좋은 남편이 될 수 없대요."

"비어트리스 공주는 잊어버려요! 당신 자신은 어떻게 생각해요?"

"난, 난 당신이 나에게 입맞춤도 하기 싫을 만큼 내가 못생겼다고 생각하는지 알고 싶어요."

"난 당신이 못생겼다고 생각한 적 *없어요!*"

압둘라는 그렇게 고함을 지르고 나서 문득 커튼 바깥에 68개의 귀가 있다는 사실을 기억하고 이렇게 속삭였다.

"꼭 알고 싶어요? 난, 난 여자한테 입맞춤을 해 본 적이 없었다고요. 당신은 너무 예쁜데, 혹시 입맞춤을 하다가 실수라도 할까 봐 걱정돼서 못 했던 거란 말예요!"

그러자 밤의꽃의 입가에 깊은 보조개와 함께 작은 미소가 사르르 피어났다.

"그럼 지금은 몇 번이나 해 봤죠?"

압둘라는 신음 소리를 냈다.

"한 번도 못 했어요! 아직도 완전 초보라고요!"

"나도 그래요. 하지만 이젠 당신을 여자로 오해할 정도는 아니에요. 그때는 정말 바보 같았죠!"

그러면서 밤의꽃은 쿡쿡 웃기 시작했다. 압둘라도 쿡쿡거리기 시작했다. 그리고 곧 둘 다 후련하게 폭소를 터뜨렸다. 이윽고 압둘라가 간신히 말했다.

"둘 다 연습을 해야겠네요!"

그때부터 커튼 속이 조용해졌다. 이번 침묵은 너무 길었다. 그래서 공주들은 결국 화제가 동이 나서 더 이상 잡담을 나눌 수가 없었다. 다만 비어트리스 공주만은 병사에게 할 이야기가 많은 듯했다. 이윽고 소피가 소리쳤다.

"거기 두 사람, 이제 끝났어요?"

밤의꽃과 압둘라가 외쳤다.

"물론이죠! 그럼요!"

그러자 소피가 말했다.

"그럼 이젠 계획을 세워 보자고요."

지금의 압둘라에게 계획을 세우는 일쯤은 문제도 아니었다. 그는 밤의꽃의 손을 잡고 커튼 밖으로 걸어 나갔는데, 만약 이 순간 성이 깨끗이 사라져 버린다 하더라도 구름 위에서 두둥실 걸어 다닐 수 있을 것 같은 기분이었다. 그게 안 된다면 허공에서라도 걸을 수 있을 것 같았다. 대리석 바닥이 너울너울 춤추는 듯했다. 그는 성큼성큼 걸어가서 스스로 주도권을 잡았다.

마신의 생명

10분 후 압둘라가 말했다. "자, 참으로 고귀하고 현명하신 여러분, 그게 우리의 계획입니다. 남은 문제는 다만 정령이……."

그 순간 병 속에서 자줏빛 연기가 대리석 바닥으로 쏟아져 내려 성난 듯이 꿈틀거렸다. 정령이 소리쳤다.

"나를 써먹을 생각이라면 어림도 없어! 두꺼비로 만들겠다는 말이 농담인 줄 알아? 나를 이 병 속에 가둬 버린 게 바로 하스루엘이었단 말이야! 자기를 거역하면 여기보다 더 나쁜 곳으로 보낼 거라고!"

소피가 얼굴을 찡그리며 연기를 들여다보았다.

"정령이 정말 있었네!"

압둘라는 정령에게 설명했다.

"내가 바라는 건 그저 네 예지력으로 하스루엘의 생명이 감춰진 곳을 말해 달라는 것뿐이야. 무슨 소원을 들어 달라는 게 아니라고."

그러자 연자줏빛 연기가 울부짖었다.

"싫어!"

밤의꽃이 병을 집어 들어 무릎 위에 올려놓았다. 연기가 뭉클뭉클 아래로 흘러내리더니 마치 대리석 바닥의 틈 사이로 스며들려고 하는 것 같았다. 밤의꽃이 말했다.

"지금까지 우리가 도와달라고 부탁한 남자들은 모두 어떤 보상을 요구했어요. 그러니 당연히 정령도 원하는 게 있겠지요. 그게 남자들의 특성인가 봐요. 정령이여, 당신이 이번에 압둘라를 도와준다면 내가 생각하는 가장 논리적이고 합당한 보상을 주겠어요."

그러자 연자줏빛 연기는 마지못해 다시 병 속으로 흘러들었다. 정령이 말했다.

"그래, 알았어."

그로부터 2분 후, 공주들의 방 문가에 드리워진 마법에 걸린 커튼이 활짝 열렸다. 그리고 모두들 밖으로 쏟아져 나와 아까 보았던 그 넓은 방으로 몰려갔다. 공주들은 소리 높여 달젤을 부르고 있었다. 압둘라는 그들의 포로가 되어 속수무책으로 질질 끌려갔다.

"달젤! 달젤! 우리를 이런 식으로 지켜도 되는 거예요? 창피한 줄 알라고요!"

달젤이 고개를 들었다. 그는 거대한 옥좌의 옆쪽으로 몸을 기울이고 하스루엘과 함께 체스를 두던 중이었다. 그러다가 공주들을 보더니 조금 핏기가 가신 얼굴로 자기 형에게 체스판을 치우라고 손짓했다. 공주들이 너무 많아서 달젤은 그 속에 끼어 있는 소피와 쟘의 쟈린을 보지 못했다. 그러나 그는 곧 자말을 발견하고 놀란 듯이 그 아름다운 눈을 가늘게 떴다.

"이번엔 또 뭐야?"

그러자 공주들이 소리쳤다.

"우리 방에 *남자*가 들어왔다고요! 아주 끔찍하고 못된 *남자*예요!"

달젤은 나팔 같은 소리로 물었다.

"어떤 남자가? 감히 어떤 녀석이?"

공주들이 소리쳤다.

"이 *남자*요!"

비어트리스 공주와 알베리아의 공주가 압둘라를 끌고 앞으로 나섰다. 그는 커튼 속에 걸려 있던 둥근 테가 달린 속치마 하나 말고는 거의 아무것도 입지 않은 남부끄러운 모습을 하고 있었다. 그 속치마는 그들의 계획에서 핵심적인 부분이었다.

그 속에는 두 가지 물건이 감춰져 있었는데, 하나는 정령의 병이었고 또 하나는 마법의 양탄자였다. 압둘라는 그것들을 챙겨 온 것이 기뻤다. 달젤이 그를 무섭게 노려보았기 때문이다.

압둘라는 마신의 눈이 실제로 활활 타오를 수 있다는 사실을 모르고 있었다. 달젤의 눈은 마치 시퍼렇게 타오르는 아궁이 같았다. 하스루엘의 태도는 압둘라를 더욱더 불안하게 만들었다. 하스루엘의 거대한 얼굴에 심술궂은 미소가 떠올랐다.

"아, 또 너냐!"

그러더니 거대한 팔로 팔짱을 끼고 굉장히 냉소적인 표정을 짓는 것이었다. 달젤이 나팔 소리 같은 음성으로 물었다.

"저 녀석이 여긴 어떻게 들어왔지?"

미처 누가 대답하기도 전에 공주들 틈에서 밤의꽃이 불쑥 튀어 나왔다. 그리고 계획대로 옥좌 앞의 계단에 우아하게 몸을 던지며 이렇게 외쳤다.

"위대한 마신이여, 자비를 베푸세요! 저분은 저를 구하러 왔을 뿐입니다!"

달젤은 한심하다는 듯이 웃었다.

"정말 멍청한 녀석이구나. 다시 지상으로 내던져야겠다."

그러자 밤의꽃이 말했다.

"위대한 마신이여, 그런 짓을 하시면 내가 당신을 한시도 쉬지 못하게 하겠어요!"

그것은 연극이 아니었다. 정말 어김없는 진심이었다. 달젤도 그 사실을 알았다. 창백하고 호리호리한 달젤의 몸이 부르르 떨렸고, 황금빛 갈고리가 달린 두 손이 옥좌의 팔걸이를 움켜쥐었다. 그러나 그의 눈은 여전히 분노로 타오르고 있었다.

"난 뭐든지 원하는 대로 할 수 있어!"

"그럼 자비를 원하시면 되잖아요! 저분에게 한 번이라도 기회를 주세요!"

2. 양탄자 상인 압둘라

"조용히 해라! 아직 결정한 건 아니야. 우선 저 녀석이 어떻게 들어왔는지 알고 싶다."

그러자 비어트리스 공주가 대답했다.

"그야 물론 저 요리사의 개로 변신해서 들어왔죠."

알베리아의 공주도 거들었다.

"사람으로 변했을 때는 완전히 알몸이었다고요!"

비어트리스 공주가 말했다.

"충격적이었죠. 그래서 파라곤님의 속치마라도 입혀야 했단 말예요."

그러자 달젤이 명령했다.

"그 녀석을 더 가까이 데려와라."

비어트리스 공주와 그 조수는 압둘라를 옥좌 앞의 계단으로 끌고 갔다. 압둘라는 종종걸음을 쳐야 했다. 그는 마신들이 그 걸음걸이를 속치마 때문이라고 생각해 주길 바랐지만, 진짜 이유는 그 속에 한 가지가 더 들어 있었기 때문이다. 바로 자말의 개였다. 압둘라는 개가 도망칠까 봐 무릎 사이에 단단히 끼고 있었다. 계획이 성공하려면 그 개를 눈에 띄지 않게 해야 했는데, 공주들은 혹시 달젤이 하스루엘을 시켜 개를 찾아보게 한다면 모두의 거짓말이 금방 들통날 거라고 말했기 때문이다.

달젤이 압둘라를 노려보았다. 압둘라는 제발 달젤에게 정말 아무런 능력도 없기를 간절히 바랐다. 하스루엘은 동생이 나약하다고 말했었다. 그러나 압둘라가 보기에는 제아무리 나약한 마신이라도 인간에 비하면 몇 배는 더 힘이 셀 것 같았다. 달젤이 물었다.

"개로 변신해서 들어왔다고? 어떻게?"

압둘라가 대답했다.

"마법을 썼습니다, 위대한 마신이여."

그는 이 시점에서 자세한 설명을 늘어놓을 생각이었다. 그런데 파라곤의 속치마 속에서 몸부림이 점점 심해지고 있었다. 알고 보니 자말의 개는 대부분의 사람들을 증오할 뿐만 아니라 마신이라면 더욱더 증오하는 모양이었다. 개는 달젤에게 덤벼들고 싶어 했다. 압둘라는 설명을 시작했다.

"저는 요리사의 개로 변신했지요."

그 순간 자말의 개가 달젤에게 덤벼들려고 어찌나 안달을 하는지, 자칫하면 놓쳐 버릴 것만 같았다. 그는 무릎을 더 힘껏 조이는 수밖에 없었다. 그러자 개가 요란하게 으르렁거렸다. 압둘라는 헐떡거리며 말했다.

"죄송합니다!"

이마에 땀방울이 송골송골 맺혔다.

"개였을 때의 버릇이 아직도 남아서 가끔 나도 모르게 이렇게 으르렁거리네요."

밤의꽃이 압둘라의 곤경을 알아차리고 한탄을 늘어놓기 시작했다.

"아, 너무너무 착한 왕자님! 나를 위해 개의 모습도 마다하지 않으시다니! 고귀한 마신이여, 저분을 살려 주세요! 제발 살려 주세요!"

그러자 달젤이 말했다.

"조용히 해라. 요리사는 어디 있느냐? 앞으로 데려와라."

파르크탄의 공주와 타이악의 왕녀가 자말을 끌고 나왔다. 자말은 두 손을 쥐어짜며 굽실거렸다.

"존경하옵는 마신님, 맹세코 저는 아무 상관도 없습니다요! 저를 해치지 마세요! 진짜 개가 아니라는 사실을 정말 몰랐습니다요!"

압둘라는 자말이 실제로 잔뜩 겁에 질려 있다는 것을 알 수 있었다. 그래도 정신만은 말짱한 자말이 압둘라의 머리를 슬슬 쓰다듬었다.

"착하지, 우리 강아지. 그래, 착하구나."

그러더니 잔지브의 관습대로 옥좌 앞의 계단에 넙죽 엎드려 징징거렸다.

"위대하신 마신님, 저는 아무 잘못도 없습니다요! 아무 잘못도! 그러니 제발 해치지 마십쇼!"

개가 주인의 목소리를 듣고 안정을 되찾았다. 으르렁거리는 소리가 멈추었다. 압둘라도 무릎에서 힘을 조금 뺄 수 있었다. 그리고 이렇게 말했다.

"아으, 공주님들을 수집하는 분이시여, 저도 아무런 잘못이 없습니다. 그저 사랑하는 사람을 구하러 왔을 뿐이지요. 당신이라면 그런 제 마음을 가상히 여기실 겁니다. 이렇게 많은 공주님들을 사랑하고 계시니까요."

달젤은 난처한 듯이 턱을 쓰다듬었다.

"사랑이라고? 아냐, 난 사랑이 뭔지 잘 몰라. 어떤 이유로든 너처럼 스스로 이런 궁지에 뛰어든다는 건 도무지 이해할 수 없는 일이다, 인간아."

그러자 컴컴하고 거대한 모습으로 옥좌 옆에 웅크리고 있던 하스루엘이 더욱더 심술궂은 미소를 지으며 우렁차게 말했다.

"저 녀석을 어떻게 할까, 동생아. 불에 구워 버릴까? 영혼을 뽑아내서 방바닥에 깔아 버릴까? 갈가리 찢어 버릴까?"

그러자 밤의꽃이 즉각 이렇게 외쳤다.

"안 돼요, 안 돼요! 자비를 베푸세요, 위대한 달젤! 저분에게 한 번이라도 기회를 주세요! 그렇게만 해 주시면 앞으로 다시는 질문하거나 불평하거나 잔소리하지 않을게요. 온순하고 공손하게 따르겠어요!"

달젤은 턱을 만지작거리며 망설이는 표정을 감추지 못했다. 압둘라는 한결 마음이 놓였다. 달젤은 정말 나약한 마신이었다. 적어도 성격은 분명히 나약했다. 달젤이 입을 열었다.

"내가 저 녀석한테 기회를 준다면……."

그때 하스루엘이 말을 가로챘다.

"충고 한마디만 하자, 동생아. 그러지 마라. 잔꾀가 많은 놈이야."

그러자 밤의꽃은 다시 길게 울부짖으며 가슴을 마구 두드렸다. 그 소란 속에서 압둘라가 외쳤다.

"위대한 달젤, 당신이 형님의 생명을 감춰 놓은 곳을 알아맞혀 보겠습니다. 맞히지 못하면 저를 죽이세요. 만약 맞힌다면 조용히 보내주시고요."

2. 양탄자 상인 압둘라

그러자 달젤은 대단히 즐거워했다. 그의 입이 벌어지면서 뾰족한 은빛 이빨들이 드러났고, 나팔 소리처럼 통쾌한 웃음소리가 구름방 안에 메아리쳤다. 그는 그렇게 웃으며 말했다.

"하찮은 인간 녀석아, 넌 절대로 못 맞힌다!"

그러더니, 공주들도 몇 번이나 말했듯이 달젤은 또다시 암시를 던지고 싶어 견딜 수 없는 모양이었다. 그는 정말 유쾌하다는 듯이 이렇게 말했다.

"너무 기발한 곳에 감춰 놔서 눈으로 뻔히 보면서도 못 찾을 거다. 하스루엘은 마신인데도 못 찾았어. 그러니 너 따위한테 무슨 희망이 있겠느냐? 그래도 죽기 전에 재미삼아 맞힐 수 있는 기회를 세 번 주마. 어디 맞혀 봐라. 내가 형의 생명을 어디에 감췄을 것 같으냐?"

압둘라는 혹시 하스루엘이 방해하지 않을까 싶어 재빨리 그쪽을 훔쳐보았다. 그러나 하스루엘은 무슨 뜻인지 알 수 없는 표정으로 그냥 웅크리고 있을 뿐이었다. 지금까지는 계획대로 진행되고 있었다. 압둘라를 방해하지 않는 것이 하스루엘에게도 유리하기 때문이었다. 압둘라는 바로 그 점을 믿고 있었다. 그는 무릎으로 개를 좀 더 단단히 조이고 파라곤의 속치마를 치켜올리면서 생각을 하는 척했다. 그러나 사실은 정령의 병을 툭툭 건드리고 있었다.

"위대한 마신이여, 저의 첫 번째 대답은……"

그렇게 말문을 열면서 그는 녹색 반암이 답을 가르쳐 줄 거라고 믿는 사람처럼 방바닥을 뚫어지게 내려다보았다. 혹시 정령이 약속을 어기는 건 아닐까? 잠깐 동안이었지만 압둘라는 심한 불안과 두려움에 사로잡혔다.

정령이 이번에도 기대를 저버렸다는 생각, 그래서 혼자 힘으로 답을 찾는 수밖에 없다는 생각이 들었던 것이다. 그러다가 문득 크게 안도했다.

파라곤의 속치마 밑에서 가느다란 덩굴손 같은 자줏빛 연기 한 가닥이 새어 나오더니 바깥을 살펴보듯이 압둘라의 맨발 옆에서 움직이지 않았기 때문이다.

"첫 번째 대답은 당신이 하스루엘 님의 생명을 달에 감춰 놨다는 겁니다."

그러자 달젤은 신나게 웃어 댔다.

"틀렸어! 그랬다면 형이 찾아냈겠지! 거긴 아니야. 훨씬 더 눈에 띄면서도 훨씬 '덜' 눈에 띄는 곳이라고. 보물찾기 놀이를 생각해 봐라, 인간아!"

그 말을 듣고 압둘라는 대부분의 공주들이 짐작했던 것처럼 하스루엘의 생명은 분명히 이 성 안에 있다는 것을 알 수 있었다. 그는 다시 열심히 생각하는 척하다가 이렇게 말했다.

"두 번째 대답은 어느 수호천사에게 맡겨 놨다는 겁니다."

그러자 달젤은 아까보다 더 즐거워했다.

"또 틀렸다! 그랬다면 천사들이 곧바로 형한테 돌려줬겠지. 그것보다 훨씬 더 기발한 방법이다, 하찮은 인간아. 넌 절대로 맞힐 수 없어. 바로 코앞에 있는데도 모르다니 정말 웃기는 일이야!"

그 순간 번개 같은 영감이 스쳐 갔고, 압둘라는 하스루엘의 생명이 있는 곳을 드디어 알아냈다고 확신했다. 밤의꽃이 그를 사랑하고 있었다. 그는 아직도 구름 위를 걷는 기분이었다. 그는 영감을 얻었고 마침내 깨달았다. 그러나 혹시 실수라도 할까 봐 무서워 죽을 지경이었다.

잠시 후 하스루엘의 생명을 움켜쥐어야 할 때가 되면 주저 없이 덤벼들어야 했다. 달젤은 한 번 더 기회를 줄 리가 없기 때문이다. 그래서 정령이 필요했다. 정령이 그의 추측을 확인해 줘야 했다. 덩굴손 같은 연기는 잘 보이지는 않았지만 여전히 그 자리에 있었다. 압둘라 자신이 짐작할 수 있었다면 틀림없이 정령도 알아차리지 않았을까?

압둘라는 이렇게 말문을 열었다.

"저어…… 음……."

그때 덩굴손 같은 연기가 다시 파라곤의 속치마 속으로 소리 없이 기어들었다. 그리고 스르르 피어오르다가 자말의 개의 코를 간질인 모양이었다. 개가 재채기를 했다.

압둘라도 얼른 따라서 재채기를 했다.

"에취!"

그 바람에 하마터면 정령의 속삭임을 못 들을 뻔했다.

"하스루엘의 코에 달린 고리야!"

압둘라는 연신 재채기를 하는 척했다.

"에취!"

그리고 이번에도 엉뚱한 추측을 하는 척했다. 바로 그것이 압둘라의 계획에서 가장 위험한 부분이었다.

"위대한 달젤, 당신 형님의 생명은 당신의 이빨 하나에 숨겨 두셨습니다."

그러자 달젤이 나팔 같은 소리로 말했다.

"틀렸어! 하스루엘, 저 녀석을 구워 버려!"

하스루엘이 실망과 불쾌감이 가득한 표정으로 몸을 일으키기 시작하자 밤의꽃이 울부짖었다.

"살려 주세요!"

공주들은 바로 그 순간을 기다리고 있었다. 열 개의 손이 발레리아 공주를 옥좌 앞의 계단으로 밀어냈다.

발레리아가 외쳤다.

"내 멍멍이 내놔!"

이 순간 그녀가 소리지르는 것이 절정에 달했다. 소피는 그녀에게 서른 명의 이모와 세 명의 삼촌이 새로 생긴 거라고 말했는데, 그들 모두가 한결같이 그녀에게 제발 목청껏 악쓰라고 부탁했던 것이다. 누가 그녀에게 악을 쓰라고 부탁하기는 이번이 처음이었다. 더군다나 이번에 정말 굉장한 소동을 일으키기만 한다면 새로 생긴 이모들이 맛있는 과자를 한 상자씩 주겠다고 약속했었다. 모두 서른 상자였다. 그렇다면 최선을 다할 만한 가치가 충분했다. 발레리아는 젖 먹던 힘까지 쥐어짰다.

"내 멍멍이 내놔~아! 압둘라는 싫어! 내 멍멍이를 달란 말이야 ~ 앗!"

그녀는 옥좌 앞의 계단에 몸을 던지다가 자말에 걸려 나뒹굴었고, 다시 발딱 일어섰다가 이번엔 옥좌 쪽으로 몸을 던졌다. 달젤이 그녀를 피하려고 옥좌 위로 펄쩍 뛰어올랐다. 발레리아가 고래고래 소리쳤다.

"빨리 내 명명이 내놔~앗!"

바로 그 순간, 찹판의 키가 작고 얼굴색이 노르스름한 공주가 모건의 몸에서 적당한 곳을 골라 살짝 꼬집었다. 이때 모건은 그녀의 작은 팔에 안긴 채 다시 고양이가 된 꿈을 꾸며 단잠을 자고 있었던 참이었다. 그러다가 화들짝 놀라 깨어나서 자신이 여전히 힘없는 아기라는 사실을 깨달았던 것이다. 그의 분노는 하늘 높은 줄 몰랐다. 그는 입을 딱 벌리고 힘차게 포효했다. 성난 발길질이 시작되었다. 두 팔도 마구 휘둘렀다. 고함 소리가 어찌나 큰지, 만약 발레리아와 시합을 벌였다면 모건 쪽이 이겼을 것이다. 아무튼 그 소음은 도저히 말로 표현할 수조차 없는 것이었다. 무시무시한 비명이었다. 그 소리는 벽에 부딪혔다가 두 배로 커져 옥좌 쪽으로 되돌아왔다.

소피가 마치 대화하는 듯한 말투로 중얼중얼 마법을 걸었다.

"마신들에게 메아리쳐라. 두 배로는 부족해. 세 배로 키워 버려."

방 안은 정신병원 같았다. 두 마신은 양손으로 뾰족한 귀를 틀어막았다. 달젤이 소리쳤다.

"그만! 둘 다 좀 말려 줘! 저 아기는 어디서 나타난 거야?"

그러자 하스루엘이 울부짖었다.

"여자들은 아기를 낳게 마련이다, 이 멍청한 마신 녀석아! 그것도 몰랐단 말이냐?"

발레리아가 두 주먹으로 옥좌를 펑펑 두들기며 소리쳤다.

"내 멍멍이 내놔라~앗!"

달젤도 질세라 나팔 소리로 외쳤다.

"하스루엘, 빨리 멍멍이 한 마리 줘 버려! 안 그러면 형을 죽일 거야!"

이번 계획을 세우면서 압둘라는 이쯤에서, 그때까지 죽지만 않는 다면 틀림없이 개로 변신하게 될 거라고 자신있게 예상했었다. 그것이 그의 목적이기도 했다. 그렇게 되면 자말의 개도 풀려나게 되리라는 것까지 염두에 두고 있었다.

파라곤의 속치마 속에서 한 마리가 아니라 두 마리의 개가 튀어나오는 것을 보게 되면 혼란이 더 심해질 거라고 생각했던 것이다. 그러나 아이들이 악쓰는 소리와 세 배나 시끄러운 메아리 때문에 하스루엘도 동생만큼이나 제정신이 아니었다. 너무 괴로워 양쪽 귀를 부여잡고 이리저리 몸을 비틀며 꽥꽥 고함을 지르고 있었다. 그렇게 쩔쩔매던 하스루엘은 마침내 거대한 날개를 접고 스스로 개가 되어 버렸다.

정말 거대한 개였다. 마치 당나귀와 불도그를 합쳐 놓은 듯했는데, 몸은 갈색과 회색의 얼룩무늬였고 뭉툭한 코에는 황금 고리가 달려 있었다. 이 거대한 개는 어마어마한 앞발을 옥좌의 팔걸이에 올려놓고 침이 뚝뚝 떨어지는 엄청난 혀를 발레리아의 얼굴 쪽으로 길게 뻗었다.

2. 양탄자 상인 압둘라

하스루엘로서는 나름대로 친근감을 나타내는 행동이었다. 그러나 그렇게 크고 흉악스러운 괴물을 보게 된 발레리아는 당연히 더 큰 소리로 비명을 지를 수밖에 없었다. 모건이 그 소리에 깜짝 놀랐다. 그리고 자기도 더 크게 비명을 질렀다.

압둘라는 잠시 어찌할 바를 몰랐다. 소리쳐도 아무도 못 들을 것 같았다. 그래도 목청껏 고함을 질러 보았다.

"군인 아저씨! 하스루엘을 잡아요! 누가 달젤 좀 잡아 줘요!"

다행히 병사는 신속하게 움직였다. 역시 동작이 빠른 사람이었다. 낡은 옷자락이 펄럭이는가 싶더니 어느새 잠의 쟈린은 후딱 사라져 버리고 그 대신 병사가 나타나 옥좌 앞의 계단을 후다닥 뛰어오르는 것이었다. 소피도 공주들을 손짓해 부르며 병사를 뒤따랐다. 그녀는 달젤의 가늘고 허연 두 무릎을 얼싸안았고 병사는 튼튼한 팔로 개의 목을 휘감았다.

공주들도 우르르 계단 위로 몰려갔다. 대부분은 복수심에 사로잡힌 사람들처럼 달젤에게 덤벼들었다. 다만 비어트리스 공주는 발레리아를 싸움판 밖으로 끄집어내고 울음을 그치게 하는 힘겨운 임무에 착수했다. 그리고 찹판의 작은 공주는 반암 바닥에 차분히 앉아 모건을 흔들어 주며 다시 재우고 있었다.

압둘라는 하스루엘에게 달려가려고 했다. 그런데 몸을 움직이자마자 자말의 개가 이때를 놓칠세라 도망쳐 버렸다. 파라곤의 속치마 속에서 빠져나온 개는 한바탕 싸움이 벌어진 것을 보게 되었다. 이 개는 싸움을 좋아했다. 더구나 다른 개도 눈에 띄었다. 이 개는 인간이나 마신보다도 개들을 더 증오했다. 개의 몸집 따위는 문제가 아니었다.

자말의 개는 으르렁거리며 쏜살같이 공격을 개시했다. 압둘라가 파라곤의 속치마를 벗어던지려고 허우적거리는 사이에 개는 벌써 하스루엘의 목을 향해 뛰어오르고 있었다.

안 그래도 병사의 공격에 시달리고 있던 하스루엘은 더 이상 견딜 수가 없었는지 다시 마신으로 변했다. 그는 성난 몸짓으로 팔을 휘둘렀다. 개가 빙글빙글 돌면서 방 안을 가로질러 휘익 날아가더니 털썩 떨어져 깨갱 비명을 질렀다. 하스루엘은 벌떡 일어나려고 했다. 그러나 그때는 벌써 병사가 그의 등에 올라타고 있어서 가죽에 덮인 날개를 펼칠 수가 없었다. 하스루엘은 마구 몸부림쳤다.

그때 압둘라가 파라곤의 속치마를 걷어차고 간신히 빠져나와 이렇게 외쳤다.

"고개를 숙이시오, 하스루엘!"

그는 천조각 같은 속옷으로 중요한 곳만 겨우 가린 채 계단을 뛰어올라 하스루엘의 커다란 왼쪽 귀를 움켜쥐었다. 그것을 보고 하스루엘의 생명이 있는 곳을 알아차린 밤의꽃이 깡총 뛰어 하스루엘의 오른쪽 귀에 매달렸다. 압둘라는 굉장히 기뻤다. 두 사람은 그렇게 매달린 채 이리저리 흔들렸다. 하스루엘이 우세할 때는 공중으로 번쩍 들렸고, 병사가 우세할 때는 다시 바닥으로 떨어지곤 했다.

압둘라와 밤의꽃의 바로 옆에는 마신의 목을 휘감고 안간힘을 쓰는 병사의 두 팔이 있었고, 두 사람 사이에는 으르렁거리는 마신의 거대한 얼굴이 있었다. 이따금씩 압둘라는 옥좌 위에 올라선 채 수많은 공주들을 주렁주렁 매달고 있는 달젤의 모습을 언뜻언뜻 볼 수 있었다. 달젤은 그 힘없는 황금빛 날개를 활짝 펴고 있었다. 날아다니는 데는 별로 쓸모가 없을 것 같은 날개였지만 달젤은 그것으로 공주들을 마구 때리면서 하스루엘에게 도와달라고 외쳤다.

하스루엘은 나팔 소리 같은 달젤의 외침을 듣자 더욱 힘을 내는 듯했다. 그러자 곧 하스루엘이 우세해지기 시작했다. 압둘라는 바로 어깨 부근에서 달랑거리는 하스루엘의 황금 고리를 붙잡으려고 왼손을 떼었다. 그러나 오른손에 땀이 차서 곧 하스루엘의 귀에서 미끄러질 것 같았다. 압둘라는 떨어지지 않으려고 필사적으로 고리를 붙잡았다.

이때 그는 자말의 개를 까맣게 잊고 있었다. 그 개는 얼떨떨한 상태로 1분 가까이 쓰러져 있었는데, 다시 일어났을 때는 마신들에 대한 증오심과 분노가 극에 달해 있었다.

개는 하스루엘을 보자 누가 자신의 적인지를 알아차린 듯했다. 개는 목덜미의 털을 곤두세우고 으르렁거리며 방 안을 가로질러 돌진했다. 작은 공주와 모건, 비어트리스 공주와 발레리아 그리고 옥좌 주변에서 아우성치는 공주들을 지나서 마침내 마신의 몸에서 가장 물어뜯기 쉬운 부분을 향해 펄쩍 뛰어올랐다. 압둘라는 아슬아슬하게 손을 치웠다.

'콱!'

개의 이빨들이 맞물렸다.

'꿀꺽!'

개의 목구멍이 움직였다. 그러더니 개는 어리둥절한 표정으로 바닥에 툭 떨어져 몹시 거북한 듯이 딸꾹질을 하기 시작했다. 하스루엘이 고통의 울부짖음을 토하며 두 손으로 코를 감싸쥐고 벌떡 일어났다. 병사는 방바닥에 나동그라졌다. 압둘라와 밤의꽃도 양옆으로 날아갔다. 압둘라는 딸꾹질을 하는 개를 향해 달려갔다. 그러나 자말이 먼저 도착하여 개를 살며시 안았다.

자말은 개를 안고 조심스럽게 계단을 내려가면서 중얼거렸다.

"불쌍한 것, 불쌍한 우리 강아지! 금방 나을 거다!"

압둘라는 정신이 얼떨떨한 병사를 끌고 자말 앞에 가서 섰다. 그리고 외쳤다.

"모두들 멈추시오! 달젤, 당신도 그만하시오! 당신 형의 생명은 우리가 갖고 있소!"

그러자 옥좌 위의 몸싸움이 멈추었다. 날개를 펴고 서 있는 달젤의 두 눈이 다시 아궁이처럼 타올랐다.

"믿을 수 없다. 그게 어디 있다는 거냐?"

압둘라가 대답했다.

"이 개의 뱃속이오."

그러자 딸꾹질을 하는 자기 개에게 정신을 온통 빼앗긴 자말이 위로하듯이 말했다.

"하지만 내일이면 나올 거야. 안 그래도 오징어를 너무 많이 먹어서 위장이 안 좋은데. 그래도 다행히……."

압둘라는 자말을 툭 걷어차 입을 다물게 했다.

"하스루엘의 코에 달린 고리를 이 개가 먹어 버렸소."

달젤의 얼굴에 낙담한 표정이 떠오르는 것을 보고 압둘라는 정령의 말이 옳았다는 것을 알았다. 역시 정답은 그 고리였다. 공주들도 일제히 탄성을 터뜨렸다.

"아하!"

그리고 모두의 눈이 하스루엘에게 집중되었다. 그는 거대한 몸을 잔뜩 움츠리고 있었는데, 이글거리는 눈에는 눈물이 글썽글썽했고 두 손은 코를 감싸 쥐고 있었다. 굵은 갈고리 같은 손가락 사이로 투명하고 녹색을 띤 마신의 피가 뚝뚝 떨어졌다.

하스루엘이 씁쓸하게 말했다.

"딘닥에 알아타릴 수도 있떴는데. 덩말 바도 내 코앞에 있떴는데……."

옥좌 주변에 모여 있는 공주들 틈에서 하이놀랜드의 늙은 공주가 빠져나오더니 옷소매 속에서 작은 레이스 손수건을 꺼내어 하스루엘에게 내밀었다.

"받으세요. 나쁜 감정은 없었어요."

하스루엘은 손수건을 받아들었다.

"고맙또."

그리고 찢어진 코끝을 손수건으로 눌렀다. 사실 개가 삼켜 버린 것은 그 황금 고리가 거의 전부였다. 하스루엘은 상처를 조심스럽게 닦고 육중하게 무릎을 꿇더니 압둘라에게 옥좌 앞의 계단으로 올라오라고 손짓했다. 그리고 쓸쓸히 말했다.

"난 다시 선한 마신이 되었다. 내가 뭘 해 주면 좋겠느냐?"

지상으로 내려온 성

압둘라는 하스루엘의 질문에 대해 많이 생각해 볼 필요도 없었다.

"막강한 마신이여, 다시는 돌아올 수 없는 곳으로 동생을 보내 버리는 게 좋겠소."

그러자 달젤은 서러운지 당장 푸른색 눈물을 펑펑 쏟아내기 시작했다.

"그건 너무해!"

그는 울면서 옥좌 위에서 발을 쿵쿵 굴렀다.

"다들 나만 미워해! 하스루엘 형도 나를 사랑하지 않잖아! 형은 나를 속였어! 아까 세 명이 매달려 있을 때 굳이 떼어 내려고 하지도 않았잖아!"

압둘라도 달젤의 말이 옳다는 것을 알고 있었다. 마신들의 능력을 잘 알고 있는 압둘라는 하스루엘이 마음만 먹었다면 자신과 밤의꽃은 물론이고 병사마저도 멀리 땅 끝까지 내던질 수 있었을 거라고 생각했다.

달젤이 소리쳤다.

"내가 무슨 피해를 준 것도 아니잖아! 나도 결혼 정도는 할 수 있는 거 아니야?"

달젤이 그렇게 소리치며 발을 구르고 있을 때 하스루엘이 압둘라에게 넌지시 속삭였다.

"남쪽 바다에 이리저리 떠다니는 섬이 하나 있는데, 100년에 한 번씩만 발견되는 곳이다. 거긴 궁전도 있고 과일 나무도 많지. 내 동생을 그리로 보낼까?"

그러자 달젤이 울부짖었다.

"이젠 날 멀리 보내 버리려고? 내가 외롭든 말든 아무도 관심이 없는 거야?"

그러자 하스루엘이 압둘라에게 속삭였다.

"그건 그렇고, 네 아버지의 첫째 부인의 친척들은 용병들과 거래를 했다. 그 덕분에 술탄의 분노를 피해 잔지브에서 도망칠 수 있었지. 그런데 두 조카딸은 데려가지 않았어. 그래서 술탄이 그 불쌍한 여자들을 감옥에 가둬 버렸다. 그나마 너와 가장 가까운 가족은 그 여자들뿐이었으니까."

압둘라는 이렇게 대답했다.

"정말 충격적인 일이오."

그는 하스루엘이 그 이야기를 꺼낸 이유를 금방 알아차렸다.

"막강한 마신이여, 그대가 다시 선한 마신이 된 기념으로 그 두 아가씨를 이리로 데려오는 건 어떻겠소?"

그러자 하스루엘의 무시무시한 얼굴이 확 밝아졌다. 그는 거대한 갈고리 같은 손을 들어올렸다. 요란한 천둥소리가 터져 나오고 곧이어 여자들의 비명 소리가 들리더니 어느새 옥좌 앞에 뚱뚱한 두 조카딸이 서 있었다. 정말 간단했다. 압둘라는 하스루엘이 정말 힘을 아끼고 있었다는 것을 깨달았다. 눈꼬리가 치켜 올라간 마신의 눈을 들여다보면서(그 속에는 개의 공격 때문에 흘린 눈물이 여전히 고여 있었다) 압둘라는 자기가 눈치챘다는 사실을 마신도 알고 있다는 것을 알았다.

그때 비어트리스 공주가 말했다.

"공주들을 또 데려오다니!"

그녀는 발레리아 곁에 무릎을 꿇고 있었는데, 몹시 기진맥진한 표정이 역력했다. 압둘라는 이렇게 대답했다.

"걱정 마세요. 이번엔 그게 아닙니다."

두 조카딸은 아무리 보아도 결코 공주들처럼 보이지 않았다. 둘 다 아주 낡아빠진 옷을 입고 있었다. 실용적인 분홍색 옷과 평범한 노란색 옷이었는데, 그동안 고생한 탓인지 여기저기 찢어지고 얼룩투성이였다. 곱슬곱슬하게 파마한 머리도 다 풀어져 엉망이었다. 그

지상으로 내려온 성

325

들은 먼저 옥좌 위에서 발을 구르며 울고 있는 달젤을 쳐다보았고, 그다음에는 거대한 몸집의 하스루엘을 보았고, 마지막으로 천조각 같은 속옷 차림의 압둘라를 보았다. 그리고 비명을 질렀다. 그러더니 서로의 투실투실한 어깨에 얼굴을 파묻었다.

하이놀랜드의 공주가 말했다.

"가엾은 아이들. 왕족다운 행실이 아니군요."

압둘라는 흐느끼는 마신을 향해 소리쳤다.

"달젤! 아름다운 달젤이여, 공주들을 사냥하는 밀렵꾼이여, 잠시 진정하시고 내가 그대의 유배 생활을 위해 준비한 선물을 한번 보시오."

그러자 달젤은 울음을 뚝 그쳤다.

"선물이라고?"

압둘라는 두 여자를 가리켰다.

"이 두 신부를 보시오. 젊을 뿐만 아니라 신랑감을 간절히 원하고 있소."

달젤은 두 뺨에 흐르는 빛나는 눈물을 닦으면서 두 조카딸을 훑어보았다. 압둘라를 찾아오던 손님 중에서도 특히 빈틈없는 손님들이 양탄자를 살펴보던 시선과 비슷해 보였다.

"한 명도 아니고 한 쌍이네! 게다가 뚱뚱해서 더 좋고! 그런데 이건 또 무슨 속임수지? 혹시 네 맘대로 나한테 줄 수 없는 여자들 아니야?"

"빛을 발하는 마신이여, 속임수 따위는 없소."

2. 양탄자 상인 압둘라

그 여자들은 이미 다른 친척들로부터 버림받았고, 따라서 그들을 시집보내는 일도 자신의 몫이라는 것이 압둘라의 판단이었다.

그래도 아주 마음이 놓이지는 않아서 다시 이렇게 덧붙였다.

"막강한 달젤이여, 그대만 원한다면 납치해 가셔도 좋소."

그리고 조카딸들에게 다가가 그들의 피둥피둥한 팔을 톡톡 쳤다.

"아가씨들, 잔지브의 꽉 찬 보름달들이여, 안타깝지만 옛날의 그 맹세 때문에 영영 그대들의 넉넉한 풍채를 받아들일 수 없는 나를 용서하시오. 그리고 어서 고개를 들고 내가 그대들을 위해 찾아낸 신랑을 만나 보시오."

'신랑'이라는 말이 떨어지기가 무섭게 두 조카딸은 고개를 번쩍 들었다. 그리고 달젤을 쳐다보았다. 분홍색 여자가 말했다.

"너무너무 잘생기셨어."

노란색 여자도 말했다.

"난 날개 달린 남자가 좋더라. 뭔가 색다르잖아."

그러자 분홍색 여자가 다시 말했다.

"송곳니도 아주 매력적이야. 갈고리발도 그래. 물론 양탄자가 긁히지 않게 조심해야겠지만."

한 마디 한 마디를 내뱉을 때마다 달젤은 점점 더 환하게 웃었다.

"둘 다 당장 납치해야겠어. 공주들보다 마음에 들거든. 내가 왜 뚱뚱한 여자들을 수집할 생각을 못 했지, 하스루엘 형?"

그러자 하스루엘은 송곳니들을 좌르르 드러내며 애정 어린 미소를 지었다.

"그건 네가 결정한 일이었다, 동생아."

그러더니 곧 미소가 흐려졌다.

"준비됐니? 난 이제 너를 유배시켜야 하는데."

그러자 여전히 두 조카딸만 바라보고 있던 달젤이 대답했다.

"나도 이젠 별로 섭섭하지 않아."

하스루엘은 다시 손을 들었다. 이번엔 몹시 안타까운 듯 느릿느릿한 동작이었다. 세 번에 걸쳐 천둥소리가 길게 울려 퍼지더니 달젤과 두 조카딸이 서서히 사라졌다. 희미하게 바다의 짠내가 풍겨 오고 멀리서 갈매기 소리도 들렸다. 그때 모건과 발레리아가 다시 울기 시작했다. 다들 한숨을 푹 쉬었다. 그중에서도 하스루엘의 한숨이 제일 길었다. 압둘라는 하스루엘이 동생을 진심으로 사랑했다는 것을 깨닫고 조금 놀랐다. 달젤 같은 녀석을 사랑할 수 있다니 도무지 이해하기 힘든 일이었지만 압둘라로서는 하스루엘을 나무랄 수도 없는 입장이었다.

'내가 누구를 비판할 수 있겠어?'

밤의꽃이 다가와 팔짱을 끼었다. 하스루엘이 더욱더 무거운 한숨을 푸욱 내쉬더니 거대한 날개를 처량하게 축 늘어뜨리고 옥좌에 털썩 주저앉았다. 역시 달젤보다 그의 몸집에 더 어울리는 옥좌였다.

"한두 가지 일이 더 남아 있다."

그는 조심스럽게 코를 어루만졌다. 상처가 벌써 나아가는 것 같았다.

"네, 그렇고말고요!"

소피였다. 옥좌 앞의 계단에 올라서서 말할 기회를 기다린 모양이었다.

"우리 움직이는 성을 훔쳐 가면서 당신은 내 남편 하울을 사라지게 했어요. 그이는 어디 있죠? 돌려주세요."

하스루엘은 슬픈 듯이 고개를 들었다. 그러나 그가 미처 대답하기도 전에 공주들 사이에서 놀란 비명이 터져 나왔다. 계단 아래 있던 사람들이 파라곤의 속치마에서 일제히 물러섰다. 속치마가 마구 꿈틀거리며 아코디언처럼 오르락내리락하고 있었다. 그 속에서 정령이 소리쳤다.

"도와줘! 내보내 달라고! 약속했잖아!"

밤의꽃이 한 손을 입으로 가져갔다.

"아! 깜박 잊고 있었네요!"

그러더니 압둘라의 곁을 떠나 부리나케 계단을 내려갔다. 그녀가 속치마를 집어던지자 자줏빛 연기가 쏟아져 나왔다. 밤의꽃이 소리쳤다.

"정령이여, 내 소원은 당신이 병 속에서 벗어나 영원히 자유롭게 살아가는 거예요!"

평소에도 그랬듯이 정령은 고맙다는 말 따위로 시간을 낭비하지 않았다. 병이 터지면서 '펑!' 하는 소리가 울려퍼졌다. 자욱한 연기 속에 훨씬 더 뚜렷한 형체가 나타나더니 서서히 몸을 일으켰다. 그 모습을 보고 소피가 소리쳤다.

"아, 고마워요, 밤의꽃 공주님! 정말 고마워요!"

그러더니 사라져 가는 연기 속으로 쏜살같이 뛰어들었다. 그 바람에 하마터면 연기 속에 서 있던 남자가 넘어질 뻔했다. 그러나 그 남자는 조금도 화를 내는 것 같지 않았다. 오히려 소피를 번쩍 안아들고 빙글빙글 돌리는 것이었다. 소피는 부서진 유리 조각을 밟고 비틀거리며 숨을 몰아쉬었다.

"아, 내가 왜 몰랐을까? 내가 왜 진작 알아차리지 못했을까?"

그러자 하스루엘이 시무룩하게 대답했다.

"마법을 걸어 놓았기 때문이다. 그 정령이 마법사 하울이라는 사실이 알려지면 누군가 풀어 주게 될 테니까. 너는 정령의 정체를 알 수 없었고, 정령은 아무에게도 말해 줄 수 없었던 거다."

왕실 마법사 하울은 마법사 설리먼보다 젊고 훨씬 더 세련된 사람이었다. 그는 연자줏빛 공단으로 만든 화려한 옷을 입고 있었다. 머리카락은 상상하기도 어려운 색깔의 노란색이었다.

압둘라는 마법사의 마른 얼굴에 박혀 있는 밝은 빛깔의 눈동자를 보았다. 어느 이른 아침에 뚜렷이 본 적이 있는 눈동자였다. 진작에 알아차렸어야 했다는 생각이 들었다. 자신의 입장이 몹시 거북해졌다는 느낌도 있었다.

그는 정령을 이용했다. 그러면서 그 정령을 잘 알게 된 듯한 기분이었다. 그렇다면 이 마법사에 대해서도 잘 알게 된 것일까? 아닐까? 그런 이유로 압둘라는 병사를 비롯한 모든 사람들이 마법사 하울 주위에 모여들어 환호성을 터뜨리며 축하의 말을 던지는데도 혼자 동떨어져 있었다. 탄성을 지르는 사람들 사이로 찹판의 작은 공

2. 양탄자 상인 압둘라

주가 조용히 걸어가서 엄숙하게 모건을 하울의 품에 안겨 주었다.

하울이 말했다.

"감사합니다."

그리고 소피에게 이렇게 설명했다.

"모건을 함께 데려와야 내가 옆에서 지켜볼 수 있을 것 같아서 그 랬어. 놀라게 해서 미안해."

하울은 아기를 안아 본 경험이 소피보다 많은 것 같았다. 그는 모 건을 부드럽게 흔들어 주면서 그의 얼굴을 들여다보았다. 모건도 슬 픈 눈으로 하울을 마주 쳐다보았다. 하울이 말했다.

"맙소사, 정말 못생겼네! 아빠를 쏙 빼닮았어."

그러자 소피가 소리쳤다.

"하울!"

그러나 성난 목소리는 아니었다.

하울이 말했다.

"잠깐 기다려 봐."

그는 옥좌 앞의 계단으로 다가가 하스루엘을 올려다보았다.

"이것 보쇼, 마신. 당신한테 따질 게 있소. 어쩌자고 내 성을 도둑 질하고 나를 병 속에 가둬 버린 거요?"

그러자 하스루엘의 눈이 성난 주황색으로 이글이글 타올랐다.

"마법사, 네 능력이 나와 맞먹는다고 생각하느냐?"

하울이 대답했다.

"그건 아니오. 난 그저 해명을 원할 뿐이오."

압둘라는 하울의 용기에 감탄하지 않을 수 없었다. 정령이 얼마나 겁이 많은지 잘 알고 있는 압둘라는 지금 하울이 속으로는 너무 무서워 벌벌 떨고 있다는 것을 충분히 짐작할 수 있었다. 그런데도 두려워하는 기색은 조금도 보이지 않았다. 하울은 연자줏빛 비단을 두른 어깨 위에 모건을 올려놓고 하스루엘을 노려보았다.

하스루엘이 말했다.

"좋다. 내 동생이 이 성을 훔쳐 오라고 명령했다. 그건 나도 어쩔 수 없었지. 하지만 너를 어떻게 하라는 것까지 달젤이 명령했던 것은 아니다. 네가 성을 도로 훔쳐 가지 못하게 하라고만 했지. 만약에 네가 아무 죄도 없는 사람이었다면 난 그냥 너를 내 동생이 지금 가 있는 그 섬으로 보냈을 거다. 그런데 넌 마법을 이용해서 이웃 나라를 정복했고……."

그러자 하울이 소리쳤다.

"그건 너무하잖소? 나도 국왕의 명령에 따랐을 뿐인데!"

그의 항변은 조금 전에 달젤이 했던 말을 다시 떠올리게 했다. 하울도 그것을 깨달은 모양이었다. 그는 잠시 입을 다물고 생각에 잠겼다. 그리고 쓸쓸히 이렇게 말했다.

"내가 그럴 생각만 있었다면 국왕 폐하의 마음을 돌릴 수도 있었 겠지. 당신 말이 옳소. 하지만 다음엔 내가 당신을 병 속에 가둬 버릴지도 모르니까 조심하시오."

하스루엘이 대답했다.

"그런 일을 당해도 싸겠지. 게다가 나는 여기 있는 사람들이 제각

기 가장 잘 어울리는 운명을 맞이하게 한답시고 온갖 방법을 동원했
으니 잘못이 더욱 크다."

하스루엘의 시선이 압둘라를 향했다.

"안 그러냐?"

압둘라는 순순히 인정했다.

"정말 힘들었소, 위대한 마신이여. 내가 꿈꾸던 일들이 모조리 이
루어졌소. 즐거운 꿈만 이루어진 게 아니라서 탈이지만."

하스루엘은 고개를 끄덕였다.

"난 이제 사소하지만 꼭 필요한 일 한 가지를 해 놓고 이곳을 떠나
겠다."

그는 날개를 들어 올리며 양손으로 손짓을 했다. 그 순간 날개 달
린 신기한 형상들이 무수히 나타나 하스루엘을 둘러쌌다. 그들은
마치 투명한 해마 떼 같은 모습으로 하스루엘의 머리와 옥좌 주위
에 떠 있었는데, 희미하게 붕붕거리는 날갯짓소리 말고는 아주 조
용했다.

비어트리스 공주가 발레리아 공주에게 설명했다.

"하스루엘의 천사들이란다."

하스루엘이 날개 달린 형상들에게 뭐라고 속삭이자 그들은 나타
날 때처럼 순식간에 사라졌다가 자말의 머리 주위에 다시 나타나 붕
붕거리기 시작했다. 소스라치게 놀란 자말이 얼른 피하려고 했지만
소용없었다. 모두 자말을 졸졸 따라다녔다. 날개 달린 형상들은 자
말의 개의 온몸 구석구석에 차례로 내려앉았다. 각각의 형상은 내려

앉자마자 조그맣게 줄어들어 개의 털 속으로 스며들었다. 이윽고 둘만 남았다.

갑자기 그 두 형상이 압둘라에게 달려들었다. 얼른 고개를 숙였지만 그들은 계속 따라왔다. 작고 싸늘한 두 명의 목소리가 들려 왔다. 압둘라만 들을 수 있도록 말하고 있는 것 같았다.

"오랫동안 생각한 끝에 우리는 두꺼비보다 이 모습이 더 낫다는 결론을 내렸다. 우리는 영원히 죽지 않는다. 그래서 너에게 감사하고 싶었다."

그렇게 말하고 두 형상은 곧 자말의 개의 양쪽 귀에 내려앉더니 역시 조그맣게 줄어들어 그 거칠거칠한 털 속으로 사라졌다.

자말이 자기 팔에 안겨 있는 개를 내려다보며 하스루엘에게 물었다.

"어째서 이 많은 천사들이 내 개의 몸속에 들어온 겁니까?"

그러자 하스루엘이 대답했다.

"너와 네 개에게 해를 끼치지는 않을 것이다. 황금 고리가 다시 나타날 때까지 기다리려는 것뿐이다. 내일은 나올 거라고 했지? 나로서는 내 생명이 잘 있는지 확인하고 싶은 게 당연한 일 아니겠느냐? 내 천사들이 그것을 되찾게 되면 어디든 내가 있는 곳으로 가져올 것이다."

그러더니 모든 사람의 머리카락이 흩날릴 만큼 무거운 한숨을 내쉬었다.

"그런데 난 어디로 가야 할지 모르겠다. 어쨌든 나도 어디 멀리 외

딴 곳으로 가서 유배 생활을 해야 한다. 나는 나쁜 짓을 했다. 그러니 선한 마신들의 무리에 다시 들어갈 수는 없는 일이다."

그러자 밤의꽃이 말했다.

"아, 그러지 마세요, 위대한 마신이여! 저는 선이란 곧 용서를 뜻한다고 배웠어요. 선한 마신들이라면 당신을 반갑게 맞아 주지 않을까요?"

하스루엘은 그 거대한 머리를 절레절레 흔들었다.

"영리한 공주, 내 말을 못 알아들었군."

그러나 압둘라는 하스루엘의 속마음을 이해할 수 있었다. 압둘라 자신이 옛날부터 아버지의 첫째 부인의 친척들에게 결코 예의 바르게 행동하지 않았기 때문에 하스루엘을 더 잘 이해할 수 있는지도 모른다.

"아무 말 말아요, 내 사랑. 하스루엘은 자기가 나쁜 짓을 즐겼고 지금도 그것을 후회하지 않는다는 거예요."

그러자 하스루엘이 말했다.

"사실이다. 지난 몇 달 사이에 나는 그 이전의 몇백 년을 합친 것보다 더 큰 즐거움을 맛보았다. 달젤이 나에게 그런 재미를 가르쳐 준 것이다. 혹시 내가 선한 마신들의 무리에 들어가서도 똑같은 즐거움을 맛보고 싶어질까 봐 걱정스럽다. 그래서 멀리 떠나야 한다."

그때 하울에게 좋은 생각이 떠오른 모양이었다. 그는 헛기침을 하고 이렇게 물었다.

"다른 세계로 가 보는 건 어떻겠소? 수천 개의 다른 세계가 있는

데 말이오."

그러자 하스루엘은 몹시 흥분해서 날개를 펴고 퍼덕거렸다. 방 안에 있는 공주들의 머리카락과 옷자락이 마구 흩날렸다.

"정말이냐? 그게 어디냐? 다른 세계로 가는 방법을 가르쳐 다오."

하울은 소피의 어설픈 두 팔에 모건을 넘겨주고 옥좌 앞의 계단을 단숨에 뛰어올랐다. 그가 하스루엘에게 가르쳐 준 방법은 몇 가지 기이한 손짓을 하고 고개를 한두 번 끄덕이는 것이었다. 하스루엘은 잘 알아들은 것 같았다. 그는 하울에게 고개를 끄덕여 답례했다. 그리고 옥좌에서 일어나 더 이상 한 마디 말도 없이 방 안을 가로질러 걸어가더니 마치 안개 속으로 들어가듯이 벽을 뚫고 사라졌다. 거대한 방 안이 갑자기 텅 비어 버린 것 같았다.

하울이 말했다.

"속이 다 시원하네!"

소피가 물었다.

"당신의 그 세계로 보낸 거야?"

하울이 대답했다.

"천만에! 거긴 안 그래도 골칫거리가 많은 세계라고. 내가 하스루엘을 보낸 곳은 오히려 그 반대쪽이야. 아무튼 하스루엘이 떠나더라도 이 성이 사라져 버리진 않을 거라고 믿었지."

그는 천천히 몸을 돌리면서 구름방의 구석구석을 살펴보았다.

"모든 게 아직 그대로 있어. 그렇다면 캘시퍼도 여기 어딘가에 있다는 뜻이지. 이 성을 계속 움직이고 있는 게 바로 캘시퍼니까."

그러더니 쩌렁쩌렁한 목소리로 외쳤다.

"캘시퍼! 어디 있어?"

그러자 파라곤의 속치마가 또다시 살아 움직이는 것 같았다. 다만 이번에는 그 속의 둥근 테가 굴렁쇠처럼 데굴데굴 굴렀고 속치마 속에서 마법의 양탄자가 두둥실 빠져나왔다. 양탄자는 지금 자말의 개가 그러는 것처럼 부르르 몸을 떨었다. 그러더니 놀랍게도 바닥에 털썩 떨어져 올이 풀리기 시작하는 것이었다. 압둘라는 너무 아까워 하마터면 소리를 지를 뻔했다. 양탄자에서 풀려나오는 긴 실은 파란색이었는데, 신기할 정도로 선명한 빛깔이었다. 양털로 짠 평범한 양탄자가 아닌 것 같았다. 풀려나온 실은 쏜살같이 양탄자 위를 오락가락하면서 점점 더 길어지고 높이높이 올라갔다. 이윽고 실이 높디높은 구름 천장에 가 닿았을 때는 양탄자 밑바닥의 캔버스천이 거의 다 드러나게 되었다. 마침내 성가시다는 듯이 실의 반대쪽 끄트머리가 캔버스천에서 툭 빠져나왔다. 그리고 천장을 향해 스르르 줄어들기 시작하더니 천장 부근에서 너울거리며 길게 펼쳐졌다가 다시 줄어들어 마지막에는 거꾸로 눈물방울이나 혹은 불꽃 같은 새로운 형태로 변했다. 그 형상은 여봐란 듯이 일정한 속도로 스르르 내려앉았다. 그것이 가까이 내려왔을 때 압둘라는 그 앞부분에서 보라색과 초록색과 주황색의 작은 불꽃들로 이루어진 얼굴을 볼 수 있었다. 압둘라는 체념하듯 어깨를 으쓱거렸다. 그렇게 많은 금화를 주고 샀는데 이제 보니 마법의 양탄자가 아니라 불꽃 마귀였던 것이다.

불꽃 마귀는 보라색 입을 너울거리며 이렇게 말했다.

"이제야 살 것 같네! 왜 진작에 날 부르지 않았어? 온몸이 다 쑤신다고."

소피가 말했다.

"아, 가엾은 캘시퍼! 나도 몰랐어!"

그러자 불꽃 모양의 신기한 존재가 툭 쏘아붙였다.

"너하고는 말도 하기 싫어. 내 몸에 발톱을 박았잖아."

그러더니 하울 앞을 두둥실 지나치면서 말했다.

"너도 마찬가지야. 너 때문에 나까지 고생했다고. 국왕의 군대를 돕기로 한 건 내가 아니었는데 말이야. 난 이 친구하고만 얘기할 거야."

그러면서 압둘라의 어깨 옆으로 다가왔다. 압둘라의 머리카락이 조그맣게 지글거리는 소리를 냈다. 불꽃은 몹시 뜨거웠다.

"나한테 아부하려고 했던 사람은 이 친구뿐이니까."

그러자 하울이 언짢은 어조로 따져 물었다.

"네가 언제부터 알랑거리는 말을 듣고 싶어 했지?"

"누가 나한테 멋있다고 말해 주는 게 얼마나 기분 좋은 건지 알게 된 다음부터지."

"난 네가 멋있다고 생각하지 않아. 어디 마음대로 해 봐!"

하울은 연자줏빛 공단 소매를 탁 떨치고 캘시퍼에게서 등을 돌렸다. 그러자 캘시퍼가 물었다.

"너도 두꺼비가 되고 싶어? 두꺼비 마법은 너만 쓸 수 있는 게 아니라고!"

하울은 성난 듯이 연자줏빛 장화를 신은 발로 방바닥을 탁탁 때렸다.

"어쩌면 네 새 친구가 너한테 이 성을 원래대로 지상에 내려놓으라고 할 수도 있겠지."

압둘라는 조금 슬펐다. 하울은 자신과 압둘라가 결코 친한 사이가 아니라는 것을 분명히 밝히려는 듯했기 때문이다. 그러나 압둘라는 하울의 암시를 알아차렸다. 그리고 허리를 굽혔다.

"아으, 마법의 만물 가운데 사파이어 같은 존재여, 축제의 불꽃이며 양탄자 중의 촛불이여, 실로 너는 고귀한 양탄자였을 때보다 지금의 참모습이 100배는 더 근사하나니……."

그러자 하울이 툴툴거렸다.

"빨리 좀 하쇼!"

압둘라는 얼른 이렇게 말했다.

"부디 이 성을 다시 지상으로 내려 주지 않겠니?"

캘시퍼가 대답했다.

"기꺼이 해 주지."

모두들 성이 내려앉기 시작하는 것을 느낄 수 있었다. 처음에는 속도가 너무 빨라서 소피는 하울의 팔을 붙잡았고 여러 공주들이 비명을 질렀다. 발레리아가 큰 소리로 말했듯이 뱃속이 갑자기 뻥 뚫린 것 같은 기분이었다. 어쩌면 캘시퍼가 너무 오랫동안 다른 모습을 하고 있어서 솜씨가 무뎌진 탓일 수도 있었다. 무슨 까닭이었든 간에 1분쯤 지난 뒤에는 떨어지는 속도가 완만해져 거의 움직임을 느끼지 못할 정도로 편안해졌다. 다행스러운 일이었다.

성은 아래로 내려갈수록 눈에 띄게 작아지고 있었다. 사람들 사이의 간격이 자꾸 줄어드는 바람에 서로 부대끼며 균형을 잡아야 했다. 벽들이 점점 안으로 모여들면서 구름 같은 반암 벽이 평범한 석고 벽으로 바뀌었다. 천장도 점점 낮아지면서 둥근 천장의 구조물이 굵고 시꺼먼 대들보로 변했고, 옥좌가 있던 자리에는 창문 하나가 나타났다. 처음엔 어렴풋한 창문이었다. 압둘라는 황혼의 섬들이 있는 투명한 바다를 한 번 더 보고 싶어 얼른 창밖을 내다보았지만 이윽고 뚜렷하게 진짜 창으로 변했을 때는 하늘만 보일 뿐이었다. 오두막집에 어울리는 크기로 줄어든 방 안에 맑고 노르스름한 새벽빛이 스며들었다. 그때쯤 공주들은 서로 빈틈없이 밀착되어 있었다. 소피도 한쪽 구석에 짓눌려 있었는데, 한 팔로 하울을, 다른 팔로 모건을 끌어안은 자세였다. 압둘라는 밤의꽃과 병사 사이에 끼어서 꼼짝도 할 수 없었다.

압둘라는 문득 병사가 꽤 오랫동안 한 마디도 안 했다는 사실을 깨달았다. 그러고 보니 병사의 행동이 몹시 이상했다. 그는 누군가에게서 빌린 외투를 다시 머리에 뒤집어쓰고 아까 성이 줄어들 때 벽난로 앞에 나타났던 작은 걸상에 웅크리고 앉아 있었다.

압둘라가 그에게 물어보았다.

"몸이 안 좋으세요?"

병사가 대답했다.

　　　　　　　　　　　　　2. 양탄자 상인 압둘라

"난 멀쩡하네."

그러나 목소리까지 이상했다.

비어트리스 공주가 사람들 사이를 뚫고 다가왔다.

"아, 여기 계셨군요! 도대체 왜 그러세요? 이제 우리가 다시 정상으로 돌아가게 됐으니 내가 약속을 어길까 봐 걱정하시는 거예요? 그래서 그래요?"

병사는 이렇게 대답했다.

"아니오. 아니, 그렇소. 당신은 나를 못마땅하게 생각할 거요."

그러자 비어트리스 공주가 외쳤다.

"내가 당신을 못마땅하게 생각할 게 뭐가 있어요? 난 한 번 약속을 했으면 꼭 지키는 사람이라고요. 저스틴 왕자 따위는 당장……관심도 없다고요."

"하지만 내가 바로 저스틴 왕자란 말이오."

"뭐라고요?"

병사는 부끄러운 듯이 아주 천천히 외투를 벗고 고개를 들었다. 여전히 똑같은 얼굴이었다. 지극히 순진해 보이기도 하고 지독한 거짓말쟁이처럼 보이기도 하는 그 푸른 눈동자도 그대로였다. 그러나 훨씬 더 점잖고 교양 있어 보였다. 그리고 예전과는 전혀 다른 당당함이 엿보였다.

"그 못된 마신이 나에게도 마법을 걸었던 거요. 이제야 생각났소. 난 어느 숲속에서 수색대가 돌아오기를 기다리고 있었소."

그는 몹시 미안한 표정을 지었다.

"우린 비어트리스 공주를…… 음, 그러니까 당신을 찾고 있었지만 별로 소득이 없었는데, 갑자기 내 천막이 휙 날아가더니 그 마신이 나무들 사이를 비집고 불쑥 나타났소. 그리고 이렇게 말하더군. '공주는 내가 데려간다. 그리고 너는 비겁하게 마법을 이용해서 그 공주의 나라를 정복했으니 이번엔 패배한 나라의 병사가 되어 그 기분이 얼마나 좋은지 경험해 봐라.' 그리고 다시 정신을 차렸을 때는 내가 정말 스트레인지아 병사라고 생각하면서 전쟁터를 돌아다니고 있었소."

비어트리스 공주가 물었다.

"그래서 기분이 안 좋은가요?"

저스틴 왕자는 이렇게 대답했다.

"글쎄, 물론 고달프긴 했소. 하지만 그럭저럭 견딜 만했지. 쓸모 있는 물건들을 닥치는 대로 주워 모으고 몇 가지 계획을 세웠소. 그리고 나도 이젠 그 패배한 병사들에게 내가 뭔가 해 줘야 한다는 걸 깨닫게 됐소. 그런데……."

여기서 그는 늙은 병사였을 때와 똑같은 표정으로 씩 웃었다.

"……솔직히 말해서 잉거리를 여행하는 동안은 대단히 즐거웠소. 나쁜 짓을 하는 것도 재미있었지. 따지고 보면 나도 그 마신과 똑같은 경우요. 앞으로 다시 백성들을 다스려야 한다는 게 오히려 울적하기만 하니까."

그러자 비어트리스 공주가 말했다.

"흠, 그 문제라면 제가 도와드릴 수 있겠네요. 저도 요령을 좀 아

2. 양탄자 상인 압둘라

니까요."

"정말이오?"

왕자는 늙은 병사였을 때 모자 속의 새끼 고양이를 들여다보던 그 표정으로 비어트리스 공주를 쳐다보았다.

그때 밤의꽃이 몹시 기뻐하며 압둘라를 살며시 건드리고 이렇게 속삭였다.

"이분이 오친스탄의 왕자님이었군요! 이젠 걱정하지 않아도 되겠네요!"

바로 그 직후, 드디어 성이 깃털처럼 가볍게 지상에 내려앉았다. 천장의 나지막한 대들보 아래 떠 있던 캘시퍼가 이곳은 킹스베리 부근의 들판이라고 말해 주었다. 그리고 으스대며 이렇게 덧붙였다.

"설리먼의 거울 하나에 연락해 놨어."

그러자 하울이 벌컥 화를 냈다.

"나도 했다고. 넌 왜 그렇게 나서길 좋아하냐?"

그러자 소피가 말했다.

"그럼 연락을 두 번 한 거네. 그게 어때서?"

하울이 대답했다.

"바보 같잖아!"

그러더니 껄껄 웃기 시작했다. 그러자 캘시퍼도 지글거리며 웃어댔다. 둘은 다시 친구가 된 것 같았다. 압둘라가 가만히 생각해 보니 하울의 심정도 이해할 만했다.

정령이 되어 있는 동안에 그는 줄곧 화가 나서 머리가 터질 지경이었고 지금도 속이 부글부글 끓고 있는데, 마땅히 화풀이할 상대라고는 캘시퍼밖에 없었다. 아마 캘시퍼도 똑같은 심정이었을 것이다. 둘 다 대단히 강력한 마법의 힘을 갖고 있으므로 평범한 사람들에게 화풀이를 한다는 것은 매우 위험한 일이었다.

연락이 두 번 다 무사히 전해진 모양이었다. 창가에서 누군가 소리쳤다.

"저기를 보세요!"

모두들 창가로 몰려가 바깥을 내다보았다. 킹스베리의 성문이 활짝 열리더니 국왕의 마차가 한 무리의 병사들을 앞세우고 부리나케 달려나왔다. 알고 보니 마차는 한 대가 아니라 행렬이었다. 국왕의 마차에 뒤이어 수많은 외국 사절들의 마차가 줄줄이 나타났는데, 각각의 마차에 그려진 문장들을 살펴보니 하스루엘에게 공주를 빼앗긴 나라들은 거의 빠짐없이 사절을 보내 온 모양이었다.

하울이 압둘라를 돌아보았다.

"난 자네를 잘 알게 된 것 같은 기분일세."

두 사람은 어색하게 서로 마주 보았다. 하울이 물었다.

"자네도 나에 대해 잘 알고 있나?"

압둘라는 허리를 굽혔다.

"적어도 당신이 나에 대해 아는 만큼은 나도 알죠."

그러자 하울이 쓸쓸하게 말했다.

"그럴까 봐 걱정했는데. 아무튼 자네라면 필요할 때 말을 꽤 빨리 할 수 있다는 걸 알고 있네. 저 많은 마차들이 이리로 몰려오면 그

2. 양탄자 상인 압둘라

재주가 아주 요긴할 거야."

정말이었다. 몹시 혼란스러운 시간이었다.

그러는 동안 압둘라는 목이 다 쉬어 버릴 지경이었다. 그러나 압둘라에게 가장 난감했던 것은 소피와 하울과 저스틴 왕자는 물론이고 공주들까지 모두 나서서 압둘라가 얼마나 용감하고 현명했는지를 자꾸 국왕에게 설명하려고 한다는 점이었다. 그때마다 압둘라는 그들의 말을 바로잡고 싶었다. 그는 용기 때문에 그 일을 한 게 아니었으니까, 그저 밤의꽃이 자기를 사랑한다는 사실이 기뻐 구름 위를 거니는 기분이었을 뿐이니까.

저스틴 왕자가 압둘라를 불러내더니 궁전의 수많은 대기실 중에서 한 곳으로 데려갔다.

그리고 이렇게 말했다.

"그냥 받아들이게. 정당한 이유로 칭찬을 받는 사람은 아무도 없다고. 내 경우만 봐도 그래. 여기 와 있는 스트레인지아인들은 내가 자기네 병사들에게 돈을 주기로 약속했다는 이유로 나를 막 떠받들지, 게다가 국왕 형님도 내가 이젠 비어트리스 공주와의 결혼에 대해 투덜거리지 않는다고 좋아서 어쩔 줄 몰라. 다들 나를 모범적인 왕자로 생각하고 있다고."

"그럼 공주님과의 결혼에 반대하셨던 거예요?"

"아, 그랬지. 물론 그때는 공주를 만난 적도 없었으니까. 그 문제 때문에 형님과 한바탕 말다툼을 했는데, 그때 형님을 궁전 지붕에서 던져 버리겠다고 위협까지 했었네. 그러다가 내가 사라져 버리자 형님은 그저 내가 발끈해서 한동안 자취를 감춘 줄로만 알고 계셨어. 그래서 걱정도 안 하셨지."

국왕은 동생 때문에 매우 기뻐했고, 발레리아 공주와 왕실 마법사를 구해 준 압둘라에게도 크게 고마워했다. 그래서 다짜고짜 그 이튿날 두 쌍의 합동결혼식을 성대히 거행한다고 선포해 버렸다. 그 덕분에 일이 다급해져 혼란은 더욱더 가중되었다. 하울은 서둘러 국왕의 사신처럼 생긴 신기한 형상을 만들고 마법을 사용하여 잔지브의 술탄에게 보냈다.

따님의 결혼식에 참석할 수 있도록 교통편을 제공하겠다는 말을 전하기 위해서였다. 그 형상은 반 시간쯤 뒤에 돌아왔는데 온몸이 형편없이 너덜너덜했다. 술탄의 대답은 압둘라가 잔지브에 다시 나타날 경우에 대비하여 자그마치 15미터 높이의 말뚝을 준비해 놓았다는 것이었다.

그래서 소피와 하울이 국왕을 찾아가 의논했다. 국왕은 그날 저녁에 당장 '잉거리 왕국 특명 대사'라는 두 개의 직책을 새로 만들고 압둘라와 밤의꽃을 그 자리에 임명했다.

왕자와 특명 대사의 합동결혼식은 역사적인 사건이었다. 각각 열네 명의 공주들이 비어트리스 공주와 밤의꽃 공주의 들러리를 섰고, 신부들을 신랑들에게 건네주는 역할은 국왕이 몸소 맡아서 했다. 압둘라의 들러리는 자말이었다. 압둘라에게 결혼반지를 건네줄 때 자말은 그날 아침 일찍 천사들이 하스루엘의 생명을 갖고 떠났다고 속삭였다.

"천만다행이지 뭐야! 우리 불쌍한 강아지가 온몸을 벅벅 긁지 않아도 되었으니까."

주요 인물 중에서 결혼식에 참석하지 않은 사람은 마법사 설리먼과 그 아내뿐이었다. 국왕의 분노가 간접적인 원인이었다. 국왕이 마법사 설리먼을 체포하려고 하자 레티가 매우 거세게 항의했던 모양인데, 그 바람에 예정보다 좀 이르게 진통이 시작되었던 것이다. 마법사 설리먼은 걱정스러워 아내 곁을 떠나지 못했다. 그러나 레티는 결혼식 당일에 무사히 딸을 순산했고 빨리 시작된 진통이 나쁜 영향을 주지도 않았다.

소피는 이렇게 말했다.

"아, 정말 잘됐다! 나도 언젠가 이모가 될 줄 알았다니까."

새로 임명된 두 대사의 첫 번째 임무는 납치되었던 공주들을 수행하여 고국으로 돌려보내는 일이었다. 그중에서 찹판의 작은 공주를 비롯한 몇 명은 거의 이름도 들어 보지 못한 머나먼 나라에서 붙잡혀 온 공주들이었다.

대사들은 그들의 나라와 무역 협정을 체결하고 또한 장래의 탐험에 대비하여 여행 도중에 지나게 되는 낯선 지방들을 자세히 살펴보라는 지시를 받았다. 하울이 국왕에게 건의한 내용 때문이었다. 무슨 까닭인지 지금 잉거리 왕국은 전 세계를 탐사하여 지도를 작성하는 일로 온통 떠들썩했다. 수많은 탐험대가 조직되어 훈련을 받고 있었다.

여행하랴, 여러 공주들의 비위를 맞추랴, 외국의 국왕들과 논쟁하

랴, 아무튼 압둘라는 눈코 뜰 새 없이 바빠서 미처 밤의꽃에게 진실을 고백할 시간도 없었다. 날마다 내일은 좀 더 좋은 기회가 올 것 같았다. 그러나 까마득히 멀기만 하던 찹판에 곧 도착하게 되었을 때 압둘라는 이제 더 이상 미룰 수 없다는 것을 깨달았다.

심호흡을 했다. 얼굴에서 핏기가 싹 가시는 느낌이 들었다. 그는 불쑥 이렇게 말해 버렸다.

"사실 난 왕자가 아니에요."

됐다. 드디어 말했다.

지도를 그리고 있던 밤의꽃이 고개를 들었다. 천막 안을 밝히는 갓 달린 등불 때문인지 그녀는 평소보다 더욱더 아름다워 보였다.

"아, 나도 알아요."

압둘라는 속삭이듯 되물었다.

"뭐라고요?"

"당연한 일이지만, 공중의 성에 있는 동안 당신에 대해 생각할 시간이 많았거든요. 그리고 곧 당신이 공상에 빠져 있다는 걸 깨달았죠. 상황만 서로 바뀌었을 뿐, 내가 공상하던 내용과 너무 똑같았거든요. 난 내가 평범한 여자고 우리 아버님은 장터의 양탄자 상인이라고 상상하곤 했어요. 그리고 나도 아버지를 도와 장사를 한다고 상상했죠."

"당신은 정말 놀라운 사람이야!"

"당신도 그래요."

밤의꽃은 다시 지도를 그리기 시작했다.

2. 양탄자 상인 압둘라

그들은 머지않아 잉거리로 돌아갈 수 있었다. 그들이 데려가는 짐 말 한 마리에는 공주들이 발레리아에게 약속했던 과자 상자들이 실려 있었다. 그중에는 초콜릿도 있었고 설탕에 절인 오렌지나 코코넛 사탕이나 벌꿀을 입힌 견과류도 있었지만 가장 놀라운 것은 작은 공주의 선물이었다. 작은 공주가 '여름 나뭇잎'이라고 부르던 그것은 종잇장처럼 얇은 사탕을 겹겹이 쌓아 만든 것이었다. 그 사탕을 담은 상자도 굉장히 아름다워 발레리아가 좀 더 자랐을 때 보석 상자로 사용할 정도였다.

신기하게도 그녀는 이제 악쓰며 우는 일이 거의 없었다. 국왕은 웬일이냐고 어리둥절했지만 소피는 발레리아로부터 직접 설명을 들을 수 있었다. 서른 명이 한꺼번에 몰려와서 꼭 울어달라고 부탁하는 희한한 경험을 하고 나니 왠지 울기가 싫어졌다는 것이었다.

소피와 하울은 다시 움직이는 성에서 살고 있었다. 말다툼이 잦기는 했지만 그들이 그렇게 싸울 때 가장 행복해 보인다고 사람들은 말했다. 움직이는 성의 여러 모습 중에는 치핑 골짜기에 자리 잡은 어느 멋진 저택도 포함되어 있었다.

압둘라와 밤의꽃이 돌아왔을 때 국왕은 그들에게도 치핑 골짜기의 땅을 하사하면서 그곳에 대저택을 지어도 좋다고 허락했다. 그들이 지은 집은 초가지붕을 덮을 정도로 지극히 소박했지만 그들의 정원은 곧 온 나라의 명물로 떠올랐다.

소문에 따르면 압둘라가 그 정원을 설계할 때 틀림없이 왕실 마법사들 중에서 적어도 한 명은 그 일을 도와주었을 거라고 한다. 그렇지 않았다면 아무리 특명 대사라고 한들 어떻게 1년 내내 초롱꽃이 피어나는 숲을 가질 수 있겠는가?

옮긴이 김진준

1964년 출생해 연세대학교 사회학과 및 영문과를 거쳐 미국 마이애미 대학교 대학원에서 영문학을 전공했다. 번역서로는 《총, 균, 쇠》, 《홀로 천천히 자유롭게》, 《악마의 시》, 《유혹하는 글쓰기》 등이 있다.

하울의 움직이는 성 ❷ 양탄자 상인 압둘라

초   판 1쇄 발행 2004년 7월 20일
개정판 1쇄 발행 2025년 2월 21일

지은이 | 다이애나 윈 존스
옮긴이 | 김진준
발행인 | 김은경

펴낸곳 | 문학수첩
주소 | 경기도 파주시 회동길 503-1 (문발동 633-4) 출판문화단지
전화 | 031-955-9088(대표번호) 031-955-9530(편집부)
팩스 | 031-955-9066
등록 | 2001년 3월 29일 제03-01282호

블로그 | blog.naver.com/moonhak91
홈페이지 | www.moonhak.co.kr
이메일 | moonhak@moonhak.co.kr

ISBN 979-11-93790-85-4 04840
ISBN 979-11-93790-83-0 (세트)

* 파본은 구매처에서 바꾸어 드립니다.